EVA VÖLLER

Die Dorfschullehrerin – Was das Schicksal will

Weitere Titel der Autorin:

Die Ruhrpott-Saga:
Ein Traum vom Glück
Ein Gefühl von Hoffnung
Eine Sehnsucht nach morgen

Die Dorfschullehrerin:
Was die Hoffnung verspricht
Was das Schicksal will

Über die Autorin

Geboren und aufgewachsen am Rande des Kohlenpotts, hat Eva Völler sich schon als Kind gern Geschichten ausgedacht. Trotzdem verdiente sie zunächst als Juristin ihre Brötchen, bevor sie ihr Hobby zum Beruf machte. Nach dem Erfolg der RUHRPOTT-SAGA wendet sie sich nun einem Gebiet Deutschlands zu, das seit vielen Jahren ihre Heimat ist und für dessen bewegte jüngste Geschichte ihr Herz schlägt.

EVA VÖLLER

Die Dorfschullehrerin

Was das Schicksal will

ROMAN

Lübbe

Die Bastei Lübbe AG verfolgt eine nachhaltige Buchproduktion. Wir verwenden Papiere aus nachhaltiger Forstwirtschaft und verzichten darauf, Bücher einzeln in Folie zu verpacken. Wir stellen unsere Bücher in Deutschland und Europa (EU) her und arbeiten mit den Druckereien kontinuierlich an einer positiven Ökobilanz.

FSC www.fsc.org
MIX
Papier | Fördert gute Waldnutzung
FSC® C014496

Vollständige Taschenbuchausgabe
der bei Bastei Lübbe erschienenen Paperbackausgabe

Textredaktion: Anna Hahn, Trier
Umschlaggestaltung: Christin Wilhelm, www.grafic4u.de
unter Verwendung von Motiven von © arcangel: Elisabeth Ansley
und © shutterstock: Olga Sayuk | Plasteed
Satz: hanseatenSatz-bremen, Bremen
Gesetzt aus der Adobe Caslon Pro
Druck und Verarbeitung: GGP Media GmbH, Pößneck

Printed in Germany
ISBN 978-3-404-19219-9

2 4 5 3 1

Sie finden uns im Internet unter:
luebbe.de
Bitte beachten Sie auch: lesejury.de

Für Kerstin

Teil 1

KAPITEL 1

Helene stand auf dem Bahnsteig und hörte von ferne den nahenden Zug. Das Rattern der Räder wurde stetig lauter, gleich würde er einfahren. Sie hielt die Hand ihrer Tochter umklammert. Diesmal würden sie es schaffen! Niemand würde auftauchen und sie daran hindern, in diesen Zug zu steigen, der in die Freiheit fuhr. Hinüber in den Westen. Diesmal würde sie entkommen, zusammen mit Marie, und dann würden sie wohlbehalten ein paar Stationen weiter ihr Ziel erreichen. Sie würden am Bahnhof Zoo aussteigen, wo Jürgen, der sich ein paar Stunden vor ihnen auf den Weg gemacht hatte, bereits auf sie wartete.

Da, der Zug war schon in Sichtweite, in wenigen Sekunden würde er langsamer werden und anhalten. Helene ließ die Hand ihrer Tochter nicht los. Sie durfte Marie nicht aus den Augen lassen, unter gar keinen Umständen!

Und dann, als der Zug bereits abbremste und zum Stillstand kam, erschienen wie aus dem Nichts die beiden Männer auf der Bildfläche. Graue Mäntel, graue Hüte, graue, kalte Gesichter. Mit raschen Schritten hielten sie auf Helene und Marie zu.

Helene zog die Kleine an sich, legte ihr den Arm um die Schultern. Sie durfte ihr Kind auf keinen Fall loslassen!

»Sind Sie Helene Werner?« Die Worte klangen eiskalt.

Sie wollte lügen, einen falschen Namen nennen, irgendeinen. Oder wegrennen, mit Marie. Irgendwohin.

Aber es war zu spät. Der eine Mann holte die Handschellen

hervor. Schon schnappten sie zu. Der andere Mann zerrte Marie von ihr weg, egal wie sehr Helene versuchte, das Kind festzuhalten.

»Mama, Mama!«, schrie die Kleine weinend.

»Lasst mich los!«, wollte Helene rufen, aber nur ein Stöhnen drang aus ihrem Mund. So wie immer, wenn der eine Mann Marie über den Bahnsteig von ihr fortbrachte, während sie selbst von dem anderen Mann in die entgegengesetzte Richtung geschubst und gezerrt wurde. So wie immer, ehe sie aufwachte und begriff, dass alles nur ein Traum gewesen war.

Ein Traum und gleichzeitig eine Erinnerung.

Helene schnappte nach Luft und starrte in die Dunkelheit des Schlafzimmers, während sie darauf wartete, dass ihr jagender Herzschlag sich beruhigte. Doch es dauerte lange. Die Gefühle aus dem Traum wollten nicht weichen. Das Grauen, die Angst, die Ungewissheit, die Hoffnungslosigkeit. Sie selbst im Stasiknast und Marie im Kinderheim.

In Gedanken sagte sie sich wieder und wieder, dass das alles vorbei war. Sie hatten es überlebt. Wenigstens sie und Marie.

Aber Jürgen nicht. Für ihn hatte es keinen Neuanfang gegeben, denn er war tot. Im Gefängnis der Staatssicherheit gestorben, angeblich an Herzversagen. In seiner unverbrüchlichen Loyalität hatte er den Fehler begangen, zu Frau und Kind in den Ostteil der Stadt zurückzukehren, getrieben von der Hoffnung, damit alles wieder zum Guten wenden zu können. Wie sehr er sich geirrt hatte!

Helene hatte hämmernde Kopfschmerzen, und der Nacken tat ihr ebenfalls weh. Diese Art von Albträumen setzte ihr jedes Mal auch körperlich stark zu, und in den letzten Monaten schienen sie deutlich häufiger vorzukommen als vorher. Genau genommen seit … Nein, sie wollte jetzt nicht an Tobias denken. Das machte alles nur noch schlimmer.

Mit kreisenden Bewegungen massierte sie ihre Schläfen und

blickte auf die Leuchtanzeige ihres Weckers. Erst halb sechs. Eigentlich hätte sie noch eine Stunde liegen bleiben können, normalerweise stand sie unter der Woche nicht vor halb sieben auf. Doch sie wusste aus Erfahrung, dass sie nach diesem Traum sowieso nicht wieder einschlafen konnte, also entschied sie, das Beste daraus zu machen.

In Großtante Augustes altertümlichem, aber nobel ausgestatteten Badezimmer stieg sie in die klauenfüßige Wanne und duschte sich heiß ab, bevor sie vor dem dampfbeschlagenen Spiegel in frische Unterwäsche schlüpfte und die neue Strumpfhose überstreifte. Inzwischen trug sie zu Kleidern und Röcken nur noch solche Strumpfhosen. Im Vergleich zu den früher üblichen Strümpfen, die jedes Mal umständlich mit Strapsen an kneifenden Hüfthaltern befestigt werden mussten, waren die mittlerweile gängigeren Feinstrumpfhosen eindeutig ein Fortschritt. Und im Gegensatz zu früher musste sie sich auch nicht länger den Kopf darüber zerbrechen, ob sie sich diese modische Errungenschaft für immerhin stolze 2,95 DM überhaupt leisten konnte – von ihrem Gehalt gab sie sowieso nicht viel aus, denn Großtante Auguste weigerte sich beharrlich, einen Kostenbeitrag für Miete oder Essen anzunehmen, obwohl Helene immer wieder entsprechende Anläufe unternahm.

»Ihr seid doch meine Familie!«, wehrte Auguste solche Ansinnen regelmäßig ab. »Lass mir doch die Freude, für euch zu sorgen! Was soll ich denn sonst mit meinem Geld machen?«

Helene konnte nicht umhin, ihr zu glauben, denn ihre Großtante schien in ihrer Rolle als großzügige Mäzenin regelrecht aufzublühen. Davon abgesehen war die alte Dame tatsächlich recht wohlhabend. Die imposante Frankfurter Stadtvilla, in deren Erdgeschoss sie wohnten, war Augustes Eigentum, und allein das Einkommen, das sie mit der Vermietung der beiden oberen Etagen erzielte, reichte für einen sorglosen Lebenswandel aus. Daneben verfügte sie über eine sehr solide Witwenversorgung – ihr Ehemann war Bankier gewesen. Seit seinem Tod vor vielen Jahren war beständig mehr Geld in die Kasse gespült worden, als sie ausgeben konnte, und so hatte sich über einen langen Zeitraum hinweg ein beträchtliches Vermögen angesammelt. Immer wieder ließ sie durchblicken, wie glücklich es sie mache, ihre Familie unterstützen zu können.

Die Familie – das waren nicht nur Helene und Marie, sondern auch Helenes Vater Reinhold und seine zweite Frau Christa sowie deren betagte Mutter Else. Alle miteinander waren sie nach ihrer Flucht im Oktober 1961 bei Auguste untergekrochen, Knall auf Fall und buchstäblich über Nacht, direkt nach ihrer spektakulären Flucht über die Zonengrenze. Doch schon wenige Monate später war Reinhold mit seiner Frau und seiner Schwiegermutter wieder ausgezogen. Er hatte mit Augustes finanzieller Unterstützung in der hessischen Rhön eine Tierarztpraxis eröffnet – in Kirchdorf, dem Ort, wo Helene über ein halbes Jahr darauf gewartet hatte, dass er Marie zu ihr in den Westen brachte. Er hatte es ihr versprochen. Und am Ende hatte er es geschafft …

Helene verdrängte die bedrückenden Erinnerungen, weil sie dann unweigerlich auch wieder an Tobias denken musste – was sie nach Lage der Dinge lieber vermied.

Stattdessen schaute sie durch die Verbindungstür in das Zimmer ihrer Tochter. Blonde Locken ringelten sich über das zerknautschte Kopfkissen, sonst war nichts von Marie zu sehen. Das Mädchen hatte sich tief unter der Decke verkrochen und schlief noch fest.

Helene ging hinüber in die große Wohnküche, wo Großtante Auguste bereits Kaffee trank. Die alte Dame stand jeden Tag in aller Herrgottsfrühe auf. Makellos frisiert und adrett gekleidet wie immer saß sie am Tisch und las die Tageszeitung.

Überrascht blickte sie über den Rand der *Frankfurter Allgemeinen*, als Helene hereinkam. »Nanu, so früh heute?« Ein mitfühlender Ausdruck trat auf ihre feinen, von vielen Fältchen durchzogenen Gesichtszüge. »Wieder schlecht geträumt?«

Helene nickte stumm und goss sich ebenfalls eine Tasse Kaffee ein. Auguste reichte ihr wortlos einen Teil der Zeitung, und eine Weile lasen sie in einträchtigem Schweigen, jede für sich. Helene informierte sich über die aktuelle Weltpolitik, und Auguste überflog die Lokalnachrichten sowie die Todesanzeigen. Die studierte sie jeden Tag besonders sorgfältig, denn es kam häufig vor, dass der eine oder andere Verblichene zu ihrem Bekanntenkreis gehörte und sie deshalb kondolieren musste.

»Oje«, entfuhr es ihr. »Der Joachim Wiesfeld ist gestorben. Da muss ich zur Beerdigung.«

»Mein Beileid«, sagte Helene automatisch.

»Ach wo, den konnte ich nie leiden. Aber seine Frau, das ist eine Nette, mit der hab ich früher im Kirchenchor gesungen.«

»Hm«, machte Helene zerstreut. Sie konnte sich der Lektüre der Zeitung nur oberflächlich widmen, in Gedanken war sie woanders.

Großtante Auguste hatte schon immer ein feines Gespür für Helenes Befindlichkeiten gehabt. »Dir geht es gerade nicht so gut, oder? Du musst nicht drüber reden, wenn du nicht willst. Aber falls ich dir irgendwie helfen kann …« Teilnahmsvoll hielt sie inne. »Jeder Liebeskummer geht einmal vorbei, mein Kind. Das kann ich dir versprechen.«

Helene lächelte gequält. Wie so oft hatte Auguste einen Nerv getroffen. Ja, der Schmerz über die zerbrochene Beziehung saß immer noch tief, und manchmal, wenn Helene allein war, fing sie aus heiterem Himmel an zu weinen, weil sie Tobias so sehr vermisste. Wie hatte es nur so zwischen ihnen enden können?

Dabei hatten sie nicht mal richtig Schluss gemacht. Von einer Auszeit war die Rede gewesen, ganz modern, das klang nicht so endgültig, sondern höchstens nach einer Pause. Doch das war jetzt schon drei Monate her, und die Funkstille, die seitdem herrschte, machte ihr schwer zu schaffen. Er hatte sich nicht mehr gemeldet. Und sie sich auch nicht, denn das hätte sie zwangsläufig als Bittstellerin erscheinen lassen und so ausgesehen, als wollte sie sich seinen Vorstellungen fügen.

Ein paarmal hatte sie mit der Hand am Telefon dagesessen, aber sie hatte sich nicht überwinden können, die Wählscheibe zu drehen. Schließlich hatte sie auch ihren Stolz.

Dann wieder sagte sie sich trotzig, dass es seine Schuld war, weil er zu viel von ihr erwartet hatte. So, wie er es sich mit ihnen beiden erträumt hatte, konnte es nun mal nicht funktionieren. Seine Wünsche ließen sich mit ihren nicht in Einklang bringen. In der Mathematik nannte man das Inkongruenz.

Trotzdem wäre es vielleicht irgendwie gut gegangen, mit ihnen allen, wenn sich jeder nur ein bisschen mehr Mühe gegeben hätte …

Großtante Auguste riss Helene aus ihren Gedanken. »Ich kümmere mich mal um das Frühstück.« Die alte Dame stand vom Tisch auf und begab sich zur Anrichte, wo bereits die Zutaten für ein opulentes Frühstück bereitstanden. Sie ließ es sich nicht nehmen, Helene und Marie schon morgens alle möglichen Köstlichkeiten vorzusetzen, angefangen von frischen Brötchen und feinster Konfitüre über auserlesenen Aufschnitt bis hin zu frisch gepresstem Orangensaft. Für das Mittagessen, das meist ebenso reichhaltig ausfiel, sorgte regelmäßig Augustes altgediente Zugehfrau Adele, die eine fabelhafte Köchin war und obendrein die leckersten Torten zaubern konnte.

Als Helene damals nach ihrer Flucht bei Auguste Unterschlupf gefunden hatte, war sie sich nach den schrecklichen Monaten im Stasigefängnis vorgekommen wie im Schlaraffenland, und manchmal fühlte sie sich in der weitläufigen, vornehm eingerichteten Villenwohnung ihrer Großtante immer noch wie auf einem fremden Planeten. Eigentlich war das hier nicht ihre Welt, sie war in schlichten, bodenständigen Verhältnissen aufgewachsen, in einem kleinen alten Haus in einem thüringischen Städtchen, das nun auf dem Gebiet der DDR lag, direkt hinter der Zonengrenze. Auch später in Ostberlin war ihr Leben von Genügsamkeit geprägt gewesen. Keiner hatte da große Sprünge machen können, und abgesehen davon gab es viele Dinge einfach nicht. Während die Leute im Westen Ende der Fünfzigerjahre schon wieder alles Mögliche einkaufen konnten, hatte man in der DDR selbst für den alltäglichen Bedarf häufig vor den Läden anstehen müssen, und gewisse Luxusartikel suchte man dort auch heute im Jahr 1964 immer noch vergebens. Die Menschen in Westdeutschland schickten weiterhin Päckchen mit Bohnenkaffee, Kakao und Schokolade an ihre Verwandten und Bekannten in die Ostzone, und ein Ende dieser Verhältnisse war nicht in Sicht.

Helene sah auf ihre Armbanduhr – höchste Zeit, Marie zu wecken. Sie legte die Tageszeitung zur Seite und ging hinüber in das Zimmer ihrer Tochter. Dort schob sie zuerst die Vorhänge zur Seite und schaltete anschließend das Radio an, denn sie wusste, dass Musik bei Marie zuverlässig als Muntermacher wirkte. Im Moment war ein Song von den Beatles zu hören, eine englische Popgruppe, die gerade weltweit Furore machte. Die vier Sänger mit den pilzförmigen Haarschnitten waren Maries erklärte Lieblingsmusiker, sie konnte alle Lieder auswendig mitträllern.

She loves you, yeah, yeah, dudelte es aus dem Apparat, der auf dem Schreibtisch beim Fenster stand, doch an diesem Morgen schien die Radiomusik nicht zu fruchten. Marie blieb liegen und zog sich mit einem unwilligen Laut die Decke über den Kopf.

»Hoch mit dir, Schlafmütze!« Helene zupfte an der Bettdecke, bis der helle Lockenschopf wieder sichtbar wurde. »Zeit für die Schule!«

»Ich bin krank«, tönte es dumpf zwischen den Laken hervor.

»Was fehlt dir denn?«

»Ich glaub, ich hab Fieber.«

Helene fühlte ihr die Stirn. »Keine Spur«, stellte sie fest. »Nun mach schon, raus aus den Federn!«

»Ich hab Kopfweh. Und Bauchweh.«

Helene rechnete kurz nach. Marie bekam seit ein paar Monaten ihre Periode, und an jenen Tagen hatte sie wie viele junge Mädchen nicht zu knapp mit Unterleibsschmerzen zu kämpfen. Aber bis es wieder so weit war, dauerte es noch mindestens anderthalb Wochen, das konnte es also nicht sein.

Sie setzte sich auf den Rand von Maries Bett und strich sanft über die Decke. »Was ist los, Schätzchen?«

»Lass mich einfach nur in Ruhe, ja? Ich will nicht aufstehen. Mir geht es nicht gut. Ich kann heute auf keinen Fall zur Schule.«

Helene runzelte die Stirn. Mit einem Mal ahnte sie, woher die ungewohnte Aufmüpfigkeit kam. »Schreibt ihr zufällig eine Deutscharbeit?«

Ihre Tochter war eine sehr gute Schülerin, sie stand in allen Fächern zwischen eins und zwei, und das Lernen fiel ihr für gewöhnlich spielend leicht. Doch in der letzten Zeit hatte sie zunehmende Schwierigkeiten im Deutschunterricht. Mit Beginn der Quarta waren die Unterrichtsinhalte anspruchsvoller geworden, womöglich lag es daran. Allerdings vermutete Helene, dass Maries Widerwillen vorwiegend mit der neuen Klassenlehrerin zusammenhing. Diese Frau Buschmann war noch nicht lange an der Schule, Helene hatte sie erst einmal gesehen, auf dem Elternabend im vergangenen Halbjahr, wo der Direktor sie kurz vorgestellt hatte. Die vorherige Deutschlehrerin hatte aufgehört – sie hatte ein Kind bekommen.

Seitdem hatten Maries Leistungen in Deutsch und Geschichte – dem anderen Fach bei Frau Buschmann – deutlich nachgelassen. Und sie war nicht die Einzige, wie Helene aus Gesprächen mit mehreren Müttern wusste. Angeblich gebärdete sich die neue Klassenlehrerin im Unterricht wie ein veritabler Drachen, herrisch und herablassend, teilweise gar beleidigend. In der letzten Deutscharbeit hatte Marie eine Drei minus bekommen, garniert mit einem niederschmetternden Vermerk in roter Tinte: *Fehlinterpretation! Miserabler Ansatz! Nur wegen fehlerfreier Rechtschreibung gerade noch befriedigend.*

Helene fand an Maries Textinterpretation von *Pole Poppenspäler* nicht viel zu bemängeln, ihrer Meinung nach hätte es durchaus für eine bessere Note gereicht, aber sie kannte ja den Klassenschnitt nicht.

»Du hast zwei Möglichkeiten«, teilte sie ihrer Tochter mit. »Entweder du gehst zur Schule und schreibst die Arbeit mit. Oder *ich* gehe hin und rede mit Frau Buschmann, um herauszufinden, wieso du neuerdings diese Probleme hast.«

»Das machst du *nicht*!« Marie setzte sich ruckartig im Bett auf und starrte Helene entrüstet an.

»Soll ich etwa tatenlos zusehen, wie der Deutschunterricht dich krank macht?« Das war keineswegs bloß so dahingesagt, und ebenso wenig war es nur ein taktisches Manöver, damit Marie zur Schule ging. Tatsächlich war Helene entschlossen, baldmöglichst mit besagter Frau Buschmann zu sprechen, um sich ein persönliches Bild von dieser Lehrerin zu machen. Und um zu ergründen, was sie selbst tun konnte, damit ihr Kind wieder Freude am Lernen hatte. In *allen* Fächern, auch in diesem.

»Du schaffst das schon«, munterte sie ihre Tochter auf. »Willst du dich etwa von einer einfachen Deutscharbeit unterkriegen lassen?«

Grummelnd rang sich Marie dazu durch, doch noch aufzustehen. Sie verschwand im Bad, und Helene ging zurück in die Wohnküche, wo Großtante Auguste inzwischen das Frühstück hergerichtet hatte. Helene schenkte ihnen beiden Kaffee nach und widmete sich wieder der *FAZ*, diesmal, um richtig darin zu lesen.

In Innsbruck waren gerade die Olympischen Winterspiele zu Ende gegangen. Das Traumpaar im Eiskunstlauf, Marika Kilius und Hans-Jürgen Bäumler, hatte wider alle Erwartung keine Goldmedaille errungen, sondern sich mit Silber begnügen müssen – das Fernsehen hatte am Vortag schon eine Zusammenfassung gebracht.

In Wiesbaden war ein kleiner Junge entführt worden, mittlerweile war eine Lösegeldforderung eingegangen. Von dem Kind fehlte jedoch nach wie vor jede Spur. Helene hatte einen Kloß im Hals, als sie den Bericht las, denn sie hatte eine recht genaue Vorstellung davon, wie den Eltern jetzt zumute war. Nur allzu deutlich erinnerte sie sich an die Zeit vor vier Jahren. Die quälenden Monate, die sie in der Isolationshaft verbracht hatte. Keiner hatte ihr sagen wollen, was mit ihrem Kind geschehen war. Mit absichtlicher Grausamkeit hatte man ihr jede Information über Maries Verbleib vorenthalten.

Wochenlang hatte sie immer wieder flehen und betteln müssen, bis der Vernehmungsbeamte es ihr im Laufe eines der endlosen Verhöre schließlich doch noch erzählt hatte. Ganz beiläufig, in einem belanglos klingenden Nebensatz. So, wie er ihr auch mitgeteilt hatte, dass ihr Mann gestorben sei – als wäre es reiner Zufall und nicht weiter von Bedeutung.

Marie kam fertig angezogen in die Küche und setzte sich mit mürrischem Gesichtsausdruck zu ihr und Auguste an den Tisch. Helene faltete die Zeitung zusammen und legte sie zur Seite. Aufmerksam betrachtete sie ihre Tochter. Das frische junge Gesicht, das sorgsam zurückgekämmte und von einem Stirnreif gehaltene Lockenhaar, das ebenso ungebärdig war wie ihr eigenes. Jeder sagte, Marie gleiche ihr wie ein Ei dem anderen. Zwischen ihnen beiden bestand tatsächlich eine unübersehbare Ähnlichkeit, auch vom Körperbau her – die zartgliedrige Statur, der hohe Wuchs, die langen Beine.

Aber Marie hatte auch einiges von Jürgen, etwa die silbergrauen Augen oder die angedeutete Kerbe im Kinn; sein offenes Lachen, seine Art, den Kopf zur Seite zu legen und dabei die Nase zu krausen, wenn er etwas seltsam fand. In solchen Momenten glich sie ihrem Vater so sehr, dass es Helene manchmal den Atem verschlug. Dann erfasste sie wieder dieser ohnmächtige Kummer, weil Jürgen sein Kind nicht aufwachsen sehen konnte.

Ihre Trauer um ihn hatte sich im Laufe der Zeit zu einem unterschwelligen Gefühl des Verlusts abgemildert, sie empfand sein Fehlen nicht mehr wie eine offene Wunde, die bei jeder Berührung wehtat. Geblieben war jedoch das schmerzliche Bewusstsein, dass ihr Kind den innig geliebten Vater verloren hatte, das Leben in einer intakten Familie, in der es geborgen und sicher war. Das hatte die Stasi Marie genommen. Dieses Leid, das man ihrem Kind zugefügt hatte, hing immer noch wie ein unsichtbarer Schleier über den letzten Jahren. Der traumatische Heimaufenthalt, dann die Monate voller zermürbender Ungewissheit bei ihrem Großvater, zuletzt die lebensgefährliche Flucht – es grenzte schon an ein Wunder, dass das Kind diese Zeit offenbar ohne dauerhafte psychische Schäden überstanden hatte.

Mechanisch biss Helene von ihrem Marmeladenbrötchen ab und legte es zurück auf den Teller. Der Appetit war ihr vergangen, wie so oft, wenn sie an damals zurückdachte. Mit gespielter Fröhlichkeit fragte sie Marie, ob sie nicht Lust hätte, mal wieder ins Kino zu gehen, da seien sie doch schon länger nicht gewesen.

Marie zuckte verdrossen mit den Schultern, ließ sich dann aber immerhin zu einer Gegenfrage herab. »Was läuft denn gerade?«

Helene nannte aufs Geratewohl den Film, der ihr vorhin in

einer Werbeanzeige im Kulturteil der Zeitung aufgefallen war. »Ein neuer James Bond. *Liebesgrüße aus Moskau*.«

Maries Miene hellte sich auf. »Oh! Mit Sean Connery?«

»Ich glaube schon.«

»Da würde ich *sehr* gerne reingehen!«

Helene lächelte ihre Tochter an. »Fein, abgemacht. Dann haben wir für Samstag was Schönes vor.«

Auguste reichte Marie ein säuberlich in Butterbrotpapier eingewickeltes Brötchen. »Da, bitte sehr, für die große Pause. Mit Schnittkäse, wie du es am liebsten magst.«

»Danke schön, Omili!« Marie strahlte die alte Dame an. Zwischen den beiden hatte von Anfang an eine ungetrübte Zuneigung geherrscht. Auguste vergötterte das Mädchen geradezu und las ihm jeden Wunsch von den Augen ab. Marie wiederum hing in kindlicher Inbrunst an der alten Frau und nannte sie zärtlich *Omili* – ein Vorschlag, der von Auguste gekommen war; sie sei zwar nur Maries Urgroßtante, aber es wecke so zauberhafte Erinnerungen in ihr, da sie selbst ihre Großmutter immer so genannt habe. Marie hatte nicht das Geringste dagegen. Ihre eigenen Großmütter hatte sie nie kennengelernt, da beide früh verstorben waren.

Helene begleitete Marie zur Wohnungstür und gab ihr zum Abschied einen Kuss auf die Stirn. »Mach's gut, Schätzchen! Und keine Sorge wegen der Arbeit – du schaffst das schon! Ich drück die Daumen!«

Marie verzog ein wenig kläglich das Gesicht, dann schulterte sie ihren Schulranzen und sprang leichtfüßig die drei Stufen bis zur Haustür hinunter. Unten wandte sie sich noch einmal um und schaute stirnrunzelnd zu Helene hoch. »Du willst doch nicht ernsthaft mit der Buschmann über mich reden, oder?«

»Falls du befürchtest, dass sie dir dann noch schlechtere Noten verpasst – das wird nicht passieren.«

Marie wirkte nicht überzeugt. »Woher willst du das wissen?«

»Weil ich selbst unterrichte und mich mit solchen Gesprächen auskenne«, erwiderte Helene gelassen.

Marie machte keinen Hehl aus ihrem Unbehagen. »Mir wär's ehrlich gesagt lieber, wenn du damit noch bis zum Ende des Schuljahres wartest, Mama. Das ist heute sowieso die letzte Deutscharbeit vor den Zeugnissen.«

Helene gab nach. »Na schön. Wenn du es unbedingt möchtest.«

Tatsächlich neigte das Schuljahr sich dem Ende zu. Es war bereits Mitte Februar, und die Versetzungszeugnisse würde es wie üblich vor den Osterferien geben. Falls Marie allerdings davon ausging, in der Mittelstufe eine neue Klassenlehrerin zu bekommen, täuschte sie sich. Auf diese Weise würde sich das Problem leider nicht in Luft auflösen: Die Buschmann würde der Klasse auch in der Untertertia erhalten bleiben, der Direktor hatte es auf dem Elternabend kurz erwähnt. Womöglich war das den Kindern noch gar nicht offiziell mitgeteilt worden.

Helene verkniff sich jedoch eine Bemerkung darüber. Sie winkte Marie noch ein letztes Mal zu, dann ging sie zurück in ihr Zimmer, um sich ebenfalls für die Schule fertigzumachen.

*

In den folgenden Stunden kam sie nicht mehr dazu, sich gedanklich mit Maries Schulproblemen zu befassen. Wie es aussah, hatte sie plötzlich selbst welche: Ohne Vorankündigung war ein Ministerialbeamter in ihrer Klasse aufgetaucht! Volle vier Unterrichtsstunden lang hatte er mit ernster Miene auf einem Stuhl hinten an der Wand gesessen und sich Notizen gemacht. Am Ende war ihr Unbehagen in jähe Sorge umgeschlagen – er hatte sie zu einer persönlichen Besprechung ins Dienstzimmer des Rektors gebeten! Und hier saß sie nun und war gefasst auf alle möglichen Vorhaltungen.

Der Rektor war ebenfalls anwesend. Er hatte einen zweiten Stuhl neben seinen geschoben, und Helene saß den beiden Männern auf der Besucherseite des Schreibtischs gegenüber, mit durchgedrückten Schultern und nervös ineinander verschlungenen Händen.

»Sie wirken ein wenig angespannt, Frau Werner«, meinte der Rektor. »Mir scheint, Sie haben noch gar keine Vorstellung von dem, was hier besprochen werden soll.«

»Ich … ähm, nein. Die habe ich in der Tat nicht.«

Der Ministerialbeamte räusperte sich. »Nun ja, ich hatte noch nichts durchblicken lassen, aber jetzt sitzen wir ja hier zusammen, um darüber zu sprechen, nicht wahr?«

»Worüber?«, platzte es aus Helene heraus.

»Über ihre Versetzung.«

»Versetzung?«, echote sie. So schlimm war es also. Ihr Unterricht war diesem Ministerialen ein Dorn im Auge. Irgendwer hatte sie angeschwärzt, vielleicht jemand von den Eltern. Da gab es einige, denen sie als Lehrerin suspekt war. Zu neumodisch für eine altehrwürdige Volksschule, zu wenig dem traditionellen Rollenbild von Mann und Frau verpflichtet. Das fing bei gemeinsamen Sportübungen in den mittleren Klassen an und setzte sich über ihre unorthodoxe Auswahl der Deutschlektüre fort, bis hin zu den manchmal unkonventionellen Themen im Sachunterricht. Es schmeckte längst nicht allen, wie sie den Unterrichtsstoff aufbereitete.

»Eine Versetzung an Ihre frühere Schule in Kirchdorf«, erläuterte der Ministerialbeamte.

Helene sank die Kinnlade herab. Der Mund blieb ihr offen stehen. Sie brauchte ein paar Schrecksekunden, um sich zu fassen. »Nach Kirchdorf?«, vergewisserte sie sich schließlich. Ihre Stimme klang rau vor Emotionen. Ungezählte Fragen schwangen darin mit.

Der Ministerialbeamte schien einzusehen, dass er sie mit

seiner umständlichen Art auf die Folter spannte, und er beeilte sich, sie endlich umfassend zu informieren.

»Die Schule in Kirchdorf bedarf dringend einer neuen Leitung. Der bisherige Rektor ist vor vier Wochen in Pension gegangen.«

»Meinen Sie Herrn Wessel?«, fragte Helene entgeistert.

Der Beamte blätterte in seinem Notizbuch, in das er auch während Helenes Unterricht seine Anmerkungen eingetragen hatte. »Ganz recht, sein Name ist Wessel, inzwischen ist er aus dem Ort weggezogen. Davor hat er sich jedoch in wiederholten Eingaben dafür starkgemacht, Sie an die Schule zurückzuholen – als seine Nachfolgerin für die Schulleitung. Seit seinem Ausscheiden ist die Rektorenstelle vakant. Übergangsweise ist eine altgediente Lehrerin eingesprungen, eine Frau …« Erneutes Blättern.

»Fräulein Meisner«, half Helene ihm auf die Sprünge.

»Richtig. Fräulein Meisner. Doch sie will den Posten nicht und hat ebenfalls darum nachgesucht, unbedingt Sie als Rektorin einzusetzen. Mit insgesamt drei Eingaben in ebenso vielen Monaten. Eine weitere Empfehlung kam von dem früheren Rektor, einem Herrn …« Diesmal reichte ein kurzer Blick in die Notizen. »Winkelmeyer. Zusätzlich gab es ein befürwortendes Schreiben des örtlichen Bürgermeisters, Herrn Brecht. Nach alledem scheint man sich einig darüber zu sein, dass Sie zur Leitung dieser Dorfschule geeignet sind. Nachdem ich heute Gelegenheit hatte, Ihrem Unterricht beizuwohnen, neige ich dazu, diese Einschätzung zu teilen.« Er hielt kurz inne, um dann einschränkend hinzuzufügen: »Auch wenn mir persönlich Ihre Methoden vielleicht eine Spur zu … modern vorkommen. Doch Ihre früheren Kollegen scheinen Sie damit überzeugt zu haben. Und es entspricht ja auch der derzeitigen landespolitischen Linie, ganz egal, was ich selbst davon halten mag.«

»Vielen Dank«, sagte Helene, die nicht recht wusste, ob sie sich über diese Art von Lob freuen sollte.

Der Rektor, der bisher schweigend dagesessen hatte, meldete sich ebenfalls zu Wort. »Hier an unserer Schule wissen wir ebenfalls schon seit einer Weile, dass Frau Werner eine äußerst versierte und beliebte Lehrerin ist.«

Für Helene klang es so, als wollte er in Wahrheit Einwände gegen ihre Versetzung erheben, schließlich müsste dann jemand Neues her, der ihre Stelle übernahm. Neue Lehrkräfte bedeuteten erhöhten Aufwand, man wusste vorher nie, wer da kam. Manche wurden selten krank, andere ständig, so wie etwa Fräulein Meisner, die während Helenes Zeit an der Kirchdorfer Schule durch ihr häufiges Fehlen regelmäßig alle Unterrichtspläne durcheinandergebracht hatte.

Der Ministerialbeamte räusperte sich. »Wären Sie mit dieser Versetzung auf eine Stelle als Rektorin in Kirchdorf einverstanden?«

Eine Flut von Empfindungen brach bei dieser unverblümten Frage über Helene herein. Sie konnte unmöglich nach Kirchdorf zurück! Nicht nach diesem Debakel mit Tobias! Was für eine Situation würde sie heraufbeschwören, wenn sie auf einmal wieder da wäre!

Aber irgendwas musste sie wohl oder übel antworten. Hilflos suchte sie nach Worten. Mit einiger Erleichterung fiel ihr ein, dass sie zunächst mal ein paar Gegenfragen stellen könnte.

»Ab wann wäre das denn überhaupt?«

»Zu Beginn des neuen Schuljahres. Ich sagte ja, die Stelle ist schon seit Monaten vakant.«

Schon so bald! Helene schluckte.

»Bis dahin hätten Sie immerhin noch fast zwei Monate. Zeit genug, um einen Umzug zu organisieren. Wie ich hörte, lebt Ihr Vater in Kirchdorf, folglich haben Sie dort bereits Familienanschluss. Davon abgesehen ist laut den Bekundungen von

Bürgermeister Brecht schon für eine angemessene Dienstunterkunft gesorgt. Die Hauptwohnung im dortigen Lehrerhaus steht leer und soll im Laufe des Schuljahres hergerichtet werden.«

Helene wusste, wovon er sprach, denn sie hatte seinerzeit selbst ein Zimmer in besagtem Lehrerhaus bewohnt. Die Hauptwohnung lag im Parterre; drei Zimmer, Küche, Bad, alles sehr geräumig, und ein Stück Garten gehörte auch noch dazu. Früher hatte Rektor Winkelmeyer mit seiner Gattin dort gelebt, und nach ihm war Herr Wessel von seinem Einzelzimmer in der oberen Etage in die Hauptwohnung gezogen, obwohl er alleinstehend war. Er hatte, wie er Helene einmal anvertraut hatte, einfach keine Lust mehr gehabt, sich mit Fräulein Meisner, die ebenfalls ein Zimmer im Obergeschoss bewohnte, über die Putz- und Nutzungspläne von Bad und Treppenhaus herumzustreiten.

»Vielleicht braucht Frau Werner ein wenig Bedenkzeit«, warf der Rektor ein – nach Helenes Gefühl nicht ganz uneigennützig. Bestimmt hoffte er, dass sie nicht aus Frankfurt wegwollte. Ein paar Wochen nach ihrem Dienstantritt im vergangenen Jahr hatten sie sich einmal länger persönlich unterhalten, unter anderem über die Unterschiede zwischen Dorf- und Stadtschulen. Helene hatte erwähnt, wie sehr sie die überschaubaren Klassengrößen und die säuberlich eingeteilten Unterrichtsinhalte an ihrer neuen Arbeitsstätte zu schätzen wisse – was die Wahrheit war. In einer städtischen Schule brauchte man nicht damit zu rechnen, plötzlich drei oder gar vier Jahrgangsstufen auf einmal vor sich zu haben und beim Stoff entsprechend improvisieren zu müssen. Was das betraf, so herrschte in den ländlichen Gegenden wegen des immer noch anhaltenden Lehrermangels mancherorts das reinste Chaos.

Außerdem wusste der Rektor, dass ihre Tochter in Frankfurt aufs Gymnasium ging und dass sie in einer vornehmen Villa im

Frankfurter Westend logierten, Personal und Verpflegung inbegriffen. Draußen in der Rhön wäre es mit diesem Komfort schlagartig vorbei. Auf dem Dorf lebte man bescheiden. Höhere Schulen, Kinos, gut sortierte Supermärkte, Kaufhäuser, die zum Bummeln einluden – für die Erfüllung solcher Wünsche musste man stundenlang durch die Gegend fahren.

»Natürlich können Sie erst mal drüber schlafen und sich alles genau überlegen. Auf ein paar Tage kommt es jetzt auch nicht mehr an. Allerdings müsste ich bis Ende der Woche Bescheid wissen.« Der Ministerialbeamte zog eine Visitenkarte mit dem Aufdruck des hessischen Staatswappens hervor und schob sie Helene über den Schreibtisch zu. »Bitte sehr, meine Telefonnummer. Rufen Sie mich einfach innerhalb der Bürozeiten an. Falls ich persönlich nicht erreichbar sein sollte, können Sie Ihre Entscheidung auch meiner Sekretärin mitteilen. Es war nett, mit Ihnen zu plaudern, vielen Dank!« Mit diesen Worten erhob er sich. Verdattert stand sie ebenfalls auf und schüttelte die dargebotene Hand. Auch der Rektor gab dem Besucher zum Abschied die Hand und wartete, bis der Ministerialbeamte den Raum verlassen hatte.

»Auf ein Wort, Frau Kollegin«, sagte er, als Helene ebenfalls hinausgehen wollte.

Mit einem inneren Seufzen blieb sie stehen. Sie konnte sich leicht vorstellen, was er jetzt hören wollte: Dass sie auf gar keinen Fall daran dachte, wirklich an die Landschule zurückzukehren.

Doch mit seiner nächsten Bemerkung überraschte er sie. »Wenn Sie mich fragen, sollten Sie den Posten annehmen. Diese Chance kommt so schnell nicht wieder.«

Sie konnte den Rektor nur erstaunt ansehen. Hatte sie ihn so falsch eingeschätzt?

Er schien ihre Gedanken zu erraten und lachte ein wenig kläglich. »Glauben Sie mir, ich lasse Sie nur äußerst ungern ziehen, Frau Werner! Allein der Aufwand, bis jemand Neues eingearbeitet ist, ganz zu schweigen von der Frage, ob überhaupt so schnell für Ersatz gesorgt werden kann! Aber ich weiß, wie gern Sie weiterkommen möchten, und es gehört nun mal zu den Tatsachen, dass Sie so eine Beförderung innerhalb der nächsten zehn Jahre unter normalen Umständen kaum erwarten können. Nicht in Ihrer Dienstaltersstufe.«

Helene versagte sich den Hinweis, dass sie vor ihrer Zusatzausbildung bereits etliche Jahre an DDR-Schulen unterrichtet hatte. Sie war keineswegs so neu in dem Beruf, wie seine Bemerkung anklingen ließ. Doch in gewisser Weise hatte er recht – ihre Jahre als Lehrerin in der DDR wiesen offiziell nicht denselben Stellenwert auf wie eine gleich lange Dienstzeit in der BRD. Das war ihr damals schon bei ihrer Anstellung als Hilfslehrerin klargemacht worden. So gesehen grenzte es wohl an ein Wunder, dass ihr diese unerwartete Beförderung angetragen wurde.

Andererseits – es gab kaum Lehrer, die ins Zonenrandgebiet ziehen wollten, ob als Rektor oder einfacher Dorflehrer. Die Arbeit da draußen verlangte einem einiges ab. Man musste ständig improvisieren, und wer dazu nicht bereit war, hatte schon verloren. Es war eine Herausforderung ganz eigener Art.

Kirchdorf … Allein bei dem Gedanken musste sie tief durchatmen. Kirchdorf, da war Tobias.

Und genau das war das Problem.

Schon deswegen sollte sie es sich gut überlegen. Wie musste es für ihn aussehen, wenn sie sich plötzlich wieder in Kirchdorf häuslich niederließ? Vor allem, nachdem sie so häufig betont hatte, dass sie schlecht von Frankfurt wegkönne? So oder so, sie stand vor einem Dilemma.

*

»Was sagt dir denn dein Herz?«, erkundigte sich Großtante Auguste, als Helene ihr gleich nach der Schule von dem Angebot sowie ihren damit zusammenhängenden Bedenken erzählte.

»Das Herz ist bei mir kein guter Ratgeber«, entgegnete Helene. »Deshalb wollte ich eigentlich nur den Verstand entscheiden lassen.«

Die alte Dame verzog keine Miene. »Dann ohne Herz. Lass der reinen Vernunft den Vortritt. Tu einfach so, als gäbe es Tobias nicht. Oder als würde er im Ausland leben. Wie würdest du dann entscheiden? Ich meine, aus beruflicher Sicht.«

»Rein beruflich? Ich würd's machen«, erwiderte Helene spontan. Leicht verwundert über ihre impulsive Antwort zog sie die Stirn kraus. »So eine Chance kommt so schnell nicht wieder«, fügte sie hinzu. In dem Punkt hatte der Rektor völlig recht gehabt, und je länger sie darüber nachdachte, umso dümmer erschien es ihr, diesen unverhofften Karrieresprung sausen zu lassen. Vor der damit verbundenen Arbeit und den neuen Aufgaben scheute sie nicht zurück. Sie wusste, dass sie das hinbekam. »Trotzdem, ich kann ja nicht nur an mich selbst denken«, fuhr sie fort. »Marie hat sich an das Leben in der Stadt gewöhnt, sie hat nette Freundinnen.«

Ganz zu schweigen davon, wie froh Marie gewesen war, als die Treffen mit Tobias und seinem Sohn aufgehört hatten. Die beiden Kinder hatten nie einen Draht zueinander gefunden, und mit Tobias war Marie auch nicht wirklich warm geworden. Unter all den Gründen, die Helene und ihn schließlich auseinandergebracht hatten, war das womöglich der ausschlaggebende gewesen. Doch davon sprach Helene lieber nicht.

»So richtig eng sind diese Freundschaften nicht«, warf Auguste ein. »Wie oft trifft sie sich denn mit ihren Klassenkameradinnen außerhalb der Schule?«

»Selten«, räumte Helene ein. Marie hatte bei ihrem Wechsel aufs Gymnasium eine festgefügte Klassengemeinschaft vorgefunden und war zudem älter als die meisten anderen Mädchen, weil sie nach ihrer Flucht aus der DDR zuerst noch für ein halbes Jahr die Volksschule besucht hatte. Das amtliche Prozedere für einen Wechsel mitten im Schuljahr hätte sich zu lange hingezogen, sodass Helene ihren ursprünglichen Plan, Marie gleich aufs Gymnasium zu schicken, zu ihrem Bedauern hatte aufgeben müssen.

»Ich müsste ihr dann aber schon wieder einen Schulwechsel zumuten«, sagte Helene. »Das wäre schon der dritte – nein, der vierte! – in vier Jahren! Sie müsste nach Hünfeld aufs Gymnasium, und obendrein müsste sie dann mit dem Bus fahren.«

»Ich bitte dich, das sind doch gerade mal dreißig Minuten. Und vielleicht hat sie überhaupt nichts dagegen, woanders zur Schule zu gehen. In der letzten Zeit hatte ich den deutlichen Eindruck, dass sie sich auf dem hiesigen Gymnasium nicht mehr wohlfühlt.«

Das konnte Helene schlecht abstreiten, denn sie hatte seit einer Weile denselben Eindruck. Genau genommen, seit Frau Buschmann Maries neue Klassenlehrerin war.

»Du hast recht«, stimmte sie notgedrungen zu.

»Davon abgesehen hast du einen ganz besonders wichtigen Aspekt noch gar nicht bedacht«, erklärte Auguste. »Nämlich, dass dein Vater ebenfalls in Kirchdorf lebt und vor lauter Begeisterung völlig aus dem Häuschen wäre, wenn er seine einzige Tochter mitsamt seinem Enkelkind auf einmal in der Nähe hätte.«

Das traf allerdings zu. Ihr Vater würde gewiss einen Freudensprung machen, wenn er hörte, dass Helene nach Kirchdorf zurückkehren wollte. *Falls* sie es wollte. Und das war und blieb fraglich. Denn da war schließlich auch noch Auguste. Die alte Dame war zwar körperlich noch recht rüstig und geistig voll auf der Höhe, aber mit ihren fast achtundachtzig Jahren doch in einem sehr fragilen Alter.

Als hätte Auguste Helenes Gedanken gelesen, brachte sie mit ihrer nächsten Bemerkung von allein die Sprache darauf.

»Und komm bloß nicht auf den Gedanken, aus Rücksicht auf mich in Frankfurt zu bleiben!«, sagte sie. »Ich bin zwar schon steinalt, aber weit davon entfernt, hilfsbedürftig zu sein.« Einschränkend fuhr sie fort: »Nun ja, vielleicht nicht *sehr* weit. Aber doch genug, um noch für eine ganze Weile problemlos allein zurechtzukommen.« Nach kurzem Nachdenken ließ sie eine weitere Einschränkung folgen. »Mit Unterstützung meiner lieben Perle Adele, versteht sich.«

»Für mich klingt das fast so, als wolltest du uns loswerden«, meinte Helene trocken.

Auguste schien die Bemerkung so aufzunehmen, wie sie gedacht war: als scherzhafte Auflockerung dieses in Wahrheit ernsten Gesprächs. »Du weißt, wie wichtig ihr beiden mir seid, du und die Kleine. Wie sehr es mein Leben erfüllt und bereichert hat, euch um mich zu haben. Wenn ich die Wahl hätte, allein zu leben oder in eurer Gesellschaft, würde ich keine Sekunde mit der Antwort zögern. Euch hier zu haben ist die größte Freude, die mir in meinen späten Jahren widerfahren konnte.« Sie besann sich und setzte mit einem leisen Lächeln hinzu: »Ich gestehe allerdings, dass die ersten Monate ziemlich anstrengend waren. Aber das lag hauptsächlich an Else. Die hatte mir einfach zu viele Haare auf den Zähnen.«

Davon konnte auch Helene ein Liedchen singen. Die Schwiegermutter ihres Vaters war ein streitbares altes Unikat, sie hatte zu allem und jedem ihre eigene Meinung, mit der sie selten hinterm Berg hielt.

»Kurzum, nichts läge mir ferner, als dich und Marie rauszuekeln«, betonte Auguste. »Aber bist du denn hier wirklich glücklich? Und für Marie gilt dasselbe. Es kommt mir so vor, als würde euch beiden etwas Wichtiges fehlen.«

Marie kam in die Küche geschneit, viel früher als erwartet,

offenbar war die letzte Stunde ausgefallen. »Wer will hier wen rausekeln? Und was soll uns denn hier fehlen?«

»Wir unterhalten uns gerade über das Stellenangebot, das man deiner Mutter gemacht hat«, erwiderte Auguste.

»Ach ja? Also eine Versetzung? Wo wäre das denn?«

»In Kirchdorf«, sagte Helene.

Marie verzog das Gesicht. »Wirklich? Du willst doch nicht ernsthaft wieder da raus in diese Einöde, Mama! Was sollen wir denn da?«

»Ich überlege noch«, gab Helene zurück. »Wir hätten dann Opa und Tante Christa in unserer Nähe. Und du würdest auf das Gymnasium in Hünfeld gehen.« Aufmerksam musterte sie das Gesicht ihrer Tochter. Marie runzelte zweifelnd die Stirn, aber die Aussicht, auf eine andere Schule zu gehen, schien sie weit weniger zu stören als befürchtet. Und ihren Opa liebte sie heiß und innig. Doch besonders angetan wirkte sie auch nicht.

»Muss das denn unbedingt sein? Da gibt's doch überhaupt nichts! Ich meine – die haben nicht mal ein *Kino* da! Das ist ein langweiliges *Dorf!*« Ein Hauch von Misstrauen zeigte sich in Maries Zügen. »Es hat doch nichts mit Tobias zu tun, dass du da hinwillst, oder?«

»Nein«, sagte Helene wahrheitsgemäß. »Es ist eine berufliche Chance, wie sie so schnell nicht wiederkommt. Trotzdem habe ich noch nicht zugesagt. Ich denke noch darüber nach.«

Doch bei diesen Worten war ihr bereits klar, dass sie die Entscheidung schon gefällt hatte.

KAPITEL 2

Tobias setzte das Stethoskop unterhalb des Schulterblatts an und lauschte dem Geräusch, das aus der Lunge des Patienten drang. Er klopfte ein weiteres Mal den Brustkorb ab, doch das klang genauso besorgniserregend wie zuvor.

»Sie können sich wieder anziehen, ich schreib Ihnen was auf«, sagte er zu Anton Hahner, der mit nacktem Oberkörper vor ihm stand. Der Landwirt war der Vater von Agnes, Tobias' junger Sprechstundenhilfe, die mit ernster Miene im Hintergrund wartete.

Während Anton sich hustend hinter dem Wandschirm Hemd und Pullover überstreifte, stellte Tobias ein Rezept für ein Antibiotikum aus.

»Sorg dafür, dass er es auch nimmt«, sagte er zu Agnes. »Und dass er in drei Tagen nochmal zur Untersuchung herkommt. Er hat es ziemlich lange verschleppt, oder?«

Sie nickte resigniert, und Tobias fragte sich, wie häufig sie in den letzten Wochen wohl versucht haben mochte, ihren Vater zu überreden, endlich zum Arzt zu gehen. Anton Hahner war einer vom harten Schlag, felsenfest davon überzeugt, dass jede Krankheit von allein vorüberging, wenn man nur lange genug durchhielt. Wahrscheinlich hatte er sich mit Flaschen voller eigenhändig gebrauter Hustentinktur selbst kuriert, ehe er sich dazu durchgerungen hatte, doch noch zum Arzt zu gehen. Noch schlimmer war es bei seiner Frau Hilde, die machte um jeden Doktor einen weiten Bogen.

Agnes schickte den nächsten Patienten herein, Albert Exner, den alten Vater der Gastwirtin, der wegen der Phantomschmerzen seines amputierten Arms regelmäßig Medikamente benötigte.

Während Tobias sich um Albert kümmerte, hörte er im Vorzimmer das Telefon läuten. Es kam immer häufiger vor, dass in der Praxis angerufen wurde – die Anzahl der Leute, die über einen privaten Telefonanschluss verfügten, vergrößerte sich zusehends, und so riefen sie an und fragten nach einem Termin, statt wie sonst einfach vorbeizukommen.

Eigentlich war es ein vernünftiger Gedanke, auf diese Weise alle anfallenden Behandlungen planbar zu gestalten. Doch die Masse derjenigen, die weiterhin Tag für Tag unangemeldet zur Sprechstunde erschienen, überwog die Zahl der Terminsuchenden immer noch um ein Vielfaches. Eine Vorzugsbehandlung von denen, die sich telefonisch anmeldeten, scheiterte schlichtweg am vollen Wartezimmer, weshalb Tobias Agnes angewiesen hatte, keine festen Termine mehr zu vergeben – es gab bloß Ärger, wenn die Leute dann trotzdem warten mussten. Dennoch riefen immer wieder welche an und versuchten ihr Glück.

Agnes hatte im Vorzimmer abgehoben, ihre Stimme war durch die angelehnte Verbindungstür zu hören. Tobias verstand nicht, was sie sagte, doch ihr Tonfall klang überrascht. Und im nächsten Moment läutete der Apparat auf seinem Schreibtisch. Sie hatte das Telefonat zu ihm durchgestellt.

Er hob sofort ab, denn Agnes leitete Anrufe nur dann an ihn persönlich weiter, wenn es sehr wichtig war. Etwa, wenn Isabella anrief und seine Unterstützung bei einer Entbindung brauchte. Als erfahrene Hebamme konnte sie genau einschätzen, wann es brenzlig wurde. Sie kontaktierte ihn wirklich nur bei ernsthaften Problemen, und dann musste es regelmäßig schnell gehen.

»Krüger«, meldete er sich.

Am anderen Ende der Leitung war ein tiefer Atemzug zu

hören, dann sagte eine vertraute Stimme: »Helene hier. Grüß dich, Tobias.«

Sofort schlug sein Herz einen schmerzhaften Trommelwirbel.

»Helene«, brachte er bloß hervor. Er merkte, dass seine Stimme belegt klang, und räusperte sich.

Sie räusperte sich ebenfalls. »Ich hoffe, ich störe nicht.«

»Nein, nein«, sagte er rasch. »Ich habe Zeit.«

Der alte Albert Exner, der auf der Untersuchungsliege saß, wandte ihm das faltige Gesicht zu. Er hatte nur noch ein Auge – das andere hatte er ebenso wie den Arm im Krieg verloren –, doch das wirkte sehr interessiert.

Tobias hob fahrig die Hand, in einer Geste, die alles Mögliche besagen konnte, angefangen von *Hab einen Moment Geduld* über *Hör bitte mal kurz weg* bis hin zu *Tut mir leid, das hier ist wichtig.*

»Was liegt an?«, fragte er, in einer, wie er hoffte, angemessen zurückhaltenden Weise. »Ich hoffe, ihr seid alle gesund über den Winter gekommen.«

»Oh, ja, es geht uns gut«, erwiderte sie. Auch ihre Stimme klang reserviert, und Tobias hatte den deutlichen Eindruck, dass dieser Anruf ihr widerstrebte. Ganz sicher hatte sie sich nicht deshalb gemeldet, weil sie ihn vermisste, sondern weil es irgendeinen triftigen Grund gab. Er spürte, wie etwas, das gerade in ihm hatte aufblühen wollen, binnen Sekundenbruchteilen welkte und erstarb.

»Ich wollte dir gern etwas erzählen, bevor du es von anderen hörst.«

Sie hat einen Neuen, durchfuhr es ihn. Der Schmerz, bis eben noch vage und erträglich, verdichtete sich zu seinem Brennen.

»Ich komme demnächst nach Kirchdorf zurück. Man hat mir die Stelle der Schulleiterin angeboten, und ich möchte sie annehmen. Es ist … eine unglaubliche Chance.«

Tobias hielt die Luft an. Sie kam zurück! Der Schmerz verflog auf der Stelle und wurde durch jähe Hoffnung ersetzt. Eine Hoffnung, die indessen ebenso unvernünftig wie unangebracht war, wie er bei ihren nächsten Worten erkannte.

»Ich wollte das gern vorher mit dir klären«, meinte sie. »Also nicht, dass du denkst, ich würde ... ich hätte im Sinn, dass wir beide vielleicht ...« Sie hielt in erkennbarer Verlegenheit inne, ehe sie in förmlicherem Ton hinzufügte: »Ich möchte dich mit meiner Rückkehr auf keinen Fall in Verlegenheit bringen. Dahinter stehen wirklich nur rein berufliche Motive.«

»Gewiss«, sagte er höflich. »Ich hatte schon davon gehört, dass sie dich hier gern als Rektorin hätten. Ich dachte nur nicht, dass ein Leben auf dem Dorf für dich von Interesse wäre.«

Darauf ging sie nicht ein, und er selbst hielt auch lieber den Mund. Das Schweigen zwischen ihnen schien sich zu einer Ewigkeit auszudehnen.

»Ich wollte nur vermeiden, dass du dich vor den Kopf gestoßen fühlst, wenn ich auf einmal wieder da bin«, erklärte sie schließlich ein wenig steif.

»Etwa, indem ich mich darüber wundere, weil du auf einmal für dein berufliches Fortkommen auf die vielen Vorzüge der Großstadt verzichten möchtest?« Die Worte waren ihm herausgerutscht, und er bereute sie sofort. Am liebsten hätte er die unbedachte Bemerkung zurückgenommen, auch wenn sich die Wahrheit kaum leugnen ließ: Für ihren Beruf wollte Helene besagten Verzicht auf sich nehmen. Um der Karriere willen ließ sie die Annehmlichkeiten der Großstadt sausen. Für ein gemeinsames Leben mit ihm hatte sie das nicht fertiggebracht. Sie hatte schon immer ihre Prioritäten gehabt, und er hatte nie an erster Stelle gestanden. Höchste Zeit, dass er das endlich begriff.

»Wenn du so darüber denkst, ist das dein gutes Recht.« Ihre Stimme klang ausdruckslos. »Wie dem auch sei, jetzt weißt du jedenfalls Bescheid. Sicher laufen wir uns in Zukunft wieder das eine oder andere Mal über den Weg, das ist ja unausweichlich, und da wollte ich das einfach vorher mit dir besprochen haben.« Sie holte tief Luft, dann schloss sie: »Ich hoffe, es geht dir und deiner Familie gut. Richte Michael und Beatrice schöne Grüße von mir aus, ja? Bis dann, Tobias.«

Bevor er noch etwas sagen konnte, hatte sie aufgelegt. Aufgewühlt starrte er den Hörer in seiner Hand an. Seine Fingerknöchel waren weiß, so fest hielt er das Ding umklammert. In der letzten Zeit hatte er ernstlich geglaubt, er wäre über sie hinweg. Endlich, nach über drei Monaten. Er hatte wieder häufiger lachen und sich über alltägliche Dinge freuen können. Hatte wieder mehr Spaß am Leben gehabt, zumindest, soweit ihm die Arbeit Raum dafür ließ. Er war sogar zwei-, dreimal ausgegangen, und das waren ganz private Vergnügungen gewesen, nicht die obligatorischen sonntäglichen Unternehmungen mit seinem Sohn und seiner Tante. Erst kürzlich hatte er die Karnevalsveranstaltung des Schützenvereins besucht und sich dabei nicht schlecht amüsiert. Vergangenen Monat war er mit seinem alten Studienfreund Udo in einem Wiesbadener Tanzclub gewesen. Sie hatten beide bis in die frühen Morgenstunden mit attraktiven Frauen getanzt, in prächtiger Stimmung und um keinen Witz verlegen. Udo, frisch geschieden und unternehmungslustig, hatte ihn ermuntert, *sich eine an Land zu ziehen*, wie er es ausgedrückt hatte. Udo selbst war dann auch Arm in Arm mit einer enthemmt kichernden Rothaarigen abgezogen. Deren Freundin, brünett und mit laszivem Augenaufschlag, hatte offen durchblicken lassen, dass sie auf Ähnliches aus war, ohne dabei mehr zu erwarten als ein heißes Abenteuer. Doch diesen letzten Schritt hatte Tobias nicht gehen können. Nach einem Abschiedsdrink hatte er den Rest der Nacht allein verbracht, in einem Hotel, weil Udo das Apartment, das er seit seiner Scheidung bewohnte, für sich und seine neue Flamme brauchte.

Hinterher war Tobias ins Grübeln darüber geraten, wieso zum Teufel er sich diese Zurückhaltung auferlegt hatte, doch diese Frage hatte er sich recht schnell selbst beantworten können: Helene war immer noch in seinen Gedanken. Mehr noch, sie steckte ihm im Blut, wie ein Virus, das sich nicht so leicht loswerden ließ. In manchen Nächten wurde er wach und streckte die Hand nach ihr aus, weil er sie gerade noch im Traum neben sich gespürt hatte. Doch da waren jedes Mal nur die leere Bettseite und die Einsamkeit, die ihn seit der Trennung erfüllte.

Ein rasselndes Schnarchen riss ihn aus seinen Gedanken. Perplex drehte Tobias den Kopf in Richtung des Geräuschs. Der alte Albert hatte es sich auf der Untersuchungsliege bequem gemacht und war tief und fest eingeschlafen.

*

Isabella war nicht allzu überrascht, als Helene ihr eröffnete, dass sie demnächst nach Kirchdorf zurückkehren würde. Trotzdem freute sie sich unbändig. Bald hatte sie ihre beste Freundin wieder in der Nähe!

Strahlend sah sie Helene an. »Eigentlich wussten es schon alle«, erklärte sie. »Harald hat bereits am Montag im ganzen Dorf herumposaunt, dass es quasi amtlich ist.«

Helene hob die Brauen. »Ich hab erst heute Morgen im Ministerium angerufen und die Stelle angenommen!«

»Da siehst du mal, wie kurz die Informationswege bei wirklich wichtigen Fragen sind«, sagte Isabella grinsend.

Sie aß einen Bissen Frankfurter Kranz. Helene und sie saßen in einem kleinen Café in der Nähe der Zeil. Ab und zu verabredeten sie sich zum Kaffeetrinken oder Bummeln, und für Isabella waren diese Zusammenkünfte mit Helene immer eine willkommene Abwechslung vom alltäglichen Einerlei. Vor allem aber boten sie einen Anlass, gelegentlich einen Ausflug in die Großstadt zu machen. Das Leben auf dem Dorf konnte recht öde sein, erst recht, wenn man in einem Kaff im Zonenrandgebiet lebte. Da war für gewöhnlich noch weniger los als in anderen ländlichen Gegenden. Wer wie sie gerne tanzen ging, musste jedes Mal etliche Kilometer weit fahren. Inzwischen hatte sie einen Wagen, das war nicht mehr das Problem. Aber zugleich bedeutete es, dass sie an solchen Abenden dem Alkohol entsagen musste, obwohl das Feiern mit einem kleinen Schwips viel mehr Spaß machte.

»Weißt du, dass im Dorf Wetten darauf abgeschlossen worden sind?«, fragte sie mit einem Augenzwinkern, während sie ihren Kaffee umrührte.

»Worauf?«, fragte Helene zurück. Sie errötete leicht, ein Zeichen dafür, dass sie genau wusste, was Isabella meinte.

»Na, dass du zurückkommst. Freuen können sich darüber jetzt alle. Die einen, weil sie dich gut leiden können, die anderen, weil sie wieder jemanden haben, über den sie lästern können. Du weißt ja, unverheiratete Frauen wie du und ich sind das beste Klatschthema.«

Die Röte in Helenes Wangen vertiefte sich. Sie hob ihre Kaffeetasse, als wollte sie ihr Gesicht dahinter verbergen. »Es ist bloß wegen der Stelle. Ich hoffe, das ist den Leuten klar.«

»Natürlich«, sagte Isabella und zwinkerte ihr zu.

Helene stellte ihre Tasse wieder ab, es klirrte vernehmlich. »Es ist so, wie ich sagte, Isa. Ich möchte einfach die Gelegenheit nutzen, beruflich einen großen Schritt weiterzukommen. Wann bekommt man schon mal so eine Chance …«

»Wenn du meinst«, gab Isabella nachsichtig zurück, ohne die Sache zu vertiefen. Helene war allzu deutlich darauf bedacht, sich gefühlsmäßig bedeckt zu halten.

Davon abgesehen hätte Isabella in diesem Moment ohnehin keine weiteren Fragen stellen können, denn an der Eingangstür des Cafés war Unruhe entstanden. Ein schwarzer G.I. hatte in Begleitung einer blonden jungen Frau das Lokal betreten. Noch bevor das Paar einen der freien Tische ansteuern konnten, wurden aus mehreren Richtungen widerwärtig rassistische und beleidigende Bemerkungen laut. »Amiflittchen«, zischte eine ältere Dame am Nebentisch. Und von weiter hinten konnte man deutlich eine männliche Stimme hören, die etwas rief, das nach »Schwarze raus!« klang. Die Leute machten sich nicht mal die Mühe, ihre Stimmen zu dämpfen. Und vom Personal fühlte sich niemand berufen, dagegen einzuschreiten.

Die junge Frau sah sich hilflos nach allen Seiten um. In ihren Augen standen Tränen. Der G.I. starrte entsetzt in die feindseligen Gesichter. Isabella wäre am liebsten aufgesprungen und hätte die beiden an ihren Tisch geholt, doch da hatte der amerikanische Soldat schon schützend den Arm um seine Begleiterin gelegt und sie hastig aus dem Café geführt.

Isabella holte tief Luft. »Tut mir leid, ich muss hier raus«, sagte sie zu Helene.

»Ich auch«, pflichtete die Freundin ihr in grimmigem Ton bei.

Sie ließen alles stehen und liegen, warfen einen Geldschein auf den Tisch und verließen ohne Grußwort das Café.

»Ich könnte kotzen«, befand Isabella, als sie draußen waren.

»Geht mir genauso«, stimmte Helene zu. Sie wirkte nicht weniger betroffen als Isabella. »Das tut mir so leid.«

»Du kannst doch nun wirklich nichts dafür.«

»Ich weiß nicht. Hätten wir vorhin nicht was sagen müssen?«

»Was denn? Etwa so was wie ›Schämt euch‹?!« Isabella schüttelte den Kopf. »Das kapieren die doch gar nicht, so vernagelt und borniert, wie die sind!«

Sie gingen stumm nebeneinanderher, bis Isabella herausplatzte: »Eigentlich dachte ich, in der Stadt wär's weniger schlimm als auf dem Dorf. Aber hier sind die Leute ja ganz genauso.« Danach verfiel sie wieder in Schweigen. Schließlich wechselte sie mit bemühter Sachlichkeit das Thema. »Was sagt denn eigentlich Marie zu dem geplanten Umzug nach Kirchdorf?«, erkundigte sie sich.

Helene hob die Schultern. »Bisher nicht viel«, antwortete sie, erkennbar Isabellas Wunsch folgend, die Unterhaltung wieder in neutrales Fahrwasser zu lenken. »So richtig begeistert ist sie nicht. Aber auch nicht so widerspenstig, wie man es erwarten könnte, wenn ein junges Mädchen von der Stadt aufs Dorf ziehen soll. Sie hatte in letzter Zeit Probleme in der Schule hier, sie kommt mit der Deutschlehrerin nicht klar, und wahrscheinlich ist sie froh, den Drachen bald los zu sein.«

Isabella nickte. Sie hatte Mühe, sich auf Helenes Ausführungen zu konzentrieren. Der Eklat in dem Café hing ihr immer noch nach.

»Außerdem freut sich Marie auf ihren Opa«, fuhr Helene fort. Sie hakte sich bei Isabella ein, während sie gemeinsam weiter über die Zeil schlenderten. »Und darauf, dass sie ihm wieder bei der Arbeit mit den Tieren über die Schulter schauen kann. Das hatte ihr schon in Weisberg immer so gut gefallen.«

Helenes Vater Reinhold hatte, bevor er in Kirchdorf seine Tierarztpraxis eröffnet hatte, jenseits der Zonengrenze im thüringischen Nachbarort Weisberg als Veterinärmediziner gearbeitet – dort allerdings unter dem strengen Regime der DDR, welches die Tierärzte zu schlecht bezahlte und zu heillos überarbeiteten Angestellten des Staates degradiert hatte. Obwohl er nicht mehr der Jüngste war und zudem an einer unfallbedingten Gehbehinderung litt, hatte er sich mit erstaunlichem Elan in Kirchdorf eine neue berufliche Existenz aufgebaut.

»Jetzt erzähl aber auch mal was über dich!« Helene musterte Isabella aufmunternd. »Wir haben uns ja fast zwei Monate nicht gesehen, gibt's irgendwas Neues? Was macht die Arbeit?«

Isabella zuckte mit den Schultern. »Geht so. Meine Auftragslage lässt nach. Viele Frauen entbinden mittlerweile lieber im Krankenhaus, und wenn das so weitergeht, bin ich in ein paar Jahren als Dorfhebamme arbeitslos.«

»Woran liegt das?«, wollte Helene wissen.

»An dem Frauenarzt, der in Hünfeld eine Praxis aufgemacht hat. Der hat Belegbetten in der Klinik und arbeitet da auch als Geburtshelfer. Tobias überweist die Schwangeren, die zu ihm in die Sprechstunde kommen, gerne an diesen Arzt. Er selber war noch nie so wirklich für Hausgeburten zu haben, das fand er schon immer ein bisschen zu riskant.«

»Ja, das hat er mal erwähnt«, meinte Helene mit vager Beiläufigkeit.

Isabella blickte sie prüfend an, sagte jedoch nichts. Dann hellte ihre Miene sich auf. »Ach, das hätte ich ja beinahe vergessen zu erzählen. Stell dir vor, Jim ist wieder da! Ich soll dich schön von ihm grüßen.«

»Ach, wie nett. Geht's ihm gut?«, erkundigte sich Helene. Ihre Miene zeigte aufrichtiges Interesse, was für Isabella nicht weiter verwunderlich war. Dem jungen G.I. würde ihre Freundin wohl bis an ihr Lebensende dankbar sein: Als ausgebildeter Scharfschütze der U.S.-Army hatte er entscheidend dazu beigetragen, dass ihre Tochter und ihr Vater die schreckliche Flucht über die Zonengrenze unbeschadet überlebt hatten – Jim hatte einem mordlüsternen DDR-Funktionär die Waffe aus der Hand geschossen, als der gerade hinterrücks auf Helenes flüchtende Familie angelegt hatte.

Isabella hatte seinerzeit mit Jim und seinem besten Freund Brad so manche Nacht durchgefeiert und dabei einiges erfahren, was die Männer ihr in nüchternem Zustand sicher nicht so offenherzig anvertraut hätten. Aber gewisse Dinge hatte sie auch von allein bemerkt. Etwa, dass Jim damals bis über beide Ohren in Helene verknallt gewesen war. Er war fünf Jahre jünger als sie, aber er hätte ihr ohne zu zögern sein ganzes Herz zu Füßen gelegt. Nachdem er allerdings begriffen hatte, dass sie bereits vergeben war, trug er es wie ein Mann – zumindest nachdem er seinen Kummer in einer ganzen Batterie von Drinks ertränkt hatte.

»Jim war für ein paar Monate auf einem Einsatz in Vietnam«, berichtete Isabella. »Da nehmen die kriegerischen Konflikte wohl immer mehr zu. Aber Jims Vater hat es irgendwie geschafft, ihn da so schnell wie möglich wieder rauszuholen. Dass sein Vater ein hohes Tier im US-Kongress ist, hatte ich dir schon mal erzählt, oder? Anschließend war er eine Weile in Bayern stationiert, bevor man ihn auf seinen Wunsch hin wieder hierher nach Hessen abkommandiert hat. Natürlich wurde er zwischenzeitlich auch befördert, er ist jetzt Captain und leitet eine eigene Einheit.«

»Das freut mich aber«, meinte Helene. »Er hat es verdient.«

»Na, bald kannst du ihm persönlich dazu gratulieren, denn er hat auch öfters in Kirchdorf zu tun. Die planen gerade einen besseren Schutz der Zonengrenze. Mit Wachturm und Soldatenbaracken und allem möglichen Drum und Dran. Harald steckt deswegen dauernd in irgendwelchen Verhandlungen, er legt sich als Bürgermeister mächtig dafür ins Zeug und sucht schon nach dem passenden Gelände am Ortsrand.«

Helene runzelte die Stirn. »Noch ein Beobachtungsstützpunkt?«

»Nein, es soll *der* Beobachtungsstützpunkt schlechthin werden. Der größte, beste, am stärksten ausgestattete in ganz Hessen. Alle wollen den haben, angeblich wird es höchste Zeit dafür. Jim ist felsenfest davon überzeugt, dass der Russe uns auf der Stelle überrennt, wenn die Amis uns nicht rund um die Uhr mit allem beschützen, was sie in die Schlacht werfen können. Er meint, die Kommunisten wären in drei Stunden mit ihren Panzern bis nach Frankfurt gerollt, wenn keiner an der Grenze bereitsteht, um sie aufzuhalten.«

»Ja, so was hat er mir auch schon mal erzählt«, sagte Helene trocken.

Isabella grinste. »Und bei Harald läuft er damit offene Türen ein. Die beiden liegen völlig auf einer Wellenlänge, was das angeht.«

Helene verzog in einer Mischung aus Besorgnis und Belustigung das Gesicht. »Auf diese Art wird der Kalte Krieg bestimmt niemals enden.«

Isabella blieb bei einem der Läden stehen, die an ihrem Weg lagen. Im Schaufenster war modische Unterwäsche ausgestellt. »Wir müssen in Kirchdorf das Beste daraus machen. Der Stützpunkt kommt so oder so, und für den Ort gibt's bestimmt Schlimmeres. Die G.I.s bringen ein bisschen Geld in die Gegend. Und wir fühlen uns da draußen wirklich sicherer, seit sie da sind. So nah an der Zonengrenze ist es schon ziemlich beängstigend, seit die Kommunisten drüben dermaßen aufgerüstet haben, mit all den Minen und den Hundestaffeln und den höheren Zäunen.« Isabella hielt inne, denn das Unbehagen, mit dem Helene ihre Schilderung aufnahm, war fast mit Händen zu greifen. Sie ahnte, dass die Freundin an die Nacht zurückdachte, die von den Leuten in Kirchdorf nur *Die große Flucht* genannt wurde. Isabella musste schlucken, weil sie mit einem Mal selbst wieder alles vor ihrem inneren Auge ablaufen sah. Der Traktor, der die Sperranlagen durchbrach. Die Menschen aus Weisberg, die in Scharen dem rumpelnden Gefährt hinterherliefen und erst innehielten, als sie die westdeutsche Seite jenseits des Niemandslands erreicht hatten. Und dann der Augenblick, als Helene weinend auf die Knie sank und ihre Tochter in die Arme schloss. Dieses Bild hatte sich für immer bei Isabella eingebrannt. Niemand, der damals dabei gewesen war, würde das je vergessen können.

»Apropos Harald«, meinte Helene, offenbar darauf bedacht, ein anderes Thema anzuschneiden. »Wie läuft es bei euch?«

Isabella wunderte sich über den kurzen, scharfen Schmerz, den Helenes Frage bei ihr ausgelöst hatte. Angelegentlich betrachtete sie ein mit Rüschen überladenes Dessous-Ensemble aus rosafarbener Seide. »Wie gewonnen, so zerronnen«, sagte sie betont gleichmütig.

Helene wirkte erschrocken, beinahe schockiert. »Sag bloß, ihr habt schon wieder Schluss! Was ist denn passiert? Hast du nicht gesagt, ihr hättet beide aus euren früheren Fehlern gelernt und wolltet es diesmal besser hinkriegen?!«

»Das dachte ich ja auch. Aber irgendwie … Ach, ich weiß auch nicht. Wir hatten einen blöden Streit, keine Ahnung warum, und dann …« Sie hob vielsagend die Schultern und überließ es Helene, sich den Rest zu denken.

»Lässt es sich denn wieder einrenken?«

»Lässt sich das mit dir und Tobias wieder einrenken?«, gab Isabella zurück.

Mit dieser Gegenfrage hatte sie Helene auf dem falschen Fuß erwischt. Für einen Moment zeigte sich ein grimmiger Ausdruck in ihrem Gesicht, der jedoch gleich darauf von einem reumütigen Lächeln abgelöst wurde.

»Touché«, sagte Helene. »Am besten reden wir gar nicht mehr über Männer …«

»Oh, das fände ich etwas vorschnell. Vor allem, nachdem ich am Samstag mal wieder in Hersfeld im Kino war und diesen Wahnsinnsfilm mit Sean Connery gesehen habe. Was für ein Mann!« Hingerissen verdrehte Isabella die Augen, und Helene musste lachen.

»Da war ich auch drin, zusammen mit Marie. Ich fürchte, er ist jetzt der Schwarm ihrer geheimen Jungmädchenträume. Natürlich erst an zweiter Stelle, nach Paul McCartney, den stößt so schnell keiner vom Thron.«

Isabella grinste breit, die fröhliche Stimmung zwischen ihnen war wiederhergestellt.

»Was hältst du von diesem BH?«, erkundigte sie sich bei Helene. »Dem blauen, mit dem Vorderverschluss? Ich glaube, der könnte mir gefallen.«

Sie gingen in den Laden, um Unterwäsche anzuprobieren. Den restlichen Nachmittag über sprachen sie nur über belanglose Dinge.

KAPITEL 3

Marie widerstand dem Impuls, mit beiden Füßen in die große Pfütze zu springen, die mitten auf dem Dorfplatz prangte. Sie trug zwar Gummistiefel, und es bot sich daher geradezu an, auf diese Weise herauszufinden, wie tief die Pfütze war und wie hoch das Regenwasser spritzen würde, wenn sie hineinhüpfte. Doch mit zwölfeinhalb Jahren war sie eindeutig aus diesem Alter heraus. Dennoch – um ein Haar hätte sie es getan, ganz egal, wer gerade zuschaute. Und das waren nicht gerade wenige – an diesem Samstagmittag waren trotz des schlechten Wetters etliche Leute unterwegs, um vor den Osterfeiertagen letzte Besorgungen zu erledigen. Der Kolonialwarenladen, den alle hier *Kaufhaus* nannten, war gerammelt voll, und auch bei der Post und der Raiffeisenkasse gab es Gedränge. Die meisten Passanten hatten Regenschirme dabei und waren angezogen wie im Winter. Die ganzen letzten Tage über hatten sich Schneeregen und Graupelschauer abgewechselt, der Himmel hing grau und tief über den Hügeln, und es herrschten Temperaturen, die weit von dem entfernt waren, was man in der ersten Frühlingswoche hätte erhoffen können. Marie kam gerade aus der Schule – nicht aus dem Gymnasium, auf das sie demnächst gehen würde, es waren ja noch Osterferien – sondern aus der Volksschule, in der ihre Mutter neuerdings Rektorin war und zu Maries Ärger bereits in den Ferien angefangen hatte zu arbeiten, statt Zeit mit ihr zu verbringen. Es war ja so klar, eigentlich hätte Marie es vorher wissen müssen. Aus *Ich bin mal eben in der Schule* wurde in null Komma nichts ein ganzer Vormittag, aus den gemeinsamen Ferien eine Illusion.

»Willst du mal sehen, wo ich vor drei Jahren hier im Westen angefangen habe?«, hatte Mama heute gefragt, und Marie hatte zugestimmt, immerhin war es etwas, bei dem sie zusammen sein konnten. Trotzdem hätte sie lieber was anderes unternommen, denn in ihren Augen sah eine Schule aus wie die andere. Manche waren neuer, andere älter oder sogar vergammelt, aber es war doch überall gleich, sodass man sich richtig wohl eigentlich in keiner fühlen konnte.

Die Volksschule von Kirchdorf war eine der älteren Sorte, und sie war geradezu winzig im Vergleich zu dem Gymnasium, das sie in Frankfurt besucht hatte. Eigentlich wirkte sie schon fast gemütlich, ein bisschen urig und altmodisch, so ähnlich wie die Schulen im Osten.

In den Klassenräumen der Dorfschule hingen bunte Bilder, die von Schülern gemalt worden waren, das sah teilweise richtig freundlich aus. Auch in dem Frankfurter Gymnasium hatten sie ihre Bilder aus dem Kunstunterricht aufgehängt, alle paar Wochen andere.

In den DDR-Schulen hatten ebenfalls Bilder von Schülern gehangen, aber auch jede Menge Plakate und Transparente mit sozialistischen Parolen, teilweise riesige Dinger, so groß, dass sie eine ganze Wand bedecken konnten.

Fröstelnd schob Marie die Hände in die Taschen ihrer gefütterten Jacke und zog die Schultern gegen den scharfen Wind hoch. Hier oben in der Rhön war es eindeutig kälter als in Frankfurt. Was zum einen mit der Höhenlage zusammenhing, zum anderen aber auch mit der unterschiedlichen Bebauung. Die paar Häuser rund um den großen Platz waren viel niedriger und kleiner als die Gebäude in der Großstadt, der Wind konnte hier überall ungehindert hindurchpfeifen. Überhaupt wirkte hier alles schäbiger und schlichter und ärmlicher als in der Stadt, und nicht zum ersten Mal fühlte Marie sich fehl am Platze.

Als sie vor gut zwei Wochen mit ihrer Mutter hierhergezogen war, hatte sie nicht erwartet, dass ihr die Eingewöhnung so schwerfallen würde. Schließlich kannte sie die Rhön noch gut aus ihrer Zeit in Weisberg, da hatte sie damals vor ihrer Flucht in den Westen immerhin fast ein halbes Jahr gelebt.

Vielleicht hing ihre gedrückte Stimmung auch damit zusammen, dass sie seit dem Umzug ständig von den schrecklichen Erinnerungen an die Wochen und Monate dort geplagt wurde. Wie sehr sie damals Mama vermisst hatte! Und natürlich Papa, der da schon tot gewesen war. Er war im Stasigefängnis an Herzversagen gestorben. Marie stellte sich oft vor, dass es so passiert war, wie es in der Redensart hieß: *Ihm war vor lauter Kummer das Herz gebrochen.* Sie schluckte und sah in die Richtung, in der sie Weisberg vermutete.

Das Städtchen lag direkt auf der anderen Seite der nahen Zonengrenze, und eigentlich war es dort nicht viel anders gewesen als hier in Kirchdorf, abgesehen davon, dass drüben der Sozialismus herrschte, mit ständiger Kontrolle, zwangskollektivierter Landwirtschaft und leeren Regalen in den Läden. Aber was den Rest betraf, gab es kaum Unterschiede. Die Leute sprachen das gleiche Platt und lebten in ähnlichen Bauernhäusern, umgeben von Gemüsegärten, Äckern und Viehweiden.

Kirchdorf kannte sie schon ganz gut, was auch daran lag, dass sie bereits häufiger zu Besuch hier gewesen war. Bei Opa Reinhold und natürlich auch bei Tobias, als er und Mama noch zusammen gewesen waren.

Bei dem Gedanken an Tobias unterdrückte Marie ein Seufzen, denn sie wurde das unbehagliche Gefühl nicht los, dass sie hauptsächlich seinetwegen nach Kirchdorf gezogen waren. Mama hatte zwar ständig erzählt, wie wichtig und einmalig diese berufliche Chance war, die sich ihr so unerwartet dargeboten hatte, aber Marie war es so vorgekommen, als hätte Mama sich das teilweise selbst einreden wollen. Nur damit keiner denken konnte, sie täte es wegen ihres Liebeskummers. Und davon hatte sie wirklich eine ganze Menge mit sich herumgeschleppt, auch wenn sie sich sehr bemüht hatte, es keinen merken zu lassen. Marie hatte sie mehr als einmal in ihrem Zimmer weinen gehört, und dann hatte sie sich jedes Mal gefragt, was denn nun genau zwischen den beiden schiefgegangen war.

Alle Leute hatten geglaubt, dass die zwei bald heiraten würden. Spätestens nachdem ihre Mutter das Zusatzstudium abgeschlossen hatte. Stattdessen hatten sie sich getrennt. Danach war Marie – jedenfalls bis zu dem Umzug vorletzte Woche – nur noch ein einziges Mal mit Mama in Kirchdorf gewesen, zu Opa Reinholds Geburtstag im Februar. Um die Arztvilla hatten sie dabei einen weiten Bogen gemacht. Marie konnte es nur recht sein, das durfte gern so bleiben. Sie war kein bisschen traurig darüber, dass Mama und Tobias nicht geheiratet hatten, im Gegenteil. Nicht etwa, weil sie Tobias nicht leiden konnte – eigentlich war er ganz in Ordnung –, sondern weil es ihr besser gefiel, ihre Mutter wieder für sich allein zu haben. Nach der schlimmen Zeit im Kinderheim und den zermürbenden Monaten des Wartens endlich wieder bei ihr zu sein, war das Schönste, was Marie je erlebt hatte. Und was war jetzt? Mama kümmerte sich nur noch um ihre Arbeit!

Schon wieder kam eine Pfütze in Sicht, noch größer als die erste, und diesmal konnte sie nicht anders – sie sprang mit Anlauf hinein und jauchzte begeistert, als das Wasser mit sattem Platschen nach allen Seiten hochspritzte. Dass sie dabei nass wurde, war ihr egal, denn von dem ständigen Regen war ihr ganzes Zeug ohnehin schon ziemlich feucht.

»Grüß dich, Marie«, sagte eine vertraute Jungenstimme hinter ihr.

Sie drehte sich zu Michael um, ein wenig befangen, weil ihr

kindischer Sprung in die Pfütze ihm bestimmt nicht entgangen war. »Grüß dich.« In ihre Verlegenheit mischte sich ein Hauch von Ärger – eine Regung, die sie schon häufiger in seiner Gegenwart verspürt hatte. Michael war der Sohn von Tobias, und er hatte von Anfang an die Eigenschaft gehabt, ihr pausenlos an den Fersen zu kleben. Auf Schritt und Tritt war er ihr hinterhergelaufen, als hätte er sonst niemanden gehabt, mit dem er die Zeit totschlagen konnte. Ständig hatte er irgendwas mit ihr spielen wollen, lauter Spiele, für die sie sich nicht interessierte. Meist Autoquartett und Lego – es war entweder langweilig oder immer dasselbe oder beides. Wahrscheinlich hing es auch damit zusammen, dass *er* so langweilig war. Die meiste Zeit erschien er ihr wie ein kleiner Junge, obwohl sie nur ein Dreivierteljahr älter war als er. Nach Ostern würden sie sogar dieselbe Schule besuchen. Es war jetzt schon klar, dass sie morgens mit demselben Bus fahren würden, und in seiner treuherzigen Anhänglichkeit würde er garantiert neben ihr sitzen wollen.

»Wie geht's dir so?«, wollte er von ihr wissen, während er zu ihr aufschloss. »Hast du schon neue Freunde kennengelernt?«

Er trug eine Steppjacke mit Knebelverschlüssen, die ihn ein bisschen erwachsener aussehen ließ. Zu ihrer Überraschung stellte sie fest, dass er in den vergangenen Monaten ordentlich in die Höhe geschossen war. Als sie ihn das letzte Mal gesehen hatte, war er noch einen halben Kopf kleiner gewesen als sie. Jetzt hatte er gleichgezogen. Mindestens. Vielleicht überragte er sie sogar schon um eine Idee. Auch seine Stimme klang bei genauerem Hinhören ein wenig anders. Nicht sehr, aber ein bisschen. Es kam Marie so vor, als sei sie etwas rauer als sonst.

»Gut«, antwortete sie.

Die Frage nach neuen Freunden überging sie einfach. Mit wem hätte sie sich denn in der kurzen Zeit schon anfreunden sollen? Die Schule ging erst nächste Woche los, da kannte sie – abgesehen von Michael – noch keine Menschenseele. Und sie konnte ja auch schlecht in der Gegend herumlaufen und irgendwelche Jugendlichen ansprechen, die ihr über den Weg liefen. Auf dem Dorfplatz trafen sich ab und zu welche. Die standen dann dort zusammen, lachten und redeten oder hörten Musik aus dem Transistorradio. Manchmal, wenn sie diese Clique dort beim Brunnen stehen sah, stellte sie sich vor, wie es wäre, die Jungs und Mädchen dort näher zu kennen und auch dazuzugehören. Aber die waren alle schon mindestens fünfzehn oder sechzehn. Zu denen würde sie gar nicht richtig passen, die hatten bestimmt nicht ausgerechnet auf ein zwölfjähriges Mädchen aus der Stadt gewartet.

»Wo gehst du hin?«, fragte Michael. »Zu deinem Opa? Da wohnt ihr ja jetzt erst mal, oder? Bis die Wohnung im Lehrerhaus fertig ist.«

Marie nickte und ging weiter, beide Hände in die Jackentaschen geschoben. Michael stiefelte einfach neben ihr her. »Hilfst du ihm auch in der Praxis?«

»Heute ist Samstag, da hat er zu.«

»Mein Vater hat samstags auch zu, aber es kommen trotzdem immer Patienten. Oder er muss zu irgendwem nach Hause, wenn's einem richtig schlecht geht.«

So ähnlich war es bei Opa Reinhold auch, nur dass dessen Patienten Tiere waren. Auch er hatte seine Praxis bei sich zu Hause, und wenn irgendwo auf einem der Gehöfte eine Kuh kalbte oder ein Pferd Koliken hatte, fuhr er dorthin. Das hatte er auch damals in Weisberg machen müssen, nur dass er da noch auf eine uralte Klapperkiste von Auto angewiesen gewesen war, während er jetzt einen ordentlichen Wagen besaß.

»Bald sehen wir uns ja wieder öfters«, meinte Michael. Er strich sich das rotblonde Haar zurück, das er deutlich länger trug als noch im letzten Jahr. Die meisten größeren Jungs ließen sich momentan die Haare wachsen, das war angesagt. Meckischnitt war rückständig.

»Ja, wir fahren dann ja wohl mit demselben Bus zur Schule«, sagte Marie. Für heute reichte ihr die Unterhaltung mit ihm. »Bis demnächst mal«, sagte sie.

»Ja, bis dann«, gab er zurück, während er stehen blieb. »Grüß deine Mutter von mir.«

Für einen Moment glaubte sie in seinen Augen eine Spur von Traurigkeit wahrzunehmen, doch sie war sich nicht sicher. »Mach ich. Und du deinen Vater«, erwiderte sie höflich, ehe sie sich abwandte und mit großen Schritten weiterging.

*

Christa schaute zu, wie Marie Jacke und Stiefel auszog, und schob dem Mädchen die Filzlatschen hin, die sie vor einer Weile besorgt hatte. Aus den Pantoffeln vom letzten Jahr war die Kleine inzwischen herausgewachsen. Überhaupt, sie war gar nicht mehr *die Kleine*, die sie lange Zeit in Christas Gedanken und Vorstellungen immer noch gewesen war, sondern im Begriff, ihre Kindheit endgültig hinter sich zu lassen. Sie bekam allmählich einen Busen und rundere Hüften, so wie fast alle Mädchen in diesem Alter. Christa erinnerte sich noch gut daran, wie es bei ihr selbst angefangen hatte. Bis zwölf noch flach wie ein Brett, und dann war es auf einmal losgegangen mit den Wölbungen unter dem Hemdchen. Zuerst noch kläglich wenig, dann immer mehr, bis sie schließlich einen Büstenhalter gebraucht hatte. Plötzlich wuchsen Scham- und Achselhaare, alle vier Wochen mussten frische Binden bereitliegen, und der Körper fing an, Gerüche auszudünsten, die wie aus dem Nichts kamen und sich auch mit noch so viel Seife immer nur vorübergehend wegschrubben ließen. Damals war es ihr so vorgekommen, als wäre sie aus ihrer alten, vertrauten Welt herausgerissen und in eine Hölle voller Peinlichkeiten verpflanzt worden. Es hatte lange gedauert, bis sie sich an diesen fremden neuen Körper gewöhnt hatte.

Ob es Marie ebenso erging? Falls ja, merkte man ihr nicht allzu viel davon an. Ab und zu war sie vielleicht ein bisschen schnippischer als sonst, und die gewohnte Ausgelassenheit schien allmählich einer gewissen Ernsthaftigkeit zu weichen. Die körperlichen Veränderungen betonte sie nicht, sondern verbarg sie unter schlabberigem Zeug. Irgendwann, vielleicht in ein oder zwei Jahren, würde sie dann wahrscheinlich anfangen, sich die Lippen nachzuziehen und enge Oberbekleidung zu tragen, damit alle Welt sah, dass sie nun erwachsen war. So war es bei Christa auch gewesen und bei ihren damaligen Freundinnen ebenfalls.

Manchmal fragte sie sich, was aus denen wohl geworden war. Krieg und Vertreibung hatten sie in alle Winde zerstreut, in Schlesien lebte niemand mehr aus ihrem früheren Bekanntenkreis. Manche waren schon jung gestorben, andere weit weggezogen. Ihre Jugendfreundin Ruth war bereits Ende der Vierzigerjahre nach Israel ausgewandert, sie schrieben sich einmal im Jahr zu Weihnachten. Inge wohnte in Dresden, auch von ihr kam ab und zu eine Karte, und Sybille war in Österreich gelandet, von der hatte Christa schon seit Jahren nichts mehr gehört. Persönlich getroffen hatte sie von all ihren Schulkameradinnen seit dem Krieg keine mehr, und auch aktuelle Fotos hatte sie schon lange nicht mehr bekommen. Inzwischen waren alle um die sechzig und längst Großmütter, jedenfalls die, mit denen Christa nach Kriegsende in Kontakt geblieben war.

Christa selbst hatte weder Kinder noch Enkel, aber da war ja Marie, Reinholds einziges Enkelkind, und somit war auch Christa wohl so was Ähnliches wie eine Oma, auch wenn sie sich nicht im Entferntesten so fühlte. Diese Rolle füllte hier im Haus viel eher Christas Mutter Else aus, schon weil sie sich *Omchen* nennen ließ, nicht nur von Marie, sondern auch von allen möglichen anderen Leuten.

»Essen ist gleich fertig!«, rief Else. Sie streckte den Kopf aus der Küche. »Es gibt Gulasch und Semmelklöße. Hast du guten Hunger mitgebracht?«

»Und wie«, erklärte Marie. Sie strahlte. Wenn es was Gutes zu essen gab, war sie immer vorneweg dabei – ein Zeichen dafür, dass sie in diesem Punkt noch eher Kind als junge Frau war. Sie futterte unbekümmert drauflos, der Teller war hinterher immer blitzblank, und auch wenn sie satt war, nahm sie sich gern nach, wenn es ihr geschmeckt hatte.

»Kommt deine Mutter auch?«, erkundigte sich Christa bei Marie.

»Nein, das dauert noch, sagt sie. Vielleicht schafft sie's bis zum Kaffee.«

Christa verkniff sich die Frage, wieso Helene in den Schulferien so viel arbeiten musste, schließlich hatten da nicht nur die Kinder, sondern auch die Lehrkräfte frei. Wahrscheinlich würde Helene *immer* irgendwas zum Arbeiten finden, und sei es nur in der Weise, dass sie pädagogische Fachbücher wälzte oder sich neue Lehrmethoden ausdachte. Sie hatte eine gewisse kompromisslose Art, sich in ihre beruflichen Aufgaben hineinzubeißen, was bei Christa gelegentlich dazu führte, dass sie selbst sich faul und nutzlos vorkam – was natürlich völliger Unsinn war. Schließlich hatte sie ebenfalls mehr als genug vor der Brust. Sie machte immer noch den ganzen Schriftkram für Reinholds Praxis und assistierte ihm obendrein bei der Behandlung der Kleintiere.

In Weisberg hatte Reinhold zuletzt nur noch mit Nutzvieh und Pferden zu tun gehabt. Hier in Kirchdorf kamen die Leute auch mit ihren Hunden, Katzen und Wellensittichen vorbei. Über mangelnde Arbeit konnten sie also wirklich nicht klagen. Die Praxis war gut besucht, und auf den Bauernhöfen der Umgebung gab es ebenfalls eine Menge zu tun. Der frühere Veterinär, von dem ihr Mann die Praxis übernommen hatte, war restlos ausgelastet gewesen. Manchmal fielen Christa und Reinhold abends nur noch erschöpft ins Bett.

Aber das Gute daran war: Je mehr sie arbeiteten, desto mehr Geld kam herein. Genau das war der entscheidende Punkt, der Christa mit der starken Belastung versöhnte. In der DDR hatte Reinhold sich bis auf die Knochen abschuften müssen, ohne für seinen pausenlosen Einsatz auch nur einen Pfennig extra zu bekommen. Hier konnten sie sich ordentlich was zur Seite legen, sodass sie, wenn sie in ein paar Jahren in Rente gingen, auch ohne Augustes Unterstützung zurechtkommen würden. Deren Geld war das Letzte, worauf Christa sich verlassen wollte. Zu oft hatte sie schon am eigenen Leib erfahren, welche Wahrheit dem altbekannten Sprichwort innewohnte: wie gewonnen, so zerronnen.

Aber wenigstens gehörte ihnen schon mal das Haus. Natürlich hatten sie es sich nicht aus eigenen Mitteln leisten können, wie denn auch, schließlich waren sie buchstäblich mit nichts als dem, was sie am Leib trugen, aus der DDR geflüchtet. Auguste hatte das Haus für Reinhold gekauft. Mal eben so. Und das, nachdem sie schon für die Übernahme und Modernisierung der Tierarztpraxis einen großzügigen Gründerzuschuss beigesteuert hatte.

»Du beerbst mich doch sowieso, mein Junge«, hatte sie kurzerhand seine halbherzigen Versuche abgewehrt, wenigstens pro forma gegen so viel Großmut zu protestieren. Und so hatten sie nur drei Monate nach der Flucht in dieses frisch sanierte Fachwerkhaus mit dem gepflegten Garten ziehen können. Die Praxis befand sich in einem – ebenfalls renovierten – Nebengebäude.

Christa vermutete im Stillen, dass die Alte auch gern das Doppelte bezahlt hätte, nur um Else wieder loszuwerden. Auguste war zu vornehm und zu gemäßigt, um sich mit ihrem Logierbesuch herumzustreiten, aber niemandem hatte entgehen können, wie sehr Christas Mutter ihr mit ihrer zänkischen, besserwisserischen Art auf die Nerven gegangen war. Christa wusste ja manchmal selbst nicht, wie sie es bereits all die Jahre mit ihrer Mutter unter einem Dach aushielt. Und was Reinhold betraf – vielleicht arbeitete er ja unter anderem auch deswegen so viel. Nur, um ein bisschen Ruhe vor seiner Schwiegermutter zu haben. In seiner Gelassenheit und beinahe ergebenen Zurückhaltung hatte er schon so manches Gezeter über sich ergehen lassen müssen.

Sogar die Kleine – Christa korrigierte sich in Gedanken, denn sie war ja nun wirklich nicht mehr klein: *Marie* – bekam gelegentlich ihr Fett weg. Heute auch wieder.

Am Mittagstisch raunzte Else das Mädchen an: »Hast du nicht was vergessen?«

Marie runzelte die Stirn. »Was denn?«

»Wenn du da nicht selbst draufkommst, ist dir wohl nicht mehr zu helfen«, versetzte Else ruppig.

»Oh. Ach so.« Marie faltete die Hände. »Komm, Herr Jesus, sei unser Gast und segne, was du uns bescheret hast. Amen. Guten Appetit!« Und schon griff sie zu Messer und Gabel und begann zu essen. Offenbar nahm sie Else den Tadel nicht krumm, aber Christa, die sich ebenfalls schon vor dem Tischgebet einen Bissen in den Mund geschoben hatte, verdrehte die Augen. Seit sie in Kirchdorf lebten, stand Frömmigkeit bei ihrer Mutter so hoch im Kurs wie noch nie. Die alte Frau hatte schon immer viel und ausdauernd gebetet, doch hier in diesem erzkatholischen Kaff war ihr religiöser Eifer neu erwacht. Inzwischen beschwerte sie sich sogar darüber, dass Christa nie mit in die Kirche ging. Das war in der DDR nicht anders gewesen, aber hier schien es ihre Mutter weit mehr zu stören als früher in Weisberg.

Reinhold stand, was diesen Aspekt ihres Lebens betraf, sozusagen zwischen den Fronten. Anders als Christa hatte er seinen Glauben an Gott nicht im Laufe der Jahrzehnte verloren und begraben, sondern sich zumindest einen Teil davon bewahrt, auch wenn er nur sporadisch die Kirche besuchte.

Wenigstens machte Christas Mutter ihm deshalb keine Vorhaltungen, denn sogar ihr leuchtete ein, dass er wegen seines versehrten Beins ab und zu Erholung brauchte und nicht zu viel herumlaufen sollte. Er war ja eh schon ständig unterwegs, und mit dem Wagen konnte er hier auch nicht überallhin fahren. Manchmal stand das Vieh, das er behandeln musste, auf einer abgelegenen Weide. Oder in einem Stall, der nur fußläufig zu erreichen war.

Dass er nicht jeden Sonntag brav zur Messe kam, sahen die Leute im Dorf ihm deshalb nach.

Christa sprach man dieses Recht allerdings nicht zu. Die missbilligenden Blicke, die sie bei ihren Besorgungen im Dorf so oft auf sich ruhen fühlte, sagten es ihr überdeutlich: Sie war eine Fremde. Eine politisch indoktrinierte Atheistin, die immer noch dem Sozialismus nachtrauerte und eigentlich viel lieber in der Ostzone geblieben wäre.

Und das Schlimme war: Ihre eigene Mutter lancierte solche Ansichten im Dorf, streute beiläufig Geschichten aus, wonach Christa es mit Karl Marx hielte, der Religion als *Opium des Volkes* verteufelt hatte. Und es war nicht einmal so, dass Christa davon auf Umwegen erfahren hätte – nein, ihre Mutter selbst berichtete ihr unumwunden von solchen Gesprächen.

»Man muss den Leuten ja schließlich erklären, wieso du partout nicht an Gott glaubst«, hatte sie dazu erklärt, als sei diese Art der Einordnung eine Selbstverständlichkeit. Christa hatte es aufgegeben, mit ihrer Mutter deswegen zu streiten. Es würde sowieso zu nichts führen.

Reinhold legte sein Besteck weg und stand vom Tisch auf. »Entschuldigt mich, aber ich muss los.«

Christa blickte überrascht zu ihm hoch, dann sah sie auf seinen Teller. Er hatte nicht alles aufgegessen, und es gab ja gleich auch noch Nachtisch. Den hatte sie zubereitet – Schokoladenpudding mit untergehobener Schlagsahne.

»Was hast du vor?«, wollte sie wissen.

»Ich will noch mal rasch rüber zu den Hahners, nach der Kuh sehen. Er hat vorhin eins von seinen Kindern rübergeschickt, weil's mit der Geburt losgegangen ist.« Er wandte sich lächelnd an seine Enkelin. »Magst du mit?«

Maries Augen leuchteten. »Klar will ich!« Und schon war sie aufgesprungen und zur Küchentür hinausgelaufen, um sich vorn im Vestibül Mantel und Stiefel anzuziehen. »Danke für das Essen!«, rief sie von draußen zurück. »Den Pudding verdrück ich später, lasst mir was übrig, ja?«

»Ist es denn wirklich so eilig?«, wandte Christa sich an ihren Mann. Auf eine Viertelstunde mehr oder weniger wäre es jetzt auch nicht angekommen.

»Sicher ist sicher«, meinte Reinhold. »Es sind zwei Kälber, das ist immer ein Risiko.«

»Zwei? Davon hattest du mir gar nichts erzählt.«

»Nicht?« Reinhold runzelte die Stirn. »Ich dachte, ich hätte es erwähnt.«

Christa legte ihre Gabel zur Seite. Sie hatte erst zur Hälfte aufgegessen, aber der Appetit war ihr vergangen. Was seine Arbeit betraf, so waren sie stets ein gutes Gespann gewesen. Wann hatte es angefangen, dass sie sich diesem Teil seines Lebens nur noch eingeschränkt zugehörig fühlte? Lag es daran, dass er mit den Bauern und den anderen Leuten im Dorf auf so gutem Fuße stand, während sie selbst die meiste Zeit daheim verbrachte und hier in der Gegend keine Freunde hatte?

In Weisberg war sie mit den Menschen des Orts vertraut gewesen, da hatte man sie respektiert, und sie und Reinhold waren überallhin zusammen eingeladen worden. Nicht etwa bloß zu irgendwelchen offiziellen politischen Versammlungen, sondern auch zu geselligen Anlässen wie Geburtstagsfesten und Silberhochzeiten. Hier in Kirchdorf war Christa erst einmal zusammen mit Reinhold auf einer privaten Feier gewesen – zu der Party, die Harald Brecht vor zwei Jahren anlässlich seiner Wiederwahl zum Bürgermeister geschmissen hatte. Allerdings hatte er dazu das halbe Dorf eingeladen, von daher war es nicht gerade eine freundschaftliche Geste gewesen. Und auch die Feier selbst war Christa nicht in besonders guter Erinnerung geblieben. Die Leute hatten sie mit unverhohlenem Missfallen gemustert und zweifellos auch hinter ihrem Rücken über sie getratscht.

»Das musst du ignorieren«, hatte Helene dazu gemeint. Seinerzeit war sie noch mit Tobias liiert gewesen, die beiden hatten ebenfalls zu den Gästen gehört. »Mich haben sie in der ersten Zeit auch alle komisch angeguckt. Das legt sich, wenn man sie besser kennt.«

»Ich weiß gar nicht, ob ich sie überhaupt besser kennenlernen möchte«, hatte Christa nur erwidert, und genau das hatte sich in der folgenden Zeit bewahrheitet, es war wie bei einer sich selbst erfüllenden Prophezeiung. Im Dorf war sie nach wie vor die Außenseiterin aus der Ostzone, während ihre Mutter sich mit solcher Selbstverständlichkeit inmitten der Einheimischen bewegte, als hätte sie schon immer dazugehört.

»Das sind lauter anständige Leute, wieso siehst du das denn nicht?!«, hatte sie Christa einmal vorgehalten, in diesem teils ungeduldigen, teils bissigen Ton, der ihrer Tochter verdeutlichte, dass es bloß an ihr lag.

Nein, Reinhold hatte ihr nicht erzählt, dass die Kuh von Anton Hahner mit zwei Kälbern trächtig war, daran hätte sie sich ohne Frage erinnert, denn so oft kam das ja schließlich nicht vor.

Sie lauschte dem Geräusch der zufallenden Haustür nach, dann stand sie auf und trug ihren Teller zur Spüle.

»He, ich esse noch«, beschwerte sich ihre Mutter mit vollem

Mund. »Was ist das für eine Art, einen allein am Tisch sitzen zu lassen?«

Christa biss die Zähne zusammen und kam mit dem Schokoladenpudding zurück. »Ich warte, bis du fertig bist, dann essen wir zusammen Nachtisch, ja?«

Ihre Mutter kicherte. »Vielleicht futtern wir beide den ja einfach allein auf, was denkst du?«

Das würden sie wohl kaum schaffen, denn Christa hatte von dem Dessert extra die doppelte Menge zubereitet, weil sie wusste, wie sehr Marie diesen Pudding liebte. Außerdem hatte sie ursprünglich auch Helene zum Essen erwartet. Und Christas Mutter hatte es in der letzten Zeit nicht mehr so mit dem Essen, sie wurde immer dürrer und pickte oft auf dem Teller herum wie ein Spatz. Es würde wie immer reichlich von allem übrig bleiben, auch vom Nachtisch.

»Du denkst immer noch, dass es drüben viel besser war, oder?«, platzte ihre Mutter mitten in Christas Gedanken hinein.

»Das ist Quatsch, Mutter. Es geht uns doch gut hier.« In einer Aufwallung von Zorn hieb Christa mit dem Löffel in den Pudding. Nicht so fest, dass es spritzte, aber doch mit genug Nachdruck, um ihre folgenden Worte zu untermalen. »Glaubst du etwa, solchen Pudding hätte ich drüben machen können? Mit echter Schokolade? Und Sahne, die ich jederzeit und überall kaufen kann, wenn ich welche möchte?«

»Das mein ich ja gar nicht.«

»Was denn dann, Mutter?«

»Na, die Leute. Du kannst die Leute hier nicht ausstehen. Drüben, da hattest du Freunde. Mit denen warst du auf einer Wellenlänge. Politisch. Deshalb kommst du hier nicht klar. Diese Bolschewisten haben dich verdorben. Das weiß in Kirchdorf jeder.«

Christa starrte in das von Falten zerfurchte Gesicht ihrer Mutter. Hilflose Wut hatte sich ihrer bemächtigt. Sie wollte aufbegehren, wollte alles richtigstellen. Es lag doch gar nicht am politischen System! Es war … einfach alles.

Sie vermisste ihr Heim in Weisberg so sehr. Die uralte Küche mit dem rußenden Herd, die eichene Anrichte, die noch von Reinholds Eltern stammte. Ihr Bett, das immer auf diese bestimmte Weise geknarrt hatte, wenn man sich umdrehte. Die große Linde, die den Hof überschattet hatte. Der Ausblick auf den Garten und auf das weite Thüringer Land, das sich nach Osten erstreckte. Da drüben, das war ihre Heimat gewesen. Nicht mehr und nicht weniger. Und jetzt hier zu leben, in Kirchdorf, fühlte sich an wie ein Loch in ihrem Herzen, alles kam ihr fremd und irgendwie falsch vor. Sie selbst kam sich hier falsch vor.

Ihr altes Haus war nur einen Katzensprung entfernt, sie hatten drüben in der Sperrzone gewohnt, sogar ganz in der Nähe des Kontrollstreifens, dem sich auf DDR-Seite niemand nähern durfte. Christa ging manchmal vom Dorf aus rüber zu den Sperranlagen, betrachtete die Zonengrenze von der westlichen Seite aus und fragte sich dabei, was wohl geschähe, wenn plötzlich wie von Zauberhand alle Zäune, Wälle, Gräben und Minen verschwunden wären. Aus welcher Richtung dann wohl als Erstes Bewegung einsetzen würde – von hier nach drüben oder umgekehrt.

Die offizielle Lesart in der DDR lautete, dass der antifaschistische Schutzwall nur dazu diente, westliche Übertritte abzuwehren, aber diesen Blödsinn glaubten da höchstens kleine Kinder. Hier ging es den Leuten ja viel besser, rein wirtschaftlich betrachtet. Die Waren des täglichen Lebens gab es in Hülle und Fülle, Kaffee und Zigaretten und Schokolade, so viel man nur wollte, außerdem Bananen und Orangen satt, davon konnte man drüben nur träumen. Natürlich mussten die ärmeren Leute hier im Westen für diese Dinge jeden Pfennig dreimal umdrehen, die konnten sich auch nicht immer alles kaufen, wonach ihnen der Sinn stand. Aber es *gab* diese Dinge, es war alles reichlich vorhanden, man hatte die Möglichkeit, danach zu greifen, zumindest theoretisch.

Warum konnte sie hier nicht einfach glücklich sein, so wie Reinhold? Sie hatte immer geglaubt, wenn es ihm gut ginge, wäre auch sie zufrieden. Und sie hatte ja auch wirklich allen Grund dazu: das schöne Haus, die florierende Praxis, und jetzt auch noch Helene und Marie mit ihnen unter einem Dach – es hätte alles gar nicht besser laufen können.

Und doch …

Ihre Mutter murmelte tonlos vor sich hin, und auch ohne sich zu ihr umzudrehen, wusste Christa, dass sie über ihren alten Rosenkranz gebeugt am Küchentisch saß und ein Ave-Maria betete. Wahrscheinlich für das Seelenheil ihrer unglücklichen Tochter.

Christa nahm ihre Schürze vom Türhaken und widmete sich dem Abwasch.

KAPITEL 4

Helene saß im Lehrerzimmer und brütete über dem Runderlass, der am Morgen mit der Post eingetroffen war. Das hessische Kultusministerium hatte neue Richtlinien bekannt gegeben. In ländlichen Gebieten sollte die Bildung von sogenannten Mittelpunktschulen vorangetrieben werden. Dafür war geplant, mehrere Dorfschulen eines Bezirks zusammenzulegen. Helene war wie elektrisiert von dieser unerwarteten Neuigkeit, denn auch ohne die amtliche Begründung in allen Einzelheiten zu lesen, erschloss sich ihr auf Anhieb, welche Möglichkeiten sich damit boten. Es kam zumindest in Grundzügen einer Bildungsreform gleich – endlich sollte es eine Änderung in den verkrusteten, unzulänglichen Schulstrukturen auf dem Land geben! Damit konnte ein wichtiger Schritt in Sachen Chancengleichheit getan werden. Mit mehr Lehrkräften für jeden einzelnen Schüler, fachspezifischem Unterricht sowie einem insgesamt breiter gefächerten Bildungsangebot.

Demnächst würde eine Verordnung mit Durchführungsbestimmungen ergehen, denn das Vorhaben sollte noch im Laufe des Schuljahrs in Angriff genommen und möglichst rasch umgesetzt werden. Vom Kreisschulamt war auch schon eine entsprechende Information eingetroffen; bereits für die kommende Woche war unter Hinweis auf die besondere Dringlichkeit eine Dienstbesprechung anberaumt.

Diese Ankündigung klang nach einer Menge zusätzlicher und vor allem unerwarteter Arbeit, was Helenes spontane Euphorie ein wenig dämpfte, aber sie beruhigte sich damit, dass Veränderungen dieser Art nun mal nicht von allein kamen.

In der großen Pause setzte Helene die Kollegen ins Bild. Sie wartete mit ihrer Ankündigung, bis alle im Lehrerzimmer eingetrudelt waren und sich an der Anrichte ihren Tee oder Kaffee zubereitet hatten. In dem Raum war es ungemütlich kühl, die Heizung funktionierte nicht richtig. Der Hausmeister wusste schon Bescheid und hatte die Anlage im Keller überprüft, aber er hatte nichts ausrichten können – offenbar musste ein neues Ventil her.

»Kalt hier«, sagte Fräulein Meisner in anklagendem Ton. »Ich hab schon im Klassenraum gefroren, die Heizung geht nicht.« Sie setzte sich mit ihrem Tee zu Helene an den großen Resopaltisch und schlang fröstelnd beide Arme um sich. Das grelle Neonlicht der Deckenbeleuchtung ließ ihre hageren Züge und die hängenden Mundwinkel unvorteilhaft hervortreten. Sie war Mitte fünfzig, sah aber deutlich älter aus.

»Ich habe schon versucht, den Monteur zu erreichen«, sagte Helene entschuldigend.

»Etwa den Krügersch Josef? Da geht praktisch nie einer ans Telefon«, merkte die Handarbeitslehrerin an. Sie hieß Hackeberg und war eine füllige Frau in den späten Vierzigern. Sie ließ sich schwerfällig auf den Stuhl neben Fräulein Meisner sinken und strich sich die verschwitzten Haare aus der Stirn. Trotz der niedrigen Temperaturen im Raum lief ihr der Schweiß übers Gesicht, vermutlich eine Folge massiver Wechseljahrsbeschwerden. »Büro und Telefon macht die Frau von dem Josef, und die hört schlecht. Außerdem hat sie ja noch die Kinder und den Haushalt am Hals. Wenn man von dem Josef was will, muss man schon selber hingehen.«

»Danke, ich versuche nachher mal mein Glück«, sagte Helene. Dann kam sie umgehend zum wichtigeren Thema dieser Pausenbesprechung. »Heute ging eine amtliche Mitteilung vom

Ministerium hier ein«, berichtete sie. »In den nächsten Monaten werden sich wahrscheinlich ein paar grundlegende Änderungen ergeben. Sicher haben Sie schon vereinzelt gehört, dass die hessische Landesregierung das Schulwesen umstrukturieren will ...«

»Schon wieder?«, fiel Fräulein Meisner ihr ins Wort. »Was haben die diesmal vor? Noch ein neues Fach? Irgendwelche seltsamen modernen Lerninhalte? Wie viele Experimente auf Kosten unseres Berufsstandes wollen die eigentlich noch machen?«

Helene räusperte sich. »Die geplanten Änderungen sind eigentlich eher organisatorischer Art.« Mit wenigen Worten brachte sie es auf den entscheidenden Punkt: »Die Zwergschulen sollen abgeschafft werden. Wir müssen uns auf einschneidende Maßnahmen einstellen.«

»Wir sind doch keine Zwergschule!«, rief Herr Borstel, Junglehrer im zweiten Jahr. »Wir haben weit über hundert Schüler, verteilt auf vier Klassen!« Mit seinem bartlosen rundlichen Knabengesicht und dem sorgfältig gebügelten dunkelgrauen Gabardine-Anzug, den er immer zur Arbeit trug, sah er kaum älter aus als ein Konfirmand. An seinem ersten Tag, so hatte man es Helene berichtet, war er vom Pfarrer, der in der Schule für den Religionsunterricht zuständig war, auf rigorose Art mitsamt den Achtklässlern auf den Pausenhof hinausgescheucht worden. Erst draußen war ihm aufgegangen, dass der Pfarrer ihn wohl für einen Schüler gehalten hatte.

Frau Hackeberg mischte sich ein. »Bestimmt geht es eher um die Schulen in den kleineren Käffern. Zum Beispiel die in Grabenhausen und in Liedergrund. Die sind ja beide einklassig.«

»Ganz recht, um die geht es«, stimmte Helene zu. »Aber uns betrifft es natürlich auch. Oder vielmehr: Es betrifft uns erst recht. Denn die kleinen Schulen sollen mit den schon vorhandenen größeren zusammengelegt werden, zu sogenannten Mittelpunktschulen, und zwar so, dass pro Jahrgang mindestens eine Klasse entsteht.«

»Aber wie soll das denn gehen?«, rief Fräulein Meisner. Sie wirkte völlig konsterniert. »Die Entfernung zwischen den Dörfern ... Und gerade im Winter, wenn ...« Die Satzenden ließ sie unausgesprochen in der Luft hängen, so wie es oft ihre Art war, vor allem dann, wenn sie in aufgewühlter Stimmung war.

»Es würde natürlich zusätzlicher Busverkehr eingeführt werden, aber das ist Sache der Kommunalverwaltung«, erläuterte Helene. »Die Einrichtung der Mittelpunktschulen wurde den Kreisschulämtern übertragen, aber es ist abzusehen, dass deswegen noch eine Menge organisatorischer Aufwand auf uns zukommen wird.« Sie legte eine bedeutsame Pause ein. »Denn wie man mir mitgeteilt hat, wird die neue Mittelpunktschule hier in Kirchdorf entstehen.«

Mit dieser Ankündigung erntete Helene beklommenes Schweigen.

»Ich kann auf keinen Fall noch mehr Mädchen unterrichten als jetzt schon«, platzte als Nächstes Frau Hackeberg heraus. Als Lehrerin im Fach Nadelarbeiten war sie nicht verbeamtet, sondern nur stundenweise als Hilfskraft angestellt. Sie war gelernte Schneiderin und verdiente sich mit dem Unterrichten was dazu, aber weil sie nebenher auch noch eine kleine Änderungsschneiderei betrieb, war ihre verfügbare Zeit begrenzt, und das betonte sie bei jeder Gelegenheit.

»Au weia, wenn wir die kleinen Zwergschulen noch dazukriegen, pfeifen wir hier demnächst garantiert alle auf dem letzten Loch«, unkte Herr Borstel. »Nicht nur räumlich, sondern auch vom Personal her.«

»Wir werden natürlich genügend Lehrkräfte und andere Räumlichkeiten bekommen«, meinte Helene.

Sie konnte nur hoffen, dass diese Annahme nicht zu optimistisch war. Wenn es darum ging, Landschulen bedarfsgerecht auszustatten, egal ob räumlich oder personell, waren dafür so gut wie nie die nötigen Mittel vorhanden, diese Erfahrung hatte sie hier schon vor drei Jahren machen müssen. Und es deutete wenig darauf hin, dass sich das seither geändert hätte. Als Helene damals an diese Schule gekommen war, hatte das Kollegium einschließlich Rektorat noch aus fünf Lehrkräften bestanden. Jetzt waren sie, der Junglehrer und sie selbst mitgezählt, nur noch zu viert. Der vierte im Bunde war der Oberstufenlehrer, Herr Queck, der nur deshalb nicht bei dieser Besprechung anwesend war, weil er gerade die Pausenaufsicht innehatte.

Im vergangenen Jahr hatte es noch eine weitere Lehrerin an der Schule gegeben, doch die hatte geheiratet und dann aufgehört. Ersatz war zwar angekündigt worden, aber nicht eingetroffen. Daraufhin hatte man die Klassen sieben und acht, die bis dahin zweigeteilt gewesen waren, wieder einmal dauerhaft zusammenlegen müssen – ein Zustand, der fraglos dazu beigetragen hatte, dass Herr Wessel, der vor Helene als Rektor die Schule geführt hatte, vorzeitig in Pension gegangen war. Er war ein fähiger Lehrer, doch kaum jemand schaffte es langfristig, neben der Arbeit als Schulleiter doppelt so viele Schüler unterrichten zu müssen wie laut Lehrplan vorgesehen. Und dann auch noch ausgerechnet solche, die gerade mitten in der Pubertät steckten und sogar dem widerstandsfähigsten Pädagogen das Leben zur Hölle machen konnten.

Helene versuchte, den Kollegen wenigstens einen Teil ihrer Begeisterung zu vermitteln, indem sie auf die verbesserten Bildungschancen für die Kinder im ländlichen Raum zu sprechen kam, aber so recht in Schwung bringen ließ sich von ihren Argumenten niemand.

»Was ist denn los?«, fragte Herr Queck, der kurz darauf aus der Pause zurückkam. »Sie sehen ja alle aus wie sieben Tage Regenwetter! Apropos – falls es jemandem entgangen sein sollte:

Gerade hat's draußen angefangen zu schütten, deshalb hab ich alle reingeholt und in die Klassenräume geschickt.« Er rieb sich die Feuchtigkeit von den Ärmeln seiner Jacke, ehe er sie auszog und an einen der Wandhaken hängte.

Im Gegensatz zu dem stets sorgfältig gekleideten Herrn Borstel war er eher der lässige Typ. Seine Hosen waren meist rettungslos ausgebeult, die Pullover verfilzt und die Hemden ungebügelt. Doch die Damenwelt in und um Kirchdorf störte das nicht im Mindesten. Sein Auftauchen führte allgemein zu leuchtenden Augen und heimlichen Stoßseufzern, denn er war mit Abstand der bestaussehende Lehrer, der je in Kirchdorf unterrichtet hatte. Groß, schlank, mit flotter schwarzer Haartolle und strahlend weißen Zähnen, konnte er sich der Aufmerksamkeit, die ihm regelmäßig von allen Seiten zuteilwurde, kaum erwehren. Hinzu kam seine draufgängerische Art – er flirtete ungeniert mit allen Frauen, die seinen Weg kreuzten, ob jung oder alt, hübsch oder unansehnlich.

Herr Queck war Ende zwanzig und stammte aus Marburg. Wie Fräulein Meisner und Herr Borstel bewohnte er ein Zimmer im Lehrerhaus. Allzu lange war er noch nicht in Kirchdorf, er unterrichtete hier seit einem halben Jahr, einer von den zahlreichen Lehrern, die gegen ihren Willen vom Dienstherrn aufs Land beordert worden waren, weil dort beständig Not am Mann herrschte. Helene war nahezu sicher, dass er längst ein Versetzungsgesuch eingereicht hatte.

Natürlich hatte er auch schon versucht, sie mit seinem Charme zu bezirzen, doch bisher hatte sie seine feurigen Blicke und das schmelzende Lächeln erfolgreich ignoriert. Auf neckisches Geplänkel ließ sie sich erst recht nicht ein. Immerhin war sie seine Vorgesetzte, und im Übrigen stand ihr nicht im Geringsten der Sinn nach solchem Getändel, und sei es auch noch so unverfänglich.

Sie setzte ihn kurz über die geplante Mittelpunktschule in

Kenntnis, worauf auch Herr Queck ziemlich besorgt dreinschaute – wenngleich offenbar aus anderen Gründen als den bisher ins Feld geführten. »Dann kommen nicht nur die Schüler aus den Käffern zu uns rüber, sondern auch ihre Lehrer«, stellte er fest.

»Das ist anzunehmen«, stimmte Helene zu.

Aus irgendwelchen Gründen schien das bei ihm Bedenken zu wecken, doch er vertiefte es nicht weiter, sondern wandte sich ab, um sich an der Anrichte eine Tasse Kaffee aufzugießen. Man musste dafür immer noch den alten Tauchsieder benutzen, der hier schon vor Jahren in Betrieb gewesen war. Das Ding funktionierte manchmal nicht richtig, was wohl an einem Wackelkontakt lag, der wiederum daher rührte, dass das Kabel schon ziemlich zerfressen und mehrfach mit Isolierband geflickt war.

Der Hausmeister hatte Helene bereits gewarnt. Allmählich sei die Benutzung lebensgefährlich, und man solle doch besser ein neues Gerät besorgen. Helene hatte es auf die lange Liste gesetzt, die sie bei ihrem Dienstantritt angelegt hatte. Es waren massenweise wichtige Anschaffungen fällig, sie kam kaum mit der Bestandsaufnahme hinterher, angefangen von neuen Kartenhaltern und Wandtafeln über Geräte für den Werkunterricht bis hin zu so profanem Alltagsbedarf wie Schwämmen und farbiger Kreide. Auch die Schulbücherei war erbärmlich ausgestattet. Schon vor drei Jahren war selbige kaum vorhanden gewesen, ein kläglich winziges Sammelsurium zerfledderter alter Kinderbücher, die bereits durch tausende Hände gegangen waren und allesamt von anno Tobak stammten.

Auch sonst fehlte es an allen Ecken und Enden, da war der kaputte Tauchsieder völlig nebensächlich, zumal er keinem Lehrzweck diente, sondern dem Privatvergnügen des Kollegiums.

Bei alldem erhob sich die Frage, wie es in der neuen Mittelpunktschule aussehen würde – allein das hiesige Schulgebäude hatte seine besten Tage schon lange hinter sich, ganz abgesehen davon, dass es viel zu klein war, um weitere Klassen aufzunehmen. Doch darum würde sich hoffentlich das Bürgermeisteramt kümmern.

Helene packte die Unterlagen der Schulbehörde zurück in ihre Aktenmappe und erspähte dabei in den Tiefen der Tasche ihr Pausenbrot, das sie heute früh eingepackt hatte. Sie war schon wieder nicht zum Essen gekommen, kein Wunder bei all dem amtlichen Papierkram, den sie zusätzlich zu ihren Unterrichtsstunden zu bewältigen hatte. Ging man nach den ihr offiziell zugewiesenen Aufgaben, hätte sie genug Zeit für den anfallenden Verwaltungsaufwand gehabt. Doch es fehlte schlicht und ergreifend eine volle Lehrkraft an dieser Schule, weshalb Helene deutlich mehr Unterricht erteilte als ursprünglich vorgesehen. Irgendwer musste die vorgeschriebenen Stunden geben, und weil sie die anderen Lehrkräfte nicht permanent über den offiziellen Dienstplan hinaus einspannen konnte, übernahm Helene notgedrungen einen erklecklichen Teil selbst. Die Alternative wäre gewesen, ständig Stunden ausfallen zu lassen, was wiederum binnen kürzester Zeit dazu geführt hätte, dass der Leistungsstand der Kinder ins Bodenlose abgestürzt wäre – unter *ihrer* Verantwortung, wohlgemerkt.

Verschlimmert wurde dieser unhaltbare Zustand noch durch das Chaos, zu dem es regelmäßig kam, wenn jemand aus der Lehrerschaft krank wurde. Dann musste eine Vertretung her, und weil die Anzahl der Lehrkräfte nun mal begrenzt war, wurden dafür Klassen zusammengelegt.

Aus diesem Grund sollten die Krankmeldungen, so lautete ein ungeschriebenes, aber ehernes Gesetz im Kollegium, immer schon am Vorabend, spätestens aber bis sieben Uhr früh dem Hausmeister mitgeteilt werden. Entweder persönlich – er wohnte direkt neben dem Lehrerhaus – oder in Form von Zettelbotschaften, die unter seiner Tür durchzuschieben waren. Nur auf diese Weise war sicherzustellen, dass die Krankheitsvertretungen unter halbwegs zumutbaren Bedingungen stattfinden konnten, denn für die Zusammenlegung der Klassen mussten jedes Mal eine Menge Tische und Stühle zwischen den Klassenzimmern hin- und hergetragen werden.

Da im Vorjahr die Frau des Hausmeisters verstorben war und er das Herumschleppen des Mobiliars unmöglich allein bewerkstelligen konnte, war der Ärger meist vorprogrammiert – er tat dann nämlich einfach gar nichts, sondern wartete lieber so lange, bis die erste Lehrkraft oder einige von den älteren Schülern eintrafen und beim Tragen anpacken konnten.

Schon in Helenes erster Woche als Schulleiterin hatte Fräulein Meisner einen Tag gefehlt, und Helene hatte umgehend einen Eindruck von dem Tohuwabohu gewonnen, das sich infolge des lärmenden Umzugs von einer Klasse in die andere bis in die erste Unterrichtsstunde hingezogen hatte.

Sie hatte unverzüglich eine neue Regel aufgestellt – ab sofort waren alle Krankmeldungen nur bei ihr abzugeben, selbstredend weiterhin im Voraus. Bis jetzt war es noch nicht dazu gekommen, aber lange würde es bestimmt nicht mehr dauern.

*

An diesem Vormittag stand wie jeden Tag Deutsch auf dem Stundenplan, Helene lehrte das Fach aktuell in der dritten und vierten Jahrgangsstufe. In Frankfurt hatte sie vornehmlich Kinder der höheren Jahrgänge unterrichtet, ohne dass sie hätte sagen können, was ihr mehr Spaß machte – die Arbeit mit den jüngeren oder die mit den älteren Kindern. Beides hatte seine Licht- und Schattenseiten, wobei jedoch die Freude am Unterrichten größtenteils alles andere überwog.

Gerade im dritten und vierten Jahr hing für die Kinder so viel vom schulischen Erfolg ab; in dieser Zeitspanne bestimmten ihre Leistungen und Fähigkeiten häufig über den gesamten künftigen Lebensweg. Waren sie begabt und gelehrig genug, um sich für eine höhere Bildung zu qualifizieren? Oder blieb ihnen der Übergang zu einer weiterführenden Schule versperrt, weil eine Drei in Deutsch nun mal nicht reichte? Oder, was ungleich schlimmer war, weil die Eltern fanden, dass das eigene Kind auch nicht mehr Schulbildung brauche als sie selbst.

Letzteres kam zum Glück nur noch selten vor. Seit der Abschaffung des Schulgelds konnten auch Kinder aus ärmeren Familien das Gymnasium oder wenigstens eine Realschule besuchen. Doch immer noch war ihr Anteil erschreckend gering. Helene hatte sich im Laufe der Zeit wieder und wieder dafür eingesetzt, auch solchen Kindern den Weg zum Abitur oder zur mittleren Reife zu ebnen, vornehmlich indem sie Gespräche mit den Eltern führte, weil die erst von der Eignung ihrer Sprösslinge überzeugt werden mussten.

Als sie mit Beginn des neuen Schuljahres hier in Kirchdorf die dritte und vierte Klasse übernommen hatte, waren ihr schon nach wenigen Tagen die Kinder aufgefallen, die den Übergang zweifelsfrei erreichen würden; einige andere würden vielleicht noch ein bisschen Förderung benötigen, doch auch bei denen würde Helene dafür sorgen, dass sie es schafften.

Zuweilen kam es auch zu Überraschungen, etwa wenn ein besonders stilles und schüchternes Kind, das im Unterricht kaum die Zähne auseinanderbekam und dessen Handschrift aus unleserlichem, verschmiertem Gekrakel bestand, sich mit einem Mal als ungewöhnlich begabt entpuppte, etwa beim Lösen schwierigster Rechenaufgaben oder beim Auswendiglernen langer Texte. Solchen Kindern widmete Helene stets besonders intensive Aufmerksamkeit, damit sie alle Chancen bekamen, die sie verdienten.

Ein Junge in der Vierten war so ein Schüler, ein schmales kleines Bürschchen namens Theo. Er saß immer in der entferntesten Ecke, als wolle er nicht gesehen werden. Zu Hause kümmerte sich die Großmutter um ihn und seinen vierjährigen Bruder, denn die Mutter war vor zwei Jahren verstorben. Sein Vater war Hilfsarbeiter im hiesigen Sägewerk. Das waren die familiären Hintergründe, die Helene bisher über Theo in Erfahrung gebracht hatte.

Sie hatte sich bereits vorgenommen, so bald wie möglich mit Theos Vater über die schulische Zukunft des Jungen zu sprechen. Theo besaß eine glänzende mathematische Begabung, er hätte mühelos mit den Achtklässlern mithalten können. Leider war er zwanghaft schüchtern. Er nuschelte und lispelte beim Sprechen, was wohl hauptsächlich daran lag, dass er sich vor Jahren bei einem Sturz zwei bleibende Vorderzähne ausgeschlagen hatte. Von allein meldete er sich nie, und wenn er aufgerufen wurde, war er jedes Mal kurz davor, in Tränen auszubrechen.

Darüber hinaus war er Linkshänder, und wie üblich hatte man seit dem ersten Schuljahr beharrlich versucht, ihm das Schreiben mit rechts beizubringen, ob es ihm nun passte oder nicht. Herausgekommen war eine Handschrift, die man nur als Katastrophe bezeichnen konnte, und weil die Schrift bei den Klassenarbeiten – auch das war eine amtliche Vorgabe – stets in die Benotung mit einfloss, hatte es bisher bei ihm in Deutsch kaum für eine Drei gereicht, obwohl er fast keine Rechtschreibfehler mehr machte.

In dieser Deutschstunde übten sich die Kinder der Vierten in Schönschrift. Der Unterrichtsplan sah vor, dass in dieser Klassenstufe Sütterlin zu erlernen war – schließlich sollten die Kinder noch die Briefe von Oma und Opa lesen können, die nun mal in dieser Schrift schreiben gelernt hatten.

Helene hatte für die Schüler einen Text an die Tafel geschrieben, den die Kinder in Sütterlin übertragen sollten. Über ihre Schönschreibhefte gebeugt saßen sie da und malten sorgfältig geschwungene Buchstaben. Nur Theo plagte sich wie erwartet schrecklich mit seinem klecksenden Füllfederhalter ab. Es kratzte und schabte nur so auf dem Papier. Ein deutlich hörbarer Seufzer entrang sich ihm, und als Helene nähertrat, sah sie die zerlaufende Schmiererei auf den Linien seines Hefts. Seine kleine Faust krampfte sich um den Füller, er war nicht in der Lage, ihn zur Spitze hin mit Daumen und Zeigefinger zu halten. Mit dem Bleistift hätte er es vielleicht besser hinbekommen, doch richtige Schönschrift verlangte nach Tinte, so lautete die Regel. Die nach Helenes Meinung schlichtweg abgeschafft gehörte, ebenso wie das Erfordernis, überhaupt noch Sütterlin zu erlernen, dieses altmodische preußische Geschnörkel, das in absehbarer Zukunft niemand mehr brauchte. Was hätte man den Kindern in der vergeudeten Zeit alles beibringen können!

Voller Mitgefühl überlegte sie, ob sie Theo einfach den Füller wegnehmen und ihm stattdessen einen Bleistift in die Hand drücken sollte, aber bestimmt hätten sich dann ein paar von den anderen Kindern beklagt, weil sie ebenfalls mit dem Bleistift viel besser klarkamen. Schließlich konnte man da prima radieren, wenn einem einmal ein Buchstabe misslang. Tinte hingegen verzieh keinen Fehler.

Am Ende hätte es *gleiches Recht für alle* geheißen, und das kam nicht infrage, schon gar nicht mitten in der Übungsarbeit, also ließ sie Theo weiterkritzeln. Gleichzeitig beschloss sie, sich für eine Änderung der Regeln starkzumachen. Vielleicht konnte sie gleich in der kommenden Woche mit dem Schulrat darüber sprechen, wenn es um die neue Mittelpunktschule ging. Eine modernere Schule benötigte auch modernere Unterrichtsinhalte. Außerdem könnte man die Zeit, die für das Sütterlin draufging, viel sinnvoller nutzen, beispielsweise für eine schöne zusätzliche Lektüre.

Während die Viertklässler ihren Text schrieben, übte Helene mit den Drittklässlern das Lesen. Alle kamen der Reihe nach dran und mussten ein Stück aus dem Lesebuch vortragen. Manche brauchten lange für ihren Abschnitt, sie mühten sich ab und verhaspelten sich immer wieder, während andere die Sätze nur so herunterratterten. Auch hier gab es innerhalb einer Jahrgangsstufe beträchtliche Leistungsunterschiede, was zumindest teilweise Fräulein Meisner zuzuschreiben war. Die gab sich herzlich wenig Mühe, den Kindern, die beim Lernen schlechter vorankamen, gezielt zu helfen. Allerdings verkannte Helene dabei nicht, dass solche individuelle Förderung einigen pädagogischen Extraaufwand erforderte, der nicht so leicht nebenher zu leisten war. Davon abgesehen mochte so mancher Lehrer, der zu Beginn seiner Laufbahn noch für seinen Beruf gebrannt hatte, Jahre und Jahrzehnte später seinen Enthusiasmus lange verloren haben. Fräulein Meisner etwa war seit fünfunddreißig Jahren an der Schule und empfand ihre Arbeit als extreme Belastung. Sie machte keinen Hehl daraus, dass sie immer heilfroh war, wenn sie mittags endlich nach Hause gehen konnte. Vielleicht hatte sie ja in jüngeren Jahren noch eine ganz andere Einstellung zum Unterrichten gepflegt, wer konnte das schon wissen.

Für einen gedankenverlorenen Moment sah Helene aus dem Fenster. Wie sie selbst wohl in dreißig Jahren auf ihre Arbeit zurückblicken würde? Erfüllt und zufrieden, oder eher ausgelaugt und überdrüssig? An manchen Tagen hatte sie jetzt schon das Gefühl, als hätte sie sich vielleicht doch zu viel vorgenommen. Als wäre sie gut beraten, nicht alles auf einmal zu wollen und stattdessen ein bisschen kürzerzutreten.

Seit sie mit Marie nach Kirchdorf gezogen war, hatte sie viel weniger Zeit für ihre Tochter. Die Stunden, in denen sie beisammensaßen, einfach nur sie beide, waren in den Wochen seit Schulbeginn zu einer Seltenheit geworden. Oft bekam Helene ihre Tochter kaum noch zu Gesicht. Morgens in der Hektik vor der Schule konnten sie oft nicht einmal gemeinsam frühstücken, dann musste Marie auch schon los, um den Bus nach Hünfeld zu erwischen. Mittags kam Helene oft später als Marie nach Hause, weil sie nach dem Unterricht noch die Rektoratsarbeit erledigen musste. Und an den Nachmittagen verzog sich Marie gern in ihr Zimmer und las. Häufig ging sie aber auch rüber zur Tierarztpraxis, denn sie liebte es, ihrem Opa bei der Arbeit zuzuschauen.

Erst abends sah Helene ihre Tochter wieder etwas länger. Sie aßen mit Reinhold, Christa und Else zu Abend, spielten eine Runde *Mensch ärgere dich nicht* oder Rommé oder schauten sich zusammen eine Fernsehsendung an. Und immer wieder fragte Helene sich, ob das genug war. Ob Marie nicht zu kurz kam.

Als Helene noch mit Tobias zusammen gewesen war, hatte sie häufig die Sorge umgetrieben, ihre Tochter könne sich wie das fünfte Rad am Wagen fühlen. Tatsächlich hatte es gelegentlich Unstimmigkeiten gegeben, Marie hatte Michael links liegen lassen oder ihn sogar demonstrativ ignoriert. Es hatte Helene ins Herz geschnitten, sie war voller Mitgefühl für den Kleinen, denn zu jener Zeit war er immer noch vom Tod seiner Mutter traumatisiert gewesen. Aber Marie hatte ihr mindestens ebenso sehr leidgetan – nach allem, was sie in der DDR durchgemacht hatte. Die grauenhaften Monate im Kinderheim, über die Marie nicht sprechen wollte. Die Angst und das Leid, das Helene in manchen unbeobachteten Momenten auch heute noch in den Augen ihrer Tochter wahrnahm.

Für Marie musste all das mindestens so furchtbar gewesen sein wie für Helene die Zeit im Stasigefängnis. Es war völlig unmöglich, das je zu vergessen. Sie würden es beide bis an ihr Lebensende mit sich herumschleppen.

Wie immer, wenn Helene solchen Gedanken nachhing, ließen die Schuldgefühle nicht lange auf sich warten. Kümmerte sie sich genug um Marie?

Früher in der DDR hatte Helene sich kaum den Kopf zerbrochen, ob sie genug Zeit für ihr Kind hatte, und dabei war

Marie ja damals noch viel kleiner und bedürftiger gewesen als jetzt. Frühmorgens hatte Helene sie zur Krippe gebracht und nachmittags wieder abgeholt. Jürgen war meist Stunden später heimgekommen, oft sogar erst, wenn sich bereits Maries Schlafenszeit näherte. Für sie beide als junge Eltern war es ganz normal gewesen, so lebte und arbeitete man nun mal im Sozialismus. Keiner erwartete, dass Mütter ihren Beruf aufgaben, um nur noch für die Familie da zu sein. Doch im Westen dachten die Leute so. Der Vater galt als Ernährer, die Mutter war für Kinder und Haushalt zuständig.

Es läutete zum Ende der Stunde, und Helene, die in den letzten Minuten lediglich mehr oder weniger mechanische Kommandos zum Vorlesen erteilt hatte, wurde abrupt aus ihren Gedanken gerissen.

Sie gab den Kindern noch rasch Hausaufgaben für den nächsten Tag auf und sammelte die Schönschreibhefte ein. Unterdessen traf der Pfarrer ein, denn als Nächstes stand Religion auf dem Stundenplan. Helene begrüßte ihn mit Handschlag, dann eilte sie ins Lehrerzimmer, um dort die Arbeiten zu korrigieren. Die folgende Schulstunde würde nicht annähernd dafür reichen, aber so hätte sie wenigstens schon mal einen Teil fertig, ehe sie am Nachmittag den restlichen Stapel durchging. Während sie sich an den großen Resopaltisch setzte, der den Lehrkräften gleichermaßen als Schreib- und Essplatz diente, fiel ihr Blick durchs Fenster nach draußen. Vom Lehrerzimmer aus konnte man die Wiese neben dem Schulgebäude überblicken, wo in Ermangelung einer Turnhalle bei gutem Wetter die Sportstunden stattfanden, meist in Form von Wettläufen oder Völkerball. Als gutes Wetter galt automatisch der gesamte Zeitraum zwischen März und Oktober, außer bei Regen oder wenn der Boden allzu matschig war.

Draußen hatten gerade die Fünft- und Sechstklässler Sportunterricht bei Herrn Borstel gehabt, aber keins der Kinder machte Anstalten, ins Schulgebäude zurückzukehren, obwohl es soeben zum Beginn der nächsten Stunde geläutet hatte und sie sich längst hätten umziehen müssen. Mehrere Dutzend Mädchen und Jungen, immer noch in Turnhosen und Trainingsjacken, hatten sich um Herrn Borstel geschart. Der wiederum stand wie angenagelt da und starrte auf etwas, das sich zu seinen Füßen befand. Helene öffnete das Fenster und hörte einige der Kinder schreien, und nun sah sie auch den entsetzten Ausdruck auf den Gesichtern.

Da war irgendetwas passiert!

Ohne zu zögern, rannte sie hinaus.

*

Tobias setzte gerade sein Stethoskop an, um die Lunge eines jungen Mannes abzuhören, den er seit ein paar Wochen wegen einer hartnäckigen Bronchitis behandelte, als unvermutet die Tür des Sprechzimmers aufflog und Agnes hereinplatzte.

»Sie müssen sofort rüber zur Schule, Herr Doktor! Da liegt ein bewusstloses Kind!«

Tobias fackelte nicht lange. Er bat den jungen Mann, sich wieder anzuziehen und vorläufig im Wartezimmer Platz zu nehmen, dann schnappte er sich seine Arzttasche und lief gleich los. Es war ein schon fast vertrautes Ritual – irgendwo in der näheren Umgebung gab es einen Unfall, und dann war er als einziger Arzt weit und breit logischerweise die erste Anlaufstelle. Erst vor sechs Wochen war ein Bauer in seiner Scheune von der Leiter gefallen und bewusstlos liegen geblieben. Seine Frau hatte ihn sogar zunächst für tot gehalten. Tobias hatte einen Schädelbruch befürchtet und unverzüglich einen Rettungswagen angefordert. Inzwischen ging es dem Bauern wieder recht gut, aber er zog ein Bein nach – Folge des Schlaganfalls, der dem Sturz offensichtlich vorausgegangen war.

Während Tobias mit dem Arztkoffer im Eilschritt zur Schule hinüberrannte, sah er schon von Weitem die Menschenmenge, die sich auf der Wiese vor dem Gebäude zusammendrängte – hauptsächlich Schüler der mittleren Jahrgänge, aber auch mehrere Erwachsene. Sie wichen zur Seite, als er den Ort des Geschehens erreichte. Ein paar, die nicht schnell genug Platz machten, schob er ungeduldig aus dem Weg.

Dann fiel sein Blick auf Helene. Sie kniete bei einem Kind, das reglos neben ihr im Gras lag. Es war ein Mädchen, zehn oder elf Jahre alt. Die Kleine lag auf dem Rücken, mit bleichem Gesicht und geschlossenen Augen. Sofort tastete Tobias am Hals des Kindes nach dem Puls. Sie lebte. Routiniert kontrollierte er anschließend die Atmung. Flach, aber regelmäßig.

»Was ist passiert?«, wollte er wissen.

»Nichts«, sagte der junge Lehrer, Herr Borstel. »Sie ist einfach umgefallen«, fügte er erklärend hinzu. »Wir wollten gerade wieder reingehen, und auf einmal lag sie da.«

»Wie ist ihr Name?«

»Hildegard Etzel.«

Tobias tätschelte dem Kind kräftig die Wange. »Hildegard! Hildegard, hörst du mich? Wach auf! Hildegard! Hörst du? Aufwachen!«

Zu seiner Erleichterung reagierte das Mädchen. Die Augenlider flatterten, sie holte ruckartig Luft und kam allmählich zu sich. Von allen Seiten ertönten erleichterte Ausrufe, begleitet von diversen Seufzern.

Doch damit war die Sache für Tobias nicht erledigt. Hinter dieser Bewusstlosigkeit konnten die unterschiedlichsten Ursachen stecken, es war nicht nur eine kurze Ohnmacht gewesen, wie sie bei jungen Mädchen, etwa im Falle stark erniedrigten Blutdrucks, gelegentlich vorkam. Alles Mögliche kam infrage, angefangen von einem epileptischen Anfall bis hin zu anderen schwerwiegenden Auslösern, zum Beispiel ein bisher unerkannter Herzfehler oder ein Hirnschlag – Letzteres war bei jungen Menschen zwar äußerst selten, aber nicht auszuschließen. Nur eine gründliche Untersuchung konnte zutage fördern, was dem Kind fehlte.

»Ich nehme sie mit in die Praxis«, sagte er zu Helene. Als Rektorin der Schule war sie die oberste Aufsichtspflichtige, von daher war es nur folgerichtig, dass er das mit ihr absprach. Doch als sich ihre Blicke trafen, musste er schlucken. Er hatte sie seit ihrem Umzug nach Kirchdorf noch nicht gesehen.

Ihre Miene war unergründlich, doch er sah die kleine Ader an ihrem Hals klopfen – was möglicherweise eher von der Aufregung um das Kind herrührte als von der unerwarteten Begegnung mit ihm.

»Eins von den Kindern kann vielleicht den Arztkoffer tragen.« Kurz entschlossen hob er das Kind auf seine Arme und marschierte los. Hildegard war ein Leichtgewicht, er hatte keine Mühe, sie zu tragen.

Aus den Augenwinkeln sah er, wie Helene den Arztkoffer nahm und ihm folgte. »Ich habe gerade Freistunde«, erklärte sie, als müsste sie einen Grund dafür liefern, warum sie ihn begleitete. »Was könnte der Kleinen denn fehlen?«, fragte sie besorgt, während sie zu ihm aufschloss.

»Das weiß ich erst, wenn ich sie genauer untersucht habe.« Verstohlen sah er sie an. Sie trug ein braves Kostüm in Hellgrau, dazu Schuhe mit flachen Absätzen. Ganz die seriöse Schulleiterin. An ihr war kein Hauch von Frivolität, biederer ging es kaum. Das Gesicht ungeschminkt. Das helle Haar, das sich an den Spitzen lockte. Sie hatte es schneiden lassen, es war jetzt kinnlang. So hatte sie es damals schon getragen, als sie zum ersten Mal nach Kirchdorf gekommen war. Nichts an ihr wirkte in irgendeiner Weise aufreizend, und doch ging ihm ihr Anblick durch und durch.

»Ich kann selber laufen«, meldete Hildegard sich schüchtern

und in bemühtem Hochdeutsch. Sie wand sich ein wenig in seinen Armen und blickte mit großen Augen zu ihm hoch.

»Klar kannst du das. Aber erst mal will ich herausfinden, warum du vorhin umgefallen bist.«

»Letztens bin ich schon mal umgekippt«, informierte sie ihn, als sei es das Normalste von der Welt.

Alarmiert sah Tobias die Kleine an. »Aha? Wann und wo war das denn?«

»Auf der Weide, als ich die Kühe reinholen wollte.«

»War dir davor schwindlig? Hattest du Kopfschmerzen?«

»Ein bisschen. Nicht so schlimm wie nach dem Tritt vom Hansi.«

»Hansi?«, echoten Helene und Tobias gleichzeitig. »Wer ist Hansi, und warum hat er dich getreten?«

»Hansi ist unser Pferd, und er hat es nicht mit Absicht gemacht. Es war, als Vati ihn beschlagen wollte. Ich hab mitgeholfen, und dabei hab ich den Huf an den Kopf gekriegt.« Hildegard überlegte kurz, dann fügte sie hinzu: »Da bin ich dann auch umgefallen.«

»Wann war das genau?«

Abermals dachte Hildegard kurz nach. »Am Gründonnerstag.«

»Bist du vorher auch schon mal umgefallen?«

Hildegard runzelte die Stirn. »Vielleicht. Ich weiß nicht.«

Sie hatten die Villa erreicht, in deren Obergeschoss Tobias wohnte; die Praxis befand sich im Erdgeschoss. Tobias trug das Kind hinein, während Agnes ihm eilig alle Türen aufhielt. Im Untersuchungszimmer setzte er Hildegard vorsichtig auf der Liege ab. Helene blieb mit ernster Miene bei der Tür stehen.

Die weitere Untersuchung erbrachte zunächst nichts Verdächtiges; die Reflexe waren unauffällig, ebenso Blutdruck, Puls und Atmung. Eine leichte Schwellung seitlich am Schädel, dazu bläuliche Hautverfärbungen, die unter dem dichten Haar kaum zu erkennen waren – Anzeichen eines Hämatoms, das im Abklingen begriffen war, offenbar Folge des Pferdetritts. Oberflächlich betrachtet kein Anlass zur Sorge. Trotzdem griff Tobias zum Telefon und rief einen Krankenwagen.

»Was hab ich denn?«, wollte Hildegard wissen. Ängstlich blickte sie zwischen Helene und Tobias hin und her.

»Das muss erst noch genauer untersucht werden«, erklärte Tobias. »Dein Kopf wird geröntgt. Vielleicht wird auch noch eine andere Untersuchung gemacht, um deine Gehirnströme zu messen. Danach wissen wir mehr.«

»Tut das weh?«

»Kein bisschen. Beim Röntgen musst du nur kurz stillhalten, und dann ist es schon vorbei. Die andere Untersuchung tut auch nicht weh, keine Angst. Und jetzt bleibst du einfach ein Weilchen hier sitzen, bis du abgeholt wirst.« Er strich der Kleinen beruhigend übers Haar, dann bat er Agnes, Hildegards Eltern zu verständigen. Anschließend gab er Helene ein Zeichen, ihm ins Besprechungszimmer zu folgen. Höflich deutete er auf den Stuhl, auf dem sonst immer seine Patienten Platz nahmen, doch sie wollte offensichtlich lieber stehen bleiben, also tat er es auch.

Er sah, dass sie rot geworden war, und unvermittelt fühlte er sich ebenfalls von Wärme durchflutet. Auf diesem Stuhl hatte sie gesessen, als er zum ersten Mal versucht hatte, sie zu küssen. Er hatte sie an den Händen hochgezogen, ihr Gesicht umfasst, und dann …

Er räusperte sich. »Der Tritt des Pferdes hat möglicherweise Schlimmeres verursacht, als man von außen sieht.«

Helene wirkte bestürzt. »Du meinst, am Gehirn?«

»Ich kann es nicht ausschließen, jedenfalls nicht ohne Röntgenaufnahme. Es kann aber auch ganz andere Ursachen geben. Zur Sicherheit werde ich zusätzlich um ein Elektroenzephalogramm bitten.«

Sie nickte gefasst. »Danke, dass du dich so schnell um sie gekümmert hast.«

Er lächelte schwach. »Na ja, ich bin der Arzt hier, oder nicht? Wer außer mir sollte es machen?«

»Stimmt«, erwiderte sie lahm. Danach verfiel sie in Schweigen und blickte sichtlich verlegen zu Boden. Einen Moment später hob sie den Kopf und sah ihm in die Augen. »Tobias, ich …« Sie brach ab und holte tief Luft.

Er wollte etwas sagen, irgendwas, doch auch er brachte kein Wort über die Lippen.

So standen sie da und schwiegen sich gegenseitig an, sekundenlang, bis die Tür aufging und Agnes erschien. »Ich hab die Rörsch Grete angerufen, die läuft rüber zu den Etzels und sagt Bescheid. Dauert aber etwas, denn die Grete muss erst ihre Mutter rüberholen, damit die auf die Suppe aufpasst, die gerade auf dem Ofen steht.«

Tobias hob ergeben die Schultern. Mochten hier in der Gegend auch immer mehr Leute über einen privaten Telefonanschluss verfügen – die allermeisten hatten nach wie vor keinen, weshalb wichtige Nachrichten immer noch überbracht wurden wie zu Kaisers Zeiten.

»Danke, Agnes. Ich spreche hier noch kurz mit Frau Werner und melde mich dann, wenn du den Nächsten reinschicken kannst. Das war der junge Mann mit der Bronchitis, falls er noch da ist. Ach, und schaust du bitte zwischendurch noch mal nach Hildegard?«

Agnes nickte und zog sich nach einem verlegenen Blick auf Helene wieder ins Vorzimmer zurück.

»Ich will dich nicht aufhalten, du hast ja genug zu tun«, sagte Helene. »Du hältst mich wegen Hildegard auf dem Laufenden, ja?«

Und ohne seine Reaktion abzuwarten, verließ sie ohne ein weiteres Wort die Praxis.

KAPITEL 5

Agnes blickte Helene Werner nach und seufzte innerlich. Es war jammerschade, dass die beiden sich entzweit hatten. Sie war so fest davon überzeugt gewesen, dass das zwischen dem Herrn Doktor und der Frau Lehrerin die große Liebe war. Oder vielmehr zwischen Tobias und Helene, wie sie die beiden für sich nannte, wobei sie immer noch ein Gefühl von Anmaßung überkam, als würde ihr diese Vertraulichkeit nicht mal in ihren Gedanken zustehen.

Zuweilen stellte sie sich vor, wie es wohl wäre, die zwei eines fernen Tages duzen zu dürften, so wie sie es umgekehrt ja seit jeher auch bei ihr taten. Oder ob es wohl eher darauf hinauslief, dass Tobias und Helene dazu übergingen, sie zu siezen. Sie wurde bald achtzehn, vielleicht hielten sie es dann für angebracht. Oder spätestens dann, wenn sie einundzwanzig wurde, da wäre sie immerhin volljährig. Ein Tag, der leider noch in endlos weiter Ferne lag! Die Jahre bis dahin erschienen Agnes wie ein ausgedehnter Nebel der Ungewissheit, angefüllt mit Arbeit und noch mehr Arbeit. In der Praxis, bis vor Kurzem auch in der Berufsschule, vor allem aber jeden Tag daheim auf dem Hof. Da gab es kaum eine ruhige Minute. Fortwährend lief sie zwischen Stall und Küche und Garten hin und her, versorgte das Vieh, beaufsichtigte die beiden jüngsten Schwestern, putzte die Kammern und hängte Wäsche auf. Wurde es im Sommer und im Herbst Zeit für die Weizen- und Kartoffelernte, war ihre Hilfe auch auf dem Feld gefragt. Da mussten immer alle anpacken, die Familie lebte schließlich davon.

Der Mutter ging es in der letzten Zeit nicht so gut, sie hatte häufig Migräne und musste sich hinlegen, und an solchen Tagen musste Agnes auch noch das Kochen für ihre Brüder und Schwestern übernehmen. Die Zwillinge waren gerade mal drei Jahre alt und noch lange nicht aus dem Gröbsten raus, und vor allem waren sie die reinsten Temperamentsbündel, man konnte ihnen keinen Moment den Rücken zuwenden, sonst stellten sie garantiert irgendwelchen Blödsinn an. Den Brüdern musste man nicht mehr ständig hinterherlaufen, aber auch die waren noch nicht alt genug, um sie den lieben langen Tag sich selbst zu überlassen. Und die beiden mittleren Schwestern hielten sich am liebsten vornehm aus allem heraus, die brauchten, obwohl sie alt genug zum Mithelfen waren, für jeden Handgriff eine Extraeinladung.

Agnes musterte den jungen Mann mit der Bronchitis unter gesenkten Lidern, während sie ihn ins Sprechzimmer führte. Sein Name war Dieter König, und er war neunzehn Jahre alt. Er hatte die ganze Zeit im Wartezimmer gesessen und geduldig ausgeharrt, bis er wieder drankam. Als sie ihn aufrief, hatte er in einer der Zeitschriften geblättert, die im Wartezimmer für die Patienten auslagen. Einmal im Quartal kam der Mann vom Lesezirkel und tauschte die älteren Zeitschriften gegen aktuellere aus, damit die Patienten regelmäßig was Neues zum Schmökern hatten.

Dieter König hustete hinter vorgehaltener Hand, bevor er ins Sprechzimmer trat. Agnes lauschte dem Geräusch aufmerksam. Im Laufe der Jahre hatte sie ein gutes Ohr für die unterschiedlichen Arten von Husten entwickelt. Für den bellenden, rauen, der einem schon fast selbst wehtat, wenn man zuhörte. Für den ziehenden, etwa beim Keuchhusten, bei dem so ein Anfall auch leicht in Erbrechen münden konnte. Für den rasselnden, trockenen, wie ihn Menschen mit Influenza oder Tuberkulose bekamen. Und schließlich für den befreienden, von leichtem Auswurf begleiteten, wenn ein Infekt abklang und Heilung in Sicht war.

So klang inzwischen der Husten von Dieter König, den sie in Gedanken nur noch bei seinem Vornamen nannte, so wie es ihre Art war, wenn sie Menschen, die sie auf irgendeine Weise beeindruckten, häufiger persönlich begegnete. Dieter war Unteroffizier beim Bundesgrenzschutz und mit seinem Bataillon ganz in der Nähe stationiert. Eigentlich war für die Soldaten ein Truppenarzt zuständig, doch der war seit einer Weile selbst krank, weshalb der BGS vertretungshalber Vertragsärzte heranzog, vornehmlich die niedergelassenen Ärzte der Umgebung.

Tobias hatte bei Dieter eine Lungenentzündung diagnostiziert und ihm zur Behandlung Penizillin verschrieben, davon war es sehr rasch besser geworden. Dieses Medikament war ein wahres Wundermittel, es heilte entzündete Nieren, Mandeln und Blasen ebenso wie eitrige Furunkulose oder Mittelohrentzündungen. Ein Segen für die Menschheit, das hatte auch ihr Lehrer in der Berufsschule gesagt. Doch es half nicht gegen alle Arten von Entzündungen, nur gegen die bakteriellen, da galt es sorgfältig zu unterscheiden. Und zuerst musste man auf die Heilkräfte des Körpers setzen, auch das hatte der Lehrer erklärt.

Inzwischen war sie fertig mit der Berufsschule, was sie mit vagem Bedauern erfüllte, denn es hatte ihr da gut gefallen. Sie hatte schon immer Freude am Lernen gehabt. Aber dafür hatte sie jetzt ihren Abschluss in der Tasche, sie war nun examinierte Arzthelferin, ein gutes Gefühl. Es hätte allerdings noch besser sein können, wenn die Eltern ihr nicht umgehend die monatlichen Abgaben für Kost und Logis erhöht hätten, da sie als ausgelernte Kraft mehr verdiente. So konnte sie weniger sparen, als sie es sich wünschte. Eine eigene Wohnung rückte damit in weite Ferne. Und ohne die Einwilligung der Eltern ging es sowieso nicht, die würden sie nie herausrücken, gerade jetzt, wo die Mutter so kränkelte. Agnes hatte sie schon bekniet, endlich mal zum Doktor zu gehen, der konnte ihr vielleicht ein Aufbaumittel verschreiben. Es musste ja nicht gleich eine Kur sein, denn das würde automatisch dazu führen, dass die ganze Arbeit zu Hause komplett an Agnes hängen blieb.

»Ich kann wieder zum Dienst«, sagte Dieter, als er wenig später aus dem Untersuchungszimmer zurück ins Vorzimmer kam, wo Agnes hinter ihrem Schreibtisch saß und die Patientenakten bearbeitete.

»Oh, das freut mich.« Agnes blickte zu ihm hoch. Er hatte ein schmales Gesicht und seelenvolle braune Augen. Das Wort *seelenvoll* hatte sie mal in einem Roman gelesen, tatsächlich in Verbindung mit einer Augenfarbe, und sie hatte sich vorgestellt, wie das wohl in der Realität aussehen mochte. Bei Dieter zeigte sich, dass die Romanbeschreibung nicht nur Schall und Rauch war. Seine Augen waren wirklich seelenvoll. Vor allem, wenn er sie direkt ansah, so wie jetzt. Ihr Herz tat einen kleinen Hüpfer.

»Kann ich noch was für Sie tun?«, fragte sie höflich.

»Sie heißen Agnes, oder?«, fragte er zurück.

Sie nickte konsterniert.

»Mein Name ist Dieter.«

»Ich weiß.« Sie merkte, dass sie rot wurde. »Ich hab ja Ihre Akte angelegt und die Krankmeldungen fertiggemacht.«

Die Tür vom Sprechzimmer ging auf, und Tobias streckte seinen Kopf heraus.

»Der Nächste, bitte!«

»Sofort, Herr Doktor!« Agnes sprang auf. Das Wartezimmer befand sich am Ende des Gangs und lag zur Straße hin.

Dieter war ihr gefolgt und blieb beim Ausgang stehen. Die Tür hatte er schon geöffnet, machte aber keine Anstalten zu gehen. Er wartete, bis sie den nächsten Patienten aufgerufen hatte, dann meinte er: »Haben Sie Samstagabend schon was vor?«

»Ich … ähm, nein«, brachte sie stammelnd heraus. Wollte er sie etwa fragen, ob sie mit ihm ausging?

Doch ehe er sich erklären konnte, fuhr draußen der Krankenwagen vor. Zwei Sanitäter stiegen aus. »Mir sonn hee e Keind ohool«, sagte der eine.

»Natürlich, kommen Sie herein!«, erwiderte Agnes.

Dieter wich zur Seite und hielt den Männern die Tür auf. Agnes ging voraus und zeigte ihnen den Weg.

Tobias kam ebenfalls hinzu und gab den Sanitätern Anweisungen für Hildegards Transport zur Klinik. In der Zwischenzeit kam auch Hildegards Tante hereingeschneit, sie erklärte, das Kind begleiten zu wollen.

»Die Modder hot kä Ziit, do werd grot a Sou geschloacht. Doss im Krankehuis – wärt se mit em Röntgeapparat öngersuicht?«

Tobias bejahte die Frage, und Hildegard wurde in den Krankenwagen befördert. Dem Mädchen war die ganze Aktion sichtlich peinlich, vor allem, nachdem die Tante mit skeptischer Miene verlautbart hatte, sie sähe doch kerngesund aus.

Nachdem der Trubel im Gang sich gelegt hatte und der Krankenwagen losgefahren war, sah Agnes sich nach Dieter um.

Doch der war in der Zwischenzeit gegangen.

*

An diesem Tag hatte Marie einen Wutausbruch. Der Anlass war banal, Helene hatte beim Abendbrot lediglich beiläufig erklärt, dass sie noch ein paar Hefte korrigieren müsse, und da platzte Marie ohne Vorwarnung der Kragen.

»Schon wieder?! Dich interessiert es echt nicht die Bohne, was ich möchte oder wie es mir geht! Erst hat sich alles nur um Tobias gedreht, jetzt heißt es immer nur Schule hier, Schule da. Ich scheiß auf deine blöde Schule! Da hätte ich ja gleich in

Weisberg bleiben können, du brauchst mich ja hier gar nicht! Und überhaupt, was wollen wir eigentlich in diesem Kaff am Ende der Welt?«

Nach dieser flammenden Anklage rannte sie aus der Küche und ließ ihre Mutter schockiert und betroffen am Esstisch zurück. Helene fehlten die Worte. So hatte sie ihr sonst immer so fügsames und freundliches Kind noch nie erlebt!

»Warte einen Moment, bis sie sich wieder abgeregt hat«, riet ihr Vater ihr, als Helene aufstehen und ihrer Tochter nach oben folgen wollte. »Das hat sie alles nicht so gemeint, glaub mir. Sie fühlt sich eigentlich ganz wohl in Kirchdorf, lass dir nichts anderes einreden. Sie wollte einfach nur mal richtig Dampf ablassen.«

»Sie hatte heute schon den ganzen Tag miese Laune«, fügte Christa zustimmend hinzu.

»Pünktlich, wenn der rote Mond aufgeht«, orakelte Omchen Else.

Helene versuchte, es mit ihren Augen zu sehen, denn an der Aussage war was dran. An besagten Tagen war ihre Tochter immer ein bisschen zickig und überempfindlich. Dennoch konnte sie nur mühsam den verzweifelten Drang unterdrücken, auf der Stelle zu Marie zu gehen und die Sache zu klären, egal wie. Ihre Schuldgefühle nahmen ungeahnte Ausmaße an, sie konnte sich kaum darauf konzentrieren, die Hefte zu korrigieren.

Abends gegen acht rief Isabella bei Helene an. »Was ist, hast du Lust auf einen Schoppen Wein?«

»Im *Goldenen Anker*?«, fragte Helene erstaunt. Es war mitten in der Woche, nicht die geeignete Zeit für einen Abstecher zum Dorfgasthaus. Vor allem nicht für zwei alleinstehende Frauen. In ihrer neuen Stellung musste sie auf ihren guten Ruf achten, das galt jetzt mehr denn je.

»Nein, bei mir zu Hause«, sagte Isabella. »Mir fällt hier die Decke auf den Kopf, ich dreh noch durch. Lenchen, ich brauch jemanden zum Reden.«

»Ist was passiert?«, fragte Helene leicht erschrocken.

»Nein, nur so allgemein. Ich hab auch einen guten Tropfen Frankenwein, den magst du doch so gerne. Hab die Flasche schon mal aufgemacht und gekostet. Ist *sehr* lecker. Und Käsehäppchen hab ich auch. Komm schon, nur auf ein Glas.«

Helene zögerte. Sie stand im Flur beim Telefonapparat und blickte hinüber ins Wohnzimmer. Dort saßen ihr Vater und Christa auf dem Sofa und sahen die Tagesschau. Omchen Else schnarchte in ihrem Sessel vor sich hin.

Marie würde heute sowieso kein Wort mehr mit ihr reden, sie war immer noch oben in ihrem Zimmer, wohin sie sich nach ihrem Ausbruch verzogen hatte. Eine Zeitlang hatte sie das Radio bis zum Anschlag aufgedreht, aber inzwischen war es ruhig, sicher hatte sie sich in ein Buch vergraben.

»Na gut, ich komme«, sagte Helene, die gegen etwas Ablenkung nichts einzuwenden hatte. »Aber höchstens für ein Stündchen.«

Sie legte auf und gab im Wohnzimmer Bescheid.

»Viel Spaß«, sagte ihr Vater. Er schien erfreut, dass sie auch mal was Privates unternahm. Seit sie bei ihm wohnte, hatte sie praktisch nur gearbeitet, auch abends.

»Danke!«, rief sie zurück. Sie streifte ihre Jacke über und holte ihr Rad aus dem Schuppen, in dem sich auch die Gartengeräte befanden. Das Fahrrad hatte sie sich in Frankfurt gekauft. Es war ein gebrauchtes, bereits recht ramponiertes Gefährt, doch es tat immer noch seinen Dienst. Die Wege innerhalb des Dorfs ließen sich zwar überwiegend sehr gut zu Fuß zurücklegen, aber bis zum Forsthaus war es schon ein ordentliches Stück. Da war sie mit dem Rad deutlich schneller, auch wenn sie zwischendurch ein paar Steigungen bewältigen musste.

Während der Fahrt dachte sie unwillkürlich an die Zeit vor drei Jahren zurück. Wie oft hatte sie hier draußen schon wandernd die Gegend durchstreift!

Das letzte Stück ihres Wegs führte durch dunklen Wald. Der Lichtkegel ihrer Fahrradleuchte malte geisterbleiche Flächen auf die holprigen Straße.

Sie stellte ihr Rad vor dem Forsthaus ab, ein altes Fachwerkgebäude mit tiefgezogenem Dach und malerischer Laterne über der Haustür. An der Seite waren Kaninchenställe angebaut, und im Hof stand ein Zwinger für die beiden Hunde. Doch die waren gerade im Haus; sonst wurde Helene immer von begeistertem Gebell empfangen. Das setzte jedoch gleich darauf ein, als sie an der Tür klingelte. Isabellas Mutter machte ihr auf, eine rundliche Frau Anfang fünfzig. Die beiden Dackel machten Anstalten, an Helene hochzuspringen. Isabellas Mutter scheuchte die Hunde energisch zur Seite. »Weg mit euch! Los, lauft zu Papa!« Sie strahlte Helene an. »Guten Abend! Wie schön, dass Sie mal wieder bei uns vorbeischauen! Wir haben uns ja lange nicht gesehen! Wie geht es Ihnen? Gefällt Ihnen Ihr Posten als Rektorin? Wir haben gehört, dass demnächst die Schule vergrößert werden soll. Haben Sie schon mit dem Bürgermeister besprochen, wie Sie die vielen neuen Schüler unterbringen wollen?«

»Ich …«

Bevor Helene antworten konnte, kam auch schon die nächste Frage. »Sie waren heute in der Arztpraxis, oder? Wegen der kleinen Etzel. Ist sie noch im Krankenhaus? Was sagt der Herr Doktor denn dazu?«

»Hildegard ist schon wieder zu Hause. Vom Ergebnis der Untersuchungen habe ich noch nichts erfahren, aber selbst wenn ich's wüsste, dürfte ich es natürlich nicht herumerzählen.« Helene bemühte sich um einen angemessen bedauernden Gesichtsausdruck, doch Isabellas Mutter schien es in Wahrheit um etwas anderes zu gehen.

»Geht's dem Doktor denn gut? Haben Sie sich mit ihm unterhalten? Er war schon zweimal nicht in der Kirche. Wir haben uns gefragt, ob das was mit Ihnen zu tun hat. Aber Sie selber waren ja auch nicht da.«

»Mutter!«, kam es in ärgerlichem Ton von Isabella. Sie stand in der offenen Tür ihres Zimmers, die Hände in die Hüften gestemmt und einen entnervten Ausdruck im Gesicht. Helene nutzte die Gelegenheit, weiteren Fragen zu entgehen. Sie lächelte Isabellas Mutter entschuldigend an. Isabella zog sie in ihr Zimmer, drückte die Tür ins Schloss und verdrehte die Augen. »Tut mir leid, es ist immer dasselbe mit ihr.«

Helene grinste. »Schon gut, du hast mich ja rechtzeitig gerettet.«

Isabella reichte ihr ein gut gefülltes Glas Weißwein, und sie prosteten einander zu.

»Auf die Freundschaft«, sagte Helene.

»Auf die Freundschaft«, erwiderte Isabella.

Sie machten es sich gemütlich, Isabella auf ihrem Bett, Helene auf dem Drehstuhl vor dem Schreibtisch. Sie ließen sich den Wein schmecken, und es blieb nicht bei dem einen Glas. Dazu gab es kleine Käsespieße, liebevoll von Isabella hergerichtet und mit Weintrauben garniert.

Ihre Unterhaltung drehte sich zunächst um Alltägliches – Helene berichtete von ihrer Arbeit in der Schule und Isabella von diversen aufregenden und teils witzigen Begebenheiten, die sie im Zuge der von ihr betreuten Schwangerschaften und Hausgeburten zuletzt erlebt hatte.

Dann stand sie unvermittelt auf, ging zur Tür und riss sie auf, nur um sie sogleich wieder zuzumachen. Verlegen meinte sie: »Ich wollte nur sichergehen, dass meine Mutter nicht lauscht. Du kennst sie ja.« Sie räusperte sich, ehe sie herausplatzte: »Man hat mir eine feste Anstellung angeboten, Lenchen. Am Hünfelder Krankenhaus. Wenn ich will, kann ich da nächsten Ersten schon anfangen. Sogar als leitende Hebamme.«

»Das ist ja großartig!«

»Ja, eigentlich schon.«

»Und, willst du?«, erkundigte sich Helene.

»Es ist eine große Chance«, sagte Isabella. Sie wickelte sich eine widerspenstige Locke um ihren Zeigefinger und verzog dabei das Gesicht, als hätte sie Schmerzen.

»Das ist keine Antwort auf meine Frage, Isa. Willst du diese Stelle haben oder nicht?«

»Ich weiß es nicht«, erwiderte Isabella. Kläglich sah sie Helene an. »Ich kann mich nicht entscheiden.« Mit gerunzelter Stirn fuhr sie fort: »Wie war es denn bei dir? Ich meine, als sie dir den Posten als Rektorin hier an der Schule angeboten haben? Musstest du da lange überlegen?«

»Ein bisschen schon.«

»Wenn's ja nur ein bisschen wäre.« Isabella zog in komischer Verzweiflung die Nase kraus. »Bei mir ist es ein einziges Hin und Her! Und dabei träume ich schon lange davon, einfach jeden Monat pünktlich mein Geld in einer schönen Lohntüte auf den Tisch gelegt zu bekommen, statt mühsam Rechnungen schreiben und bei der Krankenkasse einreichen zu müssen. Zumal sowieso immer mehr Frauen zum Kinderkriegen in die Klinik gehen. Warum zögere ich eigentlich noch?«

»Vielleicht deshalb, weil du deine Freiheit liebst. Du lässt dir nicht gern Vorschriften machen. Bei dir dreht sich vieles darum, dass du dein eigener Herr bist. Oder vielmehr … deine eigene Herrin.« Helene zögerte. »Vielleicht kommst du deshalb auch mit Harald auf keinen grünen Zweig. Du fürchtest dich womöglich davor, zu viel von deiner Freiheit aufzugeben. Und damit zu viel von dir selbst.«

Isabella hob die Schultern, sie wirkte niedergeschlagen. »Das klingt ziemlich einleuchtend. Wahrscheinlich hast du recht.« Sie sah Helene an. »Und wie ist es bei dir?«

»Bei mir? Was meinst du?«

»Das mit Tobias. Ich würd's wirklich gern wissen. Ich hab

mich bis jetzt mit Fragen zurückgehalten. Aber wenn wir schon dabei sind, Wahrheiten auszutauschen … Hättest du für ihn auch zu viel von deiner Freiheit aufgeben müssen? War das der Grund, warum es mit euch nicht weiterging?«

Helene nahm einen Schluck von ihrem Wein. »Ja, das war einer der Gründe«, bekannte sie. »Seine Erwartungen und Vorstellungen von einer gemeinsamen Zukunft. Er wollte gern noch ein Kind.«

»Das wusste ich gar nicht.«

»Na ja, es ist nichts, womit man hausieren geht, oder? Er hat es nicht zur Bedingung gemacht, so ist er nicht. Aber sein Wunsch hat mich trotzdem unter Druck gesetzt. Weil ich ihn auf gewisse Weise so gut nachvollziehen kann – seine Frau hat ihn verlassen, als Michael noch ein Baby war, er hat den Jungen nicht richtig aufwachsen sehen und konnte lange kein richtiger Vater für ihn sein. Aber worauf würde das für mich hinauslaufen? Dass ich auf meinen Beruf verzichte, für den ich so hart gearbeitet habe? Ich hatte mir das doch gerade erst alles mühsam neu aufgebaut!« Helene hielt inne. »Und letztlich war es auch besser so. Schon wegen Marie. Die ist immer noch froh, dass das mit Tobias und mir vorbei ist.« Sie erzählte Isabella vom heutigen Ausbruch ihrer Tochter.

Isabella hatte ihr mitfühlend zugehört. »Meinst du nicht, dass es irgendwann von allein besser geworden wäre? Ich meine, Maries Einstellung zu deiner Beziehung mit Tobias.«

»Das hab ich wirklich lange gehofft, aber es hat einfach nicht geklappt.«

»Habt ihr euch denn richtig gestritten, du und Tobias?«, wollte Isabella wissen. »Ich meine, als es mit euch auseinanderging.«

»Na ja, was man so streiten nennt. Tobias hat mir vorgeworfen, dass ich mich davor drücken würde, richtig fest mit ihm zusammen zu sein, so wie es bei Eheleuten nun mal üblich ist. Letztlich hat er mir unterstellt, dass ich ihn nicht genug liebe.«

»Hat er das gesagt?«

»Nicht wörtlich. Aber ich konnte es raushören.«

»Und da warst du sauer«, stellte Isabella fest.

Helene zuckte mit den Schultern. »Irgendwie schon, ja. Aber er mindestens genauso.«

»Hat er dir die Pistole auf die Brust gesetzt? Dass du ihn bis dann und dann heiraten sollst, sonst ...« Isabella ließ das Ende des Satzes vielsagend offen. Dann platzte sie abrupt heraus: »So war's bei Harald. Sekt oder Selters, hat er gesagt. Aber ich lass mich nicht erpressen.«

Helene nahm es betroffen zur Kenntnis. »Das tut mir leid, Isa.«

»Ach, ich komm drüber weg. Du kennst mich. Hat Tobias dich etwa auch unter Druck gesetzt?«

»Nicht so direkt. Klar, er hat schon darauf gedrängt, dass wir uns endlich zusammentun. Aber ich ... Die Schwierigkeiten mit Marie, meine Arbeit in Frankfurt ...« Helene stockte, dann fasste sie die Sache zusammen. »Am Ende meinte er, wir sollten es unter diesen Umständen am besten bleiben lassen und uns eine Zeit lang nicht mehr sehen. Das war's dann. Wir haben einfach beide den Kontakt abgebrochen. Er genauso wie ich.«

»Wer könnte es dir verdenken«, sagte Isabella. »Mal ganz abgesehen von den Problemen, die du schon aufgezählt hast – du hättest nicht nur ihn geheiratet, sondern seine Arbeit gleich mit. Keinen Feierabend, kein Wochenende, sogar nachts kann er ständig rausgeklingelt werden. Da braucht man schon sehr viel Opferbereitschaft. Oh, und du hättest einen Haufen zusätzliche familiäre Verantwortung übernehmen müssen. Für seinen Sohn. Für seine Tante, die auch immer älter wird.« Zufrieden mit ihrem Resümee lehnte sie sich zurück. »Daran hat's auch gelegen, hab ich recht?«

Helene war versucht, einfach *Ja* zu sagen, nur um nicht mehr darüber reden zu müssen. Doch es widerstrebte ihr, diesen ganzen Unsinn einfach so stehen zu lassen. »Nein«, meinte sie. »Das alles hat keine Rolle gespielt. Ich habe Michael von Herzen gern, und Beatrice ist eine Seele von Mensch, man kann sie nur mögen. Und dass Tobias in seinem Beruf viel arbeiten muss, stört mich auch nicht. Wie denn auch, wenn es bei mir nicht viel anders ist.«

Isabella nahm es mit nachdenklicher Miene zur Kenntnis. »Eine Sache würde mich noch interessieren, Lenchen: Dein neuer Posten an der Schule – war das wirklich der einzige Grund, warum du nach Kirchdorf zurückwolltest?«

Helene ließ sich keine weiteren Geständnisse entlocken. »Können wir uns nicht wieder über was anderes unterhalten? Beispielsweise über *deine* Probleme. *Du* warst doch diejenige, die jemanden zum Reden brauchte, schon vergessen?«

»Klar. Wegen dieses Stellenangebots. Ich werde noch verrückt, weil ich nicht weiß, ob ich's annehmen soll.« Isabella schenkte sich Wein nach und wollte auch Helenes Glas wieder füllen, doch die winkte ab.

»Lass mal, zwei Gläser reichen.«

»Spielverderberin! Guck nur, wie viel noch in der Flasche ist!«

Helene gab nach. »Aber bloß noch einen kleinen Schluck. Und wegen der Stelle – was spricht dagegen, es zu versuchen? Es muss ja nicht unbedingt für die Ewigkeit sein. Wenn es nicht klappt, machst du einfach weiter wie davor.«

Isabella sah sie mit großen Augen an. »Mensch, das ist *die* Lösung! Wieso bin ich da nicht schon selbst draufgekommen?«

Helene lachte. »Wofür hat man Freunde?«

*

Tobias hatte die Füße hochgelegt und verfolgte mit mäßigem Interesse die Sendung, die gerade im Fernsehen lief. Unter dem Titel »Vorsicht Falle!« wurden die Zuschauer in nachgestellten Szenen vor Betrügern gewarnt, die mit diversen Tricks versuchten, arglose Bürger um ihr Geld zu prellen. Während der Sprecher, ein ernst dreinschauender Mittdreißiger namens Eduard Zimmermann, eindringlich zur Vorsicht vor solchen Machenschaften aufrief, schlief Tobias' Tante Beatrice in ihrem Sessel schon seit einer Weile den Schlaf der Gerechten. Meist dauerte es keine fünf Minuten, bis sie weggedämmert war, da konnte das Fernsehprogramm noch so spannend sein. Irgendwann zwischen zehn und elf kam sie in der Regel zu sich und schleppte sich im Halbschlaf in ihr Zimmer.

Michael war schon vor der Tagesschau zu Bett gegangen, er durfte nur samstags länger fernsehen, aber Tobias hatte vorhin noch einen Lichtspalt unter seiner Tür bemerkt, wahrscheinlich las der Junge noch. Tobias hielt nichts davon, es ihm zu verbieten. Er erinnerte sich noch allzu gut daran, wie er selbst mit der Taschenlampe unter der Bettdecke geschmökert hatte, als er im Alter seines Sohnes gewesen war. Dann schon besser bei richtiger Beleuchtung, da verdarb man sich wenigstens nicht so schnell die Augen.

Beatrice stöhnte im Schlaf, und im nächsten Augenblick schreckte sie hoch – es war ihre übliche Zeit. Mit einem unterdrückten Fluch kämpfte sie sich aus ihrem Sessel hoch. Sie ärgerte sich regelmäßig darüber, dass sie es nicht schaffte, beim Fernsehen wach zu bleiben, nicht mal bei ihren Lieblingssendungen. Verschlafen schlurfte sie zur Tür, wo sie sich zu Tobias' Überraschung jedoch noch einmal umdrehte.

»Ich hab geträumt, dass Helene wieder da ist.«

»Nun ja, sie *ist* wieder da, Tantchen«, gab er mit nachsichtigem Spott zurück. »Neuerdings ist sie Rektorin an der Kirchdorfer Schule.«

»Nein, ich meine, *richtig* wieder da. Hier bei uns. Oder vielmehr: mit dir zusammen.« Sie warf ihm einen Blick zu, den man nur als hoffnungsvoll bezeichnen konnte. »Es war ein schöner Traum, mein Junge.«

Ihm lag die Antwort schon auf der Zunge. *Träume sind Schäume.*

Doch er sagte lieber nichts. Beatrice zog es offenbar ebenfalls vor, das Thema nicht zu vertiefen. Mit einem gemurmelten Gute-Nacht-Gruß verschwand sie in Richtung Treppenhaus; ihr Zimmer befand sich im Dachgeschoss.

Tobias ging in die Küche, um sich was zu trinken zu holen. Während er an der Spüle stand und Wasser aus dem Hahn in ein Glas laufen ließ, fiel sein Blick aus dem Fenster. Er sah aus keinem besonderen Grund hinaus, und soweit er später an diesen Moment zurückdachte, hätte er jederzeit aus voller Überzeugung beteuert, dass es reiner Zufall gewesen war. Dass es weder irgendwas mit dem Traum seiner Tante zu tun hatte noch mit seinen eigenen geheimen Wünschen.

Unten vorm Haus stand Helene. Oder vielmehr: Sie saß auf ihrem Fahrrad, ein Fuß auf dem Pedal, den anderen auf dem Asphalt. Und sie schaute zu ihm hoch.

Er trat näher ans Fenster, was sie offenbar erschreckte, denn sie fuhr bei seinem Anblick zusammen und geriet aus dem Gleichgewicht. Zu seinem Schrecken stürzte sie mit dem Rad um und fiel zu Boden. Das Geschepper war sogar durch das geschlossene Fenster zu hören, ebenso wie ihr unterdrückter Aufschrei.

Tobias ließ das volle Wasserglas in die Spüle fallen und rannte aus der Küche, durch den Gang und die Treppe hinab zur Haustür, zweifellos alles in Rekordzeit.

Nur Augenblicke später war er bei ihr und half ihr beim Aufstehen.

»Meine Güte, was machst du denn für Sachen?«, entfuhr es ihm. An ihrem Atem roch er, dass sie Wein getrunken hatte, doch sicher nicht allzu viel, sie konnte schließlich aufrecht stehen und mit klarer Stimme sprechen.

»Das kommt davon, wenn man vor sich hinträumt und

gleichzeitig wie ein Mondkalb in anderer Leute Fenster guckt«, meinte sie. Es klang halb selbstironisch, halb verlegen, aber auch nach unterdrücktem Schmerz.

Er hatte bereits bemerkt, dass ihr Knie blutete.

»Du hast dich verletzt.«

»Ach, das ist nichts weiter.«

»Das lässt du besser den Doktor beurteilen.« Er hob ihr Rad auf und schob es an den Straßenrand, wo er es abstellte. Dann nahm er Helene beim Arm, um sie beim Gehen zu stützen. »Komm rasch mit rein in die Praxis, ich will es mir ansehen.«

»Es ist doch wirklich nur ein Kratzer«, protestierte sie leicht humpelnd.

Tobias knipste im Eingangsbereich der Praxis das Licht an und führte Helene durch den Gang ins Untersuchungszimmer, wo er ebenfalls Licht machte und Helene dann ohne große Umstände zur Liege schob. Überrumpelt setzte sie sich hin, während er sich vor ihr auf dem Rollhocker niederließ. Mit festem Griff umfasste er die Wade ihres rechten Beins und hob es an, um das verletzte Knie zu untersuchen. Die Schürfwunde war nicht allzu schlimm, aber Helenes Schmerzenslaut ließ keinen Zweifel, dass sie sich cinc Prellung zugezogen hatte. Kniescheibe und Bänder schienen unversehrt, doch es würde sicher ein paar Tage lang ziemlich wehtun.

Tobias versorgte die Wunde und legte einen Verband an. »Kann sein, dass es noch anschwillt«, sagte er. »Dann solltest du es kühlen. Und zwei, drei Tage nicht allzu viel belasten. Möchtest du krankgeschrieben werden?«

Anstelle einer Antwort kicherte sie.

Er sah sie direkt an, zum ersten Mal, seit er sie hier reingebracht hatte. Sie erwiderte seinen Blick unverwandt. Wie hypnotisiert starrten sie einander an. Das Lachen verging ihr wieder, sie schluckte sichtlich, ehe sie mit rauer Stimme seinen Namen sagte.

»Tobias.«

Sonst nichts.

Er nahm ihre Hand und hielt sie fest. Sekundenlang. Sie entzog sich ihm nicht. Im Gegenteil. Sie legte ihre freie Hand auf seine. Und so hielten sie einander bei den Händen, wie zwei Kinder, die sich gegenseitig erst Mut machen mussten, bevor sie den nächsten Schritt wagen konnten.

Dann waren auch die Worte da. Er sprach endlich aus, was ihm die ganze Zeit auf der Seele gebrannt hatte.

»Verdammt, Leni, du hast mir so gefehlt.«

Ein tiefer Atemzug entrang sich ihr, es hörte sich fast wie ein Schluchzen an. Und dann entzog sie ihm doch noch ihre Hände, aber nur, um sein Gesicht zu umfassen und es zu sich hinzuziehen, zu ihren Lippen, die sie auf seine legte, damit sie sich küssen konnten.

Er nahm sie in seine Arme und hatte keine Ahnung, was damit in Gang gebracht wurde. Ein Neuanfang? Ein Rückfall? Irgendwas dazwischen? War es das Richtige oder begingen sie einen Fehler?

Es spielte keine Rolle. Jedenfalls nicht für den Augenblick.

Teil 2

KAPITEL 6

Helene konnte sich kaum auf die Ausführungen des Schulrats konzentrieren. Während er sich in Erklärungen erging, war sie in Gedanken woanders. Es war verrückt, was sie letzte Nacht getan hatte. *Sie* war verrückt. Und wenn sie und Tobias nicht zufällig von seiner Tante gestört worden wären, hätte sie höchstwahrscheinlich auch noch die letzten Bedenken über Bord geworfen. So war der Kuss schon zu Ende gewesen, bevor sie überhaupt richtig hatten loslegen können. Das Schlimme war: Sie wusste nicht, ob sie traurig oder froh darüber sein sollte.

Fast musste sie lachen, als sie daran zurückdachte. Es war fast genauso gewesen wie vor drei Jahren, bei ihrem ersten Versuch, sich zu küssen. Auch damals war Beatrice urplötzlich aufgetaucht, und sie und Tobias waren auseinandergefahren wie zwei schuldbewusste Teenager.

Immerhin hatte sie letzte Nacht einen guten Grund für ihren Aufenthalt in der Praxis gehabt – das verbundene Knie war der Beweis. Tobias hatte ihr ganz geschäftsmäßig von der Liege geholfen, und sie hatte, mit ein paar freundlichen Floskeln in Richtung seiner Tante, hinkenden Schritts den Schauplatz verlassen.

»Das alles wäre natürlich mit den jeweiligen Lehrkräften abzuklären, sie sollten in sämtliche Vorgänge so weit als möglich einbezogen werden«, fuhr der Schulrat mit seinen Erläuterungen fort. Er war stark kurzsichtig und trug eine mit dicken Gläsern versehene Brille, die er ständig auf dem Nasenrücken hin und her schob. Der graue Anzug war viel zu groß für seine hagere Gestalt, anscheinend hatte er in der letzten Zeit viel abgenommen, was auch sein fahles, ausgemergeltes Gesicht erklären würde. Davon abgesehen signalisierte seine Haltung einen Hauch von Ungeduld, offenbar merkte er, dass Helene nicht ganz bei der Sache war.

»Ich habe schon eine allgemeine Besprechung anberaumt.« Helene bemühte sich um einen kompetenten Tonfall. »Nächste Woche treffen wir uns mit dem gesamten Kollegium und stimmen uns über die mögliche Zusammensetzung und Verteilung der neuen Klassen ab. Die größte Herausforderung wird die räumliche Unterbringung werden. Wir brauchen ja auf jeden Fall zusätzliche Klassenzimmer. Kurzum, unser Schulgebäude ist für eine Mittelpunktschule von den Dimensionen her völlig ungeeignet. Herr Bürgermeister Brecht hat aber leider schon anklingen lassen, dass das Dorfgemeinschaftshaus …«

Der Schulrat unterbrach sie mit einem nachlässigen Wedeln seiner Hand. »Schon klar, schon klar. Sie werden bestimmt eine Lösung finden, dafür sind Sie ja schließlich hier.«

Helene hatte ihm gerade weitere Querelen schildern wollen, verstummte aber noch vor dem ersten Wort. Ärger stieg in ihr hoch. Erst die Weigerung des Rektors aus Grabenhausen, diese Umstrukturierung zu unterstützen, denn der ganze Plan sei *vollkommen idiotisch und von irgendwelchen ahnungslosen ministeriellen Sesselfurzern ausgedacht*. Und jetzt auch noch die ablehnende Haltung des Schulrats. Zumindest von ihm hatte sie sich mehr Unterstützung erhofft, etwa bei den kniffligen Fragen rund um die fehlenden Baulichkeiten, aber sie konnte wohl dankbar sein, dass er sich überhaupt eine Stunde Zeit für sie genommen hatte. Im ganzen Landkreis gab es jede Menge Käffer und vermutlich Dutzende winziger Schulen, die alle irgendwie zusammengeführt werden mussten, da konnte er den ganzen organisatorischen Kram bestenfalls überwachen, sich aber nicht persönlich um alle Einzelheiten kümmern.

»Sie machen das schon«, setzte der Schulrat noch eins drauf. »Schön, schön, damit sind wir fürs Erste fertig. Danke für Ihre Kooperation!«

Helene unterdrückte ein Seufzen. Sie brachte das Gespräch mit der gebotenen Höflichkeit zu Ende, denn es war nicht zu übersehen, dass er sich lieber anderen Dingen widmen wollte. Als sie anschließend das Landratsamt wieder verließ, beschloss sie, noch ein wenig durch die Innenstadt zu bummeln. Zu Hause wartete doch nur wieder Arbeit auf sie. Das Knie schmerzte ein wenig nach dem Sturz letzte Nacht, aber wenn sie vorsichtig auftrat, ließ es sich aushalten.

Bad Hersfeld war ein malerisches Städtchen mit schönen alten Fachwerkhäusern, einladend angelegtem Kurpark und der pittoresken Stiftsruine. Helene war seit einer ganzen Weile nicht hier gewesen; vor drei Jahren hatte Isabella sie hin und wieder zu irgendwelchen Unternehmungen mitgeschleppt – ins Kino, zu Tanzveranstaltungen oder auch einfach nur zum Schuhekaufen.

Bei dem Gedanken daran nahm Helene sich vor, unbedingt an einem der nächsten Samstage mit Marie herzukommen und dem Kind endlich was Nettes zu kaufen. Eigentlich hatten sie es schon am letzten Samstag vorgehabt, aber da hatte es in Strömen geregnet. Doch mittlerweile stand der Mai vor der Tür, wo war bloß die Zeit geblieben? Wenn sie nicht aufpasste, blieb ihr Versprechen gegenüber Marie unerfüllt. Das Problem war nur: Ihre Tochter war keins von den Mädchen, die ständig über modische Bedürfnisse sprachen und diesbezüglich Wünsche anmeldeten. Meist gab sie sich einfach mit dem zufrieden, was sie hatte. Sie freute sich, wenn sie was Neues bekam, aber sie drängte nicht darauf. Nur selten fasste sie ihre Ansprüche und Vorstellungen in Worte, und richtig nachdrücklich wurde sie dabei fast nie.

Anders bei diesem schlimmen Ausbruch während des Abendessens, da hatte sie kein Blatt vor den Mund genommen. Am nächsten Tag war sie wieder das liebste, netteste Kind gewesen, als hätte es diese Tirade überhaupt nicht gegeben, doch Helene hatte die Untertöne nicht vergessen, vor allem nicht den Teil, der sich auf Tobias bezog.

Es bestand kein Zweifel, wie belastend es für Marie wäre, wenn auf einmal alles wieder von vorn losging. Auch aus diesem Grund konnte Helene wohl dafür dankbar sein, dass vergangene Nacht nichts weiter passiert war. Anderenfalls hätte sie jetzt bis über die Ohren in einem ziemlichen Schlamassel gesteckt. Was das anging, machte sie sich nichts vor – wenn sie und Tobias letzte Nacht bis zum Äußersten gegangen wären, wäre es aller Wahrscheinlichkeit nach nicht bei dem einen Mal geblieben. Mindestens einer von ihnen beiden – im Zweifel sie selbst – hätte versucht, weitere Gelegenheiten herbeizuführen. Das war von Anfang an so zwischen ihnen gewesen. Bis zum Ende ihrer Beziehung hatten sie kaum die Finger voneinander lassen können …

Helene bemühte sich nach Kräften, die unliebsamen Gedanken zu verdrängen. Sie blieb vor einem Schuhgeschäft stehen und betrachtete die Auslagen. Die Frühjahrsmodelle sahen bezaubernd aus – vorn spitz zulaufend und mit filigranen, halbhohen Pfennigabsätzen. In Gedanken versunken nagte sie an ihrer Unterlippe, sie erinnerte sich unwillkürlich an die Maifeier vor drei Jahren. Da hatte sie ganz ähnliche Schuhe getragen, sonnengelbe Riemchenpumps, die viel bequemer waren, als sie aussahen; Großtante Auguste hatte sie ihr zum Dreißigsten geschenkt. Die Schuhe besaß sie noch, sie hatte sie nicht oft angehabt, denn die Farbe war weder was für die Schule noch für die Kirche, und in der ganzen Zeit hatte sie auch nicht gerade viele Feste besucht.

Diese Schuhe hatte sie getragen, als sie und Tobias zum ersten Mal miteinander ausgegangen waren.

Helene ballte die Hände zu Fäusten. Himmel noch mal, konnte sie nicht einfach aufhören, an ihn zu denken? An all das, was sie verbunden, aber letztlich auch wieder entzweit hatte. An die Liebe, die sie am Anfang wie auf Flügeln getragen und die am Ende nur noch wehgetan hatte. Je eher sie es schaffte, sich das aus dem Herzen zu reißen, desto besser konnte sie sich auf die wirklich wichtigen Dinge in ihrem Leben konzentrieren. Beispielsweise ihre Arbeit und ihre Tochter. Und die Einrichtung der Wohnung im Lehrerhaus, die im Laufe der nächsten beiden Monate bezugsfertig werden sollte, worauf sie schon ungeduldig wartete.

Es war nicht so, als gäbe es im Haus ihres Vaters dauernd Reibereien, aber wirkliche Harmonie herrschte auch nicht gerade. Das war während der Zeit ihres Zusammenlebens bei Großtante Auguste auch schon so gewesen. Omchen Else nörgelte einfach zu gern an allem Möglichen herum, und Christa vermittelte häufig den Eindruck, als trüge sie die Last der ganzen Welt auf den Schultern – sie beklagte sich zwar nie, litt aber dafür stumm vor sich hin, auf eine Weise, die einen meist wünschen ließ, lieber woanders zu sein.

Helene stand immer noch vor dem Schaufenster, als jemand hinter ihr sie ansprach.

»Helene?«

Sie fuhr herum. Ein hochgewachsener amerikanischer G.I. stand vor ihr.

»Jim!«, rief sie voller Wiedersehensfreude aus. »Wie schön, dich zu sehen!« Strahlend wollte sie ihm die Hand reichen, doch er fasste sie einfach bei den Schultern und zog sie an sich, um sie zu umarmen, auf eine herzliche, kameradschaftliche Art, die bei Helene keinerlei Unbehagen weckte. Sie war einfach nur glücklich über diese unverhoffte Begegnung.

»Helene, was machst du denn hier? Ich hätte nie erwartet, dir hier über den Weg zu laufen!«

Sein Deutsch hatte sich enorm verbessert; der amerikanische Akzent war zwar immer noch unüberhörbar, aber er sprach flüssig und grammatikalisch einwandfrei.

»Ich hatte auf dem Landratsamt zu tun. Und gerade habe ich überlegt, ob ich mir Schuhe kaufen soll.« Sie lachte ihn an, und er strahlte zurück.

»Helene, du bist noch schöner geworden!«, erklärte er im Brustton der Überzeugung.

Sie grinste. »Und du ein noch größerer Gentleman.«

Er hob in gespielter Entrüstung die Brauen. »Denkst du, ich meine es nicht ernst?«

»Oh, ich hoffe doch sehr, dass du das tust«, erwiderte sie lächelnd.

»Worauf du wetten kannst«, beteuerte er.

Mit einem langen Blick erfasste sie seine Erscheinung. Sie hatte ganz vergessen, wie groß er war, gut eins neunzig, und dazu so athletisch gebaut, dass sie sich winzig und schmal vorkam, obwohl sie mit ihren eins fünfundsiebzig auch nicht gerade klein war.

Er war in Uniform, was ihm blendend stand. Der militärische Schnitt betonte die breiten Schultern und die langen Beine. In seinen hellen Augen spiegelte sich das Blau des Frühlingshimmels wider, und die Zähne, die er beim Lächeln sehen ließ, waren so perfekt und weiß wie ehedem.

Er hatte die Mütze abgenommen, eine Geste der Höflichkeit. Die Stoppeln seines kurz geschorenen Haars schimmerten goldfarben in der Sonne. Mit seinen markanten Gesichtszügen strahlte er immer noch diese schon fast unnatürlich wirkende männliche Schönheit aus, und nicht ohne einen Anflug von Selbstironie fragte Helene sich, ob es wohl außer ihr jemals eine Frau gegeben hatte, die ihm nicht auf den ersten Blick willenlos verfallen war. Dabei war sie keineswegs immun gegen seinen Charme. Wäre sie damals nicht in dieser von Angst und Sorge erfüllten Ausnahmesituation gewesen, hätte sie Jims Versuchen, sie zu umwerben, sicherlich offener gegenübergestanden.

»Darf ich dich auf einen Kaffee einladen?«, fragte er.

Sie bemerkte sein erwartungsvolles Lächeln und wollte im ersten Impuls eine Ausrede erfinden. Welchen Zweck hatte es, schon wieder Hoffnungen bei ihm zu schüren und ihn dann abermals zu enttäuschen? Andererseits – er war ein alter Freund, und wenn er nicht gewesen wäre, hätten ihre Tochter oder ihr Vater vielleicht damals die Flucht nicht überlebt.

»Na klar, warum nicht?«, antwortete sie.

Das vage Gefühl, sich auf unsicherem Gelände zu bewegen, verdrängte sie nach Kräften. Was war gegen einen kurzen Besuch im Café schon einzuwenden? Sie waren nicht in Kirchdorf, keiner kannte sie hier, niemand würde sich das Maul darüber zerreißen, dass sie sich von einem G.I. zum Kaffee einladen ließ. Und Jim würde schon nicht gleich wieder romantische Wünsche entwickeln.

Sie gingen in ein nahegelegenes Café, und Jim erwies sich einmal mehr als formvollendeter Kavalier alter Schule – er hielt ihr die Tür auf, half ihr aus der Jacke und rückte ihr den Stuhl zurecht. Er erkundigte sich nach der Verletzung an ihrem Knie, und als sie erzählte, dass sie vom Rad gefallen war, bekundete er sein Mitleid. Während ihrer gesamten Unterhaltung blieb er auf wohltuende Weise zurückhaltend, wenngleich er aus seinem Interesse an dem, was seit ihrer letzten Begegnung geschehen war, keinen Hehl machte.

Er fragte sie nach ihrer Tochter und ihrem Vater, vor allem jedoch nach den Veränderungen in ihrem eigenen Leben. Helene brachte ihn so gut es ging auf den neuesten Stand, und er sie umgekehrt ebenso.

Es war unschwer zu erkennen, dass Jim von Helenes und Tobias' Trennung erfahren hatte – fraglos durch Isabella, die ihm auch erzählt hatte, dass Helene wieder in die Rhön gezogen war und fürs Erste bei ihrem Vater lebte. Letzterem war Jim sogar schon in Kirchdorf über den Weg gelaufen, ein kurzes, aber herzliches Wiedersehen.

»Ich bin da jetzt öfters«, erzählte Jim. »Die Army soll an der Grenze einen neuen Stützpunkt bekommen.«

»Ja, das habe ich schon von Isabella gehört. Sie meinte, du triffst dich deswegen öfters mal mit Harald. Also dem Bürgermeister.«

Er nickte. »Ja, das alles muss genau geplant werden.« Seine Miene spiegelte Bedauern wider. »Sehr schade, dass es mit Isabella und Harald vorbei ist.«

»Oh, du hast es schon erfahren?«

Jim nickte. »Ja, sicher. Von Brad. Dem gefällt's natürlich ganz gut, wie du dir vorstellen kannst.«

Helene konnte nur erahnen, was er meinte. Isabella hatte tatsächlich mit keiner Silbe erwähnt, dass Brad und sie sich nähergekommen waren.

Jim ließ die Sache auf sich beruhen, vielleicht hatte er Helenes Befremden wahrgenommen und wollte Fragen aus dem Weg gehen.

»Wie läuft es an der Schule?«, erkundigte er sich.

Das war ein unverfängliches Thema, das sie gern vertiefte. Sie schilderte Jim die Schwierigkeiten, mit denen sie sich neuerdings konfrontiert sah, aber sie gab auch einige herzerfrischende Begebenheiten aus ihrem Unterrichtsalltag zum Besten. Etwa von der Maus, die sich auf irgendwelchen Umwegen ins Klassenzimmer verirrt hatte, und von den vereinten Bemühungen der Schulkinder, das Tierchen zu fangen.

»Wahrscheinlich hat die Katze vom Hausmeister sie reingeschleppt und laufen lassen. Du kannst dir nicht vorstellen, was für ein Geschrei da herrschte. Es war eine wilde Jagd.«

Jim lachte. »Mit dir als Oberjägerin?«

»Gott behüte. Ich musste mich schwer beherrschen, nicht

auf mein Pult zu klettern und da oben abzuwarten, bis die Gefahr gebannt war.«

»Oh, hast du Angst vor Mäusen?«

»Leider sehr. Ich weiß, dass sie harmlos sind, aber aus irgendwelchen Gründen schlägt mich schon der bloße Anblick einer Maus in die Flucht.«

»Vielleicht, weil du ein Stadtkind bist.«

»Na ja, in Berlin habe ich tatsächlich bei uns zu Hause nie eine Maus gesehen. Aber die ersten zehn Jahre meines Lebens habe ich ja auf dem Land zugebracht, da gab's Tiere zuhauf, auch Mäuse. Nicht bei uns im Keller, aber im Garten hat man sie schon des Öfteren herumlaufen sehen.« Helene hob die Schultern. »Sie haben mir allerdings auch damals schon Angst eingeflößt. Dafür machen mir Spinnen nichts aus.«

»Gar nichts?«, vergewisserte sich Jim zweifelnd.

»Kein bisschen. Ich kann sie mit der bloßen Hand fangen und rausbringen. Mache ich sogar oft, denn bei uns daheim gruseln sich alle davor. Außer Omchen Else, aber die würde sie nur mit dem Besen erschlagen, deshalb sagen wir es ihr nie, wenn wir welche sehen. Ich schnapp sie mir immer schnell und setze sie in den Garten.«

Jim erschauderte sichtlich. »Das könnte ich nie. Mit Mäusen ja. Aber niemals mit Spinnen. Schlimme Biester sind das.«

Helene lachte. »Eigentlich nicht, sie sind ziemlich nützlich. Jedenfalls nützlicher als Mäuse. Und ich hätte geschworen, dass du weder Tod noch Teufel fürchtest.«

»Weil ich ein *Sniper* bin?« Jim grinste. »Jetzt weißt du, was ich in Wahrheit für ein Feigling bin.«

»Mit Feigheit hat es weniger zu tun. Die Angst vor Spinnen oder Mäusen ist weit verbreitet. So wie viele andere Ängste auch. Angst vor Fröschen, Angst vor Schlangen …«

»Fast so schlimm wie Spinnen«, stimmte Jim ihr zu.

»Außerdem Platzangst, Höhenangst, Angst vor Menschenmengen. Angst zu versagen …« Sie verstummte. Die letzten Worte waren ihr einfach so herausgerutscht, sie hatte es gar nicht darauf angelegt, dem Thema eine ernstere Wendung zu geben. Doch Jim griff es sofort auf.

»Angst danebenzuschießen. Angst zu treffen.« Jegliche Heiterkeit war aus seinen Zügen gewichen.

Helene schluckte. »Ich wusste nicht, dass du Angst vorm Schießen hast.«

»Immer«, bekannte er. »Es ist meine größte und schlimmste Angst.« Unverwandt sah er sie an. »Und du? Wovor fürchtest du dich? Außer vor Mäusen.«

»Vor … Trennung. Verlust.«

Er nickte, als hätte er nichts anderes erwartet. Sie hatte beides am eigenen Leib erlebt, und das wusste er. Die Stasi hatte ihr den Mann genommen und das Kind. Ihr Mann war gestorben, ihre Tochter hatte sie zurückbekommen, aber die vielen Monate dazwischen waren eine Hölle gewesen, die man seinem schlimmsten Feind nicht gönnte.

»Ängste können viel Macht haben«, sagte Jim leise. »Manchmal so viel, dass man lieber aufgibt, als gegen sie zu kämpfen.«

»Ich gebe nicht auf«, entfuhr es ihr.

Er sah sie an. »Ich auch nicht. Niemand sollte vorschnell aufgeben. Nicht, solange es Dinge gibt, für die es sich zu kämpfen lohnt.«

*

Später bot er ihr an, sie im Jeep mit nach Kirchdorf zu nehmen, er habe sowieso dort in der Gegend noch zu tun, und sie willigte ein, weil es kindisch gewesen wäre, die Mitfahrgelegenheit auszuschlagen, schon wegen ihres Knies. Außerdem machte er keinerlei Anstalten, mit ihr zu flirten oder ihr sonst irgendwie näherzukommen. Er war freundlich wie eh und je, ein netter Gesprächspartner, klug und gebildet und manchmal viel zu ernsthaft für seine jungen Jahre. Je länger sie redeten, desto stärker wurde ihr bewusst, was für ein angenehmer Mensch er war und wie wohl sie sich in seiner Gesellschaft fühlte.

Sie ließ sich vor der Schule absetzen, weil sie noch einiges erledigen wollte. Beim Aussteigen verflüchtigte sich ihre aufgeräumte Stimmung jedoch rasch. Sie hätte sich wohl besser bis zum Haus ihres Vaters fahren lassen, das lag nicht so sehr auf den Präsentierteller wie die Schule. Jeder, der auf dem Dorfplatz oder in den umliegenden Gassen unterwegs war, starrte dem davonfahrenden Jeep hinterher, bevor sich alle Blicke auf Helene hefteten. Man sah es förmlich in den Köpfen der Leute arbeiten. Die Lehrerin, die sich mit dem Ami herumtreibt. War sie nicht schon damals mit dem Burschen ausgegangen? Das war doch der Scharfschütze, der dem mordlüsternen Kader auf der anderen Seite des Grenzzauns die Pistole aus der Hand geschossen hatte, oder? War sie dem etwa was schuldig? Ob er sie wohl schon flachgelegt hatte?

Herr Wiedeholz stand in der offenen Eingangstür seiner Apotheke und musterte sie stirnrunzelnd. Die Gattin des Kaufhausbesitzers war ebenfalls vor die Ladentür getreten, damit ihr auch ja nichts entging. Der Hufschmied führte ein Pferd am Zügel vorbei, auch er lugte neugierig herüber. Drei ältere Frauen, die auf dem Dorfplatz beisammenstanden, hatten schlagartig aufgehört zu tratschen und taxierten Helene mit erkennbarem Argwohn. Eine davon war die Vorsitzende des katholischen Landfrauenvereins, eine resolute Person namens Hannelore Schäfer. Auch ihre Gedanken waren leicht zu erraten.

Ehrbare Frauen treiben sich nicht mit Amis herum.

Entschlossen drückte Helene die Schultern durch und ging mit raschen Schritten zum Portal der Schule hinüber, ohne ein einziges Mal zurückzublicken.

KAPITEL 7

An diesem Nachmittag tüftelte Helene wieder einmal an den unterschiedlichsten Listen herum. Es frustrierte sie zusehends, dass sie nicht mit festen Räumlichkeiten planen konnte. Sie fühlte sich deswegen immer stärker unter Druck. Alle schienen von ihr zu erwarten, dass sie dieses Problem anpackte und löste – aber wie sollte das gehen? Wenn sie es allein hätte bestimmen dürfen, wäre sie schon viel weiter. Doch die wichtigste aller Fragen war ihrem Entscheidungsbereich entzogen: Wo sollte die neue Schule untergebracht werden? Harald Brecht hatte versprochen, es zügig anzugehen, aber bis jetzt hatte sich nicht viel getan. In der nächsten Woche sollte wieder eine Gemeinderatssitzung stattfinden, doch schon auf der letzten Versammlung hatte man sich nicht einigen können. Es war nicht mal zu einer Abstimmung gekommen. Allein Harald Brechts Vorschlag, zumindest einen Teil des Dorfgemeinschaftshauses zu Schulräumen umzufunktionieren, hatte einen Sturm der Entrüstung hervorgerufen. Vermutlich nicht zuletzt deswegen, weil auch der Pfarrer sich offen gegen die neue Mittelpunktschule aussprach. Er hatte es sogar von der Kanzel heruntergewettert, wie Omchen Else es Helene, die an dem betreffenden Sonntag selbst nicht in der Kirche gewesen war, brühwarm berichtet hatte. Der ganze Aufwand! Die unnütze Arbeit! Und warum überhaupt das Ganze, wo es doch so, wie es jetzt war, seit Menschengedenken tadellos funktionierte!

Helene hatte nicht lange nach dem Grund für seinen Widerwillen forschen müssen. Da er für den Religionsunterricht aller Schulklassen zuständig war, sah er wohl nicht recht ein, auf einmal die doppelte oder gar dreifache Arbeit leisten zu müssen. Ihren Vorschlag, einen Teil der Religionsstunden auf die anderen Lehrkräfte zu verteilen, hatte er indessen mit Entrüstung abgelehnt – die Unterweisung der Kinder im katholischen Glauben sei der heiligen Kirche vorbehalten, basta. Die paar Evangelischen, die könne sie gerne in eigener Regie übernehmen und verteilen, aber nicht seine ihm von Gott anvertrauten Schäfchen.

Sein Wort hatte im Dorf Gewicht, und es begannen sich die Stimmen zu mehren, die grundsätzlich gegen die Gründung einer Mittelpunktschule waren. Darunter auch Hannelore Schäfer, die im Landfrauenverein den Ton angab. Die Mitglieder des Vereins versammelten sich regelmäßig, meist zum gemeinsamen Handarbeiten sowie Singen und Klönen. Oder auch, wie in diesem Fall, um politisch Stellung zu beziehen, weil die SPD-geführte Landesregierung derartig hanebüchenen Unsinn verzapfte, den man in Wiesbaden irrtümlich für Fortschritt hielt. Die Sozis halt, keine Ahnung von den Verhältnissen im Zonenrandgebiet. Mit der CDU hätte es das bestimmt nicht gegeben.

Auch von diesem Treffen hatte Helene durch Omchen Else erfahren. Die hatte ihre Augen und Ohren überall.

Bei Helene verstärkte es den Eindruck, auf verlorenem Posten zu kämpfen, und es nährte ihren Verdacht, dass man ihr den Posten der Schulleiterin keineswegs als Chance offeriert, sondern ihr eher mit taktischer Raffinesse untergejubelt hatte, wohl wissend, dass sich freiwillig niemand sonst für diese Aufgabe hergegeben hätte.

Und was, wenn sie es am Ende nicht schaffte? Wenn die Windmühlenflügel, gegen die sie antreten musste, unbesiegbar waren? Es gab so unendlich viele Schwierigkeiten! Bei dem Gedanken fühlte sie sich machtlos und allein. Wie jemand, der es eigentlich besser gleich ganz bleiben lassen sollte, da es am Ende sowieso nur schiefgehen konnte.

Unwillkürlich dachte sie an Jims Worte. *Niemand sollte vorschnell aufgeben. Nicht, solange es Dinge gibt, für die es sich zu kämpfen lohnt.*

Sie ahnte, wie er es gemeint hatte. Schon damals hatte er Gefühle für sie entwickelt, die sie nicht erwidern konnte, und es kam ihr so vor, als sei er im Begriff, einen neuen Versuch zu wagen, auch wenn er auf gewisse Weise versucht hatte, es vor ihr zu verbergen. Dinge, für die es sich zu kämpfen lohnt …

Waren diese Schule und ihr Posten hier es denn wert, dafür zu kämpfen, ganz egal, wie viele Widerstände sie dafür überwinden musste? Was hatte sie überhaupt davon? Hätte sie sich nicht einfach in die Reihe derjenigen stellen können, die aus allerlei pragmatischen Gründen dagegen waren? Was wäre dann schon Schlimmes passiert? Man würde sie bestimmt nicht feuern, sie war längst auf Lebenszeit verbeamtet, da wurde man nicht rausgeworfen, außer man entpuppte sich als Schwerverbrecher. Oder als Kommunist, das war fast genauso schlimm. Doch sie stand fest auf dem Boden der freiheitlichen demokratischen Grundordnung, das hatte sie feierlich per Amtseid geschworen. Sie hätte sich einfach zurücklehnen und sagen können: Es geht nun mal nicht. Weil das Dorf es nicht will. Keine geeigneten Räumlichkeiten, keine Mittelpunktschule.

Aber dann hätte sie ihre Ideale verraten. Zum ersten Mal in ihrem Leben. Und das würde ihr nicht passieren, jedenfalls nicht, solange sie nicht alles Erdenkliche getan hatte, um es zu schaffen. Denn sie bezweifelte keine Sekunde, dass die geplante Mittelpunktschule eine entscheidende Verbesserung bedeutete. Mehr Chancen für mehr Kinder, mehr Effizienz und eine stärkere Durchlässigkeit des Bildungssystems – was gab es da noch zu überlegen? Sie wollte diese neue Schule. Eine Schule, in der es Kindern wie Theo ermöglicht wurde, viel mehr zu erreichen, als ihnen bisher zugedacht war. Eine Schule, die genug Ressourcen für eine Förderklasse bot. Oder dafür, dass ein Übergang auf eine weiterführende Schule in Einzelfällen erst nach dem fünften oder sechsten Schuljahr erfolgte statt zwingend immer nach dem vierten. Eine Schule, bei der nicht Schüler unterschiedlicher Altersstufen in Riesenklassen zusammengesteckt und bis zu einem Abschluss mitgeschleift wurden, bei dem Einzelne längst auf der Strecke geblieben waren.

Helene konnte gar nicht anders, als sich dafür einzusetzen. Führte man sich erst vor Augen, was das Ziel war, stand die Entscheidung nicht länger infrage. Nicht Hindernisse bestimmten das Handeln. Sondern das, was man erreichen wollte.

Vage überlegte sie, von wem das Motto stammte, aber an dieser Stelle machten ihre Gedanken einen Sprung, und gegen ihren Willen erinnerte sie sich wieder an die letzte Nacht. An den Kuss und daran, was er in ihr ausgelöst hatte. Wo es geendet hätte, wenn Tobias und sie nicht gestört worden wären.

Und dann fragte sie sich zum ersten Mal in aller Ehrlichkeit, ob sie wirklich nur wegen der Beförderung nach Kirchdorf zurückgekehrt war. Oder doch eher deswegen, weil da etwas anderes war, für das es sich zu kämpfen lohnte.

Zu ihrer Erleichterung musste sie das nicht weiter ergründen, denn es klopfte an der Tür des Lehrerzimmers, und der Hausmeister erschien, um sie über ein sehr dringendes Problem zu informieren. Im Nebengebäude, wo die Schülertoiletten untergebracht waren, gab es ein verstopftes Abflussrohr.

»Do kömmt überoll die Scheiße hoch«, teilte er ihr mit. »Ich honn versücht, es zu repariere, ebber ich honn net des richtig Wärkzeuch.«

»Warum rufen Sie nicht den Spengler an?«

»Honn ich. Där hott gesöt, es get net.«

Helene zog sofort die richtigen Schlüsse. »Kann er nicht oder will er nicht?«

Der Hausmeister hob die Schultern. »Ich denk mer, sei Fraa lösst en net.«

Helene seufzte. Der Spengler war mit Hannelore Schäfer verheiratet, und nach allem, was man so über ihn hörte, ein ausgemachter Pantoffelheld. Eine weitere Schwierigkeit zu den vielen, die sie schon vor der Brust hatte.

»Ich kümmere mich selbst darum«, erklärte sie.

Anschließend verbrachte sie eine Viertelstunde damit, im Telefonbuch Sanitärfirmen aus der entfernteren Umgebung herauszusuchen und anzurufen, und es erforderte zähe Überredungsversuche, bis sich endlich eine Hünfelder Firma bereitfand, den Auftrag anzunehmen. Natürlich nur unter Anrechnung der Fahrtzeit zum obligaten Stundensatz, inklusive Feierabendzuschlag, denn bis man kommen könne, sei die übliche Arbeitszeit schon zu Ende. Es graute Helene schon vor dem Papierkrieg mit der Schulbehörde wegen der Kostenübernahme.

Unter anderen Umständen hätte sie Harald Brecht gebeten, sie bei der Lösung des Problems zu unterstützen; er hatte auch früher oft auf kurzem Wege geholfen, Dinge zu regeln, etwa Lehrmittel zu beschaffen. Oder bei wichtigen Reparaturen einen Handwerker vorbeizuschicken. Doch seit ihrer Rückkehr schien er Helene aus dem Weg zu gehen. Seine übliche joviale Herzlichkeit war einer zurückhaltenden Sachlichkeit gewichen. Was die neue Schule betraf, so verhielt er sich bestenfalls neutral, wenn nicht gar zögerlich. Seine Bestrebungen, das Projekt voranzutreiben, waren jedenfalls alles andere als enthusiastisch.

Über die Gründe konnte Helene nur spekulieren. Womöglich nahm er ihr übel, dass sie nicht mehr mit Tobias zusammen war. Oder es hing mit seiner Trennung von Isabella zusammen. Vielleicht spielte auch beides eine Rolle.

Nach einem Blick auf die Uhr entschied sie, für heute mit der Arbeit aufzuhören. Sie hatte schließlich auch noch eine Familie, die sie regelmäßig sehen wollte. Doch als sie wenig später müde und mit schmerzendem Kniegelenk heimkam, hätte sie am liebsten gleich wieder kehrtgemacht. Omchen Else schnitt am Küchentisch Pellkartoffeln in Scheiben und blickte ihr mit sensationslüsternem Gesichtsausdruck entgegen.

»Na, wie lief's denn letzte Nacht mit dem Doktor?«

Helene, die gerade nach dem Brotmesser griff, um an der Anrichte eine Semmel zu zerteilen, hätte sich um ein Haar den Daumen amputiert. Sie hatte Glück, es war nur ein oberflächlicher Schnitt. Stumm fluchend saugte sie den winzigen Blutstropfen weg, ehe sie sich mit gleichmütiger Miene zu Omchen Else umwandte.

»Wenn du darauf hinauswillst, dass ich gestern Abend spät noch in der Praxis war – ich bin vom Rad gefallen und hab mir das Knie verletzt. Hab ich euch ja heute Morgen beim Frühstück schon erzählt. Deshalb auch der Verband.«

Omchen Elses von Knitterfalten umgebene Augen funkelten. »Du hast nichts davon gesagt, dass es genau vor der Praxis passiert ist und dass der Doktor dich verarztet hat.«

Christa kam in die Küche, einen Korb mit Gartengemüse unterm Arm. Sie hatte offenbar die letzte Bemerkung ihrer Mutter mit angehört.

»Das ist allein Lenis Angelegenheit, Mutter! Es geht uns überhaupt nichts an, wenn sie sich wieder mit Tobias trifft!«

Helene machte ihrem Ärger Luft. »Von *treffen* kann überhaupt keine Rede sein! Ich hab mir das Knie aufgeschlagen, und er hat's verarztet! Mehr nicht!«

Das trug ihr einen gekränkten Blick von Christa ein. *So dankst du es mir, dass ich dir beistehe!*, signalisierte ihre verkniffene Miene.

Wortlos wandte Helene sich wieder zur Anrichte um und richtete sich eine Schinkensemmel her. Es verwunderte sie kaum, dass ihr nächtlicher Abstecher zur Arztvilla nicht unbeobachtet geblieben war. Auch wenn das Dorf manchmal wie ausgestorben wirkte – hinter irgendeinem Fenster hockte auch mitten in der Nacht garantiert jemand, der alles sah. Und es am nächsten Morgen freudig überall herumerzählte.

»Es gibt bald Abendbrot«, merkte Omchen Else nörglerisch an. »Sogar warm. Spiegeleier und Bratkartoffeln.« Sie deutete auf den Berg Kartoffeln, den sie schon gepellt hatte.

»Prima«, erwiderte Helene höflich, obwohl sie genau wusste, worauf Omchen Else hinauswollte. Die alte Frau hasste es, wenn jemand vor den Mahlzeiten in die Küche kam und sich was zum Essen holte, ganz egal, wie viel Kohldampf man schob. Sie betrachtete es als Missachtung ihrer Kochkünste. Auf diese Weise hatte sie schon in Augustes Küche in Frankfurt das Zepter geschwungen und damit nicht nur Auguste, sondern auch deren Zugehfrau Adele vergrätzt.

Helene verzog sich mit ihrer Schinkensemmel nach oben in ihr Zimmer. Schon auf der Treppe biss sie ein paarmal davon ab. Ihr Magen knurrte wie ein wildes Tier. Abgesehen vom Frühstück hatte sie heute noch nichts gegessen, und selbst das hatte nur aus einer halben Scheibe Brot mit Marmelade bestanden, weil sie morgens meist keinen richtigen Hunger hatte. Der stellte sich in aller Regel passend zur großen Pause ein, gegen halb zehn, aber dann hatte sie oft keine Zeit, irgendwas anderes zu sich zu nehmen als eine eilig aufgegossene Tasse Nescafé. Normalerweise konnte sie wenigstens in der zweiten großen Pause einen Happen essen, aber manchmal vergaß sie es auch einfach, weil zu viel Verwaltungskram zu erledigen war. So wie an diesem Tag. Bis zum Mittag hatte sie unterrichtet und dann gleich den Bus nach Bad Hersfeld genommen. Ans Essen hatte sie die ganze Zeit nicht gedacht, weder während der Besprechung mit dem Schulrat noch später, als sie mit Jim im Café gewesen war. Da hätte sie sich eigentlich ein Stück Kuchen bestellen können, der bis zum Abendbrot vorgehalten hätte.

Marie saß oben in ihrem Mansardenkämmerchen und machte Hausaufgaben. Die Verbindungstür zum vorderen Zimmer stand offen, und Helene blieb für ein paar Augenblicke auf dem Treppenabsatz stehen, um ihre Tochter zu betrachten. Das helle Haar fiel ihr in die Stirn, und Marie pustete zwischendurch immer wieder eine Locke weg, die ihr die Sicht auf ihr Schulheft versperrte. Die schmalen Schultern hochgezogen und den Kopf über die Aufgaben gebeugt, bot sie ein Bild tiefer Konzentration.

Schon als kleines Kind hatte sie diese Fähigkeit gezeigt, vollständig in einer Beschäftigung zu versinken, blind und taub für die Welt um sie herum. Das konnte ein Bilderbuch sein oder eine selbst gebaute Sandburg am Strand oder eine Zeichnung aus Straßenkreide auf dem Gehweg vor dem Ostberliner Mietshaus, in dem sie einst gewohnt hatten.

Einmal, daran erinnerte Helene sich noch, als wäre es gestern gewesen, hatte Jürgen sich neben Marie auf den Bürgersteig gehockt und zusammen mit ihr ein Bild gemalt.

Ein Zauberwald ist das, hatte er Helene mit einem Augenzwinkern erklärt, als sie dazugekommen war und gefragt hatte, was die verschlungenen grünen Linien und Flächen zu bedeuten hatten, die feurigen Ornamente inmitten des Grüns, die wie Fantasieblumen aussahen und es wohl auch waren. Marie hatte neben ihm auf dem sonnenwarmen Pflaster gesessen, den Kopf auf den angezogenen Knien, und in stummer Verzückung das Kreidebild betrachtet.

Es war einer dieser Momente gewesen, die man unbedingt für das spätere Leben festhalten musste, und Helene war ins Haus gelaufen, um den alten Fotoapparat zu holen. Obwohl man immer erst ewig daran herumhantieren und mithilfe eines separaten Belichtungsmessers die Blende einstellen musste, ließen sich damit schöne Schnappschüsse machen. An jenem Sommertag war Helene ein perfektes Foto gelungen. Ihr Mann und ihre fünfjährige Tochter vor diesem verwunschenen Zauberwald aus Kreide, natürlich in Schwarz-Weiß, aber so stimmungsvoll eingefangen, als hätte es ein Berufsfotograf aufgenommen.

So viel Glück hatte dieses Bild ausgestrahlt, so viel Liebe. Eine Liebe, der niemand etwas anhaben konnte, auch nicht die gesichts- und namenlose Person, von deren Existenz Helene damals noch nichts wusste, aber auf diffuse Weise bereits ahnte, dass es da jemanden in Jürgens Leben gab.

Später hatte sich herausgestellt, dass ihr Mann ein zweites, heimliches Leben geführt hatte. Dass er einen anderen Mann geliebt hatte, einen Stasi-Offizier namens Anselm, der alle Hebel in Bewegung gesetzt hatte, um Helene und später auch Marie die Flucht in den Westen zu ermöglichen.

Jürgens Tod hatte Anselm nicht verhindern können, er hatte zu spät von der Inhaftierung erfahren, aber Helene hatte er rausgeholt und in einen Zug nach Westberlin gesetzt, damals, als die Sektorengrenze in der geteilten Stadt noch passierbar war. Kurz darauf hatte er selbst fliehen müssen, vor der Rache des Apparats, dem er so lange gedient hatte.

Eine Weile hatten sie danach noch Kontakt gehalten, einander ab und zu Postkarten geschrieben, doch Helene hatte schon seit einer ganzen Weile nichts mehr von ihm gehört. Das war ihr auch ganz recht so. Anselm stand gleichsam symbolhaft für einen Teil im Leben ihres Mannes, den dieser sorgsam und über Jahre hinweg vor ihr verborgen gehalten hatte, obwohl sie einander sonst in allen Dingen kompromisslos vertraut hatten. Vielleicht, weil er Angst davor gehabt hatte, ihre Liebe zu verlieren. Vielleicht auch, weil es sein Bild als Familienvater und Ehemann beschädigt hätte, wenn die Leute Wind davon bekommen hätten. Homosexualität war in der DDR genauso verboten wie im Westen, gleichgeschlechtliche Liebe war verpönt und wurde öffentlich geächtet. Hinzu kam, dass Jürgen als Atomphysiker auf einem sensiblen Forschungsfeld tätig war, da war absolute Linientreue existenziell.

Eine Zeitlang hatte es sie ziemlich beschäftigt, dass Jürgen ihr diese Beziehung zu Anselm nicht nur verheimlicht hatte, sondern sie im Zusammenhang damit auch diverse Male belogen haben musste. Etwa dann, wenn er angeblich zu einer Fortbildung musste. Oder zu anderen wichtigen Veranstaltungen, von denen es sicherlich einige tatsächlich gegeben haben mochte, aber bestimmt nicht so häufig, wie er sie glauben gemacht hatte. Er hatte über Jahre hinweg ein perfektes Doppelleben geführt.

Nicht Groll bestimmte ihre Gedanken, wenn sie darüber nachgrübelte, sondern eher eine tiefe Traurigkeit, denn sie wusste, wie sehr ihn diese Heimlichtuerei und die Lügen belastet haben mussten. Sie entsann sich, wie er einmal von einer dieser vermeintlichen Tagungen zurückgekehrt war und sie umarmt hatte, mit seltener Behutsamkeit und abgewandtem Gesicht. Seine Hände auf ihrem Rücken hatten gezittert, und sie hatte ihn bei den Schultern gefasst und ein Stück von sich geschoben, um ihn ansehen zu können.

»Was ist denn los?«, hatte sie ihn gefragt, und sich gleich darauf selbst die Antwort gegeben, womöglich, weil sie unbewusst fürchtete, sonst etwas zu erfahren, das sie nicht hören wollte. »Ärger auf der Arbeit? Schon wieder irgendwelche SED-Kader, denen du deine politische Gesinnung vortanzen musstest?«

Jürgen hatte nur stumm genickt und sich weggedreht, um die Reisetasche auszupacken, die er auf seinen Tagungen immer dabeihatte, und dann war wie ein kleiner Wirbelwind Marie hereingestürmt und hatte ihn in Beschlag genommen. Sein Gesicht hatte nur so geleuchtet vor Glück, er hatte seine Tochter herumgeschwenkt und das kleine Gesicht abgeküsst. Wieder ein Moment für den alten Fotoapparat und ein weiterer schöner Schnappschuss. Ein ganzes Album hatte sie schon mit solchen Bildern vollgeklebt, mit diesen kostbaren, wundervollen Erinnerungen, die jetzt nur noch in ihrem Kopf existierten, weil man ihr sonst nichts gelassen hatte.

Nach ihrer Flucht hatte sie Anselm fragen wollen, was die Stasi mit den beschlagnahmten Besitztümern von Dissidenten machte. Vernichten? Archivieren?

Aus irgendwelchen Gründen war sie nicht dazu gekommen, ihm diese Frage zu stellen, und sie nahm sich vor, es nachzuholen, falls er sich jemals wieder bei ihr melden sollte.

Erst mit Verzögerung gewahrte sie, dass ihre Tochter mit ihr sprach. Die düsteren Erinnerungen hatten sie so sehr vereinnahmt, dass sie Maries Worte nicht richtig verstanden hatte.

»Was hast du gesagt?«, fragte sie. Entschuldigend fügte sie hinzu: »Tut mir leid, ich war gerade in Gedanken.«

Marie war von ihrem Schreibtisch aufgestanden – eigentlich war es gar kein richtiger Schreibtisch, sondern eine auf zwei Böcken ruhende Holzplatte, auf der Christa ihre Stoffe zuschnitt – und ans Fenster getreten. Sie stand mit dem Rücken zu ihr und schaute hinaus, während sie sprach. »Stimmt es, was Omchen Else sagt?«

»Was denn?«, fragte Helene in jähem Erschrecken zurück. Sie betete stumm, dass es nichts mit Tobias zu tun hatte. Doch diese Hoffnung zerschlug sich sofort.

»Warst du letzte Nacht in der Arztpraxis? Bei Tobias?«

»Ja, allerdings«, entgegnete Helene mit größtmöglicher Gelassenheit. »Ich hab mir übel das Knie aufgeschlagen.« Sie deutete auf den Verband, der sich deutlich sichtbar unter dem dünnen Gewebe ihrer Perlonstrumpfhose abzeichnete.

»Also war es nur wegen dem Knie? Wegen nichts anderem?«

»Wegen *des* Knies«, korrigierte Helene automatisch. Einmal Lehrerin, immer Lehrerin.

Marie verzog das Gesicht. »Wegen *des* Knies«, wiederholte sie. Es klang ungeduldig. Und anklagend. Sie drehte sich zu Helene um und sah sie eindringlich an. »Die Leute im Dorf reden schon drüber. Da war aber nichts, oder? Du hast doch nicht etwa wieder mit ihm angebandelt?«

»Nein, natürlich nicht.« Helene hielt dem Blick ihrer Tochter stand und fragte sich, wie es möglich war, dass sie sich wie das sprichwörtliche arme Sünderlein vorkam. So, als wäre sie das Kind, das was ausgefressen hatte, und Marie die strenge Mutter. »Du solltest nicht so viel auf den Klatsch der Leute geben«, fügte sie hinzu, in dem schwächlichen Versuch, ihre Autorität wiederherzustellen.

»Mir egal, was die reden, Hauptsache, es fängt nicht wieder von vorne an«, erklärte Marie. »Wir brauchen keine neue Familie, Mama. Uns geht's doch gut. Und wenn wir demnächst in die große Wohnung ziehen, erst recht. Ich glaube, Papa würde sich freuen, wenn er sehen könnte, wie wir beide das alles hinkriegen.« Ihr Blick irrte ab, zu dem gerahmten Foto, das auf ihrem Nachttischchen stand, ihr erklärtes Lieblingsbild, auf dem sie selbst als kleines Mädchen zu sehen war, liebevoll in die Mitte genommen von ihren Eltern. Es war eine der wenigen Aufnahmen, die es noch von früher gab, und das auch nur deshalb, weil Helene ihrem Vater gelegentlich Abzüge geschickt hatte. Dieses besonders schöne Bild hatte er extra abfotografieren lassen und es Marie geschenkt.

Als Helene sah, wie ihre Tochter das Foto betrachtete, verflog der Ärger, den Maries Vorwürfe wegen Tobias in ihr geweckt hatten. Stattdessen schnürte ihr eine Aufwallung von tiefem Mitleid die Kehle zu.

»Bist du mit den Aufgaben fertig?«, fragte sie sanft, um dem Gespräch eine andere Richtung zu geben. »Wir könnten vor dem Abendessen noch was spielen. Was hältst du von einer Partie Halma? Opa kommt sicher auch gleich heim, vielleicht spielt er mit.«

Marie zog die Schultern hoch, halb unentschlossen, halb lustlos. »Ich geh lieber noch für ne halbe Stunde raus.«

»Wie du willst.« Helene verspürte einen Anflug von Enttäuschung. Stumm sah sie zu, wie Marie ihre Hefte in den Schulranzen packte und dann über die Treppe nach unten verschwand.

Es war noch gar nicht so lange her, da hätte Marie begeistert zugestimmt, wenn ihr eine Partie Halma winkte. Sie mochte Brettspiele, was sicher daran lag, dass sie überdurchschnittlich häufig gewann, gerade bei Spielen, die nicht bloß Glück, sondern auch Grips erforderten.

Letztes Jahr hatte Tobias angefangen, Marie Schach beizubringen, und schon nach kurzer Zeit hatte sie ihn geschlagen, zumindest hin und wieder. Helene hatte ihn in Verdacht gehabt, dass er ihre Tochter absichtlich gewinnen ließ, und abends, als sie beide allein gewesen waren, hatte sie ihn danach gefragt. Er hatte entschieden den Kopf geschüttelt. Allerdings hatte sie das schwache Zucken um seine Mundwinkel gesehen, und da hatte sie gewusst, dass er sie anflunkerte. Er hatte gemerkt, dass sie ihn durchschaute, und notgedrungen hatte er mit dem ihm eigenen jungenhaften Grinsen eine Erklärung hinzugefügt. »Man muss die Kinder am Anfang auch mal gewinnen lassen, sonst verlieren sie den Spaß. Aber noch zwei-, dreimal, dann steckt sie mich in die Tasche. Sie lernt unglaublich schnell.«

Helene ließ sich auf ihr Bett sinken und streckte sich aus. Nur kurz ausruhen, das lädierte Knie hochlagern. Und endlich damit aufhören, an Tobias zu denken.

Doch stattdessen kreisten ihre Gedanken weiterhin um ihn. Um den Kuss von letzter Nacht. Und dann erneut um die immer noch offene Frage, warum sie wirklich nach Kirchdorf zurückgekommen war. Doch auch diesmal schaffte sie es nicht, das Problem bis zum Schluss zu durchdenken, denn vor lauter Müdigkeit fielen ihr binnen Sekunden die Augen zu.

KAPITEL 8

Isabella streckte sich und setzte sich dann auf, den Blick von Brad abgewandt. Ein schales Gefühl von Leere erfüllte sie. Daneben gab es Empfindungen von Reue und Scham, so wie immer in der letzten Zeit, wenn sie sich mit Brad traf. Es war nicht das, was er verdiente, und erst recht war es nicht fair, ihm seit Monaten die Wahrheit zu verschweigen und sich trotzdem immer wieder mit ihm zu verabreden. Eigentlich lief es doch schon die ganze Zeit darauf hinaus, dass sie es beenden musste. Die Sache zwischen ihnen hatte keine Zukunft, so sah es nun mal aus.

Seine Hand fuhr über ihren Rücken und streichelte sie, langsam und bedächtig, wie es seine Art war. Er war immer zärtlich, oft beinahe zu sanft, als hätte er Sorge, sie mit allzu stürmischen Liebesbekundungen zu überrumpeln. Immer stand für ihn an erster Stelle, dass sie auf ihre Kosten kam. Manchmal nahm er ihr Gesicht in beide Hände und schaute sie dabei an, während sie sich liebten, quälend langsam, bis sie ihre Lust nicht mehr kontrollieren konnte und ihm den Rücken zerkratzte, damit er schneller wurde. Sein schönes schwarzes Gesicht, die tiefdunklen Augen, sein geschmeidiger Körper, die samtweiche Haut – in solchen Momenten glaubte sie fast, ihn zu lieben. Ein winziger Schritt nur, den ihre Gefühle benötigt hätten, um die Grenze zu überschreiten, die ihn immer noch von ihr trennte. Er war so ein guter Freund, der beste, den sie je gehabt hatte!

Und sie bekam ein Kind von ihm; wenn das nicht das stärkste Bindeglied überhaupt war, was denn dann?

Sie hatte es ihm immer noch nicht gesagt, warum auch? Was würde das ändern? Bis vor ein paar Tagen war sie nicht mal sicher gewesen, ob sie es überhaupt bekommen wollte. Gewissheit darüber hatte sie immer noch nicht, aber momentan lief es darauf hinaus, dass sie bald sowieso keine Wahl mehr hatte. Am liebsten wäre ihr eine Fehlgeburt gewesen, als Hebamme wusste sie, wie oft das passierte. Ständig betreute sie Frauen, die ihre Kinder verloren, oft schon ganz zu Beginn der Schwangerschaft, manchmal aber auch erst nach Monaten. Wenn sie Pech hatten, geschah es zu einer Zeit, da das Kind bei der Geburt bereits lebte, aber nicht weit genug entwickelt war, um es länger als wenige Stunden zu überstehen. Das waren die tragischsten Fälle.

Ihr Kind war noch nicht so weit, sie war erst im dritten Monat. Anfangs hatte sie Blutungen gehabt und erleichtert darauf vertraut, dass sie einen natürlichen Abgang haben würde. Doch dazu war es nicht gekommen, die Schwangerschaft hatte sich gehalten. Jeden Morgen stand sie in selbstquälerischer Pose vor dem Spiegel in ihrem Zimmer und fragte sich, wann man es wohl sehen würde. Wenn sie achtgab, noch lange nicht. Sie war schlank, und es war das erste Kind. In dem Fall ließ sich so ein Zustand gut und gern bis weit in den siebten Monat hinein kaschieren.

Sie war schon zu Geburten gerufen worden, da hatte außer der Gebärenden vorher kein Mensch davon gewusst, dass ein Kind unterwegs war. Und ganz selten kam es sogar vor, dass nicht mal die werdende Mutter etwas geahnt hatte. Fast wünschte Isabella sich, eine von denen zu sein, die glaubten, der rundlicher werdende Bauch sei eine Folge von zu viel Essen und die einsetzenden Wehen seien ein verdorbener Magen. Dann müsste sie nicht ihr Gewissen damit zerfleischen, wie es nun weiterging.

»Woran denkst du?«, wollte Brad wissen. Er sprach Englisch

mit ihr, so wie immer. In den letzten Jahren hatte er ganz gut Deutsch gelernt, aber ihr Englisch war besser, also beließen sie es dabei, weil es bequemer war.

»An nichts Besonderes«, log sie.

»Sieh mich an, Darling.«

Sie wandte sich zu ihm um und zwang ein Lächeln auf ihre Lippen, das er sofort erwiderte, doch in seinen Augen standen viele Fragen. Er kannte sie zu lange und merkte, dass sie ihm was verheimlichte.

Er lag auf der karierten Wolldecke, auf der sie sich immer liebten, irgendwo weit abgeschieden in der freien Natur. Manchmal auch in seinem Jeep, wenn es draußen zu kalt war. Mittlerweile war es Mitte Mai, da fuhren sie meist irgendwelche Feldwege entlang, bis sie eine passende Stelle fanden. Sie konnte ja schlecht zu ihm in die Kaserne gehen, und ebenso wenig konnte er sie zu Hause besuchen. Ihre Eltern hätten einen gewaltigen Aufstand veranstaltet und ihr augenblicklich den Stuhl vor die Tür gesetzt.

Nicht mal mit Harald hatte sie daheim in ihrem Zimmer intim werden dürfen, auch nicht in der Zeit ihrer Verlobung, und er war immerhin der von ihren Eltern über alle Maßen geschätzte Bürgermeister und der beste künftige Ehemann, den man sich nur vorstellen konnte. Außerdem wussten ihre Eltern ganz genau, dass sie schon lange keine Jungfrau mehr war, so naiv waren sie ganz sicher nicht. Aber zu Hause durfte sich nichts abspielen. Das wäre Kuppelei gewesen, Isabellas Mutter hatte es mehrfach hervorgehoben, und man stelle sich vor, was der Herr Pfarrer dazu sagen würde!

Der hatte sowieso seine spezielle Meinung zu gewissen Dingen. Etwa zu frisch entbundenen Frauen, die er für unrein hielt und ihnen daher ausdrücklich anriet, während des Wochenflusses nicht mit ihrem Erscheinen die sonntägliche Messe zu besudeln. Für besonders unwürdig hielt er ledige Mütter, eine Meinung, die er mit den meisten Leuten im Dorf teilte. Frauen und Mädchen, die ohne einen Ring am Finger Nachwuchs bekamen, gehörten zum Bodensatz der Gesellschaft. Doch sogar im Vergleich zu denen gab es tatsächlich welche, die noch stärker verachtet, ja geradezu verabscheut wurden: Frauen, die Kinder von Schwarzen in die Welt setzten.

Isabella stellte sich vor, was der Pfarrer über sie sagen würde. Zweifellos würde er schäumen und schimpfen, nicht etwa bloß im stillen Kämmerlein, sondern öffentlich von der Kanzel herunter. Nicht gegen das arme Kind, das war ja ein Geschöpf Gottes. Aber die in Sünde gefallene Frau, die war ein Amiflittchen. Die amerikanischen Besatzer waren willkommen, solange sie unter sich blieben, aber wehe, sie erdreisteten sich, deutsche Mädchen und Frauen für sich zu beanspruchen. Und als regelrecht widernatürlich nahm es sich in den Augen mancher aus, wenn die betreffenden Soldaten Schwarze waren.

Isabella machte sich in diesem Punkt nichts vor, sie hatte in den vergangenen Jahren selbst schon zwei Frauen entbunden, die mit dunkelhäutigen G.I.s liiert gewesen waren. Die eine achtzehn, die andere neunzehn Jahre alt. Die Verachtung ihrer Mitmenschen war über sie gekommen wie eine gewaltige Flutwelle, die alles auslöschte. Jedes bisschen Glück und Liebe, jede Fröhlichkeit. Den Frauen war nichts geblieben. Nicht mal ihre Kinder. Die waren seltsamerweise binnen Jahresfrist verschwunden. Irgendwer aus dem Ausland, so hieß es, hätte sie adoptiert und mitgenommen.

Die Väter waren gar nicht erst aufgetaucht, sie waren schon vor der Geburt von der Army auf weit entfernte Stützpunkte versetzt worden, Isabella hatte über drei Ecken davon gehört. Die beiden jungen Frauen waren weggezogen, eine nach Frankfurt, die andere war woanders gelandet, keiner wusste wo.

»Sag mir, was los ist«, bat Brad sie. Er ließ nicht locker. »Ist es wegen der Arbeit? Gefällt's dir nicht in dem Krankenhaus?«

Sie arbeitete seit zwei Wochen in der Hünfelder Klinik, und es lief besser, als sie sich erhofft hatte. Der Chefarzt war ein netter, etwas zerstreuter Mensch. Er war fachlich sehr versiert und machte ihr keine Vorschriften. Bisher hatte alles gut geklappt. Abgesehen davon, dass immer noch häufig Anrufe von Frauen kamen, die ihre Hilfe als Hebamme brauchten. Es hatte sich noch nicht bis in die letzten Winkel der umliegenden Nester herumgesprochen, dass sie nicht mehr freiberuflich arbeitete, sondern jetzt fest angestellt war.

Wenn es zeitlich gerade passte und sie die Frauen gut kannte, fuhr sie dann tatsächlich noch hin, auch wenn es gegen die Vorschriften war. Eigentlich hätte sie dafür eine besondere Genehmigung gebraucht, weil sie ihre Arbeitskraft uneingeschränkt ihrem Dienstherrn zur Verfügung stellen musste. Außer es handelte sich um einen Notfall, aber die vier Male, bei denen man sie dazugerufen hatte, war es stets falscher Alarm gewesen. Harmlose Senkwehen, die rasch wieder aufgehört hatten. Bis Mitte des Sommers, so schätzte sie, würden bestimmt alle Leute der Umgebung Bescheid wissen. Die Frauen würden sich entweder gleich in eine Klinik begeben oder einen Arzt kommen lassen. In diesem Fall Tobias, der darüber bestimmt nicht allzu erfreut war – für ihn bedeutete Isabellas berufliche Neuorientierung einige Zusatzarbeit, denn wenn er als Arzt zu einer Geburt gerufen wurde, konnte er nicht einfach ablehnen. Meist lief es darauf hinaus, dass er noch vor Ort entschied, eine Ambulanz zu bestellen, damit die Entbindung im Krankenhaus stattfinden konnte. Hausgeburten waren ihm seit jeher suspekt. Hebammen und Gynäkologen verstanden sich nun mal besser auf Geburtshilfe als die normalen Landärzte, vor allem, wenn es Komplikationen gab.

Brad wartete immer noch auf eine Antwort.

»Mit der Arbeit bin ich ziemlich zufrieden«, sagte Isabella widerstrebend. Sie konnte ihm schlecht was anderes weismachen. Er hätte sie dann sofort überreden wollen, einfach zu kündigen und wieder als freie Hebamme tätig zu sein, schließlich hatten sie noch vor ein paar Wochen, als sie ihm von dem geplanten Wechsel in die Klinik erzählt hatte, ausführlich darüber gesprochen. Er hatte ihr sogar zugeredet, es zu versuchen, genauso wie Helene.

Oh Gott, Helene! Isabella mochte sich überhaupt nicht ausmalen, was die Freundin von der ganzen Sache halten würde. Helene war selbst schon in blutjungem Alter Mutter geworden, und sie liebte ihr Kind mehr als alles andere auf der Welt. Sie würde ganz sicher nicht verstehen, dass Isabella mit dem Gedanken an eine Abtreibung gespielt hatte – es sogar immer noch tat, jedenfalls in manchen zutiefst verzweifelten Augenblicken. Dass sie schon mehr als einmal ein Röhrchen mit den passenden Tabletten in der Hand gehabt hatte, starke Medikamente, mit denen Wehen ausgelöst und verstärkt werden konnten. Es gab sie noch nicht lange, Isabella hatte sie selbst noch nicht bei Entbindungen zum Einsatz gebracht, aber in der Klinik waren welche vorrätig. Es hieß, dass damit auch die Milchbildung positiv beeinflusst wurde.

Doch sie hatte nicht den Mut gehabt, sie zu nehmen. Oder war nicht verzweifelt genug gewesen, was auch immer.

»Du kannst ihn nicht vergessen, das ist es, oder?«, sagte Brad.

»Harald? Ach du meine Güte, mit dem ist doch schon seit Monaten Schluss!«

So entschieden ihre Antwort auch klang, so wenig stimmte sie mit ihren wahren Gefühlen überein. Wie hätte sie Harald denn auch vergessen können? Er lief ihr ja ständig über den Weg, das war nun mal so, wenn man im selben Dorf lebte, in dieselbe Kirche ging und dieselbe Faschings- und Maifeier besuchte. Sie und Harald hatten einfach zu viel gemeinsam. Er war nicht ihr erster Freund gewesen, schließlich war er fast sieben Jahre älter als sie, aber die erste ernsthafte und länger dauernde Beziehung. Eigentlich passten sie perfekt zusammen, alle sagten das, besonders Isabellas Eltern, und sogar Haralds Mutter teilte diese Ansicht, obwohl sie ein schrecklicher Drache war und an allem was auszusetzen hatte.

»Warum hat es eigentlich wieder nicht geklappt mit euch beiden?«, wollte Brad wissen. Er war darüber im Bilde, dass sie früher schon einmal mit Harald zusammen gewesen war, gefolgt von einem neuen Anlauf, der im vergangenen Jahr begonnen und vor vier Monaten im Streit geendet hatte. Genau wie damals. Und das Schlimme war – sie kam nicht richtig darüber hinweg. Weil sie ihn verdammt noch mal immer noch liebte. Sie konnte noch so sehr versuchen, sich diese Liebe aus dem Herzen zu reißen, indem sie mit einem alten Freund aus dem Tanzclub schlief und sich dabei voller Trotz einredete, dass er viel besser für sie war: Es funktionierte nicht.

»Wahrscheinlich haben wir die Fehler von früher wiederholt«, erwiderte Isabella geistesabwesend auf Brads Frage. Ihre Antwort klang mechanisch, traf aber ziemlich genau den Kern der Tatsachen. Wenn sie und Harald unterschiedlicher Meinung waren, knallte es zwischen ihnen mit schöner Regelmäßigkeit. Sie waren beide dickköpfig, und wenn es hart auf hart kam, auch unnachgiebig. Und es gab einen Punkt, in dem sie einfach keine Übereinstimmung erzielen konnten.

Er wollte endlich heiraten, so schnell wie möglich, aber Isabella konnte sich nicht vorstellen, mit seiner Mutter unter einem Dach zu leben. Die konnte Harald jedoch nicht einfach rauswerfen oder sie gar allein in dem geräumigen, repräsentativen Haus sitzen lassen, das nicht mal zehn Jahre alt war. Haralds Vater hatte es gebaut, er war Architekt gewesen und hatte bei der Ausstattung des Hauses an nichts gespart. Er selbst hatte nicht mehr lange Freude an dem Ergebnis seiner Arbeit gehabt, da er kurz nach dem Einzug verstorben war. Doch alles in allem war es ein perfektes Zuhause.

Logischerweise hegte Harald keinerlei Ambitionen, irgendwo anders hinzuziehen oder sich gar ein eigenes Haus zu bauen. Ganz abgesehen von den Kosten – wie könnte er seine Mutter dermaßen vor den Kopf stoßen, schließlich hatte sie niemandem was getan, und außerdem war sie der fürsorglichste, hilfsbereiteste Mensch, den man sich nur vorstellen konnte!

Isabella ließ diese letzte Auseinandersetzung mit Harald grimmig Revue passieren. Klar, seine Mutter kochte, wusch, bügelte und putzte für ihn, sie schmierte ihm die Frühstücksbrote und legte ihm jeden Morgen frische Hemden raus. Ständig kümmerte sie sich darum, dass er nichts entbehren musste, bequemer ging's nicht. Und zu allem Überfluss war sie erst siebenundfünfzig und kerngesund, in der Blüte ihrer Jahre. So jemanden ohne Not aufs Altenteil abzuschieben, wäre tatsächlich fast absurd.

In gewisser Hinsicht verstand Isabella deshalb durchaus die starre Haltung, die Harald dazu einnahm, vor allem, weil sie selbst nicht im Traum daran dachte, den Part des Hausmütterchens zu übernehmen. Sie sah nicht im Geringsten ein, beruflich zurückzustecken. Doch neben seiner herrschsüchtigen Mutter die zweite Geige zu spielen – wozu es unweigerlich käme, wenn sie alle zusammenwohnten –, kam für sie ebenso wenig infrage.

Mittlerweile hatte sich dieses unlösbare Dilemma aber ohnehin erledigt, auf die denkbar nachhaltigste Weise. Das mit Harald war vorbei, diesmal unwiderruflich. Sie war von einem anderen Mann schwanger.

Das Kind war das Ergebnis einer Trotzreaktion, sie hatte gewiss nicht aus Sehnsucht oder gar Liebe mit Brad geschlafen, sondern weil sie sich nach der Trennung von Harald so verflucht elend und allein gefühlt hatte. Sie hatte was getrunken – viel zu viel mal wieder –, und Brad war da gewesen, so wie alte Freunde es nun mal sind. Eigentlich hatte er sie nach jenem Abend im

Club nur nach Hause fahren wollen, und da war es passiert. Sie selbst hatte angefangen mit der Knutscherei, dann war eins zum anderen gekommen.

Sie wusste nicht mal, ob er sie überhaupt liebte; gesagt hatte er noch nichts dergleichen. Vielleicht war er ein bisschen in sie verknallt, vielleicht aber auch nur in ihren Körper. Freunde waren sie in jedem Fall, das waren sie ja auch schon vorher gewesen. Aber was auch immer Brad für sie fühlte – er war der Vater des Kindes, das sie erwartete. Und er musste es erfahren.

In diesem Moment traf sie ihre Entscheidung. Sie würde es austragen. Ganz egal, was der Rest der Welt davon hielt. Das Kind in ihr war ein Mensch und hatte ein eigenes Recht zu leben. Keine Frage, es war ihre erzkatholische Erziehung, die diese Entscheidung begleitete, aber getragen wurde sie letztlich von dem Wissen, das sie dank ihres Berufs besaß. Sie hatte selbst schon gesehen, wie ein Fötus im dritten Monat aussah. Das war kein gesichts- und gestaltloses Wesen, sondern ein Baby. Ihr Baby, das nur noch wachsen musste, und sie würde nicht Hand an es legen, um es zu töten.

Sie nahm Brads Hand. »Ich bekomme ein Baby«, sagte sie. Nicht auf die Weise, wie man einen unliebsamen Zustand kundtut, dem auf irgendeine Weise abgeholfen werden musste. Sondern als unabänderliche Tatsache, die für sich stand. »Es ist von dir«, fügte sie vorsorglich hinzu, bevor er auf die Idee kommen konnte, dass womöglich Harald der Vater sei.

Brads Gesichtsausdruck offenbarte widerstreitende Empfindungen – Ungläubigkeit, Erschrecken, aber bei genauerem Hinsehen auch zaghafte Freude.

»Oh«, sagte er. »Ich werde Vater? Unglaublich! Wo wir doch so vorsichtig waren!«

Isabella verkniff sich ein Grinsen. Beim ersten Mal hatte die Vorsicht darin bestanden, dass er sich vor dem Samenerguss zurückgezogen hatte. Aber *Coitus interruptus* eignete sich nun mal nicht als zuverlässige Verhütungsmethode. Die anderen Male – seither hatten sie sich viermal getroffen – hatte er Kondome benutzt, doch die konnten an dem, was da schon passiert war, nichts mehr ändern.

Brad hatte sich ebenfalls aufgesetzt und blickte sie ernst, aber sehr entschlossen an. »Wir müssen heiraten. Ich werde gleich heute meine Vorgesetzten informieren und mir für die Hochzeit freigeben lassen. Dann lassen wir uns so schnell wie möglich trauen. Auf dem Stützpunkt gibt es größere Wohnungen, für die verheirateten Soldaten und ihre Familien. Ganz bestimmt kriege ich auch eine, für dich und mich und unser Baby! Und wenn ich das nächste Mal Heimaturlaub habe, fliegen wir nach Hause, damit ich dich meiner Mama vorstellen kann.« Hoffnungsvoll fügte er hinzu: »Und irgendwann gehen wir dann ganz rüber. Wie klingt das für dich?«

»Ach, Brad …« Sie verstummte und suchte mit abgewandtem Gesicht nach den passenden Worten. Wie stellte er sich das denn vor? Dass sie mit ihm in die Staaten zog und da als Soldatenfrau ihr Leben fristete, während er irgendwo auf dem Globus Dienst schob, womöglich sogar auf einen Kriegseinsatz musste? Einen anderen Beruf hatte er nie gelernt, er war direkt nach der Schule zum Militär gegangen und würde dort auch bleiben, weil er schlicht und ergreifend keine besseren Aussichten hatte.

Isabella hatte schon zu oft gehört, in welchem Ausmaß Schwarze und ihre Familien in Amerika diskriminiert wurden. Ehen zwischen Schwarzen und Weißen wurden mit Abscheu beäugt, vor allem im Süden der USA, wo er herkam. Sie würde da zweifellos noch ärger angefeindet werden als hier daheim.

Brad runzelte die Stirn. Die erwartungsvolle Freude in seinen Zügen erlosch. »Du willst mich gar nicht. Weil du immer noch den Bürgermeister liebst.«

»Der hat damit überhaupt nichts zu tun.«

»Aber ich dafür umso mehr. Das Kind sollte einen Vater haben. Es sollte meinen Namen tragen. Und ich möchte für es sorgen. So wie ich auch für dich sorgen will. Und das nicht nur, weil es sich so gehört und es meine Pflicht ist. Für wen hältst du mich denn? Glaubst du nicht, dass ich ein guter Ehemann und Vater sein kann? Ich schwöre dir, dass ich das sein werde, Isabella!«

Er sagte es mit so tiefer Überzeugung, dass sie schlucken musste. Sie hatte ihn nun mal miteinbezogen, und es war sein gutes Recht, sich dazu zu bekennen. Es stand ihr nicht zu, ihm das abzusprechen. Und angenommen, sie heiratete ihn wirklich – bis es so weit war, dass Brad seinen Dienst quittierte und für immer in seine Heimat zurückkehren wollte, konnte noch viel Zeit vergehen. Fürs Erste versprach ein Ring am Finger Schutz. Alles wäre nur noch halb so schlimm, wenn sie verheiratet war. Ihr Kind würde nicht unehelich zur Welt kommen, mochten die Leute auch wegen seiner Hautfarbe tuscheln. Und was einen Umzug in die Staaten anging – nichts wurde so heiß gegessen, wie es gekocht wurde. Manchmal änderten sich die Dinge schneller als erwartet, gerade ihr passierte das ständig. Sie sollte es vielleicht einfach auf sich zukommen lassen, statt vorher groß zu planen. Und in einem Punkt wusste sie jetzt schon, dass sie nichts zu befürchten hatte: Er würde ganz sicher gut zu ihr sein.

Sie drückte seine Hand und lächelte ihn zögernd an. »Eigentlich hat es sich nicht schlecht angehört. Die Sache mit dem Heiraten, meine ich. Nicht, dass ich wild darauf wäre, in die USA zu ziehen, das sage ich dir direkt. Und vielleicht müssen wir ja auch nicht unbedingt auf dem Stützpunkt wohnen. Aber deine Frau zu werden, damit das Kind einen offiziellen Vater hat – dagegen ist, glaube ich, erst mal nichts einzuwenden.«

Nachdem sie das geäußert hatte, verstummte sie wieder. Eigentlich hätte sie noch mehr sagen sollen, denn so, wie sie es zusammengefasst hatte, klang es irgendwie … berechnend. Wie bei jemandem, der nur auf seinen eigenen Vorteil bedacht und zu diesem Zweck auch bereit ist, andere auszunutzen.

Doch Brad wirkte einigermaßen zufrieden, auch wenn sie einen winzigen Moment lang den Eindruck hatte, dass sich leise Besorgnis in seiner Miene widerspiegelte.

Sie verdrängte das Gefühl sofort wieder, bevor es deutlicher werden konnte. Irgendwie würde schon alles gut werden.

*

»Fahr weiter, sonst sehen die uns«, sagte Agnes zu Dieter, während sie erschrocken den Kopf einzog. Es fehlte noch, dass Isabella sie erkannte; das Ganze war auch so schon peinlich genug. Da fuhr Dieter extra mit ihr raus in die Wildnis, in eine Gegend, wo normalerweise vor der Erntezeit garantiert keine Menschenseele hinkam, und prompt trafen sie auf Leute, die offenbar genau dasselbe geglaubt hatten. Nur dass sie und Dieter noch angezogen waren, während Isabella und ihr Liebhaber splitternackt da drüben auf der Wiese hockten. Die beiden hatten hektisch eine karierte Decke als Sichtschutz bis zu ihren Schultern hochgezogen und starrten erkennbar geschockt dem näher kommenden Geländewagen vom Bundesgrenzschutz entgegen.

Dieter gab Gas und bretterte in halsbrecherischem Tempo an dem Ami-Jeep vorbei, der halb auf dem Feldweg, halb auf der Wiese parkte. Agnes drehte das Gesicht zur anderen Seite, damit sie nicht erkannt werden konnte. Was bei Licht betrachtet ziemlich albern war, denn eigentlich war nicht sie es, die sich genieren musste, sondern Isabella, die ihr Schäferstündchen anscheinend schon hinter sich hatte.

Auch der Schwarze, der bei ihr saß, war für Agnes kein Unbekannter; er hieß Brad und war ein Freund des amerikanischen Offiziers, den alle Jim nannten. Jim war der Scharfschütze, der in der Nacht der großen Flucht einem Kerl von drüben die Pistole aus der Hand geschossen hatte, weil der drauf und dran gewesen war, Helenes Familie abzuknallen.

Im Dorf redeten die Leute immer noch über diesen unglaublichen Schuss. Agnes hatte auch Dieter davon erzählt, woraufhin er schüchtern erklärt hatte, dass er ebenfalls ganz gut schießen könne. In seinem Zug habe er bei jedem Training die meisten Treffer.

»War das nicht gerade die Hebamme aus eurem Dorf?«, wollte Dieter wissen, als sie nach einer Weile in sicherer Entfernung anhielten.

Agnes nickte. Wärme überflutete ihr Gesicht, die Begegnung war ihr immer noch peinlich. Sie fühlte sich ertappt, obwohl sie selbst doch gar nichts angestellt hatte. Und ganz bestimmt hätte sie nicht *das* getan, so gern Dieter es auch gewollt hätte. Knutschen war das Äußerste, und ausziehen würde sie sich dafür schon gar nicht. Davon abgesehen war Anfassen bei ihr nur oberhalb der Gürtellinie erlaubt.

Na gut, sie war ja auch erst knapp achtzehn, und ihre Erfahrung in solchen Dingen hielt sich stark in Grenzen. Isabella hingegen war schon dreißig, was Agnes zufällig genau wusste, weil sie von fast allen Leuten im Dorf das Geburtsdatum kannte. Jeder, der irgendwann mal krank wurde und einen Arzt brauchte, kam zwangsläufig zum Doktor in die Praxis. Infolgedessen war Agnes bestens über alle im Bilde. Nicht nur, was das Alter betraf, sondern auch in Bezug auf alle möglichen Wehwehchen, angefangen von Hypochondrie bis hin zu wirklich schweren Erkrankungen.

Sie hatten am Ende des Feldwegs angehalten. Hier draußen gab es nichts außer Wald und urwüchsigen Wiesen. Dieter stieg aus dem Wagen. »Die waren beide komplett nackt, hast du gesehen?«

Agnes nickte mit heißen Wangen, während sie ebenfalls ausstieg.

»Die Frau ist ja wohl ein richtiges Flittchen«, meinte Dieter. Es klang abfällig.

Agnes zog die Brauen zusammen. »Wieso sagst du das? Weil ihr Freund kein Weißer ist?«

Er zuckte mit den Schultern. »Vor ein paar Monaten hat sie's noch mit dem Bürgermeister getrieben, ich hab die beiden mal im Wäldchen oben bei euch an der Grenze rumknutschen sehen, als ich da Wache geschoben habe.«

Agnes reagierte verärgert. »Sie war mit ihm *verlobt*! Und sie hat ihn geliebt!«

Dieter zog leicht verschreckt den Kopf ein. Es erfüllte ihn immer mit Bestürzung, wenn er unabsichtlich etwas sagte, das ihr missfiel. »Ich wollte sie nicht schlechtmachen. Vielleicht liebt sie ja jetzt den Ami und ist mit dem verlobt.«

Das wiederum glaubte Agnes eher nicht, behielt ihre Meinung aber lieber für sich, weil es bloß Wasser auf Dieters Mühlen gewesen wäre. So schnell entliebte man sich nicht. Agnes hatte Isabella oft genug mit Harald Brecht gesehen. Es war wie bei Tobias und Helene – wenn zwei Menschen einander auf diese Weise anschauten, war Liebe im Spiel, ganz egal, ob die Betreffenden nun zufällig gerade ein Paar oder getrennt waren.

Wäre Harald Brecht nicht so ein Muttersöhnchen gewesen, hätte Isabella ihn bestimmt längst geheiratet.

Dieter zog sie in seine Arme und wollte sie küssen, aber Agnes war nicht danach.

»Lass uns lieber zuerst ein bisschen reden«, schlug sie vor.

Er war sichtlich enttäuscht, und sie beeilte sich, ihren Wunsch zu erklären.

»Du bist mir auch als Mensch wichtig, weißt du. Das andere ist auch schön, das darfst du nicht falsch verstehen. Aber um sich richtig kennenzulernen, muss man miteinander sprechen. Sich gegenseitig Dinge erzählen, die einem auf der Seele liegen.«

Ihm schien es zu reichen, wenn die Unterhaltungen nach dem Knutschen stattfanden, was sie in gewisser Weise verstand – er hatte jedes Mal ziemlich viel *Druck in der Hose* (so hatte er selbst mal diesen Zustand bezeichnet), und deswegen hielt er es kaum aus, einfach nur so neben ihr zu sitzen, ohne das zu tun, wonach es ihn so sehr drängte. Danach war er tatsächlich regelmäßig sehr viel entspannter und viel eher bereit, sich auch mal ausführlich mit ihr zu unterhalten. Doch Agnes sah nicht ein, dass sie auch bei ihm ihre Bedürfnisse immer hintanstellen sollte, das hatte sie schon zur Genüge zu Hause.

Leider konnte sie da mit niemandem über ihre Gedanken und Sorgen sprechen, obwohl sie in dieser großen Familie lebte. Die beiden nächstjüngeren Schwestern gingen zwar mittlerweile auch schon in die Lehre – die eine bei einer Schneiderin, die andere im Büro des Sägewerks –, aber aus Agnes' Sicht waren sie noch unreife, kichernde Kinder, die schon überglücklich waren, wenn sie mal eine *BRAVO* in die Finger bekamen. Wenn man sich überhaupt mal mit ihnen unterhalten konnte, dann höchstens über die Beatles oder darüber, dass sie gern Agnes' Schminkzeug benutzen wollten.

Auch die Eltern eigneten sich nicht als Gesprächspartner, die hatten genug eigene Probleme, und im Übrigen verstanden sie ohnehin nicht, was im Kopf ihrer ältesten Tochter vor sich ging. Ihr Leben spielte sich zwischen Feld, Stall, Garten und Küche ab. Und sonntags kam noch die Kirche dazu. Das genügte ihnen völlig, und wenn es nach ihnen gegangen wäre, hätte es auch ihren Kindern reichen sollen.

Dumm waren sie freilich nicht, im Gegenteil: Agnes war davon überzeugt, dass ihre Eltern viel mehr aus sich hätten machen können, wenn sie die Chance gehabt hätten. Aber zu der Zeit, als sie die Schule besucht hatten, war es erst recht nicht üblich gewesen, mehr zu lernen als die eigenen Eltern. Und so hatte der Vater den Hof vom Opa übernommen und die Mutter den Haushalt mit allem, was dazugehörte. Agnes war über Generationen hinweg das allererste Mädchen in der Familie, das einen richtigen Beruf hatte lernen dürfen, und auch das hatte nur geklappt, weil Helene und Tobias sich persönlich bei den Eltern dafür starkgemacht hatten.

Sie hatte die Lehre geschafft, mit Bravour sogar, und sie hätte wirklich stolz auf sich sein können. In gewisser Weise war sie es sogar, und die Arbeit in der Praxis machte ihr immer noch Freude; ständig hörte sie, wie tüchtig sie doch sei, und mittlerweile konnte sie wirklich alles quasi mit links erledigen. Doch das reichte ihr nicht mehr. Sie fühlte sich nicht richtig ausgefüllt.

Dieter hörte ihr aufmerksam zu, als sie ihm ihre Empfindungen schilderte. Sie saßen an einen Baumstamm gelehnt nebeneinander, sie hatte den Kopf an seine Schulter gebettet, und er hielt ihre Hand.

»Findest du es denn auf der Arbeit so langweilig?«, wollte er wissen.

»Nein, der Tag geht meist ruckzuck vorbei, und es gibt ja auch immer jede Menge zu tun. Manchmal muss ich alles Mögliche auf einmal erledigen, ich bin dauernd auf Trab. Langweilig wird mir dabei nie. Aber trotzdem kommt's mir oft so vor, als wäre es nicht genug.« Grübelnd hielt sie inne. »Vielleicht fehlt mir die Herausforderung. Als ich noch zur Berufsschule ging, war es besser, da konnte ich immer noch für die Prüfungen lernen. Das ist ja jetzt weggefallen.«

»Dafür verdienst du aber als ausgelernte Kraft mehr.«

Agnes verdrehte die Augen, jedoch so, dass er es nicht sehen konnte. »Es geht dabei nicht bloß ums Geld.«

»Geld ist aber wichtig. Man muss ja von irgendwas leben.«

»Stimmt«, räumte sie ein. »Ohne Geld geht nichts.«

»Würdest du denn als Sprechstundenhilfe aufhören, wenn du reich wärst?«

»Darüber habe ich mir noch keine Gedanken gemacht, weil ich's sowieso nie sein werde«, meinte sie nüchtern.

Dieter zäumte das Thema von einer neuen Seite auf. »Mal anders gefragt: Was tätest du, wenn dir irgendwer einen Haufen Geld gäbe, mit dem du machen kannst, was du willst?«

Damit brachte er Agnes zum Nachdenken. »Ich würde studieren«, hörte sie sich dann zu ihrem eigenen Erstaunen antworten.

»Ach? Was denn?«

»Medizin«, sagte sie wie aus der Pistole geschossen. »Ich würde Ärztin werden wollen. Zuerst würde ich auf der Abendschule das Abitur machen und dann sofort an die Uni gehen.«

»Echt?« Dieter blickte sie mit großen Augen an. »Das erzählst du mir zum ersten Mal.«

»Ich sag's ja. Wir sollten mehr über unsere Träume und Wünsche reden.« Sie ließ unerwähnt, dass sie bis gerade eben selbst nicht genau gewusst hatte, wonach sie sich im tiefsten Inneren sehnte. Bis auf dieses diffuse Unausgefülltsein hatte sie zuvor nichts an ihrer Arbeit als Sprechstundenhilfe zu bemängeln gehabt.

Ganz anders sah es mit ihren pausenlosen Einsätzen daheim aus, darunter litt sie schon, solange sie zurückdenken konnte. Seit der Kindheit war sie da für alle nur die jederzeit verfügbare Magd gewesen. Kaum setzte sie einen Fuß über die Schwelle, wurde sie auch schon eingespannt. Und diese Belastung war von ganz anderem Kaliber als die Arbeit in der Praxis. Es kam heute noch häufig vor, dass die Zwillinge nachts wach wurden, und zu wem krabbelten sie dann ins Bett? Am liebsten zu ihr, die sich dann am nächsten Morgen regelmäßig wie gerädert fühlte.

Sie erzählte es Dieter. »Das wäre mein anderer großer Traum. Endlich wegziehen von zu Hause, in eine eigene Wohnung.«

»Wenn du heiratest, könntest du's tun.«

Sie lachte nur. »Da komme ich ja vom Regen in die Traufe!

Am Ende habe ich dann selber einen Stall voll Kinder und genauso viel Hausarbeit am Hals wie jetzt!«

»Vielleicht könntest du einen Mann heiraten, der mit zwei oder drei Kindern zufrieden wäre«, meinte Dieter.

»Ich weiß gar nicht, ob ich überhaupt Kinder will. Oder einen Ehemann. Wenn ich mit meinem Beruf für mich selbst sorgen kann, brauche ich gar keinen.«

»Aber wenn man sich liebt, möchte man doch gern immer zusammen sein!«

»Ganz ehrlich: Ich bin froh, wenn ich mal allein bin. Das kommt so selten vor, dass es sich für mich schon fast wie ein Wunder anfühlt.«

»Heißt das, dass du nie heiraten willst?« Dieter konnte es anscheinend kaum glauben.

»Irgendwann habe ich vielleicht Lust dazu«, räumte Agnes ein. »Aber erst mal nicht. Ich bin noch nicht mal achtzehn.«

»Ich hab's auch nicht so eilig damit«, erklärte er, als wollte er dem Eindruck vorbeugen, bereits auf Freiersfüßen zu wandeln. Er schwieg eine Weile, dann meinte er: »Du musst ja gar nicht unbedingt heiraten, um von daheim loszukommen. Du kannst auch einfach warten, bis du einundzwanzig bist. Dann bist du großjährig und kannst dir eine eigene Wohnung zulegen.«

Agnes nickte gedankenverloren. Ja, das wusste sie natürlich schon längst, und darauf lebte sie hin. Aber wer wusste schon, ob es dann auch klappen würde. Bis dahin konnte alles Mögliche passieren.

Inzwischen mussten auch die beiden Schwestern häufiger bei der Hausarbeit mithelfen, doch das hatte unterm Strich nicht viel geändert, denn dafür arbeitete die Mutter seit einer Weile viel weniger. Nicht aus böser Absicht, sondern weil sie einfach nicht mehr konnte. Es war, als hätte die viele Schufterei ihr die ganze Kraft aus dem Körper gesogen und sie krank gemacht. Oft saß sie einfach nur regungslos in der Küche, wenn

Agnes nach Hause kam, das Gesicht bleich, den Kopf in die Hände gestützt. Immer öfter lag sie sogar im Bett, die Decke bis zum Kinn hochgezogen und seitlich zusammengekrümmt.

Irgendwas stimmte nicht mit ihr, Agnes hatte schon die ganze Zeit eine böse Ahnung, aber bisher hatte die Mutter es abgelehnt, zum Arzt zu gehen.

Dieter streichelte ihre Hand, dann ihren Arm, und gleich darauf wurde er kühner und umfasste ihr Kinn, um ihr Gesicht zu seinem zu wenden. Sein Atem ging schneller, sicheres Zeichen dafür, dass er erregt war. Und schon küsste er sie, und sie machte notgedrungen mit.

Eigentlich war sie immer noch nicht in der Stimmung, jetzt herumzuknutschen, doch sie vermutete, dass er es nicht verstehen würde. Schließlich waren sie zu genau diesem Zweck hier rausgefahren. Anderenfalls hätten sie auch einfach nur in Hünfeld brav zusammen in eine Eisdiele gehen können, wie sie es auch schon gemacht hatten. Da liefen lauter Hits in der Musikbox, und man saß an kleinen Marmortischen, löffelte köstliches Eis mit Sahne und Krokant und konnte sich fühlen wie im Urlaub in Italien. Jedenfalls stellte sich Agnes so einen Urlaub in Italien vor, sie selbst war ja noch nie weiter weg gewesen als in Frankfurt, und ihr Urlaub fand regelmäßig daheim auf dem Hof statt. Natürlich im Hochsommer, wenn die Ernte eingefahren wurde, da wurden alle gebraucht.

Dieter nahm ihre Hand und führte sie zu seinem Schritt, um sich an ihr zu reiben. Mit der anderen Hand knetete er ihre Brust. Unterdessen küsste er sie die ganze Zeit. Dabei wurde er immer erregter, sie merkte es an der harten Beule in seiner Hose.

Was sich da bei ihm abspielte, wusste sie auf einer technischen Ebene natürlich sehr genau, schließlich war sie Arzthelferin und hatte in den letzten drei Jahren enorm viel über den menschlichen Körper gelernt, auch über männliche Geschlechtsteile. Es kam gar nicht so selten vor, dass beim Doktor

Männer – meist hatten sie ihre besten Jahre schon hinter sich – mit einem Leiden vorstellig wurden, welches in den Patientenakten als *erektile Dysfunktion* dokumentiert wurde. Viel konnte man nicht dagegen tun. Ein wirksames Potenzmittel musste erst noch erfunden werden. Für die betroffenen Männer kam es regelmäßig einem Weltuntergang gleich, sie hätten sonst was hergegeben, um wieder richtig zur Sache kommen zu können, so wie in jungen Jahren.

Frauen ließen sich hingegen häufig ein Gleitmittel gegen Trockenheit in der Scheide verschreiben. Nicht etwa, um davon mehr Lust zu bekommen, sondern meist aus dem einzigen Grund, damit der Mann es im Bett einfacher hatte. Manche machten gar keinen Hehl daraus. Beispielsweise Hannelore Schäfer, die sonst immer das große Mundwerk führte und von der alle glaubten, sie hätte ihren Gatten unter ihrer Fuchtel.

Dieter bäumte sich auf, sein Körper spannte sich an, und im nächsten Moment sank er stöhnend zusammen. Es war geschafft, zum Glück. Wie immer hatte es höchstens zwei Minuten gedauert, was Agnes ein wenig mit der ganzen Aktion versöhnte. Sie fragte sich ernsthaft, wieso manche Mädchen so wild darauf waren. In der Berufsschule hatte sie eine in der Klasse gehabt, die behauptet hatte, bloß vom Küssen feucht zwischen den Beinen zu werden, ohne dass sie jemand da unten anfassen musste. Agnes hielt das für pure Angeberei, aber gewurmt hatte es sie trotzdem ein bisschen. Vielleicht war sie selbst ja frigide.

Es war ein bisschen so wie bei ihrer Arbeit als kostenlose Hausmagd – sie wurde gar nicht erst gefragt, ob es ihr gefiel oder ob sie nicht lieber was anderes machen wollte. Oder ob sie überhaupt wollte.

Natürlich hätte sie einfach das schlichte Wort *Nein* sagen können, hier wie dort. Oder auch: *Nein, ich will nicht*. Oder wenigstens: *Ich habe gerade keine Lust.*

Aber das hatte sie nie gelernt, und es fiel ihr schwer, denn es hätte möglicherweise Konflikte verursacht, sie hätte sich rechtfertigen, vielleicht sogar einen Streit aushalten müssen. Da war Nachgeben fraglos der einfachere Weg, auch wenn sie sich alles andere als wohl dabei fühlte. Die Harmonie blieb erhalten, die Stimmung friedlich, und idealerweise war alles rasch vorbei und erledigt.

Dieter küsste sie auf die Wange. »Das war schön«, murmelte er.

»Ja«, murmelte sie zurück, und zum ersten Mal fragte sie sich, ob es vielleicht gar nicht an ihr lag, sondern an ihm. Sie mochte ihn, aber war sie auch in ihn verliebt? Fand sie ihn körperlich anziehend? Agnes war sich nicht sicher, und ihr war durchaus bewusst, wie seltsam das war. Wahrscheinlich lag es daran, dass sie in all den Jahren nie richtig dahintergekommen war, wie man eigene Bedürfnisse entwickelte. Und jetzt hatte sie einfach keine mehr. Höchstens das Bedürfnis nach Freiheit. Wenigstens das konnte sie ohne Wenn und Aber erkennen, und es hörte nicht auf, in ihr zu brennen.

Dieter stand auf und zog das feuchte Taschentuch aus seiner Hose, das er schon vorher in vorausschauender Weitsicht dort deponiert hatte, damit nicht alles da unten von seinem Samen nass wurde. Eilig knüllte er das Taschentuch zusammen und steckte es in die Hosentasche. Anschließend streckte er die Hand aus, um Agnes hochzuhelfen – dieselbe Hand, mit der er das Tuch eingerollt hatte. Seine Finger fühlten sich feucht an.

Agnes ergriff die Hand, obwohl sie kurz davor zurückscheute, und ließ sich von ihm mit Schwung auf die Füße ziehen.

Es gelang ihr, das Unbehagen zu verdrängen. Wieso machte sie sich überhaupt so einen Kopf? Er war doch wirklich sehr lieb. Und er sah gut aus. Hatte als Unteroffizier eine solide Position beim Staat inne und war spendabel. Außerdem hatten sie bislang kein einziges Mal gestritten, das bedeutete, dass sie eigentlich gut zusammenpassten.

Vielleicht lag es ja doch an ihr. Weil sie sich nicht genug anstrengte, all das Gute an ihm zu sehen. Sie waren erst seit ein paar Wochen zusammen, er war ihr erster Freund – was erwartete sie denn? Dass ihr von einem Tag auf den anderen vor lauter Liebe das Herz überging? Das waren doch Gefühle, die erst wachsen mussten! Sie sollte vielleicht nicht dauernd das Haar in der Suppe suchen, sondern eher das Positive sehen.

Als sie zu Dieter in den Wagen stieg, war sie fast so weit, alles wieder ganz in Ordnung zu finden. Auf der Rückfahrt kamen sie an der Stelle vorbei, wo sie vorhin Isabella und ihren Freund gesehen hatten, aber da war jetzt niemand mehr. Der Jeep war weg, und nur das niedergedrückte Gras kennzeichnete noch die Stelle, wo er gestanden hatte.

Agnes fragte sich erneut, ob Isabella sie beim Vorbeifahren wohl erkannt hatte. Vermutlich ja. Auch wenn's noch so peinlich war – es hatte keinen Sinn, sich was anderes einzureden. Umgekehrt wusste Isabella dann natürlich auch, dass Agnes sie mit Brad gesehen hatte. Aber was das betraf, musste Isabella sich nicht sorgen – Agnes würde es niemandem verraten. Sie hatte schon viele Geheimnisse bewahrt, erst recht, seit sie in der Arztpraxis arbeitete. Da wurde Verschwiegenheit zur zweiten Natur.

Bei Dieter war Agnes sich allerdings alles andere als sicher.

»Was da draußen war, musst du für dich behalten«, sagte sie, als er sie daheim vor der großen Scheune neben dem Wohnhaus absetzte. »Das musst du mir versprechen!«

»Was glaubst du denn von mir? Das ist doch unsere Privatsache, ich sag's bestimmt keinem.«

»Ich meine nicht dich und mich. Sondern Isabella. Das geht niemanden was an.«

Dieter runzelte die Stirn, und Agnes sah ihm an, dass er überhaupt nichts dabei gefunden hätte, es seinen Stubenkameraden in der Kaserne zu erzählen. Schlimmer noch: Allein schon die Tatsache, dass Brad ein Schwarzer war, hätte für widerliche einschlägige Witze herhalten müssen. Agnes kannte genug solcher Zoten, die Jungs im Dorf waren nicht gerade zimperlich, vor allem, wenn sie was getrunken hatten, und die Soldaten vom BGS waren es bestimmt nicht minder. Isabellas Ruf war sowieso nicht der beste, aber wenn die Leute jetzt noch anfingen, ihre Liebesbeziehung zu einem schwarzen G.I. durchzuhecheln, konnte sie endgültig einpacken, und das nicht nur in Kirchdorf. Die Klinik, bei der sie neuerdings angestellt war, war eine katholische Einrichtung, wo zum Teil noch Nonnen als Krankenschwestern arbeiteten.

»Versprich es mir!«, beharrte Agnes.

Dieter hob die Schultern. »Meinetwegen.«

»Es ist mein Ernst. Das darf nicht rauskommen.«

Er wirkte entnervt. »Dann sollte sie vielleicht besser aufhören, es mit dem Kerl zu treiben.«

Diesmal gab Agnes nicht nach. Eindringlich blickte sie ihm in die Augen. Dann ergriff sie seine Hand, um sie fest zu drücken, wie bei einer geheimen Verschwörung.

»Wenn ich dir was bedeute, behältst du es für dich. Gegenüber *jedem*, auch dem allerbesten Freund.«

»Von mir erfährt niemand was. Ehrenwort.«

Damit musste sie sich wohl zufriedengeben. Als er sich vorbeugte, um sie zum Abschied zu küssen – nicht ohne sich vorher verstohlen umzusehen, ob jemand in unmittelbarer Nähe sie beobachtete –, erwiderte sie den Kuss mit größerer Inbrunst, als sie dabei verspürte. Nur um ihm zu verdeutlichen, welchen Wert sein Versprechen hatte.

Danach wandte sie sich eilig von ihm ab und lief über den asphaltierten Vorplatz der Scheune hinüber zu dem schmalen Weg, der zur Tür des Wohnhauses führte.

Es war erst sieben Uhr; für andere Leute fing jetzt der gemütliche Teil des Samstags an. Doch als sie das Haus betrat, wurde sie von dem ohrenbetäubenden Gebrüll ihrer jüngeren

Brüder empfangen, die wie immer wegen irgendwas stritten. In der Küche plärrten die Zwillinge, auch sie hatten sich mal wieder in der Wolle. Die anderen Schwestern waren nirgends zu sehen, bestimmt waren sie bei der übrigen Dorfjugend, die traf sich samstags am frühen Abend gern auf dem Anger, da wurde flaniert wie auf einem Balzplatz. Agnes war da bis vor ein paar Wochen auch hin und wieder gewesen, aber jetzt ging sie ja fest mit Dieter.

Die Mutter lag im Bett und schlief. Ihr Gesicht über der Decke war kreideweiß.

»Sie hott widder Koppweh, do soll se lieber länne bli«, sagte der Vater, der kurz darauf aus dem Stall zurückkam, die Hände voller Blut, weil er für morgen ein Huhn geschlachtet hatte. Er warf den schlaffen, kopflosen Kadaver auf den Tisch, eine stumme Aufforderung, dass Agnes das Rupfen übernehmen möge. Anschließend ging er sich waschen.

Agnes schmierte den Kindern Brote und machte das Radio an, weil sie eine andere Geräuschkulisse brauchte als das ständige Gezänk und Geschrei um sich herum. Zu den exotischen Klängen eines neuen Songs mit dem Titel *Wini-Wini* band sie sich eine große Wachsschürze um und zog das Huhn durch kochendes Wasser, um die Federkiele zu lockern, dann setzte sie sich auf einen Schemel in der Ecke und fing an zu rupfen.

KAPITEL 9

In der Woche nach Pfingsten gelang es Helene endlich, alle Beteiligten, die bei der neuen Mittelpunktschule was mitzureden hatten, zu einer gemeinsamen Aussprache zusammenzubringen. Für den Abend vor Fronleichnam hatte Harald Brecht ihr den Festsaal im Dorfgemeinschaftshaus zur Verfügung gestellt, da war genug Platz für alle. Helene hatte sämtliche Beteiligten der Reihe nach persönlich abgeklappert und sie höflich eingeladen, und es hatten tatsächlich alle ihr Erscheinen zugesagt. Zwar zumeist nur sehr widerwillig, aber kommen wollten sie zu der Sitzung letztlich dann doch.

Helene hatte sie jeweils in Einzelgesprächen von der Wichtigkeit dieser Zusammenkunft überzeugt. Besonders das Argument, dass eine Entscheidung sonst ohne Mitsprache des Betreffenden fiele, hatte sich als höchst wirksam erwiesen. Beispielsweise beim Rektor der Zwergschule in Grabenhausen, der das ganze Unterfangen für ein Komplott ministerieller Sesselfurzer hielt. Oder bei Hannelore Schäfer, der Vorsitzenden des Landfrauenvereins. Und nicht zuletzt beim Pfarrer, der keine Gelegenheit ausließ, um gegen die geplante Schulzusammenlegung zu Felde zu ziehen.

Zu den Teilnehmern zählten neben allen Lehrkräften selbstredend auch der Bürgermeister, ferner die Gemeinderäte sowie die Ortsvorsteher der kleineren Gemeinden, in denen sich die aufzulösenden Zwergschulen befanden. Sogar vom Schulamt wollte jemand kommen. Nicht der Schulrat persönlich, aber immerhin ein Assessor als Vertreter. Dem Schulrat selbst war diese dörfliche Versammlung wohl zu banal. Womöglich ärgerte er sich aber auch bloß über den zähen Fortschritt der ganzen Angelegenheit.

Am Morgen des Versammlungstages erteilte Helene wie üblich noch Unterricht in ihrer Doppelklasse. Für die Kinder der vierten Jahrgangsstufe hatte sie ein Diktat vorbereitet, während die Mädchen und Jungen der dritten Klasse einen Text von der Tafel abschreiben und dabei Lücken ausfüllen sollten.

Es gab die üblichen Schwierigkeiten, um die Helene sich während der Stunde kümmern musste – Getuschel und Geraschel, ein zu Boden gefallener Füller mitsamt verspritzter Tinte, ein schon zum zweiten Mal vergessenes Schreibheft, Abgucken beim Nachbarn, verträumtes Nasenbohren, gefährliches Kippeln mit dem Stuhl.

Helene schritt durch die Reihen und tat, was nötig war, vom Tadeln übers Ermahnen bis hin zum Trösten und Helfen.

»Ulrike, schau bitte nur in dein eigenes Heft, sonst muss ich dir eine schlechte Note geben! Joachim, wenn du weiter so mit dem Stuhl herumwackelst, wirst du wieder umfallen – hast du die letzte Strafarbeit schon vergessen? Eugen, bitte such die fehlenden Worte doch im Geiste, nicht in deiner Nase!«

Das Mädchen, das schon wieder das Heft vergessen hatte und deswegen in Tränen ausgebrochen war, bekam einen Doppelbogen Schreibpapier als Ersatz. Helene strich dem Kind kurz übers Haar. »Beim nächsten Mal denkst du einfach dran.« Sie wusste, wie schwer die Kleine es daheim hatte. Die Ehe der Eltern war heillos zerrüttet. Der Vater trank, die Mutter fuhr ständig mit dem Bus in die Stadt und zog dort mit fremden Männern um die Häuser, dem Vernehmen nach meist ebenfalls betrunken. Das Kind ließen beide bestenfalls links liegen; an schlimmeren Tagen setzte es wohl auch schon mal Hiebe. Bis jetzt hatte Helene darüber nur munkeln gehört. Sollte sie je direkt davon erfahren, würde sie den Eltern einmal ordentlich ins Gewissen reden. Die meisten Kinder wurden zu Hause gezüchtigt, Schläge gehörten zu Helenes Leidwesen immer noch zum üblichen Repertoire der elterlichen Erziehung, aber wenn das obendrein mit lieblosen häuslichen Verhältnissen einherging, war der seelischen Verwahrlosung Tür und Tor geöffnet, solche Kinder konnten fürs Leben verkorkst werden.

Der heruntergefallene Füller war unrettbar zerbrochen; er gehörte Theo, der sowieso kaum einen lesbaren Buchstaben zu Papier brachte. Helene gestattete ihm, das restliche Diktat mit Bleistift zu schreiben.

»Aber nicht radieren! Fehler durchstreichen und neu schreiben, so wie mit dem Füller!«

Er nickte sichtlich erleichtert. Auf das entrüstete Gemurmel seiner Banknachbarin reagierte Helene nur mit einem strengen Blick, bis wieder Ruhe eingekehrt war.

Sie war sicher, dass bei dem Fiasko kein Vorsatz im Spiel gewesen war. Gemessen an dem, was Theos Vater als Hilfsarbeiter verdiente, kostete ein Füller ein kleines Vermögen. Er würde seinem Sohn einen neuen kaufen müssen, und das würde ein schmerzhaftes Loch in die Familienkasse reißen. Theo war ein sensibles Kind, ihm war das bestimmt nicht gleichgültig. Zwischen ihm und seinem Vater bestand trotz der bitteren Armut ein guter Zusammenhalt, in der Familie achtete man aufeinander, gerade nach dem frühen Tod der Mutter.

Bei sich dachte sie, dass Theos Vater sicherlich zu den Leuten im Dorf gehörte, die mit der Mittelpunktschule mehr als einverstanden sein dürften. Ihm war weniger an alter Tradition und festgefahrenem Brauchtum gelegen als vielmehr an Bildungsfortschritt und Chancengleichheit. Er selbst hatte nie richtig schreiben und lesen gelernt, das hatte er Helene voller Verlegenheit anvertraut, als sie ihn vor Kurzem besucht hatte, um mit ihm über Theo zu sprechen.

»Irgendwie bin ich bis zum Schluss ümmer grod so mit durchgerötscht, un däm Lehrer woars egal. Es woarn einfach zu ville, bie soll där sich gemerkt ho, ob se oll mitkomme?«

Er wollte alles tun, damit Theo es mal besser hatte als er selbst.

»Där Jong soll en ooständige Beruf län – vielleicht Schreiner.«

Helene hatte versprochen, Theo nach Kräften darin zu unterstützen, auch wenn sie immer noch der Ansicht war, dass der Junge es mit seinen überdurchschnittlichen mathematischen Fähigkeiten aufs Gymnasium schaffen könnte. Doch gerade darin bestand unter anderem der Vorteil der neuen Schule – wer in der vierten Klasse noch nicht in allen Fächern so weit war, konnte zunächst aufholen und auch später wechseln, beispielsweise zu einer Aufbauschule mit technischem Zweig.

Allein deshalb musste sie die Leute hier im Dorf von der Umstellung überzeugen. Nichts durfte unversucht bleiben, um so vielen Kindern wie nur möglich zu höherer Bildung zu verhelfen, nicht bloß den obligatorischen zwei oder drei Abgängern aus jedem Jahrgang, meist Sprösslinge gutbürgerlicher oder betuchter Eltern, für die gar nichts anderes infrage kam, als ihre Kinder aufs Gymnasium oder wenigstens zur Realschule zu schicken.

In der nächsten Stunde stand Sachkunde an, und wie schon in der vergangenen Woche ging es um die Jäger und Sammler der Steinzeit. Im Sandkasten, einer mitten im Klassenraum stehenden, auf Pfosten ruhenden großen Holzkiste, hatten die Kinder bereits in der letzten Stunde aus diversen Materialien eine unwirtliche, von Kälte geprägte Landschaft geformt – Kiesel dienten zur Darstellung von Geröll und Moränen, leuchtend blau bemalte Holzscheite stellten Gletscher dar, Wattebäusche verwehten Schnee.

Helene hatte ein Buch herumgehen lassen, das Abbildungen von Steinzeitmenschen zeigte – Neandertaler mit zottigen Haaren und fliehender Stirn, klobig gebaute, mit Fellen behängte Höhlenbewohner, die Mammuts jagten, Beeren und Nüsse sammelten und Faustkeile als vielseitige Werkzeuge verwendeten, bevor sie aus bisher ungeklärten Gründen vom Schauplatz der Geschichte verschwanden. Eine andere, weiter entwickelte Menschenart hatte ihren Platz eingenommen – der Homo sapiens.

Ein großes Wandschaubild von der Evolution der Arten vervollständigte den Exkurs in die Frühgeschichte der Menschheit.

Helene schilderte mit einfachen Worten die Darwin'schen Theorien und verglich sie mit moderneren Erkenntnissen. Ihre Ausführungen riefen bei einem der Viertklässler ein bedenkenvolles Kopfschütteln hervor.

»Bist du nicht einverstanden mit dem, was ich erzählt habe, Franz?«, wollte Helene wissen.

»Der Herr Pfoarrer hot gesöt, dos is olles geloche.«

Helene hob die Brauen. Das versprach eine interessante Diskussion zu werden. »Was denn genau?«

»Däs die Mänsche vom Aff ostamme un so was. Där hot gesöt, doss dos net woar es. De liebe Gott hot die Mänsche gemoacht. Om siebte Doch.«

»Om sächste«, korrigierte ihn Theo aus der letzten Reihe. »Om siebte hot e sich ousgeruht.«

»Där hot erscht de Adam gemoacht un dann die Eva«, stellte Franz klar. »Olles on äm Doch. Von de Rippe von däm Adam, weil är sonst nüscht Gescheites mee gehat hot un weils genunk für die Eva woar, die is jo nür e Fraa.«

»Fraae sen aa Mänsche«, rief Marlies empört.

»Ebber de Mo woar zuerscht do«, konterte Franz. »Un die Fraa hot em zu gehorche. Un dos woar net in de Steinzeit. Dos woar im Paradies.« Er deutete auf den Sandkasten. »Dos is net des Paradies, im Paradies is olles vill schönner. Mit em Äbbelsbaam un so.«

»Un e Schlang wohnt aa do«, assistierte ihm ein anderes Kind.

»Deswäche is dos olles gelooche«, erklärte Franz abschließend. »De liebe Gott hots geschaffe. Där hot die gaanz Wält gemoacht, in änner Woch. Im Paradies gobs kä Neandertaler, nür Adam un Eva.«

Helene unterdrückte ein Schmunzeln, sie wandte sich an die Runde. »Lüge ist vielleicht ein zu hartes Wort. Aber es sieht tatsächlich nach einem ganz großen Widerspruch aus, da hat der Franz schon recht. Doch die Leute, die sich über die Evolution Gedanken gemacht haben, waren nicht dumm oder ungläubig. Sie haben einfach nur viele eindeutige naturwissenschaftliche Erkenntnisse zusammengetragen und daraus Schlüsse gezogen. Das muss aber nicht heißen, dass die Bibel unrecht hat. Oder der Herr Pfarrer«, fügte sie vorsorglich hinzu. »Nun, hat jemand von euch denn vielleicht eine Idee, warum beides stimmen könnte? Wie man es in Einklang bringen könnte? Also die Schöpfungsgeschichte und die Theorie von der Evolution der Arten?« Erwartungsvoll blickte sie in die frischen, arglosen Gesichter vor sich, mehrere Dutzend Kinder im Alter von acht bis elf Jahren. Im Grunde rechnete sie nicht mit Vorschlägen, es erforderte schon eine Menge Abstraktionsvermögen, die altbekannten Verwerfungen zwischen Wissenschaft und Kirche auf eine gemeinsame Ebene zu bringen. Daran hatten sich schon veritable Denker die Zähne ausgebissen.

Gerade im Klerus existierte immer noch eine starke Strömung, die sich der Evolutionsbiologie mit allem Nachdruck verschloss; der hiesige Pfarrer war dafür das beste Beispiel, und er stand bei Weitem nicht allein. Auf der anderen Seite hatte die Kirche, weil es zur Schöpfungsgeschichte passte, ausdrücklich die Urknalltheorie zur Entstehung des Universums akzeptiert. Deren Begründer, ein belgischer Astrophysiker, der zugleich auch katholischer Priester war, hatte man sogar in die päpstliche Akademie der Wissenschaften berufen, welcher er inzwischen als Präsident vorstand.

Wie erwartet wusste keins der Kinder eine Antwort. Helene blickte auf ihre Armbanduhr, nur noch drei Minuten bis Schulschluss. Sie sollte lieber noch rasch ein Lied singen lassen, das beruhigte die aufgeschaukelte Stimmung im Nu, und alle würden sich fröhlich nach Hause verabschieden können. Gerade wollte sie die erste Strophe von *Wohlauf in Gottes schöne Welt* anstimmen – gewissermaßen als thematisch passende Brücke und versöhnlichen Ausklang –, als in der letzten Reihe Theos Arm in die Höhe schnellte.

Erstaunt nahm sie ihn dran. »Ja, Theo? Möchtest du was dazu sagen?«

»Es könnte zusammenpassen, wenn man nicht alles, was in der Bibel steht, wortwörtlich nimmt. Sondern als …« Er zögerte und dachte kurz nach, ehe er mit dem ihm eigenen Lispeln und in bemühtem Hochdeutsch fortfuhr: »Als Symbol. So wie in der Mathematik. Da stehen die Symbole ja auch für Sachen, die man mit Zahlen machen kann. Also zum Beispiel zusammenzählen, abziehen, malnehmen und teilen. Und so können vielleicht die Stellen in der Bibel Symbole sein. Für die Dinge, die Gott machen kann.« Theo ereiferte sich richtig, als er es zu erklären versuchte. »Wir wissen ja auch gar nicht, wie lange für ihn eine Woche dauert. Vielleicht ist das, was für ihn eine Woche ist, für uns Millionen Jahre. Er ist groß, und wir Menschen sind … winzig. Ich meine – es ist ja der liebe Gott, oder? Es wär schon ziemlich unverschämt zu glauben, dass eine Woche von Gott auch eine Woche vom Menschen ist. Und woher wollen wir wissen, wann genau er was gemacht hat? Wir waren doch nicht dabei!« Theo breitete die Arme aus. »Es gibt gar keinen Widerspruch. Gott hat *alles* geschaffen, in einer Zeit, die für ihn eine Woche war, aber für uns vielleicht Millionen Jahre. Er hat Adam und Eva gemacht, aber vielleicht waren die ja Neandertaler. Und er hat die Steinzeit und alle Arten geschaffen. Und deshalb hat er auch die Evolution gemacht. Weil er allmächtig ist.« Er brach ab und starrte mit tiefroten Wangen zu Boden, offenbar selbst erschrocken über seinen wortreichen Vortrag. Die Kinder saßen reihum mit offenen Mündern da, als könnten sie gar nicht fassen, dass es wirklich Theo war, der gerade solche wichtig klingenden Dinge erzählt hatte. Theo mit der großen Zahnlücke und der Sauklaue. Der jedes seiner Hefte vollkleckste und täglich stumm wie ein Fisch den Unterricht über sich ergehen ließ.

Genau wie die anderen brauchte Helene ein paar Sekunden, um sich zu fassen. Selten hatte ein Kind sie dermaßen überrascht.

»Theo«, sagte sie fast ehrfürchtig. »Das war ganz großartig!«

Er schien umgehend um ein paar Zentimeter zu wachsen. Eine Sekunde lang konnte er sich in ihrem Lob sonnen, doch schon im nächsten Moment läutete es zum Ende der Stunde, und auf der Stelle waren Theos Ausführungen vergessen. Die Kinder sprangen auf und packten ihre Sachen in die Tornister, ehe sie den Klassenraum verließen, lärmend und drängelnd wie üblich, weil jeder als Erster zur Tür hinauswollte.

Theo trödelte ein bisschen und trottete den anderen hinterher. Auf dem Weg nach draußen hielt Helene ihn auf.

»Theo, das war wirklich eine prima Leistung. Du hast es fabelhaft erklärt!«

Wieder wurde er rot. Er atmete tief ein und hielt die Luft an, als könnte er auf diese Weise die ungewohnte Anerkennung festhalten, bevor sie sich für immer verflüchtigte. Dann lief er eilig zur Tür und verschwand nach draußen.

Helene blickte ihm nach. Sie würde wegen der weiterführenden Schule noch mal mit seinem Vater sprechen.

*

Marie strich der Cockerspaniel-Hündin sanft über den Kopf. Das Tier blickte mit trüben Augen zu ihr auf.

»Die Narkose wirkt schon«, sagte Opa Reinhold. »Du kannst sie ruhig streicheln, bis sie eingeschlafen ist, das nimmt ihr die Angst.«

Er hatte der Hündin eine Betäubungsspritze gegeben, um die anstehende Operation ausführen zu können. Ein Tumor am Gesäuge, der entfernt werden musste. Das Tier war schon alt, fast fünfzehn, was angeblich bei Hunden einem alten Spruch zufolge einhundertfünf Menschenjahren entsprach. Opa Reinhold hatte der Besitzerin geraten, das arme Ding einschläfern zu lassen, aber damit hatte er auf Granit gebissen. Eher wolle sie Haus und Hof verkaufen, damit ihrer geliebten Trixie geholfen würde. Opa Reinhold hatte sich seufzend gefügt und alles für die Operation vorbereitet, aber er hatte Trixies Besitzerin davor gewarnt, dass das Tier die Strapazen des Eingriffs vielleicht nicht überstand.

Die Hündin war eingeschlafen, Marie streichelte sie jedoch unablässig weiter. Sie widerstand dem Drang, die Augen zu schließen, als ihr Großvater das Skalpell ansetzte. Die Stelle rund um den Operationsbereich hatte Tante Christa bereits vorher gesäubert und desinfiziert; sie stand neben Marie am Tisch und assistierte Opa Reinhold, während er auf der gegenüberliegenden Seite den Eingriff durchführte.

Alle drei trugen sie saubere Kittel, und vor dem Beginn der Operation hatten sie sich lange und gründlich die Hände mit Seife abschrubben müssen, damit alles so steril wie nur möglich ablief. Peinliche Sauberkeit und die Einhaltung strenger Hygienebedingungen waren Grundvoraussetzungen für solche Eingriffe. Auf keinen Fall durfte dabei geschludert werden, nur weil es sich um Tiere handelte, denn bei denen konnten Keime, die in offene Wunden gelangten, genau denselben Schaden anrichten wie beim Menschen.

Mit zielsicheren Schnitten entfernte Maries Großvater den Tumor. Er schälte ihn gleichsam aus dem umgebenden Fleisch heraus und legte ihn in eine metallene Schale, um ihn später mit dem Mikroskop genauer zu untersuchen. Die Zusammensetzung des Gewebes konnte Aufschluss darüber geben, welcher Art der Tumor war, auch über den Grad der Bösartigkeit. Marie hatte selbst auch schon durch das Okular geschaut und sich Proben angesehen. Sie fand diesen Teil der Arbeit eines Veterinärs ebenfalls sehr interessant, aber am spannendsten war und blieb für sie der Einsatz draußen in den Ställen der Bauern. Sie bewunderte ihren Großvater für seine Zähigkeit und die Entschlossenheit, mit der er sich immer wieder auch den anstrengendsten Herausforderungen stellte.

Es erforderte körperliche Kraft und Furchtlosigkeit, große, schwere – und mitunter nicht ungefährliche – Tiere zu behandeln. Man durfte nicht davor zurückscheuen, sich einem als unberechenbar geltenden Zuchtbullen zu nähern. Auch unter den Schweinen gab es vereinzelt angriffslustige Exemplare, die bissen und keilten zuweilen, sodass manch anderer sicher weggelaufen wäre. Nicht so Opa Reinhold, der schien vor nichts Angst zu haben, obwohl er schon über sechzig war und sich wegen des versehrten Beins längst nicht mehr so schnell und gelenkig bewegen konnte wie gesunde Männer in seinem Alter. Doch es musste schon viel passieren, ehe er aufgab.

Marie dachte immer noch häufig an die Nacht der Flucht zurück. Mit welcher Verbissenheit er da losmarschiert war, ohne auf sein Bein zu achten, immer weiter, ohne innezuhalten, bis Eugens Vater mit dem Traktor neben ihnen gestoppt hatte, damit sie aufsteigen konnten.

Eine Zeitlang war Eugen ihr bester und einziger Freund gewesen, damals, während der Monate, die sie in Weisberg verbracht hatte. Sie hatten dieselbe Schulklasse besucht, und sein Vater hatte mit Opa Reinhold den Fluchtplan geschmiedet. Auf den letzten Drücker hatte es dann ja auch geklappt. Eugens Vater hatte mit dem Trecker den Grenzzaun niedergewalzt und damit für freien Durchgang gesorgt. Was nur keiner hatte vorhersehen können: Die halbe Straße war mit ihnen zusammen in den Westen abgehauen, Dutzende von Menschen hatten sich ihnen angeschlossen, und obwohl hinter ihnen die VoPos und Grenzsoldaten mit Gewehren auf sie anlegten, waren die Leute aus Weisberg in Scharen davongerannt, nach drüben in die Freiheit.

Die Erinnerungen an diese Nacht kamen oft gegen Maries Willen wieder hoch, sie wollte eigentlich nicht mehr daran denken, weil das alles so furchtbar gewesen war. Doch vergessen konnte sie es genauso wenig, es ließ sich nicht einfach auslöschen. Ob es Eugen wohl ähnlich erging? Sie hatte seit damals nichts mehr von ihm gehört; er war mit seiner Familie in die Gegend um Marburg gezogen, da wohnte ein Vetter seiner Mutter, der sie vorübergehend aufgenommen hatte. Wo er danach gelandet war, wusste Marie nicht. Sie hatte Opa Reinhold gefragt, doch auch der hatte keine Ahnung, wo die früheren Nachbarn aus Weisberg inzwischen lebten.

»Manchmal verlieren Menschen einander aus den Augen«, hatte er gesagt. »Jeder muss seinen Weg gehen, und der führt nicht immer in dieselbe Richtung wie bei den anderen.«

Er hatte traurig ausgesehen bei diesen Worten, als hätte er selbst auch schon viele Menschen aus den Augen verloren, die wichtig für ihn gewesen waren. Später hatte Tante Christa ihr erzählt, dass mehrere seiner Jugendfreunde im Krieg gefallen waren, darunter sein bester Schulkamerad. Und jene, die noch lebten, konnte er nicht wiedersehen, denn sie waren drüben. Da durfte er nie wieder hin, weil er geflohen war. Die Flucht aus der DDR war strafbar, man kam dafür ins Gefängnis.

Omchen Else hatte sogar mal gemeint, er solle besser öfters mal hinter sich gucken, denn sie habe gehört, dass die Stasi manchmal Agenten rüber in den Westen schickte, die entflohene DDR-Bürger bei Nacht und Nebel entführten und zurückbrachten. Oder sie umlegten, einfach so. Es hatte nicht geklungen wie einer ihrer üblichen grimmigen Späße.

Opa Reinhold war mit der Operation von Trixie fertig, er hatte das Skalpell zur Seite gelegt und versorgte die klaffende Wunde. Die Stelle musste noch vernäht und verbunden werden. Marie hatte, obschon zwischendurch von ihren Gedanken und Erinnerungen abgelenkt, die ganze Zeit tapfer hingesehen. Mittlerweile kostete es sie Überwindung, den Blick nicht abzuwenden, denn es sah wirklich schrecklich aus. So schlimm hatte sie es sich nicht vorgestellt. Die Wunde war so tief! Sie merkte, wie ihr ein wenig übel wurde, doch sie wollte jetzt auf keinen Fall kneifen.

Die Hündin bewegte sich bereits, anscheinend hörte die Narkose auf zu wirken.

»Sie braucht noch eine Dosis«, sagte Opa Reinhold.

Tante Christa nickte und reichte ihm das Spritzbesteck. Prüfend schaute sie Marie an.

»Du bist ja kreideweiß um die Nase. Raus an die frische Luft mit dir!«

»Aber ich …«

»Hör auf sie«, mahnte Opa Reinhold. »Wenn du uns hier drin umkippst, wärst *du* die Patientin. Dann könnten wir uns nicht mehr um Trixie kümmern, das ginge also auf ihre Kosten.«

Notgedrungen trat Marie den Rückzug an. Auf keinen Fall wollte sie der Grund sein, dass jetzt noch irgendwas schiefging. Das konnte immer passieren, wie Opa Reinhold zuvor erklärt hatte, auch noch nach dem Abklingen der Narkose. Oder sogar noch später, in den ersten Tagen danach. Trixie war schon so alt, ihr Herz konnte jederzeit aufhören zu schlagen.

Draußen vor der Praxis atmete Marie tief durch, und dabei merkte sie, dass ihr tatsächlich schwindlig geworden war. Sie musste sich sogar an der Laterne vorm Haus festhalten. Kläglich überlegte sie, ob sie unter diesen Umständen überhaupt jemals Tierärztin werden konnte. Da hätte sie so was doch aushalten müssen!

»Ist alles in Ordnung mit dir?«, sprach sie ein Mann an. »Ist dir nicht gut? Soll ich jemanden rufen?«

Marie wandte den Kopf. Der Mann war nicht von hier, sie hatte es gleich am Tonfall seiner Stimme erkannt. Es klang, als würde er aus Berlin stammen, das war nicht zu überhören. Es war schon so lange her, dass sie diesen speziellen Dialekt gehört hatte, aber wenn man damit aufgewachsen war, vergaß man den wohl nie. Und schon waren all die Bilder wieder da, von früher, als sie noch ein Kind gewesen war. Ein *richtiges* Kind, noch zu klein, um darüber nachzudenken, wie zerbrechlich und vergänglich die Welt sein konnte, in der man lebte und sich sicher fühlte.

»Mit mir ist alles in Ordnung«, sagte sie zu dem Fremden.

Er war besser angezogen als die meisten Männer im Dorf, er trug einen ziemlich feinen Trenchcoat mit Gürtel, dazu einen Hut mit steifer Krempe, was eigentlich allmählich aus der Mode kam; die Hose, die unter dem Mantelsaum hervorschaute, war akkurat auf Kniff gebügelt.

»Du musst Marie sein«, sagte er. »Du bist deiner Mutter wie aus dem Gesicht geschnitten.«

»Sie kennen meine Mutter?«, konnte sie nur perplex fragen.

Er nickte. »Eigentlich wollte ich sie gerade besuchen.«

»Woher wissen Sie, wo wir wohnen?«, platzte es aus ihr heraus. Was wollte ein fremder Mann von ihrer Mutter? Und nicht nur irgendein fremder Mann, sondern einer aus Berlin. Sofort erinnerte sie sich wieder an Omchen Elses mahnende Worte. *Schau besser öfters hinter dich …*

Nicht nur Opa Reinhold war geflohen, sondern auch Mama. Die es davor schon einmal versucht hatte und dafür ins Stasigefängnis gewandert war. Da musste es Leute geben, die sie dafür hassten, so wie auch Opa Reinhold sich durch seine Flucht jemanden von der SED zum unerbittlichen Feind gemacht hatte – Herrn Sperling, der sogar auf sie geschossen hatte, als sie in der Nacht der Flucht rüber in den Westen gelaufen waren. Hätte dieser amerikanische Scharfschütze Herrn Sperling nicht die Pistole aus der Hand geschossen, wären sie jetzt vielleicht tot.

»Vor mir musst du keine Angst haben«, sagte der Mann. Auf seltsame Art schien er ihre Gedanken gelesen zu haben. »Ich kenne deine Mutter schon lange. Oder genauer: deinen Vater. Wir waren früher gut befreundet.«

»Ich kenne *Sie* aber nicht.« Marie brachte die Worte nur mit Mühe hervor. Ihre Angst, der Mann könne jemand von der Stasi sein, war plötzlich noch stärker. »Wenn Sie mit Papa befreundet waren, müsste ich Sie doch schon mal gesehen haben!«

»Das hat sich einfach nicht ergeben«, sagte der Mann. »Aber wir kannten uns wirklich gut.«

»Von der Arbeit her?«

Er hob nur die Schultern, als wolle er nicht mehr verraten, womit er Marie erst recht Grund zur Vorsicht gab. »Wir hatten gemeinsame Interessen«, meinte er.

»Wie heißen Sie?«

»Feuerbach.«

Der Name sagte ihr nichts. Sie hatte ihn noch nie gesehen, und gehört hatte sie auch noch nichts über ihn, daran hätte sie sich erinnert.

Der Mann sah sie unverwandt an. Er wirkte nicht unfreundlich, aber das musste nichts heißen. Marie war auf der Hut.

»Ich würde gern mit deiner Mutter sprechen.«

»Die ist nicht da.« Immerhin das konnte Marie ohne zu lügen erwidern. Mama war noch in der Schule, um sich für die Sitzung vorzubereiten, die heute im Dorfgemeinschaftshaus stattfinden sollte. Es ging um die Zusammenlegung der Zwergschulen aus den Nachbarorten mit der Kirchdorfer Volksschule, die man Mama mehr oder weniger aufgeladen hatte. Sie sollte sich darum kümmern, dass alles klappte, und dabei gab es anscheinend mehr Probleme, als sie brauchen konnte.

»Wo ist sie denn gerade?«, wollte der Fremde wissen. »In der Schule? Da arbeitet sie doch mittlerweile, oder?«

»Ich glaube, sie wollte zum Einkaufen«, log Marie. »Kommen Sie aus Ostberlin?«

Er nickte. »Ja klar, daher kenne ich ja auch deine Eltern.«

»Aber die Grenze ist doch dicht! Wie sind Sie da rausgekommen?«

»So ähnlich wie ihr. Ich habe mich in den Westen abgesetzt, nur ein paar Wochen nach deiner Mutter. Da war die Sektorengrenze in Berlin noch passierbar, man konnte ganz leicht rüber.«

Ja, das wusste sie. Auf diese Weise war auch Papa in den Westen gelangt. Bloß um auf der Stelle wieder umzukehren, als er erfahren hatte, dass man sie und Mama bei dem Versuch, ihm zu folgen, auf dem S-Bahnhof im Ostteil der Stadt geschnappt hatte. Damit war er ins offene Messer gelaufen, die hatten ihn sofort in den Knast gesteckt, genau wie Mama, und da war er wenig später gestorben. So hatte Mama es ihr erzählt, das war alles, was sie wusste, auch wenn Marie oft das nagende Gefühl hatte, dass das nicht die ganze Wahrheit war.

Diesem Mann traute sie jedenfalls nicht. Die Schwindelgefühle hatten nachgelassen, sie trat von der Laterne weg, legte einen Sicherheitsabstand zu dem Fremden ein.

»Was wollen Sie denn von meiner Mutter?«

»Ich habe was mit ihr zu besprechen.«

»Das kann ich ihr ja ausrichten. Worum geht es denn?«

»Das berede ich lieber mit ihr selbst. Vielleicht schaue ich später noch mal vorbei. Oder ich sehe in der Schule nach.«

»Ich sag doch, sie ist einkaufen.«

Der Mann musterte sie mit hochgezogenen Brauen. Marie spürte, dass er ihr nicht glaubte.

»Du hast Angst vor mir«, stellte er fest. »Aber das musst du nicht. Ich hab's immer nur gut mit dir gemeint. Mein Gott, du bist ihr so unglaublich ähnlich! Jetzt noch mehr als damals!«

Die Haustür ging auf, und Omchen Else erschien. »Komm rein, Kind!«, rief sie im Befehlston. »Sofort! Kein Wort mehr zu dem Kerl!«

Marie war erleichtert, dem Fremden nicht länger Rede und Antwort stehen zu müssen. Sie eilte durch den Vorgarten hinüber zum Haus. Omchen Else stand da wie ein Wachsoldat, als wollte sie persönlich dafür einstehen, dass niemand hier reinkam, den sie nicht zu Gast haben wollte.

»Rasch, rein mit dir«, zischte sie, als Marie den Hauseingang erreichte. »Geh in die Küche und nimm dir eins von den Messern. Ruhig ein großes!«

Marie stolperte auf der kleinen Treppe, die zur Haustür hinaufführte. Ein Messer? Kannte Omchen Else den Mann etwa? War er gefährlich, wollte er ihnen was antun?

Ihr Herz klopfte wie rasend, während sie wie befohlen auf direktem Wege in die Küche lief. Am ganzen Körper zitternd blieb sie vor der Besteckschublade stehen und zog sie auf. Das große Brotmesser? Das Ausbeinmesser? Oder sollte sie lieber bei der Polizei anrufen? Aber die musste erst aus Hünfeld anrücken. Bis da jemand kam, konnte es dauern, in der Zeit konnte viel passieren!

Während sie noch fieberhaft überlegte, hörte sie Omchen Else vorn bei der Haustür zetern und Verwünschungen ausstoßen. Marie konnte nicht alles verstehen, aber es ging um Bolschewiken und kommunistische Schleimscheißer, die hier im Westen nichts verloren hatten. Die bellende, raue Stimme der alten Frau klang furchterregend, Marie lief ein Schauer über den Rücken. Dann wurde krachend die Haustür zugeschlagen.

Omchen Else kam mit energischen Schritten zu Marie in die Küche.

»Dem hab ich's ordentlich gegeben, dem geht der Arsch jetzt auf Grundeis!«, sagte sie grimmig.

Das stimmte nicht ganz, wie Marie mit einem raschen Blick aus dem Küchenfenster feststellen konnte. Der Mann stand immer noch vorm Haus und schaute zu ihnen herüber. Eingeschüchtert wirkte er nicht gerade. Ob er sie durch die Gardine sehen konnte? Doch schon im nächsten Moment schlenderte er gemächlich davon.

Verstört wandte Marie sich zu Omchen Else um. »Hast du den schon mal gesehen?«, wollte sie wissen.

Die alte Frau schüttelte den Kopf. »Nein, aber das besagt gar nichts. Manchmal schicken sie Leute, die man kennt, manchmal Fremde. Das ist deren Masche – man weiß nie, wo man dran ist. Die machen auf nett und freundlich, und ehe man sich's versieht, murksen sie einen ab.«

»Der Mann meinte, er würde Papa und Mama von früher kennen. Noch aus Berlin. Aber ich kann mich nicht erinnern, dass er mal bei uns gewesen wäre. Und als ich ihn gefragt habe, ob er Papa von der Arbeit kennt, hat er keine Antwort gegeben.«

»Da hast du's.«

»Denkst du, er kommt von der Stasi?«, wollte Marie wissen. Die Frage kam flüsternd heraus, als müsste sie sicherstellen, dass der Mann sie nicht hören konnte.

»Klar. Woher sonst? Ich warte schon die ganze Zeit darauf, dass irgendwer von denen hier auftaucht. Hab mich schon fast gewundert, wieso es so lange dauert. Der Bolschewik ist keiner von der Sorte, die einfach so klein beigibt.«

Jetzt bekam Marie es ernstlich mit der Angst zu tun. Mit *Bolschewik* war Herr Sperling aus Weisberg gemeint, den hatte Omchen Else damals vor der Flucht mit einer Heiligenfigur aus Holz niedergeschlagen, um ihn außer Gefecht zu setzen. Aber er war schneller als gehofft wieder zu sich gekommen und hatte versucht, sie hinterrücks zu erschießen. Ihm traute Marie tatsächlich alles zu. War er wirklich nach all dieser Zeit so rachsüchtig, dass er ihnen einen Mörder auf den Hals hetzte?

»Richtig böse kam der Mann mir nicht vor«, meinte Marie zögernd.

»Das ist die Methode von denen. Sich einschleimen. Vertrauen gewinnen. So wie der Bolschewik in Weisberg.«

Es stimmte, Herr Sperling war damals ständig zu Opa Reinhold nach Hause gekommen und hatte sich dabei als freundlicher Parteigenosse gebärdet. Aber keiner hatte ihn leiden können, irgendwie hatten sie alle gemerkt, dass er ihnen was vorspielte. Opa Reinhold und Tante Christa waren davon überzeugt gewesen, dass er ein geheimer Informant war – ein Spitzel im Dienst der Stasi.

Marie war mittlerweile völlig durcheinander. Sie hatte das dringende Gefühl, etwas unternehmen zu müssen. »Er meinte, dass er in der Schule nachsehen will«, teilte sie Omchen Else aufgeregt mit. »Ich muss Mama warnen!«

»Worauf wartest du? Die sind garantiert noch hinter ihr her. Die denken da drüben immer noch, dein Vater hätte seine Forschungsergebnisse hier im Westen für viel Geld verschachert. Und dass deine Mutter mit ihm unter einer Decke gesteckt hat. Hat sie dir nicht erzählt, wie brutal sie im Knast deswegen ausgequetscht wurde?«

In Marie stieg Übelkeit hoch. Nein, das hatte Mama nie erwähnt. Sie hatte so gut wie gar nichts über die Monate im Gefängnis erzählt. Nur, dass es da furchtbar langweilig gewesen war und das Essen ziemlich mies.

»Hat man Mama da was … angetan?«, fragte sie mit dünner Stimme.

Omchen Else zuckte mit den Schultern. »Das musst du sie schon selber fragen.«

Marie nahm es stumm zur Kenntnis. Sie ahnte, dass Mama nicht darüber sprechen wollte. Jedenfalls nicht mit ihr. Marie selbst redete ja auch nicht gern über ihre Zeit im Erziehungsheim. Lieber versuchte sie zu vergessen, wie grauenhaft es dort gewesen war. Die vielen Strafen, die ganzen Gehässigkeiten. Einmal hatte sie mitbekommen, wie ein Mädchen eine kleine Trockenblume aus einem Gesteck gezogen hatte. Das Gesteck hatte eine der Betreuerinnen mitgebracht und an der Wand im Treppenhaus des Heims befestigt.

»Von meiner Schwiegermutter, ich kann's zu Hause nicht mehr sehen«, hatte sie zu einer ihrer Kolleginnen gesagt. Trotzdem war sie vor Zorn außer sich gewesen, als das Mädchen sich die Blume genommen hatte. Sie hatte das Kind gepackt und ihm ein Büschel Haare ausgerissen, einfach so. »Damit du mal siehst, wie sich der arme Blumenstrauß jetzt fühlt!«, hatte sie dazu gebrüllt.

»Ich lauf schnell zur Schule«, sagte Marie entschlossen. »Vielleicht sucht er schon nach ihr!« Sie wartete nicht länger, sondern rannte gleich los.

»Nimm aber einen anderen Weg!«, rief Omchen Else ihr nach. »Am besten die Abkürzung durch den Schulgarten!«

Marie gab keine Antwort mehr. Natürlich würde sie die Abkürzung nehmen, sie war ja nicht dämlich.

Draußen wäre sie fast mit Tante Christa zusammengeprallt, die gerade aus der Tierarztpraxis zurückkam.

»Was ist los, Kind? Brennt's irgendwo?«

Hastig erzählte Marie ihr von dem Fremden. Tante Christa wirkte zutiefst besorgt und hielt Marie bei der Schulter fest, als sie weiterlaufen wollte. »Du gehst auf keinen Fall allein!«

In diesem Moment traf auch Opa Reinhold ein. Er runzelte die Stirn, als er hörte, was vorgefallen war. »Ihr bleibt alle hier. Um diese Sache kümmere ich mich selbst.« Ohne zu zögern, eilte er zu seinem Wagen, der vorm Haus parkte.

Marie sah ihm aufgewühlt nach. Das Herz schlug ihr immer noch bis zum Hals. Sie hatte lange nicht solche Angst gehabt. Mit einem Mal krochen auch die schrecklichen Erinnerungen an ihren ersten Fluchtversuch in Ostberlin wieder in ihr hoch. Wie die Männer in den grauen Anzügen zuerst Mama und dann sie selbst vom Bahnsteig weggezerrt und in die wartenden Autos gestoßen hatten. Sie begann zu zittern.

Tante Christa legte den Arm um Maries Schultern. »Dein Opa wird das schon deichseln, mach dir keine Sorgen. Komm mit ins Haus. Ich mache dir eine Tasse heißen Kakao.«

Marie hatte sich schon daran gewöhnt, dass Tante Christa allen möglichen Arten von Sorgen gern mit heißem Kakao zu Leibe rückte. Während Omchen Else für diese Zwecke lieber ihr grässlich schmeckendes Nerventonikum aus dem Küchenschrank holte, so wie jetzt auch gerade. Normalerweise nahm sie es gesittet und löffelweise zu sich, doch heute schien sie mehr von dem Seelentröster zu brauchen – sie setzte die Flasche an den Mund und trank in langen Zügen daraus.

»Mutter, übertreib es nicht!«, mahnte Christa.

Doch Omchen Else trank unbeeindruckt weiter, ehe sie innehielt und mit einem Rülpsen meinte: »Viel hilft viel.« Sie schien sich tatsächlich bereits beruhigt zu haben, denn sie machte es sich am Küchentisch gemütlich und widmete sich einem Kreuzworträtsel.

Maries Anspannung legte sich nicht so schnell. Sie hoffte inständig, dass Opa Reinhold herausfand, was der Fremde von Mama wollte. Vielleicht, so sagte sie sich mit aufkeimender Hoffnung, war er ja wirklich ein guter alter Bekannter ihrer Eltern. Immerhin war es nicht völlig ausgeschlossen.

»Wie geht es Trixie?«, wollte sie von Tante Christa wissen. »Ist die Operation gut verlaufen?«

Tante Christa seufzte und machte sich mit abgewandtem Gesicht am Herd zu schaffen, wo sie Milch in einen emaillierten Topf goss. Marie musste gar nicht erst nachfragen, sie begriff auch so, dass es schlecht ausgegangen war.

Trixie war bei der Operation gestorben.

Marie schlang beide Arme um sich. Mit einem Mal war ihr kalt. Es war beinahe, als sei Trixies Tod eine Botschaft. Oder ein Zeichen. Für Dinge, die noch passieren konnten und weit schlimmer waren als alles, was bisher geschehen war. Ihre Angstgefühle, eben noch geprägt von Entsetzen, schienen sich zu verwandeln. In etwas Bleibendes, Eisiges, das ihr Inneres bis in die tiefsten Schichten durchdrang und nicht so schnell verschwinden würde.

KAPITEL 10

Papa!« Konsterniert sprang Helene auf, als ihr Vater ohne anzuklopfen ins Lehrerzimmer gestürmt kam. »Was ist los?« In panischem Erschrecken sah sie ihn an. »Ist was mit Marie?«

»Dem Kind geht's gut.« Er trat zu ihr an den Tisch, das Bein mühsam nachziehend, aber mit unnachgiebiger Entschlossenheit. »Du bist diejenige, um die ich mich sorge, Leni. Vorhin ist ein fremder Mann bei uns aufgekreuzt, er hat Marie angesprochen.«

Helene war entsetzt. »Was wollte er?«

»Dich sprechen. Vielleicht ist er schon auf dem Weg hierher. Er sprach davon, herkommen zu wollen. Ich bin sofort losgefahren, um vor ihm da zu sein.« Er ging zum Fenster und sah hinaus. Helene stellte sich neben ihn. Der Schulhof war verwaist, aber jeder, der das Schulgebäude betreten wollte, musste den Hof überqueren. Wer immer auch mit ihr sprechen wollte, befand sich noch nicht in unmittelbarer Nähe.

Auf dem angrenzenden Dorfplatz herrschte indes reger Betrieb, doch auch dort waren auf Anhieb keine Fremden zu erkennen, nur die Leute aus dem Dorf. Sie gingen zur Post oder zur Bank sowie in die Apotheke und ins Kaufhaus. Und natürlich auch rüber zu der imposanten Arztvilla, die sich etwas zurückgesetzt am anderen Ende des Dorfplatzes befand. Da herrschte wie jeden Nachmittag unter der Woche wahrscheinlich auch jetzt gerade Hochbetrieb.

»Das könnte er sein«, meinte ihr Vater. Er hatte sich vorgebeugt, näher zur Scheibe hin, und spähte aufmerksam über den Schulhof hinweg in Richtung Dorfplatz. »Dort drüben, der mit dem Hut. Da, jetzt bleibt er stehen und schaut her.«

Helene war seinem Blick gefolgt, sie hatte unwillkürlich den Atem angehalten, den sie jetzt langsam entweichen ließ. »Ja«, meinte sie mit flacher Stimme. »Ich bin ziemlich sicher, dass er das ist.« Natürlich war sie nicht nur *ziemlich*, sondern völlig sicher, denn im Gegensatz zu ihrem Vater kannte sie den Mann.

Mit ausgreifenden Schritten kam er über den Schulhof zum Haupteingang herüber, und gleich darauf hörte man ihn im Flur rufen.

»Hallo? Ist jemand hier? Helene, bist du da?«

»Du kennst ihn?«, fragte ihr Vater überrascht. Er schien sichtlich erleichtert.

»Ja«, sagte sie. »Sein Name ist Anselm Feuerbach. Er ist derjenige, der mich aus dem Knast geholt hat und dem wir es zu verdanken haben, dass Marie zu dir nach Weisberg kommen durfte. Er hatte seinerzeit noch Freunde bei der Stasi, die ihm dabei geholfen haben.«

Ihr Vater musterte sie forschend von der Seite. »Du bist trotzdem nicht gut auf ihn zu sprechen, hab ich recht?«

Sie hob die Schultern und war froh, dass sie nicht antworten musste, denn im nächsten Moment klopfte Anselm an und trat ein. Er hatte nicht lange suchen müssen – neben der Tür hing ein Schild mit der Aufschrift *Lehrerzimmer*.

»Ah, da bist du ja, einen schönen guten Tag«, begrüßte er sie. »Da habe ich ja doch richtig geraten.« Bemüht heiter fügte er hinzu: »Wobei das nicht weiter schwierig war, denn deine Großtante hat mir erzählt, dass du mit deinem Beruf verheiratet bist und sogar die Nachmittage noch gern in der Schule zubringst.«

»Meine Großtante hat dir offenbar auch gleich meine neue Anschrift mitgeteilt«, konstatierte Helene.

»Hätte sie das besser nicht tun sollen?«, fragte Anselm. Seine Miene war undeutbar.

Anstelle einer Antwort hob Helene die Schultern. Auguste hatte von Anfang an große Stücke auf Anselm gehalten, sie fand ihn ausgesprochen sympathisch und wäre nie auf den Gedanken gekommen, dass Helene irgendwelche Vorbehalte gegen ihn hegen könnte. Schließlich hatte er sie ohne Rücksicht auf die Gefahren, die er damit für sich selbst einging, aus dem Knast geholt und in den Westen geschleust. Allein diese Tatsache war für Auguste Grund genug, ihm bedingungslos zu vertrauen. Hinzu kam, dass Anselm mit der DDR und der Stasi, in deren Diensten er einst gestanden hatte, vollständig gebrochen hatte, immerhin hatte er sich selbst ebenfalls in den Westen abgesetzt und damit eine Menge verbrannte Erde hinterlassen.

Tatsächlich hatte er Helene nie Anlass gegeben, an seiner Loyalität zu zweifeln. Dass er Jürgen geliebt hatte, konnte sie ihm schlecht vorwerfen, dennoch würde es immer zwischen ihnen stehen.

Ein Teil des Grolls, den sie ihm gegenüber empfand, mochte auch damit zu tun haben, dass er nach seiner Flucht so problemlos auf die Füße gefallen war. Er hatte als Verkäufer in einem großen Kölner Autohaus angeheuert und war dank seiner beträchtlichen Erfolge inzwischen sogar zum Teilhaber aufgestiegen. Damit war er ein gemachter Mann. Es führte immer wieder zu demselben bitteren Resümee: Anselm lebte auf der Sonnenseite des Lebens, und Jürgen war tot.

Von der Beziehung der beiden ahnte Auguste nichts. Helene wäre nicht im Traum auf die Idee verfallen, ihr davon zu erzählen. Auch vor Marie hielt sie es geheim. Helene wollte um keinen Preis, dass sie ihren Vater mit anderen Augen sah als bisher. Er war der strahlende Held ihrer Kindheit, nichts sollte ihr Bild von ihm trüben.

Irgendwann in einer entfernten Zukunft würde man die

Liebe zwischen zwei Männern womöglich als etwas ganz Normales betrachten. Doch in der Zeit, in der sie lebten, zog es nur Verachtung und Abscheu auf sich, und Helene hätte alles getan, um das von ihrem Kind fernzuhalten.

»Ich hoffe, ich störe nicht«, sagte Anselm freundlich. Er hatte den Hut gezogen; sein rötliches Haar leuchtete im einfallenden Sonnenlicht. Seit ihrer letzten Begegnung hatte er sich kaum verändert. Dieselben angenehmen Gesichtszüge, das offene Lächeln. Wie damals war seine Kleidung von zurückhaltender Eleganz – passgenau geschnittener Trenchcoat, Hose mit Bügelfalten und blank polierte Lederschuhe. Unterm Arm trug er eine teure Aktentasche.

Sein fragender Blick streifte Helenes Vater, und sie besann sich auf die Grundregeln der Höflichkeit. »Mein Vater. Papa, das ist Anselm Feuerbach, Jürgens Freund von früher.«

Reinhold schüttelte Anselms ausgestreckte Hand mit bemühter Höflichkeit. Auch er kannte die Wahrheit über die Beziehung zwischen Jürgen und Anselm nicht, aber Helene wollte nicht ausschließen, dass er seine eigenen Schlüsse gezogen hatte. Er verfügte über eine unglaublich gute Menschenkenntnis.

»Ich würde gern mit dir persönlich sprechen«, sagte Anselm. »Unter vier Augen.«

»Worum geht es denn?«

»Um Jürgen.«

Helene warf ihrem Vater einen um Entschuldigung heischenden Blick zu. »Papa …«

»Natürlich.« Reinhold ging humpelnd zur Tür.

»Danke, dass du hergekommen bist, Papa«, sagte Helene rasch.

Er nickte nur, ehe er den Raum verließ.

Sie war mit Anselm allein. »Was willst du? Hättest du mich nicht anrufen können? Auguste hat dir doch sicher auch unsere Telefonnummer gegeben.«

»Das, was ich dir zu sagen habe, ist nichts, was man mal eben am Telefon ausplaudert. Oder mit der Post verschickt.« Er legte die Aktenmappe auf dem großen Resopaltisch ab, wo Helene für die Vorbereitung der heutigen Versammlung ihre gesamten Unterlagen ausgebreitet hatte. Anselm schob einen Teil davon zur Seite und platzierte auf der frei gewordenen Fläche einen schlichten, unverschlossenen weißen Briefumschlag in DIN-A4-Format. Dem Firmenaufdruck zufolge stammte er aus dem Autohaus, dessen Mitinhaber Anselm war.

Seine Miene war immer noch unergründlich, aber Helene glaubte in seinem Blick einen Anflug von Verzweiflung auszumachen.

»Ich habe lange darüber nachgedacht, ob ich es dir erzähle. Oder es einfach für mich behalte. Ich meine – wem ist damit noch geholfen? Was ändert sich für dich, wenn du es erfährst? Gehört es überhaupt zu den Dingen, die man wissen sollte, oder wäre es besser, es einfach zu verdrängen und zu vergessen, weil es doch nur alte Wunden aufreißt, die sowieso kaum heilen wollen?« Sein vorher unbeteiligter Gesichtsausdruck veränderte sich vor ihren Augen, mit einem Mal zeigte sich in seinen Zügen tiefer Schmerz, gepaart mit etwas anderem, das sie schwer einordnen konnte. Vielleicht war es Zorn, vielleicht aber auch Hass. Doch es spielte keine Rolle; wichtig war nur, was in diesem Umschlag steckte. Es musste irgendein Beweis sein, aber wofür?

Sie hatte keine Ahnung. War an den Anschuldigungen der Stasi etwa doch etwas dran? Hatte Jürgen für den Westen spioniert, Forschungsergebnisse verraten? In den unzähligen Gesprächen über ihre Fluchtpläne war nie davon die Rede gewesen, dass er dergleichen vorhätte. Doch wie sie mittlerweile wusste, hatte er ihr längst nicht alles aus seinem Leben erzählt, es war folglich denkbar, dass er auch in diesem Punkt Geheimnisse vor ihr gehabt hatte.

»Ich kann es dir nicht vorenthalten, weil es nicht richtig wäre«, erklärte Anselm. »Denn ich vertraue darauf, dass irgendwann eine Zeit der Sühne kommt. Eine Gelegenheit, jemanden zur Verantwortung zu ziehen. Und diese Möglichkeit sollst du ebenso haben wie ich. Für dich, für Jürgen, für euer Kind.« Mit einer entschlossenen Bewegung ergriff er den Umschlag und streckte ihn Helene hin.

Sie nahm ihn entgegen, eher mechanisch als erwartungsvoll, und hielt ihn zaudernd in beiden Händen. Ein eisiges Schaudern hatte sie bei seinen letzten Worten erfasst, denn mit einem Mal ahnte sie, was wirklich in dem Umschlag war. Trotzdem zog es ihr den Boden unter den Füßen weg, als sie das Schriftstück herausnahm und darauf den Namen ihres Mannes las. Und dann andere Wörter, von denen jedes einzelne sie wie ein Faustschlag traf.

Todesurteil. Hinrichtung. Genickschuss.

Ihre Hände zitterten so sehr, dass sie den Rest nicht mehr lesen konnte. Doch das war auch gar nicht mehr nötig, sie wusste ja nun Bescheid.

»Helene?«

Dass sie angefangen hatte zu weinen, merkte sie erst, als sich nasse Flecken auf dem Papier in ihrer Hand bildeten. Schluchzend ließ sie sich gegen die Wand hinter ihr sinken. Anselm nahm ihr das Dokument weg und zog sie in seine Arme. »Helene, es tut mir so leid! Ich dachte nicht … Ich wollte doch bloß …« Er stockte, anscheinend schien er selbst nicht recht zu wissen, was genau er sich vorgestellt hatte, als er ihr dieses Dokument übergeben hatte.

»Man hat ihn in einem Geheimprozess zum Tode verurteilt«, sagte er nach einer Weile leise. »Ich hab's auch erst neulich erfahren, über meine alten Kanäle. Es hat mir keine Ruhe gelassen …« Er brach ab, es dauerte einen Moment, bis er weitersprechen konnte. »Der Totenschein über das angebliche

Herzversagen war gefälscht. Bestimmte Dinge will man in der DDR lieber unter dem Teppich halten, allem voran die staatlich befohlene Ermordung von Dissidenten.« Abermals hielt er inne und rang nach Worten. »Es gibt nicht mal eine würdige Grabstätte. Jürgens Leichnam wurde verbrannt, die Asche hat man irgendwo anonym verscharrt.«

Sie konnte nicht aufhören zu weinen. So schlimm es damals für sie in der Isolationshaft auch gewesen war – wie musste sich erst Jürgen gefühlt haben? Völlig allein, ohne jede Hoffnung, im Angesicht des Todes?

Sie hatte immer geahnt – nein, eigentlich war sie sicher gewesen! –, dass er keines natürlichen Todes gestorben war, aber es nun auf diese Weise bestätigt zu sehen, zerriss sie innerlich.

Anselm hatte ebenfalls angefangen zu weinen, seine Schultern zuckten, und aus seiner Kehle drang unterdrücktes Schluchzen.

Helene löste sich aus seinen Armen und trat einen Schritt von ihm zurück. Sie wischte sich mit einer ruckartigen Bewegung die Tränen aus dem Gesicht. »Hast du gewusst, dass die drüben heimlich Menschen hinrichten?«

Sein Schweigen sagte ihr alles.

»Du hast schon die ganze Zeit vermutet, dass sie Jürgen auf diese Weise umgebracht haben, oder?«, hakte sie nach.

Anselm nickte mit bleichem Gesicht. »Ich habe lange geglaubt, dass es für uns alle besser ist, wenn ich der Sache nicht nachgehe. Aber falls es irgendwann möglich sein sollte, Jürgen zu rehabilitieren und seine Mörder zur Rechenschaft zu ziehen …«

»Ja, das sagtest du schon«, fiel sie ihm ins Wort. »Fühlst du dich jetzt besser, da du dieses furchtbare Wissen mit mir teilen kannst? Was erwartest du nun von mir? Anteilnahme? Absolution?« In ihr war nichts als Bitterkeit. Anselm hatte mehrfach beteuert, als Stasi-Offizier an den schändlichen Untaten der Organisation nicht selbst beteiligt gewesen zu sein, und doch hatte er Kenntnis von solchen geheimen Todesurteilen gehabt. Und natürlich kannte er das Stasigefängnis und wusste, was man den Insassen da antat. Auch wenn er keine Ahnung gehabt hatte, dass sie monatelang in diesem Gefängnis eingekerkert worden war, nachdem man ihren Mann heimlich hingerichtet hatte – *dass* solche Dinge passierten, hatte er gewusst und sich damit das Unrecht auf gewisse Weise zu eigen gemacht.

»Ich konnte es nicht einfach für mich behalten«, brach es aus Anselm heraus. »Zu wissen, dass er …« Er stockte und schüttelte aufgewühlt den Kopf.

»Es lässt sich nicht mehr ändern«, sagte Helene. Ihre Tränen waren versiegt, ihre Stimme klang leise und erschöpft.

Eigenartigerweise war ihr leichter zumute, nachdem sie das ausgesprochen hatte. Sie begriff, dass sie unbewusst versucht hatte, ihm einen Teil der Verantwortung für das Geschehene zuzuweisen – vielleicht, um davon abzulenken, dass sie selbst die unheilvolle Kausalkette in Gang gesetzt hatte, weil sie unbedingt in den Westen gewollt hatte. Genau das hätte Anselm ihr vorhalten können, doch er tat es nicht. Umgekehrt stand es auch ihr nicht zu, ihm eine Mitschuld an Jürgens Tod zu geben, nur weil er bei der Stasi gewesen war. Immerhin hatte er sich von denen losgesagt. Sie musste ihn ja nicht mögen, aber er war kein Verbrecher.

Und im Grunde hatte er recht. Eines Tages kam vielleicht die Zeit, das Unrecht zu sühnen. Es für die Welt sichtbar zu machen, damit die Menschen davon erfuhren. Grübelnd blickte sie auf das schändliche Dokument, das sie immer noch in der Hand hielt. Wer bestimmte denn, dass diese Möglichkeit einer fernen Zukunft vorbehalten war?

Der Gedanke war unausgegoren, eigentlich kaum mehr als eine vage Idee, die jedoch schon im nächsten Moment Gestalt annahm.

»Man könnte das der Presse zuspielen«, entfuhr es ihr. »Dann würden alle die Wahrheit erfahren!«

»Denkst du etwa, das hätte ich nicht auch schon überlegt?«, entgegnete Anselm.

»Warum hast du es dann nicht getan?«, wollte Helene wissen.

»Deinetwegen. Und um Maries willen. Alles käme auf den Tisch, es würde öffentlich breitgetreten und bundesweit in sämtlichen Zeitungen und Magazinen berichtet. Willst du das wirklich? Du bist jetzt eine westdeutsche Beamtin. Über diesen Teil deiner DDR-Vergangenheit hast du in deiner Bewerbung beim Land Hessen kein Sterbenswörtchen verraten. Im Gegenteil, du hast eine Menge Informationen unterschlagen, damit sie dich einstellen.«

»Das ging doch nicht anders! Ich brauchte den Job hier an der Grenze, um in Maries Nähe zu sein! Und es hing alles davon ab, dass drüben niemand auf mich aufmerksam wird, sonst hätte es mit ihrer Flucht niemals geklappt!«

»Das weiß ich doch«, sagte Anselm sofort. »Die Frage ist aber: Was geschieht, wenn man beim Kultusministerium auf einmal merkt, dass du nicht ehrlich warst?«

Bestimmt nichts Gutes, dachte Helene niedergeschlagen. Sie brachte nicht die Kraft auf, Anselms ohnehin eher rhetorisch gemeinte Frage zu beantworten.

Er blickte sie ernst an. »Wenn das alles jetzt plötzlich nach Jahren rauskommt, hätte dich sofort der Verfassungsschutz auf dem Kieker – du weißt, was das bedeutet, wenn man im öffentlichen Dienst beschäftigt ist.«

Ja, das wusste sie nur zu gut. War jemand Amtsträger oder wollte es werden, war er gut beraten, auf seine politische Einstellung zu achten, besonders auf die Art, wie er sie äußerte, denn meist war der Verfassungsschutz nicht weit. Die demokratische Gesinnung wurde bei jeder Gelegenheit auf den Prüfstand gestellt, geheime Ausforschungen galten als legitim. Manch einer war der Ansicht, dass da mit ähnlichen Schnüffelmethoden gearbeitet wurde wie bei der Stasi, nur mit umgekehrter Zielsetzung: Drüben hatte man es auf die Freunde des Westens abgesehen. Hier auf die des Ostens.

Anselm war noch nicht fertig. »Dass du deine Haft im Stasi-Knast verschwiegen hast, könnten die westdeutschen Schlapphüte als Zeichen dafür werten, dass du drüben umgedreht wurdest. So mancher ist schon gehirngewaschen da rausgekommen und hat hinterher alles getan, um es der Partei recht zu machen.«

Helene hörte ihm schweigend zu. Möglicherweise übertrieb er mit seinen Unkenrufen, aber es ließ sich nicht von der Hand weisen, dass er genauso gut richtigliegen könnte.

Anselm räusperte sich, ehe er fortfuhr. »Und man darf auch nicht vergessen, was es bei deiner Tochter anrichten würde, wenn Jürgens Tod plötzlich publik würde. Stell dir vor, wie Marie sich fühlt, wenn sie hört, dass ihr Vater auf so grausame Weise hingerichtet wurde!«

Diese Worte trafen Helene bis ins Mark. Schon der bloße Gedanke an solch ein Szenario ließ sie erstarren. Das durfte niemals passieren!

»Du hast recht«, sagte sie leise. »Das mit der Zeitung war eine blöde Idee. Wir müssen es für uns behalten. Die Öffentlichkeit darf davon nichts erfahren.«

»Vorläufig«, korrigierte er. »Eines Tages ist die DDR vielleicht frei, die Mauer gefallen. Zeiten können sich ändern. Marie ist irgendwann erwachsen und wird damit umzugehen wissen. So wie du es auch kannst.«

Konnte sie das denn wirklich? Schweigend betrachtete sie das Schriftstück.

»Du kannst es behalten«, sagte Anselm. »Es ist nur eine Kopie. Das Original befindet sich immer noch in der alten Akte.«

Natürlich. Die Information stammte ja von seinem Spannmann bei der Stasi, und der gab sicher keine Originale aus der

Hand. Schließlich war er immer noch fleißig für diese Brüder tätig.

Anselm schien ihre Gedanken zu erraten. »Mein Bekannter arbeitet in der Personalverwaltung. Für ihn war es auch nicht so einfach, die Kopie zu beschaffen, dafür musste er einiges riskieren. Mit dem ganzen Mist hat er nichts zu tun.«

»Ja, schon klar.« Helene schob das Dokument zurück in den Umschlag, den sie in den Tiefen ihrer Aktentasche verstaute. Sie widerstand dem Drang, das Papier stattdessen zu vernichten. Es in tausend kleine Schnipsel zu zerreißen, um es auf diese Weise aus ihrem Leben zu entfernen. Es für alle Zeiten auszulöschen, damit sie nie wieder damit in Berührung kam.

Doch es war zu wichtig, von geradezu elementarer Bedeutung. Der einzige Beweis für die grausame Willkür, die einen wunderbaren Menschen das Leben gekostet hatte.

»Ich muss dich jetzt bitten zu gehen«, sagte Helene. »Die Versammlung fängt in einer Viertelstunde an, und ich bin immer noch nicht ganz mit meinen Vorbereitungen fertig.«

»Ich bin schon weg«, meinte Anselm. »Ich esse im Gasthaus noch eine Kleinigkeit, dann fahre ich zurück nach Köln.« Nach einem kurzen Händedruck ging er zur Tür, wo er stehen blieb und sich noch einmal zu ihr umwandte. Er wirkte eine Spur erleichtert, dass sie ihm einen Vorwand geliefert hatte, ohne großes Federlesen das Feld zu räumen. Zugleich hatte sie den paradoxen Eindruck, dass es ihn bekümmerte, sie einfach so kommentarlos zurückzulassen. Ohne versöhnlichen Ausklang, ohne erkennbare Aussicht, dass sie Freunde blieben. Vielleicht hätte er noch gern erzählt, wie es ihm in Köln so erging. Oder sich erkundigen wollen, was sich in ihrem Leben seit ihrem letzten Treffen alles verändert hatte, beruflich, privat, wie auch immer. Wie es mit Marie lief, dem Kind des Mannes, den er so sehr geliebt hatte.

»Wenn du mal mit Marie nach Köln kommst, müsst ihr unbedingt bei mir vorbeischauen«, sagte er. »Ich kann euch den Kölner Dom zeigen. Und die Altstadt.«

»Sicher, wieso nicht«, stimmte sie zu, und sie sah, dass er ihr nicht glaubte.

Aber so, wie die Dinge standen, ließ sich daran nun mal nichts ändern.

KAPITEL 11

Das machst du sehr gut«, lobte Tobias das Mädchen.

Hildegard seufzte und ließ ergeben alle Untersuchungen über sich ergehen. Tobias hörte sie ab, maß Puls und Blutdruck, kontrollierte die Pupillenreflexe, leuchtete ihr in die Ohren und den Rachenraum und prüfte sorgfältig die Muskeleigenreflexe. Blut zur Bestimmung der Laborwerte hatte er ihr schon vorher abgenommen. Seine Befragungen, auch die der Mutter, hatten keine Besonderheiten zutage gefördert – keine Aussetzer, keine Zuckungen, keine Stürze.

Dem Kind ging es allem Anschein nach bestens, auch das Röntgenbild war unauffällig gewesen. Das Elektroenzephalogramm hatte keine eindeutigen Ergebnisse erbracht, weshalb der dortige Chefarzt eine Wiederholung nach sechs Monaten empfahl. Dennoch wollte Tobias bis dahin nichts auslassen. Er hatte die Eltern des Mädchens angewiesen, es alle vier Wochen zur Untersuchung vorzustellen.

»Wir sehen uns dann nächsten Monat wieder«, sagte er zu Hildegards Mutter, die neben der Untersuchungsliege stand und darauf wartete, dass er fertig wurde. »Lassen Sie sich von Agnes ruhig schon einen Termin geben.«

Hildegards Mutter wirkte leicht besorgt, aber auch skeptisch. »Honn se was gefonge?«

»Nein, es ist alles in Ordnung.«

»Wieso müsse mer dann doch nochemo komm?«

»Reine Routine. Nur um sicherzugehen, dass es so bleibt.«

Er wollte das Wort *Epilepsie* nicht aussprechen, die Frau nicht damit in Angst und Schrecken versetzen. Hier auf dem Dorf galten Epileptiker vielfach noch als geisteskrank, das Mädchen wäre unweigerlich stigmatisiert. Die Wenigsten wussten, dass das ein dummes Vorurteil war. Epilepsie war eine tückische Krankheit mit vielen Gesichtern und vielen möglichen Ursachen, sie konnte jeden treffen. Und noch war ja gar nicht gesagt, dass sie es bei Hildegard überhaupt damit zu tun hatten. Erst ein weiterer Anfall würde darüber Aufschluss geben, oder aber das nächste Elektroenzephalogramm in ein paar Monaten. Idealerweise stellte sich dabei heraus, dass kein Anlass zur Sorge bestand.

»Passen Sie gut auf Hildegard auf«, sagte Tobias zu der Mutter. Er legte seine ganze Autorität in seine Stimme und wiederholte die Ermahnung, die er schon beim letzten Mal ausgesprochen hatte. »Lassen Sie sie vorläufig nicht klettern und nicht allein schwimmen gehen.«

Die Mutter nickte nur eingeschüchtert und nahm ihre Tochter bei der Hand, bevor sie zu Agnes ins Vorzimmer ging, um sich den nächsten Termin geben zu lassen.

Tobias nutzte die kurze Pause, um im Untersuchungszimmer das Fenster zu öffnen und etwas frische Luft zu tanken. Draußen auf dem Dorfplatz zog eine Flurprozession vorbei, in der Woche vor Christi Himmelfahrt kein seltener Anblick. Dutzende Schulkinder kamen langsam über den Anger, vorneweg der Pfarrer, der unter einem festlichen, von vier Knaben an Stangen hochgehaltenen Baldachin einherschritt. Auch der Junglehrer und Fräulein Meisner waren mit von der Partie, desgleichen etliche Mütter, Väter und Großeltern. Vor einem der mit Blumen und Heiligenbildern geschmückten Außenaltäre sammelten sich alle im Halbkreis und sangen aus voller Brust ein Kirchenlied.

Unwillkürlich hielt Tobias nach Helene Ausschau, aber sie

war nirgends zu sehen; vermutlich steckte sie noch bis über die Ohren in Arbeit, denn wie er wusste, sollte nachher die Versammlung stattfinden, über die schon alle im Dorf sprachen. Die geplante Mittelpunktschule stand im Zentrum von allerlei erbittert ausgefochtenen Meinungsstreitigkeiten, teilweise war deswegen richtiges Gezänk entbrannt. Tante Beatrice war für Tobias wie immer ein Quell detaillierter Informationen, und was er nicht von ihr erfuhr, trugen ihm seine Patienten zu. Es gab kaum etwas zu dem Thema, das ihm noch nicht zu Ohren gekommen war.

Auch Harald Brecht hatte ihn bereits zur Seite genommen und ihm sein Leid geklagt. Der ganze Ärger beginne schon auf ihn persönlich abzufärben, weil er als Bürgermeister die neue Schule befürwortete, statt sie zu verhindern. Wahrscheinlich, so Haralds düstere Prognose, werde bei der nächsten Wahl keine Sau mehr für ihn stimmen.

Es war sommerlich warm an diesem Tag vor Christi Himmelfahrt. Der weite Dorfplatz war in sanftes, rotgoldenes Licht getaucht, ein idyllisches Bild. Die mittelalterliche Kirche mit dem spitzen Turm, die Fachwerkhäuser entlang des Bachlaufs und der im Hintergrund aufragende Hausberg schufen eine malerische Kulisse für den heraufziehenden Abend.

Die Brust wurde Tobias weit bei diesem Anblick. Das war sein Leben, hier gehörte er hin, so wie vor ihm sein Vater und sein Großvater. Die ersten Berufsjahre in Wiesbaden lagen lange zurück, erschienen ihm wie ein Teil einer anderen Welt, und mittlerweile kam es ihm fast so vor, als hätte es diese Zeit nie gegeben. Es hatte eine Weile gedauert, bis er es nach seiner Rückkehr hierher begriffen hatte – er war kein Stadtmensch, würde nie einer werden.

Müßig sah er zu, wie die Prozession sich aufzulösen begann. Keiner hatte es eilig, morgen war ja Feiertag. Die Kinder und die meisten Erwachsenen machten sich auf den Heimweg, einige

Grüppchen strebten zum Gasthaus, andere in Richtung Dorfgemeinschaftshaus, wo besagte Versammlung stattfinden sollte.

Agnes klopfte kurz an und streckte den Kopf ins Zimmer. »Das waren dann alle für heute, Herr Doktor.«

»Wirklich?« Er konnte es kaum glauben und sah auf seine Uhr. Die Sprechzeit war bereits vorbei, aber wie üblich hatten sie nicht pünktlich aufhören können, weil noch kurz vor Praxisschluss Patienten hereingeschneit waren, angefangen vom plötzlichen Migräneanfall über einen kleineren Unfall beim Holzhacken bis hin zum pflichtbewussten Arbeiter aus dem Sägewerk, der unbedingt zuerst die Schicht zu Ende bringen und ausstempeln wollte, bevor er sich wegen seiner Ohrenschmerzen zum Arzt aufgemacht hatte.

Agnes lächelte spitzbübisch. »Heute nur eine Stunde länger, wir machen Fortschritte.«

Zerknirscht blickte er sie an. »Tut mir leid, Agnes, du wirst die Überstunden wohl nie richtig los.«

»Ach, das macht mir überhaupt nichts aus, ich bin gern hier. Ganz ehrlich«, fügte sie hinzu, und ohne Frage meinte sie das auch so. Aber zur Beruhigung seines Gewissens trug es dennoch nicht bei. Dass Agnes lieber hier in der Praxis arbeitete als zu Hause auf dem Hof ihrer Eltern, konnte keine Entschuldigung dafür sein, ihr fortwährend dermaßen viel aufzuhalsen. Auch wenn sie ständig versicherte, dass es ihr nichts ausmache, musste sich auf lange Sicht was ändern.

Auf der anderen Seite profitierte sie kaum davon, wenn er sie zum Abfeiern der Überstunden früher heimschickte und dann den Schreibkram im Vorzimmer selbst erledigte. Dann wurde sie zu Hause nur wieder für alle möglichen zusätzlichen Hilfsdienste eingespannt, weil sie nun mal verfügbar war.

Nicht mal die übertarifliche Bezahlung wirkte sich zu ihrem Vorteil aus, denn sie durfte kaum was davon behalten, weil sie ja noch bei ihren Eltern lebte.

»Herr Doktor«, sagte Agnes zögernd, immer noch zwischen Tür und Angel stehend. »Ich wollte Sie mal was fragen.« Betreten hielt sie inne und schaute zu Boden.

»Nur zu«, ermunterte er sie.

»Meine Mutter – sie ist krank.«

»Was fehlt ihr denn?«

»Keine Ahnung. Sie geht ja nicht zum Arzt. Es könnte alles Mögliche sein.«

»Welche Symptome hast du denn bei ihr beobachtet?«

»Kopfschmerzen. Abgeschlagenheit, Müdigkeit. Sie ist unkonzentriert und schwach und muss sich ständig hinlegen.«

»Tja, das könnte tatsächlich alles Mögliche sein, das hast du richtig erkannt. Und warum will sie nicht mal herkommen?«

»Ich glaube, sie hat Angst, dass es was Ernstes ist. Und ehrlich gesagt, habe ich diese Angst auch allmählich. Mein Vater hat ihr schon ein paarmal gesagt, sie solle doch endlich zu Ihnen gehen, aber sie hat das immer wieder weggewischt. Ich dachte …« Agnes stockte abermals, dann fuhr sie zögernd fort: »Vielleicht können Sie ja mal mit ihr reden. Damit sie sich untersuchen lässt. Vor Ihnen hat sie Respekt.«

»Hm, das wäre aber arg aufdringlich«, gab er zu bedenken. »Im Dorf laufen jede Menge Leute herum, die dringend mal zum Doktor müssten. Eigentlich muss das jeder für sich selbst entscheiden, denn ein Arztbesuch ist eine sehr persönliche Angelegenheit.« Er versuchte, seine Bedenken mit Humor zu verbrämen, damit es nicht so sehr nach einer Zurückweisung klang. »Und außerdem – wenn ich jeden, der es eigentlich nötig hätte, herbitten wollte, würde es hier wie auf dem Rummelplatz zugehen.«

Agnes kicherte. »Das tut's doch eh schon, Herr Doktor.«

Er stimmte in ihr Lachen ein, wurde aber sofort wieder ernst. »Wenn du unbedingt möchtest, dass ich mit ihr rede, dann mach ich das. Aber garantieren, dass sie dann auch kommt, kann ich leider nicht.«

Agnes nickte sichtlich dankbar, und er hatte ein noch schlechteres Gewissen als vorher, denn jetzt wusste er, dass der Druck, unter dem sie stand, sogar noch größer sein musste als angenommen. Wenn Hilde Hahner so oft krankheitsbedingt bei der Arbeit auf dem Hof ausfiel, war Agnes als älteste Tochter zwangsläufig die Leidtragende.

»Ich gebe mein Bestes, sie zu überzeugen«, schob er nach, und die hoffnungsvolle Miene der jungen Frau sagte ihm, dass es die richtige Entscheidung war, ganz egal wie aufdringlich es auch sein mochte.

Agnes machte endlich Feierabend, aber sie trödelte ein bisschen beim Verlassen der Praxis. Verständlicherweise hatte sie es mit dem Heimgehen nicht besonders eilig. Also blieb auch Tobias noch eine Zeit lang da, weil er für gewöhnlich als Letzter ging. Er stand immer noch am offenen Fenster und genoss die Aussicht auf den Anger, der inzwischen fast völlig menschenleer war.

Nur wenige Leute waren noch unterwegs. Die Post und die Bank hatten schon geschlossen, und auch das Kaufhaus würde gleich dichtmachen. Ein paar Kinder spielten drüben am Bach, der den nördlichen Teil des Dorfs durchfloss; ihr fröhliches Kreischen drang zu Tobias herüber. Eine kleine Clique von Teenagern hatte sich beim Brunnen am Rand des Dorfplatzes versammelt; im Dorf hatten die Jugendlichen sonst kaum Möglichkeiten, sich zu treffen. Einer hatte ein Transistorradio dabei, und Tobias konnte trotz der Entfernung hören, welche Musik gerade lief – ein Hit von den Beatles, *I want to hold your hand*, man hörte es andauernd, wenn man das Radio anmachte. Entspannt lauschte er dem Lied ein paar Takte lang.

Seine Blicke folgten dabei einem Mann, der aus dem Gasthaus kam. Er ging zu einem Wagen, der vorm *Goldenen Anker* parkte. Trotz der Wärme trug er Hut und Trenchcoat, man sah auf den ersten Blick, dass er nicht aus Kirchdorf stammte. Dennoch hatte Tobias den Eindruck, ihn von irgendwoher zu kennen, und im nächsten Moment wusste er, dass er richtiglag: Der Mann nahm den Hut ab und zog den Mantel aus, um beides auf die Rückbank des Wagens zu legen. Als er sich wieder aufrichtete, erkannte Tobias sein Gesicht. Es handelte sich um Anselm Feuerbach, den ehemaligen Stasi-Offizier, der Helene damals aus dem Knast geholt und in den Westen geschleust hatte. Einmal war er auch hier in Kirchdorf gewesen, vor drei Jahren, als sie noch Hilfslehrerin an der hiesigen Schule gewesen war. Es hatte einen beängstigenden Grund für sein Erscheinen gegeben – Helene stand unter Beobachtung eines Spitzels, der jeden ihrer Schritte ausspionierte. Feuerbach hatte über irgendwelche alten Kanäle davon erfahren und sie warnen wollen.

Damals war Tobias fast verrückt geworden vor Sorge um sie; man hörte allerlei Geschichten über kommunistische Spionage und rachsüchtige Machenschaften aus dem Osten, angeblich schreckte die Stasi auch in der BRD vor Entführung und Mord nicht zurück. Der Spitzel war ein Lehrer aus ihrem Kollegium gewesen, er hatte sich das Leben genommen, bevor man ihm auf die Schliche gekommen war.

Von jäher Sorge erfüllt, beobachtete Tobias, wie Feuerbach in seinen Wagen stieg, ein gediegener Benz neueren Baujahrs. Alles in ihm drängte danach, dem Mann zu folgen. In seinen eigenen Wagen zu springen und ihm hinterherzufahren, um herauszufinden, weshalb er diesmal hergekommen war. Aber dieser Impuls war natürlich ebenso unvernünftig wie absurd – er brauchte sich ja nur bei Helene danach zu erkundigen, wenn er es unbedingt wissen wollte. Wobei er sich allerdings fragte, ob das wirklich eine gute Idee wäre. Streng genommen war es allein ihre Angelegenheit, die ihn nichts mehr anging. Sie hatte ihm ganz klar signalisiert, dass sie den Kuss von neulich als Ausrutscher betrachtete, der sich nicht wiederholen würde. Wann auch immer sie einander seither begegnet waren, hatte sie zwar freundlich, aber distanziert reagiert. Er hatte die Botschaft verstanden: In ihrem Leben gab es für ihn keinen Platz mehr.

Dennoch änderte diese Einsicht nichts an der nagenden Angst um sie. Das plötzliche Auftauchen dieses Mannes hatte womöglich denselben Grund wie damals. Die Vorstellung, dass Helene sich vielleicht erneut in Gefahr befand, war unerträglich. Beunruhigt sah Tobias dem wegfahrenden Auto nach, bis es um die nächste Ecke bog und außer Sicht geriet. Unschlüssig blieb er ein paar Sekunden lang stehen, überlegte hin und her. Doch im Grunde stand sein Entschluss schon fest, bevor er richtig angefangen hatte, darüber nachzudenken. Er musste sich Gewissheit verschaffen, und zwar schnellstmöglich.

*

Der Versammlungssaal des Dorfgemeinschaftshauses hatte sich nach und nach gefüllt; es waren weit mehr Besucher gekommen, als Helene erwartet hatte. Mit den meisten hatte sie vorher überhaupt nicht gesprochen – diejenigen, die sie persönlich zu der Aussprache eingeladen hatte, stellten lediglich einen kleineren Teil der Anwesenden. Das Interesse an der neuen Schule musste entsprechend groß sein, es kam ihr fast vor, als sei das halbe Dorf erschienen, von Bauern über ansässige Handwerker bis hin zu hochbetagten Senioren.

Sie konnte sich denken, was – oder genauer: wer – zu diesem Auftrieb geführt hatte. Die massige Gestalt des Pfarrers dräute an einem der langen Tische, flankiert von etlichen Damen des Landfrauenvereins und diversen Mitgliedern des Gemeinderats. In seiner schwarzen Soutane wirkte er wie ein lebendes Mahnmal, seine ganze Haltung ein einziges Zeichen aufrechter Verweigerung.

Helene war am vergangenen Sonntag wieder nicht in der Kirche gewesen (sie würde dafür morgen an Christi Himmelfahrt die Messe besuchen; einmal die Woche reichte aus ihrer Sicht völlig), aber dank Omchen Else wusste sie, dass der Pfarrer sich wieder in Lobpreisungen über die schöne alte Schule ergangen und alle Gläubigen aufgefordert hatte, sich energisch gegen die brutale Wegrationalisierung – so hatte er es tatsächlich genannt – zur Wehr zu setzen. Eine Menge Gemeindemitglieder schienen diesem Aufruf gefolgt zu sein, es kamen immer noch welche herein.

Zum Glück war der Saal groß genug, auch wenn am Ende vielleicht nicht jeder einen Sitzplatz bekam. Harald Brecht hatte bei der Planung und beim Bau des Dorfgemeinschaftshauses sehr auf die passenden Dimensionen geachtet, wie er selbst es einmal Helene gegenüber in der ihm eigenen Mischung aus jungenhafter Wichtigtuerei und verschämtem Stolz erwähnt hatte. Im Augenblick wünschte sie sich nur, dass er diesen Planungseifer auch für die neue Schule an den Tag legte, worauf aktuell jedoch nichts hindeutete. Er saß mit den beiden Ortsvorstehern der Nachbardörfer an einem der hinteren Tische, ganz unauffällig am Rand, als wollte er von vornherein nicht zu viel Aufmerksamkeit auf sich ziehen.

Helene nahm es mit wachsender Verzagtheit zur Kenntnis. Auch die ablehnende Haltung der Lehrerschaft an den Zwergschulen hatte sie bisher nicht aufweichen können, ebenso wenig wie in ihrem eigenen Kollegium.

Fräulein Meisner jammerte in einer Tour, dass die Zusammenlegung der Schulen ihr garantiert gesundheitlich den Rest geben würde. Herr Queck hatte angedeutet, dass er sich versetzen lassen wolle; unmittelbar davor hatte er sich bei Helene erkundigt, ob wirklich *alle* Lehrkräfte der Zwergschulen nach Kirchdorf kommen sollten, womit er wohl auf die junge Kollegin abzielte, der er allem Anschein nach auf schlimme Weise das Herz gebrochen hatte. Frau Hackeberg hatte Helene einen von ihr selbst erstellten Stundenplan überreicht und erklärt, außerhalb dieser festgelegten Zeiten künftig keinerlei Handarbeitsunterricht erteilen zu können, komme, was wolle.

Nur Junglehrer Borstel schien nach seinen anfänglichen Bedenken der neuen Schule mittlerweile ein wenig aufgeschlossener gegenüberzustehen; zumindest beschwerte er sich nicht dauernd über irgendwelche unzumutbaren Veränderungen. Er saß mit sauber gescheiteltem Haar und in seinem Sonntagsanzug am selben Tisch wie Helene und wartete mit brav verschränkten Händen darauf, dass sie die Sitzung eröffnete. Neben ihm hatte der vom Schulamt entsandte juristische Assessor Platz genommen, der kaum älter wirkte als Herr Borstel. Sogar äußerlich ähnelten die beiden einander; auch der Assessor hatte sein Haar für den heutigen Anlass sorgfältig gestriegelt, und seine Hände waren auf dieselbe ordentliche Weise verschränkt.

Helene räusperte sich und warf einen Blick auf ihre Armbanduhr. Sie sollte wohl endlich anfangen. Je eher sie sich in die Schlacht stürzte, umso besser konnte sie das albtraumhafte Gespräch mit Anselm verdrängen, wenigstens für die Dauer dieser Sitzung.

Das Stimmengewirr steigerte sich, die Leute unterhielten sich mittlerweile bereits kreuz und quer durch den ganzen Saal. Einer der Männer rief launig nach Bier, ein anderer wollte lieber einen ordentlichen Schnaps, ein dritter zündete sich eine Pfeife an, was ihm entrüstete Proteste der neben ihm sitzenden Frau Hackeberg eintrug.

Helene schloss kurz die Augen, um sich zu sammeln und um sich die einleitenden Sätze ins Gedächtnis zu rufen, die sie sich vorher ebenso zurechtgelegt hatte wie sämtliche Argumente, die für die Mittelschule sprachen. Auch wenn sie nicht besonders gläubig war, schickte sie in diesem Moment ein Stoßgebet nach oben: Lieber Gott, bitte mach, dass es schon vorbei ist!

Grundgütiger, was tat sie überhaupt hier? Wie war sie bloß in diese Situation geraten? Warum um alles in der Welt hatte sie unbedingt Lehrerin sein wollen? Kein Mensch konnte den Beruf leiden, dafür erinnerten sich alle noch viel zu gut an die Pauker aus ihrer eigenen Kindheit. Die netteren, sanfteren von denen vergaß man, deren Gesichter verblassten im Laufe der Jahre. Aber die widerwärtigen, sadistischen, die blieben für immer im Gedächtnis.

Niemand fand rückblickend seine Schulzeit schön, gewiss auch nicht der Herr Pfarrer; Schule – damit assoziierte jeder das gleiche: Lehrerwut am Pult, in der Ecke stehen, Kopfnüsse, furchtbares Kreidequietschen auf der Tafel, verkleckste Hefte, Strafarbeiten, Hänseleien vom Klassenrüpel, Prügel und Tritte auf dem Schulhof, stinkende, eiskalte Klosetts, restlos zerfledderte Schulbücher (deren desolater Zustand einem am Ende des Schuljahrs auch noch angelastet wurde), scheußlich zugige Klassenzimmer, vergessene Hausaufgaben, ungerechte Noten.

Wer war sie eigentlich, dass sie glaubte, den Kindern was anderes hinterlassen zu können? Krankenschwester hätte sie lernen sollen, die wurden wenigstens geachtet! Und vor allem mussten die nicht schätzungsweise hundertfünfzig Holzköpfen erklären, wozu ihr Dorf eine bessere Schule brauchte.

Neben ihr hustete jemand, und notgedrungen konzentrierte Helene sich wieder auf das Wesentliche. Sie holte tief Luft und setzte zur Begrüßung aller Anwesenden an, als sich unerwartet die Tür des Saals öffnete und ein letzter Besucher hereinkam. Es war Tobias.

Der vorformulierte Satz erstarb Helene auf den Lippen, begleitet von einem erstickten Laut der Überraschung. Sie konnte Tobias nur anstarren. Was hatte er denn hier verloren? Die neue Schule konnte ihm doch völlig egal sein, sein Sohn ging mittlerweile aufs Gymnasium, und vom Pfarrer hatte er sich bestimmt nicht aufwiegeln lassen.

Der eindringliche Blick, mit dem er sie musterte, machte sie unendlich nervös, sie musste sich zusammennehmen, um nach dem missglückten Start von vorn anfangen zu können.

Mit einem strahlenden, wenngleich gekünstelten Lächeln wandte sie sich erneut an die Runde. »Liebe Besucher, ich begrüße Sie ganz herzlich und freue mich sehr, dass Sie heute so zahlreich zu dieser Informationsveranstaltung erschienen sind!« Sie hatte der ursprünglich als Aussprache geplanten Versammlung kurzerhand eine neue Bezeichnung verpasst. Wäre wie erwartet nur ein Dutzend Teilnehmer erschienen, hätte man alle zu Wort kommen lassen können, aber bei zehnmal so vielen Leuten würde das schlecht funktionieren. »Wir haben uns heute hier versammelt, um mehr über die neue Schule zu erfahren. Denn sie geht uns alle an, jeden von uns.«

Das *Wir* und das *Uns* zu betonen, war wichtig, es war in jedem Fall besser als ein isoliertes *Ich*. Gemeinschaft war Trumpf. Ein *Wir* vermittelte Solidarität, Geschlossenheit, Einigkeit. Eine Zusammenkunft auf Augenhöhe, es existierte keine Über- und Unterordnung, sondern nur Respekt und Gleichberechtigung.

Eine profunde theoretische Erkenntnis, die sie aus dem pädagogischen Aufbaustudium mitgenommen hatte.

Hier schien es allerdings nicht richtig zu verfangen. Der Geräuschpegel im Raum war nach wie vor viel zu hoch. Die Leute unterhielten sich immer noch miteinander, kaum einer hatte ihr zugehört. Ein wenig hilflos nahm Helene es zur Kenntnis. In der Klasse hätte sie kein Problem damit gehabt, diesen Radau abzustellen, aber sie konnte ja hier nicht einfach mit dem Zeigestock auf den Tisch hauen, auch wenn sie zufällig einen mitgebracht hatte, um anhand eines bereits hinter ihr an der Wand aufgehängten Schaubilds die Aufteilung der Mittelpunktschule zu erläutern.

Sie klopfte mit den Fingerknöcheln auf den Tisch, aber auch

das entfaltete keine Wirkung, selbst dann nicht, als sie mit aller Kraft klopfte. Mehr ging nicht, es tat schon weh.

Herr Borstel und der neben ihm sitzende Assessor beobachteten ihre vergeblichen Bemühungen teils mitleidig, teils peinlich berührt.

Kollege Queck, der Schönling vom Dienst, kam ihr unerwartet zu Hilfe. Er sprang von seinem Stuhl auf und hob beide Arme in die Luft. Es sah aus, als hätte sich ein olympischer Recke in Siegerpose zum Empfang der Goldmedaille aufgestellt.

»Herrschaften!«, tönte er mit Stentorstimme. »Ein bisschen Silenzium, wenn ich bitten darf! Unsere verehrte Rektorin hat das Wort ergriffen, und jetzt wäre es ein Gebot der Höflichkeit, diese schöne und kluge Frau anzuhören!« Er wackelte schelmisch mit dem Zeigefinger. »Sonst stellt sie zur Strafe noch jemanden in die Ecke!«

Auf der Stelle hatte er die Aufmerksamkeit aller Anwesenden. Die Männer lachten beifällig, die Frauen musterten ihn hingerissen. Nur eine, die ganz am Rand saß – es war die junge Lehrerin, mit der er mal was gehabt hatte –, stand abrupt auf und lief mit gesenktem Kopf aus dem Saal. Er blickte ihr achselzuckend nach und sah sich noch einmal Beifall heischend nach allen Seiten um, bevor er sich wieder hinsetzte.

Helene verfluchte ihn stumm. Sie spürte, dass sie glühend rot angelaufen war. In dem Bemühen, die Fassung zu bewahren, griff sie nach dem Wasserglas, das vor ihr auf dem Tisch stand. Dabei stieß sie versehentlich gegen den Zeigestock, der daraufhin über die Tischkante rollte und mit einem Knall auf dem Fußboden landete. Instinktiv bückte sie sich, um ihn aufzuheben, was ein weiteres Malheur auslöste – sie warf dabei das Glas runter, das in tausend Scherben zersprang. Das Wasser spritzte hoch und traf sie im Gesicht, ehe sie sich wieder aufrichten konnte. Es war ein erstaunlich großer Schwall, und sie konnte gleichsam fühlen, wie sich ihr sorgsam aufgetragenes Mascara in feuchten Schlieren von den Wimpern löste und rund um die Augen verschmiert hängen blieb.

Und dann passierte genau was, was zu erwarten war – die Leute lachten sich scheckig.

Hätte sie sich doch nur in Luft auflösen können! Sie kam sich vor wie an ihrem ersten Unterrichtstag in Ostberlin, damals hatte sie in einer achten Klasse Mathe gegeben. Sie voller enthusiastischem Eifer an der Tafel, und in den Bankreihen lauter Teenager irgendwo zwischen Kindheit und Pubertät, die hauptsächlich Blödsinn im Kopf gehabt hatten. Im Klassenzimmer war es in der kleinen Pause zu einem Gedränge rund ums Lehrerpult gekommen; erst später hatte sie begriffen, dass sich ein paar der Halbwüchsigen eigens zu diesem Zweck zusammengetan hatten. Einer von denen hatte ihr einen Zettel auf den Rücken geklebt, und sie war stundenlang damit herumgelaufen, weil sie es nicht bemerkt hatte.

Eine obszöne sexuelle Aufforderung hatte auf dem Blatt gestanden, in fetten Großbuchstaben, die man schon von Weitem lesen konnte. Die halbe Schule hatte sich darüber amüsiert, bis endlich einer der Kollegen es mitbekam und sie von dem Ding befreite. Vor Scham und Demütigung hätte sie im Boden versinken mögen; sie hatte Wochen gebraucht, um der Klasse wieder unbefangen gegenübertreten zu können.

Genauso fühlte sie sich heute. Nur mit dem entscheidenden Unterschied, dass sie sich nicht mehr davon aus der Bahn werfen ließ. So viel war seither geschehen, sie hatte ganz andere Dinge durchgemacht. Hatte eine Zeit voller Vernichtungsangst überstanden, nur getragen von dem Wunsch, um ihres Kindes willen zu überleben. Dagegen waren solche Vorfälle wie eben doch ein Klacks. Eigentlich sollte sie zusammen mit den anderen darüber lachen.

Und genau das tat sie auch, denn es war wirklich und wahrhaftig saukomisch. Zuerst kicherte sie, dann prustete sie laut heraus, und schließlich legte sie den Kopf in den Nacken und lachte schallend, bis ihr davon die Seiten wehtaten. Das Gelächter der anderen kam wie ein Echo zurück und hüllte sie ein. Der ganze Raum vibrierte förmlich davon, und da war es auf einmal: das Wir-Gefühl. Plötzlich wusste sie, dass sie nicht aufgeben durfte. Wie viele Steine man ihr auch in den Weg legen mochte – sie würde verdammt noch mal um diese neue Schule kämpfen. Kämpfen, das hatte sie gelernt, egal wie schwach und klein sie sich manchmal fühlte. Und manche Kämpfe fingen nun mal damit an, dass man über sich selbst lachen konnte.

Vage wunderte sie sich, weil auf einmal Tobias mit einem Papierkorb unterm Arm direkt neben ihr stand und die Glasscherben aufsammelte; offenbar hatte er die Situation rund um ihr Missgeschick so gedeutet, dass sie dringend seinen Beistand benötigte. So war er eben, ein Retter, wie er im Buche stand. Er warf die Scherben in den Mülleimer und wandte sich dann zu ihr um.

Einen Moment lang trafen sich ihre Blicke, und da erkannte sie noch etwas: Sie brauchte ihn. Viel mehr, als sie sich bisher hatte eingestehen wollen.

»Ich muss nachher dringend mit dir reden«, sagte er leise.

Sie nickte überrumpelt, denn sie nahm seine Unruhe wahr. Doch er hatte sich bereits abgewandt und war wieder zu seinem Platz zurückgekehrt.

Helene straffte sich. Bevor die Anwesenden auf die Idee kommen konnten, wieder lautstarke Unterhaltungen in Gang zu bringen, ergriff sie den Zeigestock und baute sich vor dem Schaubild auf. »Hier sehen wir eine zeichnerische Darstellung von der Aufteilung unserer neuen Schule. Die einzelnen Jahrgangsstufen haben wir hier, und dazu eine Tabelle der Klassenstärken sowie daneben eine der jeweiligen Fächer ...«

Während sie ausführlich und unter Einsatz des Zeigestocks den Aufbau der geplanten Mittelpunktschule erläuterte, trafen sich ihre und Tobias' Blicke erneut, und zu ihrer Verwunderung merkte sie, dass seine bloße Gegenwart ihr eine eigentümliche Sicherheit verlieh. Sie hatte keine Ahnung, was er Dringendes mit ihr zu besprechen hatte, aber sie hatte in aller Deutlichkeit wahrgenommen, dass sich vorhin etwas zwischen ihnen verändert hatte. Sie hatte es in seinen Augen gesehen und bei sich selbst gespürt, auch wenn sie kurz überlegen musste, was es damit auf sich hatte: Es war ein Gefühl von Hoffnung.

Teil 3

KAPITEL 12

Zu ihrer Enttäuschung gelang es ihr an diesem Abend nicht, alle Anwesenden von der Notwendigkeit der neuen Schule zu überzeugen. Zwar lauschten alle mehr oder weniger aufmerksam ihren Erklärungen zu den organisatorischen Aspekten, aber als sie bei ihrem Vortrag zu dem Teil gelangte, mit dem sie den verbesserten Bildungsstandard anpreisen wollte, kamen auch schon die ersten Zwischenrufe.

»Mir senn aa of die oll Schul gegange!«, rief Hannelore Schäfer. »Senn mir vileicht desweche dömmer?« Sie zeigte auf Tobias. »Där he hot sogar studiert!«

»Das hab ich auch«, mischte sich der Pfarrer ein. »Und ich war ebenfalls auf der Schule.«

»Ich bin auch Akademiker und war auf der Schule«, erklärte Hanno Wiedeholz, der Apotheker. Er warf Helene einen entschuldigenden Blick zu, als müsse er sich dafür rechtfertigen.

»Bilden Sie sich mal bloß nicht so viel darauf ein!«, meldete sich Frau Hackebrecht. Sie wirkte aufrichtig empört. »Muss man etwa studiert haben, um was zu gelten? Ich war auch auf der Schule und habe einen ehrenwerten Beruf erlernt!« Triumphierend sah sie sich um. »Ich unterrichte heute sogar selber!«

»Wir wollen auch nicht vergessen, wie viele Erinnerungen an unserer schönen alten Schule hängen«, flocht der Pfarrer zusammenhanglos ein. »Wie viele Generationen von Kindern in diesem Gebäude den Ernst des Lebens kennengelernt haben!«

Damit schien er allerdings keinen vom Hocker zu reißen, niemand fühlte sich berufen, ihm zuzustimmen, man sah nicht mal ein Nicken.

Der Rektor der Grabenhausener Volksschule nutzte den kurzen Moment der Stille, um sich zu Wort zu melden. Er erhob sich und legte in langen, umständlichen Sätzen dar, dass er seit fünfundzwanzig Jahren Lehrer und seit fünfzehn Jahren Rektor sei, und wie man es sich denn überhaupt vorstelle, ihm seine in endlosen, aufopferungsvollen Dienstjahren erworbenen Kompetenzen wegzunehmen?

Das wiederum schien erst recht keinen zu interessieren, nicht einmal den vom Schulamt geschickten Assessor, der stumm den Kopf einzog, als Helene ihm ein Zeichen gab, sich dazu zu äußern.

Weit wichtiger schien für die Anwesenden die Frage zu sein, wie die vielen Kinder aus den umliegenden Ortschaften überhaupt nach Kirchdorf kommen sollten, etwa zu Fuß? Bei Wind und Wetter?

Zumindest in dem Punkt konnte Helene für Entwarnung sorgen: Der örtliche Beförderungsdienst sei schon vom Schulamt in die Planungen eingebunden worden und werde jeweils morgens und mittags Busse bereitstellen.

Diese Erklärung trug jedoch kaum dazu bei, die vorherrschende Missbilligung zu beseitigen.

»Dos wird sowieso nüscht«, warf Hannelore Schäfer in unüberhörbarer Lautstärke ein. »Im Weinder blänn die doch eh stäcke!«

»Un außerdem es für so ville Keng goar känn Platz do, unser Schul is sowieso scho vill zu kläa«, rief ein anderer. »Bo sonn die dä oll hie?«

Helene seufzte innerlich. Der Zwischenrufer hatte den Finger in eine offene Wunde gelegt. Die fehlenden Räumlichkeiten waren die Krux an der ganzen Sache. Und zugleich ein Punkt, zu dem Helene eigentlich erst später kommen wollte, und zwar erst, nachdem sie die Leute vom Sinn und Nutzen des Projekts überzeugt und alle dafür eingenommen hatte. Zur Unterbringung der Schüler hatte sie sich durchaus Gedanken gemacht, und bis auf Weiteres gab es dafür aktuell nur eine Lösung: Die Klassen mussten in mehreren Gebäuden untergebracht werden, am besten verteilt nach Unter-, Mittel- und Oberstufe. Die Entfernung zwischen den Gebäuden durfte nicht zu groß sein, damit die Lehrer während der Pausen jeweils schnell von hier nach da wechseln konnten; auch die Außenanlagen sollten idealerweise gemeinsam genutzt werden können, etwa der Schulhof sowie der Schulgarten, der für die Fächer Heimatkunde und Biologie angelegt worden war, ferner die Schülertoiletten im Nebenhaus (hier würde man wohl noch einen provisorischen Anbau mit weiteren Toiletten erstellen müssen) und schließlich die Wiese für den Sportunterricht.

Es gab nur ein Gebäude, das all diese Kriterien erfüllte: das Dorfgemeinschaftshaus. Es lag direkt neben der Schule.

Und es hatte keinen Sinn, darum herumzureden oder zu warten, bis sich diese Frage von allein klärte. Diesmal sorgte Helene energischer für Ruhe. Sie klopfte mit dem Zeigestock auf den Tisch, um das einsetzende Stimmengewirr zu dämpfen und ihre Vorstellungen darzulegen.

Wie befürchtet, rief sie damit einen Sturm der Entrüstung hervor. Alles tönte durcheinander. Die Landfrauen echauffierten sich über den Vorschlag, ihre Treffen einstweilen in den *Goldenen Anker* und die Nähstube in ein Hinterzimmer des Spritzenhauses zu verlagern. Der Vorsitzende des Elferrats wandte sich entschieden gegen die Idee, den großen Saal, in dem gerade alle saßen, mithilfe von Trennwänden in Klassenräume zu verwandeln – schließlich fanden hier doch immer die Faschingsfeiern statt! Die konnte man unmöglich auch noch in den *Goldenen Anker* verlegen! Dann würde die Martha Exner dem Karnevalsverein bloß jede Menge Geld für lauwarmes Bier und trockene Semmeln aus der Tasche ziehen!

Die Wirtin vom *Goldenen Anker* schlug wutentbrannt auf den Tisch, als sie das hörte. »Du oller Gietzhaals! Bann dir mei Bier un mei Ässe net schmäcke, brouchst du goar net mee zu komme! Un bos is wichtiger, he? De Fasching oder unsere Keng?«

Ihr kriegsversehrter Vater Albert pflichtete ihr lautstark bei. »Bem Suffe vorndro, ebber die Keng sonn domm blie! Dos hättste wohl gern, du Nüschtdaucher!«

Andere äußerten sich ebenfalls dazu, manche zustimmend, andere ablehnend.

Und schon hatten sich zwei Lager gebildet, von denen das eine die Unantastbarkeit des Dorfgemeinschaftshauses verteidigte und das andere eine bessere Schulbildung für die Kinder. Verblüfft verfolgte Helene die hin und her wogende Diskussion. Anscheinend waren die Vorbehalte gegen die neue Schule unversehens der Streitfrage gewichen, wo diese am besten unterzubringen war.

Handelte es sich dabei nun um einen Fortschritt oder lediglich um einen Nebenkriegsschauplatz? Sie war sich nicht sicher. Aber dann bemerkte sie das versteckte Grinsen in Harald Brechts Gesicht – er sah ziemlich zufrieden aus, und in einem unbeobachteten Moment zwinkerte er ihr sogar zu. Da erkannte sie, dass er auf seine Art durchaus Stellung bezogen hatte, auch wenn er sich bislang überhaupt nicht zu Wort gemeldet hatte. Immerhin hätte er als Bürgermeister ebenfalls darauf beharren können, das Dorfgemeinschaftshaus in Ruhe zu lassen, schließlich befand sich darin auch sein Amtszimmer, und im großen Saal wurden regelmäßig die Ratssitzungen abgehalten, denen er vorsaß. Doch auch von den Mitgliedern des Gemeinderats hatte niemand Einspruch erhoben, was den Schluss nahelegte, dass Harald eine Devise dazu ausgegeben hatte. Etwa von der

Art, Helene erst mal machen zu lassen und dann weiterzusehen. Das würde auch zu der eher indifferenten Haltung passen, die er bisher an den Tag gelegt hatte.

Natürlich hatte Helene bereits vor diesem Abend das Gespräch mit ihm gesucht, aber er hatte sie im Vorfeld mehrmals abgewimmelt. Anscheinend war das seine Taktik, das Problem zu umschiffen – indem er die Notwendigkeit, sich deswegen unbeliebt zu machen, einstweilen ihr zuschusterte. Aber gleichzeitig im Hintergrund dafür sorgte, dass ihr wenigstens von amtlicher Seite keine Steine in den Weg gelegt wurden.

Die Veranstaltung ging nach knapp zweistündiger Dauer ergebnislos zu Ende, doch Helene hatte gar nicht vorgehabt, irgendwelche Beschlüsse herbeizuführen, dazu war sie sowieso nicht befugt. Sie schloss die Versammlung mit der freundlichen Ankündigung, weiter nach praktikablen Lösungen zu suchen und sich darüber regelmäßig mit allen Betroffenen auszutauschen.

Vorn an der Tür wartete Tobias auf sie. Die Leute, die nach und nach den Saal verließen, beäugten ihn ausgiebig. Zweifellos fragte sich jeder, was er hier verloren hatte.

Ihre Miene spiegelte wohl ihre Anspannung wider, denn als sie endlich so weit war, ebenfalls aufzubrechen, blickte Tobias ihr mitfühlend entgegen.

»Das war ziemlich aufreibend, oder? Meine Güte, das ging ja wirklich hoch her! Aber du hast dich wacker geschlagen. Soll ich dir tragen helfen?«

Helene hatte das zusammengerollte Schaubild und den Zeigestock unterm Arm und in der anderen Hand die Aktentasche. Tobias nahm ihr umstandslos die Tasche ab und wog sie in der Hand.

»Was hast du da drin? Ziegelsteine?«

»Nein, bloß Hefte. Morgen ist ja keine Schule, das werde ich ausnutzen, um Diktate und Mathearbeiten zu korrigieren.«

»Andere Leute haben an Christi Himmelfahrt frei.«

»Sagt der Mann, der ständig nachts und sonntags rausgeklingelt wird«, erwiderte sie leicht belustigt.

Tobias verzog das Gesicht. »Da sagst du was. Aber an manche Dinge gewöhnt man sich halt.«

»Du wolltest mit mir sprechen?«, erkundigte sie sich. Eine plötzliche Befangenheit hatte sie erfasst. Ihr Gefühl von vorhin, als sie einander auf diese besondere Weise angesehen hatten, kam mit Macht zurück. Auf einmal schien nichts anderes mehr wichtig zu sein.

»Lass uns erst mal rausgehen«, meinte er. »Hier drin spannen mir zu viele Leute die Ohren auf.«

Im Foyer des Gebäudes herrschte dichtes Gedränge. Ein Teil der Besucher war schon gegangen, aber es standen immer noch einige eifrig palavernde Grüppchen herum. Doch man sprach nicht etwa über die neue Schule – die Männer unterhielten sich über Fußball, die Frauen über Mode und Frisuren. Helene bekam es im Vorbeigehen mit und fragte sich nicht zum ersten Mal mit einer gewissen Verdrossenheit, ob sich an dieser starren Interessenverteilung wohl jemals was ändern würde.

Beim Ausgang trafen sie auf den Bürgermeister, der in leutseliger Manier die Leute mit Handschlag verabschiedete und allen einen schönen Abend wünschte.

»Ach, Helene, wie gut, dass ich dich noch sehe«, meinte er.

»Du hast mich den ganzen Abend gesehen«, gab sie zurück. Den ironischen Seitenhieb konnte sie sich nicht verkneifen.

»Stimmt. Aber da konnte ich dir nicht *das* hier geben.« Mit feierlicher Gebärde überreichte er ihr einen Schlüsselbund. »Bitte sehr.«

Verdattert betrachtete sie die Schlüssel. »Ist die Wohnung im Lehrerhaus etwa schon fertig?«

»Fertig und beziehbar. Du kannst heute Abend rein, wenn du willst.«

Die Überraschung war ihm gelungen. Eine fast kindliche Freude erfüllte sie. Endlich eine eigene Wohnung! Mit einem Bad und einer Küche, die sie nicht mit anderen Menschen teilen musste – und dazu ein großes Kinderzimmer für Marie! Endlich ein Alltag ohne Omchen Elses bärbeißige Bemerkungen und ohne die ewige Leidensmiene von Christa. Ihr Vater hatte sein Haus wieder für sich, keiner musste mehr das Gefühl haben, irgendwem auf die Füße zu treten.

»Danke«, sagte sie aus tiefstem Herzen zu Harald.

»Aber gern doch. Sag Bescheid, wenn du Hilfe beim Umzug brauchst, ich kann das organisieren.«

Ihr lag auf der Zunge, dass diese Hilfsbereitschaft auch für die neue Schule gelegen käme, aber hinter ihnen drängten bereits weitere Besucher ins Freie. Helene und Tobias verabschiedeten sich von Harald Brecht und gingen hinaus.

»Willst du dir dein neues Zuhause gleich ansehen?«, fragte Tobias sie. »Dann können wir unterwegs reden.«

Dagegen war nichts einzuwenden. Helene brannte tatsächlich darauf, das Ergebnis der Sanierung in Augenschein zu nehmen. Harald Brecht hatte angekündigt, die Hauptwohnung im Lehrerhaus komplett modernisieren zu lassen, vom Bad über die Küche bis hin zu den Türen, Wänden und Bodenbelägen.

Unterwegs kam Tobias ohne Umschweife zur Sache. »Ich habe vorhin diesen Anselm Feuerbach gesehen. Er kam gerade aus dem Gasthaus … Seitdem mache ich mir große Sorgen um dich. Immerhin war der Anlass seines damaligen Besuchs kein guter.«

»Das war er auch diesmal nicht.«

Tobias wirkte geschockt. »Wirst du wieder bespitzelt?«

»Nein, das zum Glück nicht. Es ging um den Tod meines Mannes.«

Bis zum Lehrerhaus waren es nur noch ein paar Schritte, sie waren fast da. Helene zögerte, aber dann sagte sie kurz entschlossen: »Komm doch eben mit rein, ich mag nicht hier draußen darüber reden.«

Die Leute würden sich natürlich wieder die Mäuler zerreißen, wenn sie ihn mit in die Wohnung nahm, aber das würde nicht viel ändern. Gründe für neue Gerüchte gab es ohnehin schon mehr als genug, dafür hatte er bereits mit seinem Auftauchen auf der Versammlung gesorgt.

Der Schlüssel für die Wohnungstür war noch etwas schwergängig; Schloss und Tür waren funkelnagelneu. In der Wohnung hing der Geruch nach frischer Farbe und neuen Tapeten. Der erste Eindruck war überwältigend – die Zimmer wirkten viel größer als vorher, zum einen, weil noch keine Möbel drinstanden, zum anderen, weil alles in anheimelnd hellen Tönen gehalten war. Cremefarben gestrichene Raufasertapeten, helle Bodendielen, frisch lackierte Fensterrahmen, neue weiße Türen – Helene sah sich begeistert um.

»Da hat unser Bürgermeister aber weder Kosten noch Mühen gescheut«, kommentierte Tobias. Forschend blickte er Helene an, ehe er die vorangegangene Unterhaltung wieder aufgriff. »Was ist mit deinem Mann passiert? Du hattest ja bereits vermutet, dass er umgebracht wurde. Anselm Feuerbach hat dir das heute bestätigt, oder?«

Tobias hatte schon immer ein gutes Gespür für die richtigen Zusammenhänge gehabt. Helene nickte schweigend. Ihre spontane Freude über die schöne neue Wohnung war schlagartig erloschen, sie konnte nur noch an das schreckliche Dokument in ihrer Aktentasche denken. In ihren Augen sammelten sich Tränen.

Tobias nahm ihr das zusammengerollte Schaubild und den Zeichenstock weg und stellte beides in einer Ecke der Diele ab. Sanft zog er sie in seine Arme.

Für den Bruchteil einer Sekunde versteifte sie sich, aber dann ließ sie ihren Kopf gegen seine Schulter sinken und schluchzte ihren Kummer heraus. Nach dem Gespräch mit Anselm war sie sicher gewesen, keine Tränen mehr zu haben, doch sie hatte sich geirrt.

»Man hat ihm in den Kopf geschossen!« Ihre Stimme bebte, sie brachte die Worte kaum über die Lippen.

»Oh Gott«, murmelte er erschüttert. »Mein armes Mädchen!«

Sie weinte in seinen Armen, während er ihr übers Haar strich, bis sie sich beruhigt hatte. Seine Nähe war unerwartet trostreich, und zum ersten Mal seit Langem fühlte sie sich beschützt und gehalten. Wie eine andere, weniger ängstliche Version ihrer selbst. Niemand sonst konnte ihr diese Empfindung vermitteln, nicht mal ihr Vater, der alles tat, damit sie sich sicher fühlte. Doch dieses besondere Gefühl von Geborgenheit gab ihr nur Tobias. Ihr wurde bewusst, wie sehr sie das vermisst hatte. Wie sehr sie *ihn* vermisst hatte.

Aber im nächsten Moment ließ er sie los und trat einen Schritt zurück. »Wenn ich dir in irgendeiner Weise helfen kann – du weißt, dass du jederzeit auf mich zählen kannst, Helene.«

Sie nickte ein wenig betreten und versuchte, sich nicht anmerken zu lassen, dass sie sich zurückgewiesen fühlte. Dabei war das völlig absurd; es war nur logisch, dass er keinen neuen Annäherungsversuch unternahm – sie hatte nach dem nächtlichen Kuss in seiner Praxis ja alles darangesetzt, um ihn von sich fernzuhalten, denn sie wusste nur allzu genau, wo das sonst endete. Sie würden sich Hals über Kopf in eine neue Affäre stürzen. An Lust und Leidenschaft hatte es nie zwischen ihnen gemangelt, es fehlte nur ein kleiner Funke, um dieses Feuer wieder zu entfachen. Daneben gab es allerdings den leidigen Alltag. Und unerfüllbare Träume von einer Zukunft, bei der sie nicht auf denselben Nenner kamen. Es würde alles nur wieder darauf hinauslaufen, dass sie über dieselben Hindernisse stolperten wie schon einmal.

»Alles in Ordnung?«, vergewisserte er sich behutsam. »Geht's wieder?«

»Ja, keine Sorge. Es war nur … Heute Nachmittag, als Anselm mir davon erzählt hat, ist einfach alles noch mal hochgekommen, und gerade eben auch wieder. Tut mir leid, dass ich dich vollgeheult habe.«

»Spinnst du? Helene, das ist doch völlig normal. Das, was du mitgemacht hast, lässt sich nicht so einfach abstreifen. Vielleicht sogar nie.«

Sie konnte nur stumm und ergeben nicken. Wie sollte sie das alles auch je vergessen? Es würde immer ein Teil ihres Lebens bleiben, egal wie alt sie wurde.

»Ich bring dich noch nach Hause«, sagte Tobias. »Also ich meine – heim zu deinem Vater.«

Sie wollte schon dankend ablehnen, aber er hatte bereits die Aktentasche aufgehoben und nahm auch die Papierrolle und den Zeigestock an sich. Als sie die Wohnung verließen, lief ihnen im Hausflur Fräulein Meisner über den Weg, die ebenfalls an der Versammlung teilgenommen, aber keinen Mucks gesagt hatte.

»Gefällt Ihnen die Wohnung?«, erkundigte Fräulein Meisner sich nach einer kurzen Begrüßung, während ihre Blicke mit kaum verhohlener Neugierde zwischen Helene und Tobias hin- und herhuschten.

»Ja, alles ist sehr schön geworden«, gab Helene unverbindlich zurück.

»Das Zimmer in der oberen Etage wurde damals auch extra für Sie renoviert.«

»Das stimmt«, sagte Helene ein wenig verdutzt.

»Ich hätte Ihr Zimmer damals ja gerne übernommen, aber es bekam eine andere Kollegin, die blieb auch nicht lange. Und jetzt hat es Herr Queck.«

Helene hatte den Eindruck, dass ein Kommentar von ihr erwartet wurde, aber ihr war nicht danach, die Unterhaltung fortzusetzen. Sie verabschiedete sich höflich. Die Miene der älteren Kollegin schien eine Spur von Gekränktheit auszudrücken, doch das war bei Fräulein Meisner nichts Neues.

»Sie ist wahrscheinlich sauer, weil ihr Zimmer noch nie renoviert worden ist«, meinte Tobias dazu, nachdem sie beide das Lehrerhaus verlassen hatten. »Und der Badeofen in der oberen Etage ist auch ständig kaputt.«

»Ist da immer noch der alte drin? Ich dachte, Harald hätte den längst erneuert.«

»Ja, aber der hat's auch nicht lange getan, da muss der Wurm drin sein. Zwischendurch ist wohl oft das Wasser kalt.«

»Weshalb sie sich immer noch ständig die Blase verkühlt, habe ich recht?«

»Dazu darf ich nichts sagen. Ärztliche Schweigepflicht, du weißt schon.«

Helene schmunzelte. »Ich bin ihre Vorgesetzte. Vergiss nicht, dass ich ständig ihre Zettel bekomme, wenn sie krank ist.«

»Du meinst meine Krankschreibungen?«

»Nein, richtige Zettel. Abgerissen aus einem Notizblock. Auf die sie schreibt, dass sie wegen Krankheit ausfällt.« Sie erzählte Tobias von der Regelung im Lehrerkollegium, wonach jeder sich im Krankheitsfall frühzeitig vor Beginn des Unterrichts abmelden musste. Als sie berichtete, dass besagte Zettel bis vor Kurzem immer unter der Tür des Hausmeisters durchgeschoben wurden, brach Tobias in Lachen aus.

»Das klingt nach einem fabelhaft durchorganisierten System!«

Seine Heiterkeit wirkte ansteckend, Helene musste kichern. »Ich wünschte, in der Realität wäre es auch so komisch.«

Tobias grinste. »Das ist wohl jetzt dein Los als neue Chefin.«

Damit entlockte er ihr ein Seufzen. »Erinnere mich nicht dran.«

»Das ist wohl auch so ein Punkt, der dir Bauchschmerzen macht, oder? Dieser altgediente Rektor hat ja schon mehr oder weniger angedroht, sich nicht das Zepter aus der Hand nehmen zu lassen.«

»Ja, da werden wir uns wohl erst zusammenraufen müssen. Ich rechne damit, dass dafür ein paar Kompromisse nötig sind. Wir müssen wahrscheinlich alle etwas Rücksicht nehmen und versuchen, aufeinander zuzugehen.«

»Ein weiser Plan. Und ein gutes Motto.«

Sie hatte den vagen Eindruck, dass er sich mit dieser Äußerung nicht allein auf die Schule bezog, aber es blieb keine Zeit, das zu hinterfragen, denn sie waren beim Haus ihres Vaters angekommen.

»Danke, dass du mich begleitet hast«, sagte sie, während sie ihre Siebensachen von ihm entgegennahm.

»Nicht doch. Helene …« Er zögerte. »Darf ich dich was fragen? Was ganz anderes, sehr Privates?«

Sie musste schlucken, sein Ansinnen traf sie unvorbereitet. »Natürlich.«

Tobias räusperte sich. »Ich weiß nicht, wann ich das nächste Mal eine Gelegenheit finde, das anzusprechen. Oder ob ich es überhaupt noch mal wagen würde. Deshalb mache ich es kurz und schmerzlos. Helene, du fehlst mir wahnsinnig, und es vergeht kein Tag, an dem ich dich nicht zurückwill. Ich liebe dich immer noch aus tiefstem Herzen, und wenn es in deinen Augen nur die allerkleinste Möglichkeit gibt, dass wir beide noch mal von vorn anfangen könnten, wäre ich dabei. Was denkst du, siehst du so eine Möglichkeit?«

Ihr Herz hatte einen Takt ausgesetzt und kam stolpernd wieder in Gang, nur um dann so heftig zu schlagen, dass sie es hinter ihren Rippen wummern fühlte.

Tobias hob die Hand, als sie den Mund öffnete, um ihm zu antworten.

»Lass mich erst zu Ende sprechen. Das, was ich gerade über das Kompromissemachen gesagt habe, gilt auch für mich selbst.

Ich bin ehrlich, ich möchte immer noch, dass wir heiraten und dass du zu mir ziehst. Dass wir mit unseren Kindern zu einer richtigen Familie zusammenwachsen. Dass wir beide vielleicht noch ein gemeinsames Kind bekommen. Aber all das will ich nicht mehr um jeden Preis, verstehst du? Vor allem nicht um den Preis, dich aufgeben zu müssen, weil du nun mal nicht dieselben Wünsche hast. Wenn ich die Wahl habe, will ich einfach nur dich. Zu deinen Bedingungen. Davon abgesehen denke ich, dass wir mittlerweile eine neue Ausgangsposition haben. Eine bessere. Du lebst jetzt nicht mehr in Frankfurt, sondern hier. Bloß noch ein paar Schritte entfernt. Alles wäre viel … einfacher.« Er unterbrach sich und suchte nach Worten, ehe er entschlossen fortfuhr: »Mir würde das reichen, was wir anfangs hatten. Und wenn du dir das ebenfalls vorstellen kannst, wäre ich der glücklichste Mann auf Erden.« Er verstummte und sah sie erwartungsvoll an.

»Ja.« Ihre Stimme klang rau und krächzend.

»Heißt das …?«

»Ja. Ich meine, ja, ich liebe dich auch. Und ich will es ebenso wie du. Also das, was wir zu Beginn hatten.« Es war eine dezente Umschreibung für die vielen heimlichen Rendezvous, damals während ihres ersten gemeinsamen Sommers, als sie ihre Liebe noch vor der Welt verborgen gehalten hatten. »Das andere – also Heiraten und Zusammenziehen – habe ich nicht gemeint«, setzte sie vorsorglich hinzu, damit gar nicht erst Missverständnisse aufkamen. »Aber das … äh, du weißt schon … So wie es ganz am Anfang mit uns war … Das kann ich mir *sehr* gut vorstellen!«

Er lachte, dann streckte er die Hand aus und strich ihr eine Haarsträhne hinters Ohr. »Also wieder diskret?«

Sie nickte stumm, nur um sogleich hastig mit einer Erklärung aufzuwarten. »Es ist mit Marie gerade ein bisschen schwierig, die vielen Umwälzungen in der letzten Zeit waren nicht leicht für sie. Die neue Schule, der Wechsel von der Großstadt aufs Dorf … Ich möchte sie nicht schon wieder mit einer gravierenden Veränderung konfrontieren.«

»Das verstehe ich. Es wird aber bestimmt trotzdem Gerede geben.«

»Das gibt's eh schon. Gab's damals ja auch.«

Dass Marie jegliche neue Männerbeziehung ihrer Mutter entschieden ablehnte, verschwieg Helene lieber. Die ganze Idee war sowieso die reinste Gratwanderung, und sie hatte keine Ahnung, wie lange das gut gehen würde. Aber für den Moment war ihr das völlig egal. Sie sehnte sich mit solcher Macht nach Tobias, dass sie am liebsten alles stehen und liegen gelassen hätte und Hand in Hand mit ihm in die Nacht gerannt wäre. Rüber zu dem Wäldchen an der Zonengrenze, wo sie sich zum ersten Mal geliebt hatten. Ihr wurde heiß, als sie daran zurückdachte.

»Ich würde dich jetzt gern küssen«, sagte Tobias mit belegter Stimme.

»Ich dich auch«, erwiderte sie atemlos.

»Meinst du, wir könnten vielleicht später …? Wenn alle im Bett sind?«

Sie nickte heftig. Himmel, wie sehr sie es wollte!

»Sagen wir um Mitternacht? Bei der kleinen Brücke oben am Bach?«

Sie nickte abermals und kam sich herrlich verrucht vor. Wie in einem wildromantischen Abenteuer, von dem sie bis vor ein paar Minuten nicht zu träumen gewagt hatte.

»Wir sind schon ein verrücktes Paar, was?«, meinte er. »Aber es fühlt sich wunderbar an.«

»Das finde ich auch.« Sie lächelte ihn ein bisschen zittrig an, dann schaute sie über die Schulter zum Haus ihres Vaters. Die Küchengardine bewegte sich nicht, aber es hätte Helene nicht gewundert, wenn Omchen Else sie mit Argusaugen beobachtete. Hier draußen waren sie und Tobias gut zu sehen, auch von den Nachbarhäusern aus, es war zwar schon fast acht Uhr abends, aber noch taghell. »Ich geh besser mal rein.«

Er nickte schweigend und wartete auf dem Gehsteig, bis sie die Haustür aufgeschlossen hatte. Sie winkte ihm noch rasch zu, dann trat sie in den Hausflur. Ihr Herz raste immer noch zum Zerspringen, und drinnen musste sie sich kurz an die Wand lehnen, um tief durchzuatmen. Hinter der Glasscheibe der Wohnzimmertür flackerte bläulich das Licht des Fernsehbildschirms, und gerade ertönte die Eingangsmelodie der Tagesschau. Noch genau vier Stunden bis Mitternacht.

Aus der dämmerigen Küche drang die schnarrende Stimme von Omchen Else. »Sieh mal an, ich dachte nicht, dass du schon so zeitig nach Hause kommst«, sagte sie in ihrem unverkennbaren schlesischen Dialekt. »Hab angenommen, du gehst nach der Versammlung noch mal weg.«

»Warum sollte ich?«, gab Helene in ausdruckslosem Tonfall zurück.

»Na, zum Poussieren, was sonst.« Die alte Frau kicherte. »Hab euch beide gerade vorm Haus stehen sehen. Noch ein bisschen länger, und ihr hättet es gleich da draußen getan, was? Ich kann's verstehen. So ein Mannsbild wie der, da würde ich auch schwach, wenn ich vierzig Jahre jünger wär. Ach was, sagen wir zwanzig.« Sie lachte keckernd.

Helene bezwang mühsam den aufsteigenden Ärger. Sie verkniff sich eine Antwort, denn wenn sie erst anfing, sich die gehässigen Anwürfe zu verbitten, hätte die Alte ihr womöglich angemerkt, dass sie nur Nebelkerzen warf, um die Wahrheit zu verschleiern.

Also sagte sie lieber gar nichts, sondern ging gleich weiter ins Wohnzimmer, um ihrem Vater und Christa einen guten Abend zu wünschen und sich mit ihnen zusammen den Rest der Tagesschau anzusehen.

Ihr Vater erzählte, dass Marie ihn nach Anselm Feuerbach

gefragt hatte. Als der hier vorm Haus aufgetaucht war, hatte sie wohl ziemlichen Bammel gehabt, weil Omchen Else ihr eingeredet hatte, dass er ein Spitzel von drüben sei und Übles im Schilde führe.

»Sie wollte von mir wissen, ob er wirklich Jürgens Freund war. Da hab ich gesagt, dass es stimmt.«

Sie nickte. Tatsächlich traf es ja auch zu, nur auf eine Weise, die keinen was anging. »Hast du ihr sonst noch was erzählt?«

»Nur, dass er dir geholfen hat, in den Westen zu kommen.« Ihr Vater blickte sie forschend an. »Geht es dir gut? Wie war die Versammlung?«

»Nicht so schrecklich wie befürchtet.« Helene berichtete ihrem Vater vom Hergang des Treffens, und er lachte, als sie einige der Wortmeldungen in Original-Platt wiedergab.

Christa räusperte sich und warf eine Frage ein, mit der sie auf das ursprüngliche Thema zurückkam. »Dieser Feuerbach – was wollte er denn von dir?«

Helene zuckte zusammen. Eher hätte sie sich die Zunge abgebissen, als hier über die geheime Hinrichtung ihres Mannes zu sprechen, während vielleicht gerade Omchen Else im Flur die Ohren aufspannte. Als sie zu einer nichtssagenden Antwort ansetzte, mischte ihr Vater sich ein.

»Helene würde es uns sicher erzählen, wenn sie glaubt, dass wir es wissen sollten.«

Christa reagierte auf diese Bemerkung ihres Mannes mit der ihr eigenen Leichenbittermiene, erhob aber keine Einwände.

Helene räumte ein wenig überstürzt das Feld. Sie wünschte den beiden eine gute Nacht und ging dann nach oben in ihr Zimmer.

Marie lag schon im Bett. Sie war noch wach und las, ein Jugendbuch von Enid Blyton aus der Fünf-Freunde-Reihe, Geschichten um eine Gruppe englischer Schulkinder, die wie Pech und Schwefel zusammenhielten und ein Abenteuer nach dem anderen erlebten. Helene ging zu ihr rüber und küsste sie auf die Stirn.

»Guten Abend, Schätzchen. Spannendes Buch?«

Marie nickte mit leuchtenden Augen, und in diesem Moment sah sie so sehr wie das kleine Mädchen aus, mit dem Helene damals auf dem Ostberliner Bahnhof gestanden hatte, dass sich ihr Herz zusammenschnürte. »Wir fahren zum Zoo«, hatte sie ihrer Tochter damals versprochen, und Maries Augen hatten genauso gestrahlt wie jetzt, hingerissen vor glücklicher Begeisterung. Nur Minuten später war die Stasi aufgetaucht.

Ein Hauch von fast abergläubischer Furcht erfasste Helene, und kurz fragte sie sich, ob sie nicht einen folgenschweren Fehler beging. Ob sie vielleicht schon ganz nah dran war, dieses Strahlen in den Augen ihrer Tochter zu verlieren, wenn sie sich mit Tobias traf. War sie damit nicht wieder an einem Punkt angelangt, wo sie ihre eigenen Interessen über die von anderen stellte und dafür jede Vorsicht in den Wind schlug?

Doch fast im selben Augenblick sagte sie sich, dass es schon gut gehen werde. Sie beging schließlich kein Verbrechen, und nur wegen ein paar heimlicher Zusammenkünfte mussten auch nicht gleich die Hochzeitsglocken läuten. Das, was Marie so vehement ablehnte, würde ja nicht geschehen, und der Rest konnte ihr egal sein.

»Dieser Herr Feuerbach – Opa Reinhold hat gesagt, er wäre ein Freund von Papa. Woher kannten die beiden sich denn? Von der Arbeit?«

»Sozusagen. Sie waren zusammen auf der Uni.« Es war eine spontan improvisierte Lüge, und Helene hoffte, dass Marie nicht nachhakte. Unter keinen Umständen durfte sie von dem Todesurteil erfahren, egal welches Lügengebäude Helene dafür zusammenzimmern musste. Zum Glück kam nur noch eine einzige Frage, und auf die war Helene vorbereitet.

»Was wollte er denn heute von dir?«

»Mir einfach nur mal wieder guten Tag sagen. Er war beruflich in der Gegend, und wir haben uns lange nicht gesehen.«

Marie ließ es dabei bewenden und widmete sich wieder ihrem Buch.

Helene strich ihr übers Haar und ging durch die Verbindungstür wieder zurück in ihr eigenes Mansardenkämmerchen. Schlafen konnte sie jetzt sowieso nicht, dafür war sie viel zu aufgeregt, also beschloss sie, die verbleibende Zeit zu nutzen, um die Korrekturen zu erledigen, die sie sich eigentlich für den morgigen Tag vorgenommen hatte.

Sie sah auf ihre Armbanduhr. Noch dreieinhalb Stunden bis Mitternacht.

KAPITEL 13

Noch nicht pressen!«, sagte Isabella beschwörend zu der Frau, die mit weit gespreizten Beinen vor ihr auf dem Klinikbett lag und schreiend die letzten Eröffnungswehen ertrug. »Hecheln! Hecheln!« Sie machte es der Kreißenden vor, doch die war vor Schmerzen derartig weggetreten, dass sie kaum noch was wahrnahm. Mit einem urtümlichen Stöhnen versuchte sie erneut zu pressen.

Isabella schrie die Frau an, um zu ihr durchzudringen. »Noch nicht pressen, hab ich gesagt! Hecheln!«

Die Wehe war vorbei. Jetzt endlich verstand die Gebärende sie und nickte zum Zeichen, dass sie es begriffen hatte.

»Es tut so furchtbar weh!«, wimmerte sie.

»Ich weiß. Es ist aber nur noch eine Wehe. Versprochen. Dann dürfen Sie mithelfen. Schaffen Sie das? Möchten Sie diese eine Wehe noch für Ihr Baby aushalten?«

Diese Ansprache zog fast immer, vor allem bei Erstgebärenden. Sie waren bereit, ihr Leben hinzugeben, damit das Kind gesund auf die Welt kam. Egal wie schlimm die Schmerzen waren, egal wie lange es dauerte.

Isabella fragte sich gerade in der letzten Zeit oft, wie sich diese Schmerzen genau anfühlten. Sie war nun schon so lange Hebamme, dass sie einen guten Eindruck davon hatte, was Geburtswehen mit einer Frau anstellten. Aber diese Qual bei anderen zu erleben oder sie am eigenen Leib zu erfahren – dazwischen lagen zweifellos Äonen. Eine unendliche Spanne zwischen Sehen und Fühlen, die keine Vorstellungskraft ermessen konnte.

Sie hatte eine Heidenangst davor. Weniger vor den Schmerzen der Geburt, weil es dagegen durchaus Medikamente gab (wobei sie solche Mittel bei den von ihr betreuten Geburten nur äußerst sparsam einsetzte, denn sie konnten Komplikationen nach sich ziehen), als vielmehr davor, sich hilflos und verlassen zu fühlen, wenn es bei ihr so weit war. Ausgeliefert wie ein Tier in der Falle. Dazu verurteilt, es auszuhalten, Stunden um Stunden, bis zu dem einen Moment, in welchem man begriff, dass es das alles wert gewesen war.

Auch diesen Moment hatte sie oft miterleben dürfen, diesen überwältigenden Rausch der Euphorie, wenn sie das Kind in ihren Händen hielt und es der Mutter in die Arme legte, ganz nass vom Fruchtwasser und von Blut und Käseschmiere überzogen, manchmal maunzend, manchmal sofort krähend, die kleinen Gliedmaßen fuchtelnd oder angewinkelt – man wusste vorher nie genau, wie die ersten Lebenssekunden abliefen. Aber der Moment, dieser eine besondere Moment – für die Frauen war er immer gleich.

»Jetzt!«, rief Isabella der Gebärenden zu.

Und die ließ sich nicht zweimal auffordern, sie presste aus Leibeskräften, und Isabella feuerte sie an, massierte das Dammgewebe, stemmte sich mit ihrer Hüfte gegen die Füße der Frau, damit sie einen besseren Hebel und ordentlich Gegendruck für die Presswehen hatte. Wie immer war es eine anstrengende körperliche Arbeit, bei der sie ins Schwitzen geriet. Kinder auf die Welt zu holen, war kein Spaziergang.

Der diensthabende Arzt hatte sich noch nicht blicken lassen, aber es war wohl allmählich an der Zeit, ihn zu rufen. Wenn bei der Aufnahmeuntersuchung keine Auffälligkeit festgestellt wurde, überließ man die Entbindung gern der Hebamme und kam erst wieder gegen Ende dazu.

Isabella drückte den Rufknopf für die Krankenschwester, die sich kurz blicken ließ und versprach, dem Arzt Bescheid zu geben. Der wiederum tauchte ein paar Minuten später auf, sah kurz nach dem Rechten und verschwand dann wieder. Isabella konnte es nur recht sein, sie arbeitete ganz gern allein. Für sie fühlte es sich oft so an, als ginge sie ein geheimes Bündnis mit den Frauen ein, von der ersten Sekunde angefangen, sobald sie in den Kreißsaal kam. Es gab dann niemanden mehr um sie herum, da waren nur noch sie und die Frau und das Kind.

Manchmal fragte sie sich, wie es wohl wäre, wenn auch die werdenden Väter dabei sein dürften, es war ja schließlich auch ihr Kind. Oft sah sie die Männer in erbarmungswürdigem Zustand auf dem Gang sitzen, die Gesichter schneeweiß, die Finger zitternd verknotet. Und wenn Isabella dann nach der Geburt zu ihnen rausging und von der kleinen Tochter oder dem Söhnchen erzählte, brachen sie in Tränen aus.

Ja, eigentlich hatten die Väter dasselbe Recht, diesen unwiederbringlichen, kostbarsten aller Momente mitzuerleben, und wenn Isabella es hätte bestimmen dürfen, würde man es ihnen ermöglichen.

»Jetzt nicht mehr pressen«, befahl Isabella der Frau. Das Köpfchen würde gleich durchtreten, und wie immer setzte Isabella alles daran, diese Phase ohne Dammschnitt zu Ende zu bringen. Der Schweiß lief ihr mittlerweile in Strömen übers Gesicht, es war so verflucht warm hier drin, mindestens dreißig Grad. Aber daran ließ sich nicht viel ändern. Die Fenster durften trotz der sommerlichen Hitze höchstens einen Spaltbreit offen sein, sonst hörte man draußen auf der Straße die Schreie.

Es war geschafft, der Kopf war draußen. Eine Wehe noch, eine leichte Drehung im Geburtskanal, dann folgten nacheinander beide Schultern und fast in derselben Sekunde der ganze Körper. Es war ein großes Kind, schätzungsweise siebeneinhalb

Pfund (die Waage zeigte später dreitausendachthundertfünfzig Gramm). Isabella erfasste mit einem kurzen Kontrollblick die Vitalzeichen, ehe sie der Mutter das Baby auf die Brust legte. »Ihre kleine Tochter möchte Ihnen gern Hallo sagen.«

Es war der magische Moment. Isabella kostete ihn mit der jungen Frau gemeinsam aus. Sie weinten beide vor Freude und Ergriffenheit. Auch das passierte Isabella immer wieder mal. In der letzten Zeit öfter, das waren wohl die Hormone.

Bevor sie auf der Station angefangen hatte, war man hier nach einer bestimmten Routine vorgegangen, die darin bestand, das Kind nach der Geburt erst mal zu wiegen, zu messen, zu waschen und anzuziehen, bevor man es gnädig der Mutter reichte. Nur um es ihr dann rasch wieder wegzunehmen und im Säuglingszimmer zu deponieren.

Isabella hielt davon überhaupt nichts. Sie hatte ihre Erfahrung bei Hunderten von Hausgeburten gewonnen, und da gab es solchen Unfug nicht. Neugeborene gehörten nach einer komplikationslosen Geburt zur Mutter, nur so war es richtig.

Sie liebte diese Minuten nach der Entbindung, wenn das Baby im Arm der Mutter lag, während sie selbst die Phase der Nachgeburt überwachen konnte. Auch das Nähen – so es denn nötig wurde – war dann für die Frauen nur halb so unangenehm.

Die Säuglingsschwester erschien, um das Kind zu holen. Der frisch gebackenen Mutter war es für den Augenblick ganz recht, sie war erschöpft und bereits im Begriff einzudösen, nach der schlaflosen Nacht kein Wunder. Zwei Krankenschwestern betteten sie um und brachten sie auf die Wöchnerinnenstation. Isabella fühlte sich ebenfalls wie gerädert, doch sie mobilisierte ihre letzten Reserven, um schnell noch den vorgeschriebenen Bericht für den Arzt anzufertigen. Eine der Schwestern kam zurück und half ihr beim Aufräumen und Saubermachen, damit der Kreißsaal für die nächste Geburt bereit war. Die andere Schwester schaute ebenfalls kurz herein.

»Der Pförtner hat eben angerufen«, sagte sie zu Isabella. »Unten ist anscheinend ein G.I., der dich sprechen will.«

Das musste Brad sein! Endlich! Ihre Erleichterung kannte keine Grenzen. Er hatte sich seit zwei Wochen nicht gemeldet, sie hatte schon angefangen, sich Sorgen zu machen. Bei ihrem letzten Treffen Anfang Juni hatte er ihr freudestrahlend erzählt, dass er alles in die Wege geleitet hatte. Er hatte offiziell bei seinem Kommandeur einen Heiratsurlaub beantragt und sich bei der Army auch nach einer Wohnung erkundigt. Noch nicht ganz klar war wohl, ob sie nach deutschem oder amerikanischem Recht heiraten würden, aber er sei im Begriff, das herauszufinden. Er war guter Dinge gewesen, alles schnell über die Bühne zu bringen.

»Ich mach mal kurz Pause«, sagte sie zu den beiden Krankenschwestern.

»Ja, geh nur, deine Schicht ist doch eh gleich vorbei«, sagte die eine. »Den Rest können wir zwei hier auch allein fertigmachen.«

Isabella bedankte sich und ging eilig zur Treppe. Sie flog die Stufen förmlich hinunter, die Müdigkeit war vergessen. Doch unten an der Pförtnerloge blieb sie überrascht stehen. Nicht Brad wartete dort auf sie, sondern Jim. Er stand mit dem Rücken zu ihr, doch sie erkannte ihn schon auf halber Treppe an der hochgewachsenen Gestalt und dem kurz geschorenen blonden Haar. Als er sie kommen hörte, wandte er sich zu ihr um. Seine ernste Miene verhieß nichts Gutes.

»Was ist los?«, fragte sie erschrocken. »Wo ist Brad? Ist was passiert?«

»Hi, Isabella.« Er zog sie in eine brüderliche Umarmung. »Brad ist okay, ihm geht's gut, jedenfalls sind das meine aktuellen Informationen.«

»Wo ist er denn?«

»Er wurde abkommandiert. Nach Südostasien.«

»Südostasien?«, echote sie verständnislos. »Aber … wir wollten doch heiraten!«

»Die Erlaubnis wurde ihm nicht erteilt.«

Isabella starrte ihn an. In seinen Zügen offenbarte sich sein Mitgefühl, aber auch eine gewisse Resignation. Anscheinend stand sie vor vollendeten Tatsachen.

»Wo genau ist er denn?«

»Das darf ich nicht sagen, es handelt sich um eine geheime militärische Operation.«

»Ist er etwa … im Krieg? In Vietnam?«

»Das kann ich dir nicht sagen.«

»Ich bekomme ein Kind von ihm!«, schrie sie ihn an.

»Das weiß ich, Isabella.«

Sie erstarrte. »Das war der Grund, oder? Deshalb wurde er in den Krieg geschickt. Weil er ein Schwarzer ist, der mit einer weißen Frau ein Baby gezeugt hat.«

Jim konnte es nicht abstreiten. In untadeliger Haltung stand er vor ihr, ein schneidiger junger Offizier in makellos sauberer Uniform, und bei sich dachte sie, wenn er der Vater wäre und sie hätte heiraten wollen, wären sie jetzt wohl schon ein Ehepaar. Aber Brad war kein Offizier, und er war schwarz. Also schickte man ihn weg, denn das Baby, das sie vom ihm bekommen würde, hatte die falsche Hautfarbe.

»Ist das eine endgültige Entscheidung?«, fragte sie erschöpft. »Oder kann er vielleicht rechtzeitig zurückkommen, um …?« Sie brachte die Frage nicht zu Ende, denn an seinem Gesichtsausdruck sah sie, dass er ihr keine Hoffnung machen konnte.

»Es tut mir so leid, Isabella. Aus der Heirat wird nichts. Die Army hat ihre eigenen Regeln. Und als Soldat muss Brad sich den Befehlen beugen. Tut er das nicht, könnte er vors Kriegsgericht kommen, und in jedem Fall würde er unehrenhaft entlassen. Du kannst dir nicht vorstellen, was das in den USA bedeutet, wenn ein Soldat nichts anderes gelernt hat und außerdem schwarz ist. Er wäre für die Leute der letzte Dreck.«

Isabella hörte ihm wie betäubt zu. »Warum hat er sich nicht

von mir verabschiedet? Ich meine, er hätte mich doch wenigstens anrufen und mir Bescheid sagen können!«

Jim hob die Schultern. »Ich schätze, er wollte es dir nicht noch schwerer machen. Wahrscheinlich dachte er, dass es so für alle am einfachsten ist.«

»Wohl eher für ihn«, bemerkte Isabella bitter.

»Vergiss nicht – er hatte keine Wahl. Als Soldat unterliegt man Befehlen, man kann nicht von heute auf morgen kündigen, erst recht nicht im Krieg. Und weglaufen geht schon gar nicht.« Jim betrachtete sie mit tiefem Bedauern. »Er hat mir etwas Geld für dich dagelassen.« Er reichte ihr einen Umschlag. »Es ist nicht viel, sein Sold ist nicht hoch. Deshalb habe ich noch was dazugelegt. Damit solltest du eine Weile über die Runden kommen. Was das Kind angeht … Da gibt es eine Organisation, die sich um Adoptionen kümmert.«

Der Umschlag in ihrer Hand fühlte sich seltsam kalt und hart an. Am liebsten hätte sie Jim das Geld vor die Füße geworfen. Doch so dämlich war sie nun auch wieder nicht. Sie steckte den Umschlag in die Tasche ihres Kittels, der über und über vom Blut und Fruchtwasser der frisch entbundenen Frau befleckt war. Den Kreißsaal hatte sie bis in den letzten Winkel geputzt und die junge Mutter gründlich gewaschen, aber den Kittel hatte sie immer noch nicht gewechselt.

»Wenn du willst, kann ich dafür sorgen, dass diese Organisation Kontakt mit dir aufnimmt.«

Isabella zuckte nur mit den Schultern, ihr war gerade herzlich egal, was er tat. Die Entscheidungen, vor denen sie stand, konnte ihr sowieso keiner abnehmen.

Mit einem knappen Abschiedsgruß wandte sie sich von Jim ab und ging zurück zur Treppe.

*

»Kuno, du Mistvieh, bliest du do!«, schrie Agnes dem Jungbullen hinterher. Sie erging sich in allen möglichen Flüchen und Drohungen, doch Kuno trabte unbeeindruckt weiter in Richtung Osten. Agnes hatte keine Ahnung, wie er es geschafft hatte, von der Weide auszubüxen, irgendwo musste der Zaun kaputt sein. Wobei von einem richtigen Zaun gar keine Rede sein konnte, eigentlich war es nur eine schlichte Einfassung aus einfach verspanntem Draht, und die Pfosten waren so marode, dass ein scharfer Wind schon ausreichte, um sie umzublasen. Dagegen war der Zaun, dem Kuno sich gerade näherte, von ganz anderer Machart: Es war der Grenzzaun, über zwei Meter hoch und so dicht mit Stacheldraht bespannt, dass es einem die Haut bis auf die Knochen aufreißen konnte, wenn man daran hängen blieb. Und dann gab es ja noch die Minen, die im Kontrollstreifen dicht unter der Erde lagen. Einmal hatte jemand aus Grabenhausen versucht, es rüber in die Ostzone zu schaffen; er stammte von da und hatte Heimweh gehabt. Eine Mine hatte ihm einen Unterschenkel abgerissen, ihr Vater war zufällig oben auf der Weide gewesen und hatte es mitangesehen. Agnes lief es immer noch kalt den Rücken herunter, wenn sie daran dachte.

In den letzten beiden Jahren hatte es hier in der Gegend keine Fluchtversuche mehr gegeben, die Leute probierten es lieber auf anderem Wege. Die meisten hauten über Ostberlin ab, durch Erdtunnel, die unter der Mauer hindurchführten, oder sie durchschwammen Flüsse, die entlang der Grenze verliefen. Manche ließen sich auch in Pkws rausschmuggeln, von Besuchern aus dem Westen, die dabei jederzeit riskierten, hinter Gitter zu wandern.

Außerdem hörte man schreckliche Geschichten über die Kontrollen der westlichen Autos – angeblich brachten die Grenzsoldaten dafür Röntgenapparate zum Einsatz, die das Wageninnere bis in den letzten Winkel durchleuchteten und jeden verstrahlten, der sich darin versteckte. Die Menschen, die es erwischte, merkten es nicht gleich, es tat ja nicht weh, zuerst spürte man es gar nicht. Doch nach einer Weile kam der tödliche Krebs, aber die Betroffenen konnten nicht beweisen, woher sie ihn hatten.

Agnes behielt Kuno im Auge. Vielleicht besann er sich ja und drehte um, wenn er erst merkte, dass er an der Grenze nicht weiterkam. Doch auf der westlichen Seite des Zauns wuchs das Gras üppig, geradezu verschwenderisch – es wurde ja nie gemäht. Dieser verwilderte Streifen diesseits der Grenze gehörte nicht zur BRD, sondern bereits zur Ostzone. Der Zaun und die übrigen Sperranlagen befanden sich ein Stück weit von der Demarkationslinie entfernt; man wusste nie ganz genau, ob man nicht schon in der DDR herumspazierte, wenn man in die Nähe des Zauns kam. Es gab Warnschilder, meist mit der Aufschrift *Achtung, Zonengrenze!*, aber die standen weit verstreut. Deutlich sichtbar war immer nur der Zaun, und man tat gut daran, sich davon fernzuhalten, denn wer ihm zu nahekam, betrat Feindesland.

Das hatten sie im Dorf schon als Kinder gelernt, jeder wusste, dass es verbotenes Gelände war. Das Betreten war streng untersagt, es wurde als unbefugtes Eindringen in fremdes Staatsgebiet gewertet. Oder sogar als imperialistischer Sabotageakt. Was ein paar übermütige Halbwüchsige wiederholt dazu gebracht hatte, sich im Dunkeln bis zum Zaun zu schleichen und die Grenzsoldaten auf der anderen Seite zu provozieren. Einmal, es war ungefähr fünf Jahre her, waren sogar Schüsse gefallen.

Es waren nur Warnschüsse gewesen, aber die Jungs, die damals bei der Mutprobe mitgemacht hatten, waren um ihr Leben gerannt. Der Zwischenfall hatte auch Soldaten der U.S.-Army sowie vom BGS auf den Plan gerufen, die hatten sogar von höherer Stelle aus beim Bürgermeister interveniert, der wiederum den Pfarrer und Rektor Winkelmeyer eingespannt hatte, um die Übeltäter zu ermitteln. Doch die Jungs hatten sich bedeckt gehalten, und keiner der Mitwisser hatte sie verraten.

In der Folgezeit waren weitere Vorfälle dieser Art ausgeblieben. Unter anderem auch deshalb, weil die Grenze mittlerweile wesentlich schärfer kontrolliert und bewacht wurde als noch vor ein paar Jahren.

Kuno machte keine Anstalten zurückzukommen. Agnes fluchte stumm vor sich hin und suchte mit ihren Blicken das Gelände ab. Drüben waren momentan keine Soldaten zu sehen, aber menschenleer war die Gegend auch wieder nicht: In einiger Entfernung waren Feldarbeiter unterwegs. Die hatten da drüben flächendeckende Landwirtschaft, so wie hier im Westen auch. Nur dass die Äcker und Felder im Osten jetzt nicht mehr den Bauern dort gehörten, sondern dem Kollektiv, also allen.

In der Theorie vielleicht gut, in der Realität eine Katastrophe, so jedenfalls hatte Agnes mal Helenes Vater reden hören, der schon zweimal bei ihnen daheim auf dem Hof gewesen war, seit er in Kirchdorf die Tierarztpraxis übernommen hatte. Einmal waren die Schweine krank gewesen, denen hatte er ein Mittel gegen Parasiten spritzen müssen, und einmal der Gaul, der den alten Leiterwagen zog, mit dem sie immer noch zum Heumachen rausfuhren. Der Tierarzt war ein ruhiger, besonnener Mann, Agnes konnte ihn gut leiden, und sie freute sich immer noch für Helene, dass er es in den Westen geschafft hatte.

Seine Frau war ihr weniger sympathisch, was aber vielleicht auch daran lag, dass sie sich so selten im Dorf blicken ließ. Agnes war ihr bisher zwei-, dreimal über den Weg gelaufen und hatte sie freundlich gegrüßt, jedoch nur ein flüchtiges Nicken als Antwort erhalten.

Kuno streifte immer noch am Grenzzaun entlang. Agnes wog ihre Chancen ab. Wenn sie ganz schnell hinrannte und ihn zurücktrieb, wäre das Problem gelöst. Es war zwar schon ziemlich spät, aber trotzdem noch helllichter Tag, da die Sommersonnenwende bevorstand. Drüben waren immer noch keine Soldaten zu entdecken. Falls dennoch welche in der Nähe patrouillierten (manchmal versteckten sie sich auch in Erdbunkern, die ihnen zur Tarnung dienten), sahen sie ja sofort, dass da bloß ein Rindvieh entlaufen war und zurückgeholt werden musste, die würden schon nicht gleich schießen. Oder wenn doch, bestimmt nur in die Luft.

Ihr war klar, dass sie einen Wahnsinns-Ärger bekam, wenn sie es riskierte. Kuno einfach sich selbst überlassen war allerdings auch keine Option. Der Vater würde toben! Es gab Wilderer in der Gegend, da konnte Kuno ganz schnell in der Bratpfanne landen.

Agnes seufzte. Vielleicht sollte sie Steine in Kunos Richtung werfen, um ihn so dazu zu bewegen, endlich zurückzukommen! Gedacht, getan. Sie sammelte ein paar handliche Steine ein, was nicht weiter schwierig war, denn entlang der Grenze lag jede Menge Geröll herum. Doch schon der erste Wurf zeigte, dass sie ihre Kraft wohl überschätzt hatte. Sie schaffte höchstens die Hälfte der Distanz. Trotzdem schleuderte sie Stein um Stein und stieß dabei zornige Schreie aus, weil es nicht reichte.

Jemand rief ihren Namen, und sie drehte sich um. Es war Helene, die mit dem Rad unterwegs war und bei ihr anhielt.

»Agnes, du liebe Zeit, was tun Sie denn da?«

Verdattert registrierte Agnes, dass ihre frühere Lehrerin sie zum ersten Mal gesiezt hatte. Sie war so perplex, dass sie die Antwort auf die gestellte Frage schuldig blieb.

Helene zog selbst den passenden Schluss. »Die Kuh da vorn – die gehört wohl Ihrer Familie, oder?«

»Ähm, ja. Es ist ein Bulle. Aber das macht wohl keinen Unterschied.« Agnes merkte, wie hirnrissig diese Bemerkung klang, doch bis auf ein leises Zucken um die Mundwinkel verkniff Helene sich jegliche Reaktion.

»Ich kann ihn unmöglich einfach hierlassen«, erklärte Agnes. Niederschlagen blickte sie zu dem Jungtier hinüber. »Der Kuno ist eigentlich ein ganz Lieber. Er ist ja fast noch ein Kalb!

War von Anfang an immer mit auf der Weide, hat nie Ärger gemacht, lässt sich sogar am Halfter führen. Heute ist er zum ersten Mal ausgebüxt. Ich würde ihn ja zurückholen. Aber ich trau mich nicht rüber zum Zaun.«

»Das sollten Sie auch lieber sein lassen. Das Risiko ist viel zu groß. Am Ende wird noch auf Sie geschossen, und das ist keine Kuh wert.« Helene besann sich. »Auch kein Bulle.«

Agnes wagte das Undenkbare: Helene um einen Gefallen zu bitten.

»Meinen Sie, dass Sie mir vielleicht kurz das Rad borgen könnten? Bloß für zehn Minuten. Dann könnte ich rasch heimfahren und dem Vater Bescheid sagen, dem fällt sicher was ein.« Hastig fügte sie hinzu: »Natürlich nur, wenn Sie nicht gerade dringend was Anderweitiges vorhaben.«

Es kam Agnes so vor, als ob eine leichte Röte Helenes Wangen überzog, doch das mochte auch an der Abendsonne liegen.

»Natürlich, nimm nur das Rad, ich warte hier und passe auf, dass Kuno nichts geschieht.«

Erleichtert bedankte Agnes sich und schwang sich auf das Rad. Sie trat kraftvoll in die Pedale, um nicht unnötig Zeit zu verschwenden. Als sie zum Ortsrand gelangte, kam ihr ein Auto entgegen, das sie kannte: Es war der angejahrte Opel von Tobias. Allem Anschein nach war er ebenfalls in Richtung Grenze unterwegs. Agnes brauchte nur den Bruchteil einer Sekunde, um eins und eins zusammenzuzählen. Sie hatte schon die ganze Zeit so was vermutet. Ihr Brötchengeber war seit Christi Himmelfahrt derartig blendender Laune, dass nur Helene dahinterstecken konnte. Die zwei hatten wieder zusammengefunden. Aber sie hielten es anscheinend geheim, denn in der Öffentlichkeit hatten sie sich noch nicht gemeinsam blicken lassen, jedenfalls nicht auf eine Weise, aus der man hätte schließen können, dass sie wieder ein Paar waren.

Als der Wagen näher kam, sprang sie vom Rad und schob es

zum Wegesrand, damit er ungehindert passieren konnte. Tobias winkte ihr durch das offene Fenster zu, sichtlich verlegen und zweifellos ziemlich überrascht, ihr hier so spät noch zu begegnen. Es war ja schon fast neun Uhr abends, bald würde es dunkel werden. Normalerweise war sie um diese Tageszeit schon längst von der Weide zurück, aber heute hatte sie besonders lange für die Arbeit im Haus gebraucht – die Mutter hatte wieder den ganzen Tag liegen müssen, weil ihr so schwindlig gewesen war. Es war und blieb ein Kreuz mit ihr. Immerhin hatte Agnes in einem wichtigen Punkt Fortschritte gemacht: Die Mutter hatte einen Untersuchungstermin bei Tobias in der Praxis. Er hatte es tatsächlich geschafft, sie zu überzeugen, er hatte sie extra vor der Kirche abgefangen und zur Seite genommen. Es war allerdings nicht einfach gewesen, zuerst hatte sie sich gesperrt.

»Un banns was Schlömmes is und ich stär muss? Dan well ichs lieber goar net erscht wess!«

»Gerade dann müssen Sie alles tun, um wieder gesund zu werden!«, hatte Tobias ihr ins Gewissen geredet. »Ihre Familie braucht Sie doch! Die Kinder, sie sind doch noch klein! Und selbst wenn's was Ernstes wäre – die moderne Medizin hat heute Mittel und Wege, die gab's vor ein paar Jahren noch gar nicht! Wenn Sie es nicht für sich machen wollen, dann wenigstens für die Kinder und für Ihren Mann. Was soll der denn ohne Sie machen?«

Die Mutter hatte sich am Ende gefügt, sie würde hingehen. Trotzdem lag Agnes die Angst wie ein Stein im Magen. Auch wenn die Medizin viele Fortschritte gemacht hatte – es gab furchtbare Krankheiten, gegen die keiner was ausrichten konnte. Agnes hatte nicht wenige davon schon selbst gesehen, im Dorf starben keineswegs nur alte Menschen, sondern auch jüngere, die unheilbar krank waren.

Agnes wartete, bis Tobias vorbeigefahren war, dann stieg sie wieder aufs Rad und strampelte wie verrückt, um so schnell wie möglich nach Hause zu kommen. Wahrscheinlich hatte sie jetzt das Stelldichein von ihrem Chef und ihrer früheren Lehrerin vermasselt, was ihr enorm peinlich war. So viele Gelegenheiten, sich heimlich zu treffen, gab es für die beiden ja sicher nicht, sie hatten schließlich auch familiäre Verpflichtungen, von der vielen Arbeit ganz zu schweigen.

Im Grunde erging es ihnen ähnlich wie ihr, sinnierte Agnes. Die Treffen mit Dieter musste sie sich auch jedes Mal mehr oder weniger erkämpfen; die paar Stündchen, die sie sich dafür freiboxen konnte, schienen zudem immer weniger zu werden. Und wenn sie dann doch endlich mal wegkonnte, war sie oft so müde, dass sie im Stehen hätte einschlafen können. Und bei alledem hatte sie ja noch den Vorteil, dass sie Dieter wenigstens offiziell treffen konnte, zu gemeinsamen Unternehmungen wie ins Kino gehen oder zum Eis essen oder spazieren, er war ja vor aller Welt ihr Freund.

Für die intimeren Begegnungen mussten sie natürlich jedes Mal tricksen und improvisieren, im Prinzip also so wie Helene und Tobias, wobei sie selbst noch nicht bis zum Letzten gegangen war.

Agnes merkte, wie ihr das Blut ins Gesicht schoss, als sie es sich vorstellte. Dieter wollte schon die ganze Zeit mehr von ihr, aber dazu war sie noch nicht bereit. Irgendwann würde sie es aber bestimmt sein, und dann musste sie Vorkehrungen treffen, damit nicht gleich beim ersten Mal ein Missgeschick passierte. Schwanger zu werden, das war der schlimmste Horror, den sie sich in ihrer Beziehung mit Dieter vorstellen konnte. Nein, das traf es nicht: Es wäre das Schlimmste für ihr ganzes Leben. Das wäre auf einen Schlag ruiniert, und deshalb würde sie es gar nicht erst so weit kommen lassen.

Doch bevor sie sich über diese Dinge den Kopf zerbrach, musste erst mal der dämliche Kuno wieder eingefangen werden. Sie erreichte den Bauernhof ihrer Eltern und stieg vom Rad, außer Atem von der Anstrengung und schweißgebadet von der Sommerhitze. Hoffentlich hatte der Vater eine Idee, was zu tun war.

*

Tobias ließ den Wagen am Rand des Wäldchens ausrollen und stieg aus. Helene stand in der Nähe des Warnschilds und blickte ihm halb bedauernd, halb belustigt entgegen.

»Tut mir leid, aber wir werden wohl gleich Gesellschaft bekommen«, meinte sie. »Heute klappt es also nicht. Außer wir wären in zehn Minuten fertig.«

Er grinste und nahm sie in die Arme. »Wir haben es schon in kürzerer Zeit hingekriegt.« Die nächste Minute verbrachte er damit, sie ausgiebig und leidenschaftlich zu küssen. Das letzte Stelldichein lag über eine Woche zurück, und er sehnte sich so sehr nach ihr, dass es fast wehtat. Einen Augenblick lang erwog er tatsächlich, sie zu einem hastigen Akt im Wald zu überreden, verwarf den Gedanken jedoch schnell wieder. »Wen erwartest du denn? Und was hatte Agnes hier verloren?«

»Ein Rindvieh von den Hahners hat sich aufs Niemandsland verirrt.« Sie deutete auf einen jungen Bullen, der grasend dicht beim Grenzzaun herumstand. »Sie wollte rasch ihrem Vater Bescheid sagen und kommt dann gleich wieder her.«

»Oh. Na dann.« Er küsste sie erneut, wenigstens dafür war noch genug Zeit. Sein Verlangen nach ihr war grenzenlos, und er merkte bereits, wie seine Frustration zunahm. Auch wenn er ursprünglich davon überzeugt gewesen war, sich mit dem bisschen, was sie ihm zugestand, begnügen zu können, hatte er längst eingesehen, dass es doch nicht reichte. Er wollte sie bei sich haben, Tag und Nacht. Die heimlichen Treffen waren wundervoll, erfüllt von prickelnder Romantik und heißem Sex, aber auch stets gefolgt von einem schalen Gefühl der Enttäuschung, weil er sie anschließend wieder gehen lassen musste. Er sehnte sich danach, mit ihr zu schlafen, im banalsten Sinne des Wortes, sie abends im Bett in den Armen zu halten und morgens neben ihr aufzuwachen. Die ganz alltäglichen Rituale mit ihr zu teilen – Frühstück in der Küche, den Kaffee am Nachmittag, gemeinsam zu Abend essen und am Wochenende irgendwas zu viert unternehmen, er und Helene, Marie und Michael.

Die Hoffnung auf ein gemeinsames Kind hatte er schon beinahe begraben, davon wagte er kaum mehr zu träumen. Aber dass sie ihn heiratete und ihr Leben mit ihm verbrachte, davon konnte und wollte er nicht abrücken. Nicht auf Dauer. Doch es ließ sich natürlich nicht erzwingen, das war ihm klar.

Gäbe es doch nur nicht diese rigiden Konventionen, die moralinsauren Ansprüche der Gesellschaft an die Legitimität einer festen Beziehung! Den Zwang, die Liebe in das gesetzliche Korsett der Ehe zu pressen, wenn man nicht Geläster und Geringschätzung anheimfallen wollte!

Fast verzweifelt vertiefte er den Kuss und presste Helene so fest an sich, dass ihre Rippen sich gegen seinen Brustkorb drückten und sie protestierend ächzte.

»Entschuldige«, murmelte er reumütig und ließ sie los.

Sie holte tief Luft und lachte. »Schon gut. Du hast mir auch gefehlt.« Sanft streichelte sie seine Wange, und spontan hielt er ihre Hand dort fest, um den Moment der Zärtlichkeit auszukosten. Sie blickten einander in die Augen, und er erkannte, dass sie wusste, was ihm durch den Kopf ging, aber möglichst nicht darüber reden wollte. Eine unterschwellige Angst schien in ihrem Blick zu liegen, als fürchtete sie, dass alles vorbei wäre, sobald sie über die Zukunft sprachen. Bei sich fühlte er dieselbe Angst, also schnitt er das Thema nicht an.

Sie umarmten einander erneut, fuhren jedoch sogleich auseinander, denn in der Ferne tauchte bereits Agnes wieder auf, gefolgt von ihrem Vater Anton, der kurzerhand seinen alten Trecker aus der Scheune geholt hatte. Ihm wiederum folgte ein Auto, das Tobias erst bei genauerem Hinsehen zuordnen konnte.

»Ich glaube, das ist dein Vater«, meinte er belustigt. »Na, wenn das nicht mal die Kavallerie ist.«

Helene trat vorsorglich einen Schritt von ihm zurück. Tobias spürte leisen Ärger in sich aufsteigen. Er empfand ihre Bemühungen, nach außen hin Distanz zu ihm zu wahren, beinahe als demütigend. Es gab ihm das Gefühl, ihr nicht genug zu bedeuten. Als wäre er eine Art Gigolo, ein Mann für gewisse Stunden, mehr nicht.

Stumm blieb er neben ihr stehen und wartete auf Agnes' Ankunft. Sie gesellte sich mit peinlich berührter Miene zu ihnen, und da war ihm klar, dass sie Bescheid wusste.

Reinhold stieg aus seinem Wagen und kam hinkend näher. »Grüß dich, Tobias. Helene. Ich war gerade zufällig auf dem Hof der Hahners und bin gleich mitgekommen.«

Vermutlich hatte auch er in Bezug auf Tobias und Helene schon die richtigen Schlüsse gezogen, denn seine Miene wirkte bei der kurzen Begrüßung zuerst seltsam unbeteiligt, aber als er sich für einen Moment unbeobachtet glaubte, huschte ein erfreutes kleines Grinsen über sein Gesicht. Nur Anton Hahner nahm keine Notiz von der pikanten Situation, seine ganze Sorge galt Kuno, der immer noch wie angenagelt beim Grenzzaun stand und wiederkäuend zu ihnen herüberglotzte.

»Ich gänn hin un hol en«, sagte er, bereits im Begriff loszumarschieren.

»Vodder, dos däerfste net!«, meinte Agnes verschreckt. Sie hielt ihn bei der Schulter fest. »Bos is, bann se dich erschisse? Ber sörcht dann für ons?«

Tobias konnte ihre Furcht ohne Weiteres nachvollziehen. Die Mutter womöglich sterbenskrank, der Vater von Grenzern erschossen – was würde aus der Familie werden?

»Wenn überhaupt, denn gehe ich«, erklärte er.

»Untersteh dich!«, widersprach Helene sofort vehement.

Ihre offenkundige Sorge um ihn war Balsam für seine Seele.

»Keiner geht«, mischte sich Reinhold ein. »Kuno kommt schon noch. Wir richten mit Getreideschrot eine Futterstelle her, dann wird er sich bestimmt bald zu uns bequemen.«

»Auch im Dunkeln?«, erkundigte sich Helene.

»Gerade im Dunkeln. Für einen Mitternachtsimbiss sind Rinder immer zu haben.«

»Dann pass ich auf und warte hier«, erklärte Agnes ergeben.

»Kommt nicht infrage«, sagte Tobias. »Ein junges Mädchen nachts allein hier draußen? Nein, du fährst schön mit deinem Vater heim. *Ich* bleibe da und passe auf.«

Helene musterte ihn mit hochgezogenen Brauen, sie wirkte ein wenig amüsiert. »Und was machst du mit Kuno, wenn er kommt?«

»Na ja, ich schätze, dann binde ich ihn irgendwo an«, erwiderte Tobias leicht verunsichert.

»Dafür sollte man sich schon etwas mit Rindern auskennen«, sagte Reinhold, der die Unterhaltung mit Interesse verfolgte.

»So wie ich«, warf Helene ein. Ein kleines Lächeln spielte um ihre Mundwinkel.

»Da hast du recht«, stimmte ihr Vater zu. »Ist zwar schon lange her, dass du mit mir in den Kuhställen warst, aber ich kenne immer noch kaum jemanden, der so ein Händchen für Rindviecher hat wie du.«

»Dann bleiben wir eben beide«, sagte Tobias, darauf bedacht, es nicht allzu triumphierend klingen zu lassen. »Zu zweit kriegen wir das auf alle Fälle hin.«

»Sie wonn hee woart of unsern Kuno?«, erkundigte sich Anton Hahner ungläubig. »Olle zwä?«

»Die ganze Nacht, wenn's sein muss«, sagte Tobias, während er Helene ansah. Sie erwiderte seinen Blick unverwandt.

»Ich hol dann rasch das Futter«, erklärte Reinhold. »Mit dem Wagen geht's am schnellsten.« Seine Worte waren von einem unzweideutigen Seitenblick begleitet – er konnte durchaus eins und eins zusammenzählen.

Er fuhr mit dem Auto voran zurück in Richtung Dorf, gefolgt von Anton Hahner, der zusammen mit Agnes auf den Trecker gestiegen war, immer noch verdattert über das vermeintlich selbstlose Angebot zur Rettung seines Jungbullen.

»Wahrscheinlich weiß es morgen das ganze Dorf«, sagte Helene, während sie den davonrumpelnden Fahrzeugen nachschaute.

»Das ist anzunehmen«, stimmte Tobias zu. Er sah sie forschend an. »Und es macht dir nichts aus?«

»Doch«, gab sie zu. »Aber ich wusste ja vorher, wie das läuft. Die Gerüchteküche brodelt eh schon die ganze Zeit. Und außerdem ist es das kleinere Übel.«

Er zog sie in die Arme, widerstand jedoch der Versuchung, sie zu küssen, denn zuerst wollte er wissen, was sie meinte. »Das kleinere Übel? Im Vergleich zu was?«

»Ganz auf dich zu verzichten. Ich brauche dich, Tobias.«

Er hinterfragte nicht, wofür sie ihn brauchte, denn als sie ihre Lippen auf seinen Mund presste, bekam er eine ziemlich genaue Ahnung davon. Ihre Art der Antwort rief einen gewissen männlichen Stolz in ihm wach, und für die nächsten paar Stunden wollte er es überhaupt nicht genauer wissen.

Erst hinterher gelangte er zu der ernüchternden Einsicht, dass es nicht genügte, um die einmal getroffene Abmachung umzustoßen.

KAPITEL 14

Marie verdrehte die Augen, als Michael sich im Bus schon wieder neben sie setzte, doch sie tat es so, dass er es nicht sehen konnte. So sehr er sie manchmal nervte – aus irgendwelchen Gründen brachte sie es nicht fertig, ihn vor den Kopf zu stoßen. Es gab sogar Momente, in denen sie das Bedürfnis hatte, sich um ihn zu kümmern, meist aber nur dann, wenn es gar nicht anders ging. Etwa, wenn er über die Straße marschieren wollte, ohne nach rechts und links zu schauen, nur weil er mal wieder vor sich hingeträumt hatte. Oder wenn ihm das Hemd aus der Hose hing, was die Mädchen in seiner Klasse nur dazu aufstacheln würde, hinter seinem Rücken über ihn zu kichern und zu lästern. Einmal hatte sie ihm sogar ihren Kamm gegeben, damit er sich vorm Aussteigen aus dem Bus noch mal rasch über die Haare fuhr, denn die standen vom Wind zu Berge, er hatte ausgesehen wie ein Stachelschwein.

Wie üblich merkte er auch an diesem Morgen nicht, dass sie während der Busfahrt keinen Wert auf Gesellschaft legte – sie hatte die neue *BRAVO* dabei und verbrachte die Zeit lieber lesend. Die Zeitschrift hatte Mama ihr mitgebracht; in der letzten Zeit war sie ungewöhnlich aufmerksam, fand Marie. Ständig kam sie mit netten Kleinigkeiten an, einem Haarreif, einem neuen Buch, einem Gesichtswasser sowie einem Abdeckstift gegen Hautunreinheiten – für den war Marie besonders dankbar gewesen: Zu ihrem Leidwesen entdeckte sie neuerdings immer wieder mal einen Pickel in ihrem Gesicht. Sie verschwanden meist rasch wieder, aber es kamen ständig neue, egal wie gründlich sie sich wusch.

Mama hatte gemeint, sie hätte mit dreizehn dasselbe Problem gehabt, spätestens in zwei Jahren wäre das vorbei, aber allein diese Auskunft hatte Marie in eine Art Nervenkrise gestürzt. Zwei Jahre! Das war ja eine Ewigkeit! Wie sollte sie das so lange aushalten? Zum Glück war es bei ihr nicht ganz so schlimm wie bei manchen anderen, es gab Mädchen, die hatten richtige Akne und sahen aus wie Streuselkuchen.

Sie schlug die *BRAVO* zu, damit Michael nicht reinlinsen und mitlesen konnte. Für so was war er einfach noch zu jung.

»Hast du schon gehört, dass mein Vater und deine Mutter gestern Abend den Bullen von den Hahners eingefangen haben?«, wollte er wissen. Seine Augen funkelten, es schien sich um eine aufregende Sache zu handeln.

»Was für ein Bulle?«, fragte sie befremdet zurück.

»Er heißt Kuno.«

»Das hab ich nicht gemeint. Sondern wieso musste meine Mutter den fangen?«

»Deine Mutter und mein Vater«, korrigierte Michael. »Er war weggelaufen, deshalb.«

»Wieso konnten die Hahners den nicht selber einfangen?«

»Na, weil er die ganze Zeit am Grenzzaun stand und nicht zurückwollte. Und zum Zaun darf ja keiner gehen, da kann man erschossen werden.«

Marie erstarrte, es war, als würden Eisfinger über ihr Rückgrat streichen. »Ist meine Mutter etwa zu dem Zaun gegangen?«

»Nein, aber sie hat zusammen mit meinem Vater gewartet, bis der Bulle von allein zurückgekommen ist. Die hatten ihm da was zum Fressen hingelegt, und irgendwann kam er dann freiwillig. Unsere Eltern haben ihn gefangen und ihn mit einem Strick festgebunden, damit er nicht mehr abhauen konnte.«

Die Bezeichnung *unsere Eltern* klang in Maries Ohren seltsam, irgendwie fremd und unangemessen, aber in erster Linie war sie erleichtert, weil Mama sich von der Grenze ferngehalten hatte; sie selbst hatte panische Angst, auch nur in Sichtweite des Zauns zu kommen. Sie stellte sich immer noch vor, dass da drüben Herr Sperling lauerte, versteckt hinter Büschen, ein Gewehr im Anschlag. In ihrer Fantasie wartete er nur darauf, dass sich einer von ihnen blicken ließ, damit er endlich Rache nehmen konnte.

»Sie hat mir heute Morgen gar nichts davon erzählt«, meinte Marie.

»Vielleicht hatte sie keine Zeit.«

Das war gut möglich. Oder genauer: Mama hätte schon Zeit gehabt, aber Marie war wie immer viel zu spät mit allem fertig gewesen. Manchmal wurde es sogar so knapp, dass sie zur Haltestelle rennen musste, um den Bus noch zu erwischen. So wie zufällig auch heute.

Das wiederum lag eindeutig daran, dass sie so schwer aus dem Bett fand und nicht sofort nach dem Klingeln des Weckers aufstand. Meist schlief sie sogar einfach weiter, in der bequemen Gewissheit, dass Mama sie sowieso noch mal wecken würde. Was sie auch zuverlässig tat, oft sogar mehrmals. Im Grunde war es also Maries eigene Schuld, dass sie die Geschichte noch nicht gehört hatte.

Trotzdem irritierte es sie auf unerklärliche Weise, dass Michael früher davon erfahren hatte als sie.

»Hat dein Vater es dir erzählt?«, wollte sie wissen.

»Nein, Tante Beatrice.«

Die war eigentlich Michaels Großtante, aber er nannte sie *Tante*, genau wie Tobias.

»Und woher wusste Tante Beatrice davon?«, bohrte Marie nach.

»Ich glaube, von Omchen Else. Die beiden haben sich heute

früh auf dem Markt getroffen. Aber frag mich nicht, woher die es hatte.«

Nein, danach musste Marie wirklich nicht fragen, denn Omchen Else wusste regelmäßig über *alles* Bescheid, was in Kirchdorf passierte, meist lange vor den anderen Leuten.

»Fahrt ihr eigentlich in den Sommerferien weg?«, fragte Michael, und Marie war der Themenwechsel mehr als recht. Die Geschichte von dem Bullen hatte sie in eigentümliche Unruhe versetzt. Mama hatte gestern Abend gesagt, dass sie noch ein bisschen radeln wollte; sie saß so viel am Schreibtisch und brauchte Bewegung, weshalb sie öfters mal losfuhr, auch spät noch. Jetzt im Sommer blieb es ja lange hell, und das Wetter war auch die ganze Zeit schön. Manchmal bekam Marie ihre Rückkehr gar nicht mit, weil sie da schon eingeschlafen war. So wie auch gestern.

»Keine Ahnung«, gab sie ungnädig auf Michaels Frage zurück. Ihre Laune war auf einen neuen Tiefpunkt gesunken. Wahrheitsgemäß hätte sie auch einfach mit *Sicher nicht* antworten können, denn all ihre Vorschläge, wo man vielleicht doch mal hinreisen könnte – vorzugsweise nach Italien oder Spanien, vielleicht sogar mit dem Flugzeug, das wäre einfach der Knaller gewesen! –, hatte Mama mit einer Handbewegung beiseitegewischt und sie stattdessen auf später vertröstet.

»Gerne in den Weihnachtsferien, Schätzchen. Jetzt im Sommer geht es nicht, wegen der neuen Schule. Damit habe ich gerade einfach zu viel um die Ohren, tut mir leid.«

Momentan drehte sich alles um diese dämliche neue Schule, Marie konnte es nicht mehr hören. Ständig musste Mama zu irgendwelchen Treffen mit Leuten, die dafür wichtig waren, aber am allerwichtigsten schien sie selbst zu sein, weil sich sonst keiner richtig darum kümmerte. Manchmal fragte Marie sich, was wohl aus dieser neuen Schule werden würde, wenn Mama denen alles vor die Füße warf. Irgendwer würde dann bestimmt die Organisation übernehmen. Und falls nicht, kam die Welt bestimmt auch ohne die neue Schule zurecht, das hatte bisher ja auch irgendwie funktioniert.

An der nächsten Haltestelle mussten sie aussteigen, Marie schob die *BRAVO* in ihren Ranzen und wandte sich Michael zu. »Sag mal – dein Vater, ist er in der letzten Zeit irgendwie anders als sonst?«

Michael runzelte nachdenklich die Stirn. »Ich weiß nicht.«

Sie wählte einen anderen Ansatz. »Ist er vielleicht … fröhlicher als vorher?«

»Was meinst du mit vorher?«

Sie unterdrückte ein entnervtes Stöhnen. »Als vor ein paar Wochen.«

»Hm, ja, er hat meistens gute Laune.« Michael schien selbst deswegen überrascht. »Ist mir gar nicht so aufgefallen. Aber jetzt, wo du mich fragst … Wieso willst du das denn wissen?«

Das würde sie ihm bestimmt nicht auf die Nase binden, denn sie wusste schließlich genau, wie sehr er sich gewünscht hatte, dass sie alle eine nette große Familie wurden.

Besorgt rief sie sich Mamas Verhalten in der letzten Zeit in Erinnerung. Keine Frage, Mamas Stimmung war auf jeden Fall deutlich besser als beispielsweise noch im Mai. Bisher hatte Marie das mit dem Umzug in Verbindung gebracht – alles in der neuen Wohnung war hell und neu und schön, sie hatten die Küche und das Badezimmer ganz für sich allein, und Mama und sie hatten jede ein eigenes separates Schlafzimmer statt wie vorher nur die winzigen Mansardenstübchen mit Verbindungstür.

Aber vielleicht war die neue Wohnung ja gar nicht der wahre Grund, wieso Mama in der letzten Zeit so fröhlich wirkte, trotz der vielen Arbeit und des ganzen Ärgers mit der neuen Schule. Grüblerisch starrte Marie vor sich hin, während sie gemeinsam mit Michael und einer Schar anderer Kinder und Jugendlicher ausstieg und von der Bushaltestelle zum Gymnasium ging. Sie mussten einen Zahn zulegen, der Bus hatte etwas Verspätung gehabt, und gleich in der ersten Stunde stand eine Mathearbeit an.

In ihrem Magen hatte sich ein unangenehmer Knoten gebildet, aber mit der Klassenarbeit hatte das nichts zu tun, sie hatte viel dafür gelernt und alle Übungsaufgaben richtig gelöst.

Es ging um Mama. Angenommen, sie traf sich wieder mit Tobias – was hätte das zu bedeuten? Konnte Marie sie überhaupt danach fragen, oder war das zu privat?

Peinlich wäre es auf jeden Fall, und das nicht zu knapp. Bis jetzt war im Prinzip alles wie vorher, es war noch nichts von dem passiert, was sie immer so angeödet hatte – die langweiligen Familiennachmittage, die Ausflüge in den Zoo, die nervigen Spaziergänge, bei denen Michael ihr ständig an den Hacken gehangen hatte, und über alldem wie ein Damoklesschwert die bedrohliche Aussicht, dass es bald immer so sein würde.

Nach außen hin war alles wie sonst auch. Sogar besser, mal abgesehen davon, dass sie nicht in Urlaub fahren würden; aber das hatte ja nichts mit Tobias zu tun, sondern lag bloß an dieser doofen neuen Schule.

Sollte sie Mama trotzdem fragen, ob mehr hinter dieser komischen Bullen-Geschichte steckte?

Um das entscheiden zu können, musste sie wohl noch genauer darüber nachdenken.

*

»Hm, das ist mir ein kleines bisschen zu zäh, gib mir doch lieber eins von den Endstücken, die sind meist zarter«, wandte Auguste sich an Christa. Natürlich mit formvollendeter Höflichkeit. Sogar lächelnd und mit einem kleinen Scherz zum Zwecke der Auflockerung. »Früher hätte ich das ohne mit der Wimper zu zucken verputzt, aber da hatte ich ja auch noch meine eigenen Zähne.«

Christa presste die Lippen zusammen, während sie Auguste ein anderes Bratenstück servierte, bevor sie die verschmähte erste Tranche mit der Fleischgabel aufspießte und demonstrativ auf ihren eigenen Teller packte.

Alle hatten über den Witz gelacht, sogar ihre Mutter, und dabei war sie diejenige, die den Braten zubereitet hatte. Aber dass er zäh geraten war, war selbstredend nicht ihre Schuld, denn sie hatte alles genauso gemacht wie immer. Ganz allein Christa war die Verantwortliche, sie hatte das Fleisch gekauft, das war die Erklärung für alles. Und zugleich Grundlage für neue Sticheleien.

»Wo hast du das her, von der Freibank?«, erkundigte Omchen Else sich bei Christa.

»Das Fleisch von der Freibank ist oft von hervorragender Qualität«, warf Reinhold ein. »In jedem Fall ist es gesundheitlich einwandfrei, das kann ich aus eigener Anschauung bestätigen.«

»Ich hab's natürlich *nicht* von der Freibank, sondern vom Metzger!«, erklärte Christa gereizt. »Was denkt ihr denn eigentlich?«

Ihr Mann wirkte ein wenig irritiert, wahrscheinlich hatte er sie nur vor den Seitenhieben ihrer Mutter bewahren wollen. »Vielleicht war es einfach nicht richtig abgehangen.«

»So zäh ist es auch wieder nicht«, meinte Helene, ehe sie einen Bissen von dem Braten zum Mund führte und ihn zerkaute, nur um sogleich mit einem tüchtigen Schluck Wein nachzuspülen.

»Genau, ordentlich trinken hilft«, bemerkte Omchen Else in spitzem Ton.

»Omili, magst du auch noch was von dem Wein?«, wandte Marie sich an Auguste.

»Ja, schenk mir ruhig ein bisschen nach, Kind. Danke, du bist aber aufmerksam, mein Schätzchen!«

Christa unterdrückte den Drang, schreiend aufzuspringen und aus dem Zimmer zu rennen.

»Das Gemüse ist dir wirklich ausgezeichnet gelungen, meine Liebe«, sagte Auguste zu Else.

»Freut mich«, gab Omchen Else zurück. »Das Schälen war wirklich eine Sauarbeit.«

Abgesehen vom Schälen hatte sie zur Zubereitung der Gemüsebeilagen überhaupt nichts beigetragen, die hatte Christa selbst übernommen, einschließlich des mühseligen Kleinschneidens.

Ihre Mutter bereitete Kohlrabi und Möhren immer auf dieselbe langweilige Weise zu. Sie schnitt sie in grobe Würfel, die sie in viel Wasser weich kochte und anschließend in einer Soße aus Mehlschwitze und Milch ziehen ließ. Es schmeckte nicht schlecht, aber auch nicht richtig gut. Christa hatte ihren Gästen diesmal ein wenig mehr bieten wollen. Sie hatte schon vor diesem Sonntag extra ein Rezept aus der *Brigitte* ausprobiert, wobei die Kohlrabi in feine Blätter geschnitten und mit etwas Butter und Salz im eigenen Saft gegart wurden, und erst ganz am Ende wurde ein Schuss Sahne hinzugefügt. Auch das Möhrengemüse hatte Christa auf eine neue Art zubereitet – mit Butter, Zucker und Salz in der Pfanne glasiert schmeckten die jungen Möhrchen sehr viel besser als in der faden, dicken Tunke, in der ihre Mutter das Gemüse immer ertränkte.

Erbittert kaute Christa auf dem wirklich sehr zähen Fleisch herum. Hätte sie doch nur auch den Schmorbraten selbst übernommen! Aber damit hätte sie ihre Mutter tödlich beleidigt, die ließ auf ihren Braten nichts kommen. Normalerweise gelang er ihr auch immer, nur ausgerechnet diesmal nicht. Immerhin, die Soße war schmackhaft, wenigstens ein Pluspunkt. Und die Suppe, die es als Vorspeise gegeben hatte, war auch in Ordnung gewesen.

Aber wahrscheinlich wäre dieses Mittagessen im Kreis der Familie auch mit dem köstlichsten Braten kaum zu ertragen gewesen. Omili hier, Omili da, Marie zeigte sich Auguste gegenüber von ihrer sonnigsten Seite. Ihre Augen strahlten richtig vor Freude über diesen Besuch, niemandem konnte entgehen, wie tief die Zuneigung war, die sie der alten Frau entgegenbrachte. Für Helene galt das nicht minder, sie griff ständig nach der Hand der Alten und drückte sie, wie zum Beweis ihrer Verbundenheit.

Das war auch schon so gewesen, als sie noch alle miteinander in der Frankfurter Villa gelebt hatten. Auguste musste irgendwas Besonderes an sich haben, das die Menschen dazu brachte, sie aufrichtig gernzuhaben. Anfangs hatte Christa sich allen Ernstes eingeredet, es müsse am Geld liegen, aber natürlich wusste sie es besser. Egal wie reich jemand war – Liebe konnte sich keiner kaufen.

Auch Reinhold verehrte seine alte Tante, er überschlug sich geradezu in seinem Eifer, ihr jeden Wunsch von den Augen abzulesen. An diesem Sonntag war er sogar eigens mit dem Wagen nach Frankfurt gefahren, um sie nach Kirchdorf zu holen, weil sie auf ihre späten Tage nicht mehr so gern den Zug nahm. Dementsprechend würde er sie am späten Nachmittag auch wieder zurück nach Frankfurt chauffieren, eine Tour, die hin und zurück über vier Stunden dauerte.

Sie hätten genauso gut alle wie sonst auch zu ihr nach Frankfurt fahren können, aber Auguste wollte gern noch mal die schöne Rhön sehen, und prompt hatte Reinhold alles getan, um es möglich zu machen.

Jetzt thronte sie wie eine in Würde gealterte Königin an der Stirnseite des Esstischs, dezent vornehm mit ihrer pflaumenblauen Seidenbluse, der edlen Perlenkette und dem sorgsam ondulierten weißen Haar. Allein die Art, wie sie ihr Besteck benutzte und sich jedes Mal vor dem Trinken mit der Serviette den Mund abtupfte, mutete wie der Inbegriff vollendeter Tischmanieren an. Sie aß nicht einfach bloß – sie speiste.

Den Esstisch nebst Stühlen hatten Christa und Reinhold extra von der Küche ins Wohnzimmer geschleppt, da war mehr Platz und die Umgebung nicht ganz so schlicht, und obendrein bot es den Vorteil, dass die Mahlzeit nicht inmitten der Kochdünste stattfinden musste. Natürlich war es nicht zu vergleichen mit dem noblen Esszimmer in Augustes Villa, das mit lauter Antiquitäten eingerichtet war; Christa war sich da immer vorgekommen wie in einer Bühnenkulisse. Als sie damals nach ihrer Flucht bei Auguste untergekrochen waren, hatte sie sich tagelang kaum getraut, irgendwas anzufassen.

Bei diesem Gedanken machte sie sich nicht zum ersten Mal bewusst, dass diese Villa eines Tages ihrem Mann gehören würde, ebenso wie das viele Geld. Auguste sprach ganz offen darüber, Reinhold war ihr Haupterbe. Bloß den Schmuck wollte sie Helene vermachen, und für Marie hatte sie, wie sie mal erwähnt hatte, auch ein kleines Vermächtnis ausgesetzt, was immer sie darunter auch verstehen mochte.

Sie waren nun mit dem Hauptgang fertig. Auguste hatte das Endstück von dem Braten, das Christa ihr auf ihren Wunsch hin aufgetan hatte, liegen lassen. Auch die anderen hatten ihre Portion nur teilweise aufgegessen, auf allen Tellern lagen Fleischreste, nur nicht auf ihrem eigenen. Sie hatte mit Todesverachtung alles kleingekaut und runtergeschluckt. In einer dämlichen Anwandlung von Trotz lud sie sich noch ein Stück von dem Braten auf den Teller und schnitt sich ein Stück davon ab, doch als sie es im Mund hatte, kam es ihr wie alte Schuhsohle vor. Ihre Kehle krampfte sich in einem Würgeanfall zusammen, sie konnte nicht mehr kauen, geschweige denn schlucken.

Mit einem Ruck stand sie auf und rannte aus dem Zimmer, raus in den Garten, wo sie das Fleisch in hohem Bogen ausspie. Mit einem Mal war sie alles leid. Wie aus dem Nichts liefen ihr Tränen über die Wangen, es ließ sich nicht eindämmen. Schluchzend ließ sie sich auf die Gartenbank fallen, die zwischen den Obstbäumen stand. Sie schob eine Hand unter ihre Bluse, betastete mit den Fingerspitzen die rechte Brust und fragte sich dabei, wie es sich wohl anfühlen würde, wenn sie weg wäre. Sie konnte spüren, dass der Knoten gewachsen war, eigentlich sollte er schon seit vergangener Woche herausoperiert sein, der Frauenarzt in Hünfeld hatte sie sofort an die Klinik überwiesen. Doch da war sie nicht hingegangen. Hatte im letzten Moment Muffensausen bekommen. Bei Krebs wäre die Brust weggewesen. Mastektomie nannte man das, absurderweise hatte sie selbst oft schon bei solchen Operationen assistiert. Natürlich nur bei Hunden, manchmal auch bei Katzen. Je älter sie waren, desto eher waren die Tumore bösartig, und nach Christas Vermutung war es bei Menschen genauso. Sie hatte die sechzig schon hinter sich, die Menopause lag lange zurück.

»Was ist denn los, Christa?« Reinhold war ihr in den Garten gefolgt, er wirkte besorgt, aber auch eine Spur entnervt. Sie registrierte, dass er sie beim Vornamen genannt hatte, das tat er in der letzten Zeit öfters. Koseworte wie *Schatz* oder *Liebling* waren nach ihrem Empfinden seltener geworden. »Musst du dich denn wirklich über diesen Braten so aufregen? Du hast ihn doch gar nicht gemacht, sondern deine Mutter!«

Hör doch mit dem blöden Braten auf, ich hab ganz andere Probleme!, hätte sie ihm am liebsten entgegengeschleudert, doch sie hielt die Lippen zusammengepresst und rieb sich mit dem Ärmel die Tränen vom Gesicht. Sie wusste selbst nicht genau, warum sie ihm bisher noch nichts von dem Befund erzählt hatte, und sie dachte die ganze Zeit darüber nach, was sie davon abhielt. Vielleicht lag es daran, dass es schon seit Längerem nicht mehr richtig gut zwischen ihnen beiden lief. Bis vor ein paar Wochen hatte sie ja noch gar nichts von dem Knoten gewusst, den hatte sie erst neulich ertastet. Das Ding war praktisch die

Dreingabe eines widrigen Schicksals, der buchstäbliche Tropfen, der das Fass, das sowieso schon bis zum Rand mit Unglück gefüllt war, endgültig überlaufen ließ. Und wenn sie es Reinhold sagte, würde es womöglich noch schlimmer. Sie hatte keine Ahnung, ob er sie noch liebte, sie hatten seit Monaten nicht mehr miteinander geschlafen, und die Küsse und Umarmungen zwischen Tür und Angel gab es auch kaum noch. Er schien ihr immer mehr zu entgleiten, und in demselben Maße, wie bei ihr Überdruss und Einsamkeit zunahmen, entfernte er sich innerlich von ihr.

Angenommen, sie hatte wirklich Krebs, so mochte darin vielleicht eine Chance für sie beide liegen, denn vielleicht weckte es bei Reinhold eine vermehrte Hinwendung und Fürsorge; als er damals den furchtbaren Unfall gehabt hatte, waren sie in der Zeit danach ja auch stärker zusammengewachsen. Andererseits war es jedoch ebenso gut möglich, dass sich dadurch die Distanz zwischen ihnen sogar vergrößerte. Weil er sich plötzlich gegen seinen Willen in die Pflicht genommen fühlte, in eine Verantwortung gedrängt, die er zwar übernehmen würde, aber nicht aus seinem Herzen heraus. Sie, die sieche, vielleicht sterbende Ehefrau; er, der gezwungenermaßen aufopferungsvolle Mann an ihrer Seite.

Vor diesem Zukunftsbild hatte Christa eine Heidenangst, möglicherweise sogar noch mehr als vor der tödlichen Krankheit. Zugleich war ihr klar, dass es nichts brachte, den Kopf in den Sand zu stecken. Es sei denn, sie wollte, dass alles bald endete. Manchmal, gerade an Tagen wie diesem, sehnte sie sich tatsächlich danach. Dann erschien ihr die ganze Welt grau und düster.

Reinhold setzte sich neben sie auf die Bank, er wirkte beklommen und verunsichert.

»Willst du nicht wieder reinkommen?«

»Gleich. Ich brauche noch einen Moment. Geh ruhig schon

wieder zu den anderen, ich komme gleich nach. Es gibt ja noch Nachtisch.«

»Was ist denn eigentlich los mit dir?«, entfuhr es ihm. Es klang vorwurfsvoll, fast anklagend. »In der letzten Zeit hast du nur noch schlechte Laune. Du willst dich nicht unterhalten, verziehst dich am Wochenende stundenlang zum Nähen nach oben, und wenn du dann endlich mal runterkommst, bläst du doch wieder nur Trübsal. Jeden Tag, von morgens bis abends. Ich kann mich überhaupt nicht erinnern, wann du dich zuletzt über irgendwas gefreut hast. Wenn dir unser Leben nicht passt – warum sagst du es nicht einfach? Liegt es an mir? Mache ich irgendwas falsch? Oder ist deine Mutter schuld? Wenn du mich fragst, war sie schon immer unerträglich, aber das ist ein Päckchen, das wir beide bis jetzt ganz gut tragen konnten, oder etwa nicht?« Er hielt inne und musterte sie eindringlich. »Himmel noch mal, Christa! *Rede* doch mit mir! Soll das denn jetzt immer so weitergehen? Stellst du dir so unsere Zukunft vor? So miesepetrig und ohne das kleinste Lachen zwischendurch? Denkst du vielleicht, dass ich darauf noch lange Lust habe?«

Sie konnte kein Wort sagen, ihre Stimmbänder waren plötzlich wie gelähmt. Sobald sie anfing zu reden, würde sie ihm von dem Knoten erzählen. Dann würde er sie mitleidig bei der Hand nehmen und wie der heilige Christophorus ihre Last auf seine Schultern laden. Und das Leben mit ihr noch mehr hassen als jetzt.

Reinhold stand abrupt auf, fürs Erste war er wohl fertig mit ihr. »Ich gehe dann mal wieder rein.« Humpelnd ging er über den Gartenweg zurück zum Haus, ohne zurückzublicken.

Christa ahnte, dass vielleicht als Nächstes Helene auftauchen würde, oder vielleicht sogar Auguste, für die Reinhold der Sohn war, den sie nie gehabt hatte. Fragen wie die von eben würden auf sie einprasseln. Was ist los mit dir? Was passt dir schon wieder nicht? Was haben wir dir denn getan?

Ohne groß nachzudenken, verließ sie den Garten durch die hintere Pforte und machte sich auf den Weg zur Grenze. Als sie den Ortsrand hinter sich gelassen hatte, sah sie von ferne ihren früheren Wohnort, ein von der Sommersonne beschienenes Idyll im Sperrgebiet hinter den Grenzanlagen.

Die Felder und Äcker vor der Demarkationslinie lagen verlassen da, es war ja Sonntag, da wurde draußen nicht gearbeitet, auch nicht drüben. Die Silhouette der Kuppenrhön bot einen erhabenen Hintergrund für die friedliche, nur von Vogelzwitschern unterbrochene Stille, die beinahe darüber hinwegtäuschte, dass der Tod nur einen Steinwurf weit entfernt war.

Sie ging weiter bis zum Grenzschild, da endete der Weg. Und zugleich war dies die Demarkationslinie, die eigentliche Grenze zwischen West und Ost. Nicht der Zaun, der sich ein Stück weit entfernt auf DDR-Gebiet befand und die Leute davon abhalten sollte, in Scharen rüberzukommen. Dem Sozialismus wegzulaufen, so wie Reinhold und sie es auch getan hatten. Es war ihre letzte Chance gewesen, damals, in der Nacht der Zwangsumsiedlung. Sie hätten das Haus sowieso verloren.

Doch es stand immer noch da, ihr Heim, in dem sie so lange mit Reinhold gelebt hatte. Da war der Garten, den sie gemeinsam beackert hatten, wo sie abends im Hof auf der Bank gesessen und ihr Feierabendbierchen getrunken hatten. Sie hatte dort die glücklichste Zeit ihres Lebens verbracht. Von hier aus war es nicht zu sehen, es lag in einer Senke, aber es war nur einen kurzen Fußweg entfernt.

Manchmal dachte sie allen Ernstes daran, wieder zurückzugehen, und sei es nur, um das Haus noch mal zu sehen. Doch seit die drüben den neuen Zaun hochgezogen hatten, war daran kein Denken mehr, schon wegen der Minen.

Im vorletzten Jahr hatte es einer aus dem Nachbardorf trotzdem gewagt, er war wohl mit dem neuen Leben im Westen nicht zurechtgekommen. Einer der Kirchdorfer Bauern hatte alles mitangesehen, er hatte Reinhold davon erzählt. Der Mann hatte es sogar durch den Zaun geschafft, aber dann war er auf eine der Minen getreten und hatte dabei ein Bein verloren. Die russischen Grenzer hatten ihn mit Stangen aus der Gefahrenzone zu sich rübergezogen. Niemand wusste, was aus ihm geworden war.

Einen winzigen Moment erwog sie, es einfach zu versuchen. Jetzt gleich. Sich zwischen den Drähten hindurchzuwinden und über den Kontrollstreifen zu rennen. Vielleicht würde sie von einer explodierenden Mine zerfetzt, vielleicht von einem der Grenzer erschossen. Aber vielleicht schaffte sie es auch unbeschadet nach drüben, womöglich sogar bis zu ihrem Haus.

An der Stelle endete die Fantasie, denn jetzt gehörte das Haus natürlich jemand anderem. Ob sich da wirklich der widerwärtige Sperling eingenistet hatte? Vor ihrer Flucht hatte er es ihnen ja mehr oder weniger schon angekündigt. Ein verdienter Kader, bestens aufgestellt in der Partei – warum nicht? Die Vorstellung, dass er jetzt tatsächlich in ihrem früheren Heim lebte, rief Übelkeit bei ihr hervor, so unvermittelt und stark, dass sie sich in einem Schwall übergeben musste.

Trotz des ekelerregenden Geschmacks in ihrem Mund war sie froh, auf diesem Wege den Sonntagsbraten loszuwerden. Es hatte eine fast kathartische Wirkung auf sie, und ein wenig erleichtert merkte sie, dass auch die morbiden Gedanken an Sperling und das Haus verflogen waren.

Sie spuckte aus und wischte sich die Lippen ab. Das nächste Mal würde sie den Braten selber machen.

KAPITEL 15

Oh, Sie sind es!«, sagte Isabellas Mutter mit einem breiten Lächeln. »Kommen Sie nur rein, sie ist hinten in ihrem Zimmer und freut sich bestimmt. Ein bisschen Gesellschaft tut ihr sicher gut. Das arme Mädchen, in der letzten Zeit kennt sie nur noch die Arbeit, und wenn sie heimkommt, schläft sie oder liegt im Bett herum, sie hat überhaupt keine Energie mehr. Und dabei war sie sonst immer so unternehmungslustig! Vielleicht können Sie sie ja ein bisschen aufmuntern. Mal mit ihr ausgehen, so wie früher!«

Helene ließ den Redeschwall von Isabellas Mutter über sich ergehen, ab und zu mit einem verständnisvollen Kopfnicken signalisierend, dass sie aufmerksam zuhörte.

»Sie freut sich *bestimmt*!«, wiederholte Isabellas Mutter mit betonter Fröhlichkeit, während sie vor der Tür von Isabellas Zimmer stehen blieb und anklopfte. »Liebes, deine Freundin Helene ist da!« Und schon stieß sie die Tür auf und forderte Helene mit einladender Geste zum Eintreten auf. Dann verschwand sie in Richtung Küche. »Ich bringe euch gleich mal ein paar Schnittchen!«

Helene blieb zögernd in der offenen Tür stehen. Isabella lag ausgestreckt auf dem Bett, ohne Decke, denn die Hitze war unerträglich, im Raum stand die Luft. Helene zauderte kurz, dann ging sie entschlossen zum Fenster und riss es weit auf.

»Was willst du?«, wollte Isabella wissen. Sie hatte sich aufgesetzt. »Hättest du nicht anrufen können?«

»Das hab ich gemacht, sogar mehrmals. Aber deine Mutter meinte jedes Mal, du wärest gerade unpässlich. Oder zu müde zum Telefonieren. Ich hab mir Sorgen gemacht und dachte, ich sehe einfach mal nach dir. So wie Freunde es nun mal tun.«

»Mir geht's gut.«

»Kommt mir nicht so vor.«

Das war noch untertrieben, Isabella sah schrecklich aus. Ihr Gesicht war von Erschöpfung gezeichnet, sie hatte dunkle Augenringe, und die sonst immer glänzenden Ringellocken bildeten eine stumpfe, strohige Masse.

Erschrocken über den Anblick setzte Helene sich zu ihrer Freundin aufs Bett. Sie machte sich Vorwürfe, weil sie Isabella zugeredet hatte, die Arbeit in der Klinik anzunehmen. Ganz offensichtlich war das eine Fehlentscheidung gewesen.

»Du musst da schnellstens wieder aufhören«, sagte sie eindringlich.

»Was meinst du?«, wollte Isabella stirnrunzelnd wissen.

»Na, die Arbeit in der Klinik natürlich! Wenn es so ein Knochenjob ist, dass es dich krank macht, musst du kündigen! Noch bist du in der Probezeit, es sollte keine große Sache sein. Du machst einfach wieder als freie Hebamme weiter, es gibt bestimmt immer noch genug Frauen, die zu Hause entbinden. Dein Beruf sollte dir Freude machen!«

»So wie bei dir?«, gab Isabella zurück. Ihre Miene wirkte unergründlich. Ihr Ärger über Helenes unangemeldetes Auftauchen schien verflogen, jetzt wirkte sie nur noch müde und überanstrengt.

»Ich bin gern Lehrerin«, sagte Helene. Der Ehrlichkeit halber schränkte sie ein: »Jedenfalls meistens. Im Moment habe ich wegen der neuen Schule viel Extraarbeit, aber jetzt sind ja Ferien, da habe ich wieder mehr Luft. Mir geht's im Moment wirklich gut.«

Isabella murmelte etwas, das Helene nicht verstand.

»Wie bitte?«, fragte sie nach.

»Ich sagte, kein Wunder«, antwortete Isabella. Es klang ein wenig sarkastisch.

Helene stand auf der Leitung, sie wusste nicht, was damit gemeint war. Erst als Isabella ironisch die Augenbrauen hochzog, wurde es ihr klar.

»Du weißt davon?«, fragte sie betreten.

Isabella hob die Schultern. »Frag lieber, wer es *nicht* weiß. Dachtest du, es merkt keiner? Du und Tobias – ihr seid schon wieder *das* Thema im Dorf.«

»Nur als Gerücht? Oder hat irgendwer uns gesehen?«

»Noch ist es nur Gerede.«

Helene nickte, immer noch von Unbehagen erfüllt.

»Hättest du's mir irgendwann noch erzählt?«, wollte Isabella in herausforderndem Ton wissen. »Oder lieber nicht, aus Angst, dass ich's weitersage?«

Helene merkte, wie sie errötete. »Ich glaube, das ist meine Privatsache«, sagte sie leicht verärgert. »Außerdem habe ich dich in letzter Zeit kaum gesehen. Noch nicht mal telefoniert haben wir!« Sie hielt inne. »Davon abgesehen verrätst du mir ja auch nicht alles über deine Männergeschichten, oder? Jim hat neulich mal angedeutet, dass du nach deiner Trennung von Harald mit Brad angebandelt hast.«

»So ist es«, konstatierte Isabella nur. Und dann fing sie zu Helenes Bestürzung an zu weinen. Sie wandte sich ab und schlug die Hände vors Gesicht. »Verschwinde!«, schluchzte sie. »Lass mich einfach in Ruhe!«

Helene dachte gar nicht daran. »Mein Gott, Isa!« Sie zog die Freundin in ihre Arme. Isabella unternahm einen halbherzigen Versuch, sie abzuwehren. Helene ignorierte es und hielt sie fest an sich gedrückt. Bestürzt spürte sie die tiefen Schluchzer, die Isabellas Körper erschütterten und nur allmählich abebbten.

»Was ist los?«, fragte sie nach einer Weile behutsam.

»Ich bin schwanger«, kam es dumpf zurück.

Helene brauchte ein paar Augenblicke, um diese Neuigkeit zu verdauen. Und noch etwas länger, um die Tatsache, dass Isabella deswegen so aufgelöst war, richtig einzuordnen. »Du willst das Kind nicht«, stellte sie fest.

»Die Frage stellt sich jetzt nicht mehr, dafür ist es zu spät. Und sprich um Himmels willen leise, du kennst doch meine Mutter. Die hat noch keine Ahnung davon.«

»Wie weit bist du?«

»Ende vierter Monat.«

Helene schluckte. So lange schon, und sie hatte nichts mitbekommen!

»Von wem ist es?«

»Von Brad.«

»Hast du's ihm gesagt?«

»Ja.«

»Wie hat er reagiert?«

»Er hat mir einen Heiratsantrag gemacht.«

»Aber dann ist doch alles in Ordnung!«, sagte Helene spontan, nur um gleich darauf zu verstummen, weil sie ihren Irrtum erkannt hatte. Brad war schwarz. Es war praktisch unmöglich, dass die zwei ein Paar wurden und das Kind gemeinsam großzogen. Unweigerlich kam ihr die Situation im Frankfurter Café in den Sinn, als die Gäste das junge Paar beleidigt hatten. Isabella und Brad würde es nicht viel anders ergehen. Für die Leute wäre ihre Verbindung eine Ungeheuerlichkeit, das Leben würde für die beiden zum reinsten Spießrutenlauf geraten.

Dessen war sich natürlich auch Isabella bewusst. »Gar nichts ist in Ordnung.« Ihre Stimme klang ruhig, fast sachlich, doch die brodelnden Emotionen waren herauszuhören. »*Misch*ehen verstoßen gegen die Prinzipien der Army. Denn daraus gehen ja *Mischlings*kinder hervor.« Sie betonte die Bezeichnungen. Ihr Tonfall klang bitter.

»Die Zeiten ändern sich vielleicht irgendwann«, sagte Helene lahm, doch sie merkte selbst, wie wenig sie Isabella damit helfen konnte. »Hauptsache, das Kind ist ehelich, dann haben die Leute schon mal einen Grund weniger zum Lästern«, fügte sie hinzu.

Isabella stieß ein verzweifelt klingendes Lachen aus. »Du verstehst es immer noch nicht, oder? Es wird keine Heirat geben. Brad ist weg. Die Army hat ihn fortgeschickt. Vor mir in Sicherheit gebracht. Weil sie keine *Brown Babies* brauchen können. So nennen sie solche Kinder. Die will man einfach nicht.«

Helene nahm es erschüttert zur Kenntnis, ihr fehlten die Worte.

Isabella hatte sich aus der Umarmung gelöst, sie rückte ein Stück von ihr ab und lehnte sich mit dem Rücken gegen das Kopfteil des Bettes. Zutiefst erschöpft blickte sie Helene an. »Ich weiß nicht, was aus mir werden soll, Lenchen.«

Helene nahm ihre Hände. »Es gibt immer einen Weg, Isa. Irgendeine Lösung wird sich schon finden. Und auch, wenn du jetzt noch keine Ahnung hast, wie das alles klappen soll – auf mich kannst du jederzeit zählen. Egal was die Leute sagen, ich bin immer für dich da!«

Isabella schloss die Augen. »Ich bin so müde, Lenchen. Immer nur müde.«

»Du arbeitest zu viel. Kannst du nicht deine Stundenzahl reduzieren?« Mit bemühter Sachlichkeit fuhr Helene fort: »Über kurz oder lang musst du da sowieso aufhören.«

»Ich weiß. Sobald man's sehen kann, werfen sie mich wahrscheinlich eh raus. Aber bis dahin will ich noch arbeiten, das ist auf jeden Fall besser, als daheim herumzuhocken und zu heulen.«

»Wann wolltest du es deinen Eltern sagen?«

»Am liebsten überhaupt nicht«, erwiderte Isabella mit düsterem Sarkasmus. »Meine Mutter bekommt garantiert den Nervenzusammenbruch ihres Lebens, und mein Vater hatte ja letztes Jahr schon einen Herzinfarkt, da wäre der zweite nicht weit. Und ich wäre dafür verantwortlich.«

»Irgendwann *musst* du es ihnen aber sagen. Am besten, bevor Gerüchte die Runde machen und sie auf diesem Weg Wind davon bekommen. Sie sollten es vor allen anderen erfahren, damit sie sich gegen das Gerede wappnen können.«

»Ich weiß«, murmelte Isabella.

Dann schwiegen sie beide, denn es klopfte an der Tür, und Isabellas Mutter kam ins Zimmer, einen Teller mit appetitlich angerichteten Schnittchen in den Händen. Sie stellte ihn auf Isabellas Schreibtisch ab und wandte sich strahlend zum Bett um.

»Alles in Ordnung, die Damen? Geht es dir wieder ein bisschen besser, Kind?« Erklärend wandte sie sich an Helene. »Sie sollte nicht mehr so viele Nachtschichten machen, was meinen Sie?«

»Ein guter Plan«, antwortete Helene zurückhaltend.

Isabellas Mutter sah sie an, und mit einem Mal war der Ausdruck von Heiterkeit in ihrer Miene wie weggewischt. In ihren Augen standen Tränen.

»Sie hat es Ihnen gesagt, oder? Mit Ihnen spricht sie darüber, aber nicht mit ihrer eigenen Mutter!«

»Mama, was ...« Isabella starrte ihre Mutter an.

»Dachtest du etwa, ich merke es nicht? Bei meiner eigenen Tochter? Für wie dumm kann man eine Mutter halten? Ich dachte die ganze Zeit, du kommst irgendwann zu mir und sprichst drüber. Aber nein, es wird lieber totgeschwiegen.«

»Oh Gott, Mama. Ich wollte doch nicht ...« Isabella verstummte. Verzweiflung sprach aus ihrer Miene, aber auch eine Spur von Trotz. »Na gut, jetzt weißt du's. Ich kriege ein Kind.«

»Soll ich lieber gehen?«, fragte Helene. »Dann könnt ihr euch in Ruhe unter vier Augen unterhalten.« Es war ihr peinlich, Zeugin dieser Auseinandersetzung zu werden, zumal der schlimmste Teil ja noch bevorstand. Doch keiner hörte ihr zu.

»Jetzt müsst ihr aber endlich heiraten, du und Harald«, erklärte Isabellas Mutter aufgewühlt. »In deiner Lage kannst du dich nicht länger davor drücken. Diese Spielchen zwischen euch müssen aufhören.«

»Er wird mich hundertprozentig nicht heiraten«, sagte Isabella lakonisch.

Ihre Mutter war schockiert. »Er hat vor, dich sitzen zu lassen? Mit einem Kind im Bauch?! Das kann er doch nicht machen, er ist der *Bürgermeister*!«

»Tja, Mama, dann halt dich jetzt besser fest. Harald ist nicht der Vater.«

Der Mund ihrer Mutter blieb offen stehen, sie starrte Isabella mit weit aufgerissenen Augen an. »Nicht der Vater?«, echote sie dann mit ersterbender Stimme. »Wer ist es denn dann?«

»Das spielt keine Rolle, denn derjenige kann und wird mich nicht heiraten. Oh, und noch was. Aber dabei setzt du dich lieber hin, sonst kippst du noch aus den Latschen. Er ist nämlich schwarz.«

Im Gesicht ihrer Mutter zeigte sich ein Ausdruck von blankem Entsetzen. Sie geriet tatsächlich ins Taumeln und ließ sich auf den Schemel vor Isabellas Frisiertisch sinken, wo sie sekundenlang vor sich hinstarrte, ehe sie tonlos murmelte: »Der Herr stehe uns bei.«

»Ich lass euch dann mal lieber allein«, meldete Helene sich vorsichtig zu Wort, doch auch dieser Einwurf verhallte ungehört.

»Wie konntest du nur so leichtsinnig sein!«, entfuhr es Isabellas Mutter. »Hast du dabei auch nur einen Moment an deinen Vater und sein schwaches Herz gedacht? Es könnte sein Tod sein, wenn er das erfährt!«

»Umso besser, dass ich's nicht an die große Glocke gehängt

habe, oder?« Isabella rappelte sich vom Bett hoch und baute sich in Abwehrhaltung vor ihrer Mutter auf. »Ich kann's nicht ungeschehen machen, Mama, vielleicht kapierst du das mal langsam!«

Ihre Mutter rang die Hände. »Was haben wir nur falsch gemacht?«, rief sie in klagendem Tonfall aus. »Hast du nicht immer alles von uns bekommen? Wieso bist du bloß so geworden? So schamlos und unanständig und egoistisch!«

Helene mischte sich ein. »So ein Mensch ist Ihre Tochter nicht! Sie irren sich!«

»Das können Sie doch überhaupt nicht beurteilen!«, schrie Isabellas Mutter sie an. »Und überhaupt, was stehen Sie noch hier herum? Das ist eine Familienangelegenheit!«

Damit hatte sie Helenes Kampfgeist geweckt. »Ihre Tochter braucht jetzt aber keine Vorhaltungen, sondern Unterstützung!«

»Lass nur«, sagte Isabella. »Eigentlich hat sie ja recht. Ich bin ein Miststück vor dem Herrn.« Sie blickte auf ihre Uhr. »Ich muss euch jetzt leider beide rausschmeißen, bald fängt meine Schicht an. Ich muss mich noch für die Arbeit fertig machen und ein paar andere Dinge erledigen.«

Ihre Mutter ließ sich nicht so leicht abwimmeln, sie schäumte vor selbstgerechter Empörung. »Glaub ja nicht, dass dein Vater und ich diesen Lebenswandel noch länger unterstützen! Sieh du nur selber zu, wo du mit deinem Halbblut unterkommst, und zwar möglichst schnell, bevor alle Welt deine Schande sehen kann!« Mit diesen Worten verließ sie türenknallend das Zimmer.

Helene sah ihr bestürzt nach, ehe sie sich wieder Isabella zuwandte, die trotz der schlimmen Tirade ihrer Mutter erstaunlich gelassen wirkte.

»Das hat sie garantiert alles nicht so gemeint«, sagte Helene.

»Oh doch, das hat sie.«

»Bestimmt kommt sie noch zur Besinnung.«

»Träum nur weiter.«

»Glaubst du ernsthaft, deine Eltern werfen dich raus?«, fragte Helene zweifelnd. Isabellas Vater war ein gutmütiger Mensch, und für ihre Mutter galt im Grunde dasselbe, ungeachtet ihrer Neugier, ihrer vielen Nörgeleien und ihrer Art, sich in alles einzumischen. »Das würden sie doch nicht wirklich tun!«

»Vielleicht nicht, meine Mutter hält viel von den christlichen Geboten. Aber dafür wäre mein Leben die Hölle auf Erden, das kannst du mir glauben.«

»Wenn alle Stricke reißen, kommst du zu mir.« Helenes Antwort kam impulsiv, war aber völlig ernst gemeint.

»Zu dir?« Isabella grinste flüchtig. »Du meinst, in deine Dienstwohnung im Lehrerhaus? Wo du fortan dein Schlafzimmer mit mir und meinem braunen Baby teilst?«

Helene unterdrückte ein Kichern. »Na ja, nachts aufstehen und Fläschchen geben musst du dann schon selber.«

»Schon klar, dass das an mir hängen bleibt, denn du treibst dich ja nachts mit deinem feurigen Liebhaber herum.«

Sie lachten beide laut heraus, als könnten sie die Hoffnungslosigkeit damit verjagen. Doch als das Gelächter verklang, war sie immer noch da.

*

Noch am selben Tag traf Isabella ihre Entscheidung. Es war ein seltsamer Zufall, dass die Frau von der Adoptionsagentur sie ausgerechnet an diesem Nachmittag anrief, kurz nach der schrecklichen Auseinandersetzung mit ihrer Mutter. Ob man sich nicht mal treffen wolle, hatte sie gefragt; sie habe von einem gewissen Jim erfahren, dass Isabella Hilfe brauche.

Isabella betrachtete diesen Anruf als Wink des Schicksals, sie hatte einem Gespräch spontan zugestimmt. Sie musste sowieso zur Arbeit nach Hünfeld und fuhr einfach eine halbe Stunde früher los. Das Treffen sollte im Café stattfinden.

Während der Fahrt dachte Isabella an Helenes Vorschlag, mit dem Baby bei ihr unterzukriechen. Das war lieb und rührend von ihr, aber es kam natürlich nicht infrage. Damit hätte Helene sich nur endgültig ins Aus manövriert, da stand sie sowieso schon ständig mit einem Bein, und Isabella würde den Teufel tun, sie über diese unsichtbare Grenze mit sich in den Abgrund zu reißen und ihr damit die Zukunft zu verbauen.

Die Frau von der Adoptionsagentur stellte sich als Frau Grey vor, sie wirkte gebildet und kultiviert. Ihre Kleidung war von unaufdringlichem Schick, das blondierte Haar kurz geschnitten, das Make-up sparsam aufgetragen. Isabella schätzte sie auf Mitte vierzig. Frau Grey war von deutscher Herkunft und mit einem amerikanischen Offizier verheiratet. Sie lebte mit ihrem Mann in Bad Hersfeld im McPheeters Village, der dortigen Militärbasis der U.S.-Army. In ihrer Eigenschaft als Offiziersgattin und Menschenfreundin habe sie es sich zur Aufgabe erkoren, in Not geratenen Frauen zu helfen.

Isabella verkniff sich einen ironischen Kommentar. In Not geraten. Was für eine dämliche Umschreibung für *von einem Schwarzen geschwängert*!

Sie saßen einander an einem der Tischchen im Café gegenüber, Frau Grey hatte sich Kaffee bestellt, Isabella Tee. Sie vertrug in letzter Zeit keinen Kaffee mehr, und das Rauchen hatte sie auch endgültig aufgegeben. Das Trinken sowieso, sie wusste, was Alkohol den Kindern im Mutterleib antun konnte. Einigen hatte sie selbst auf die Welt geholfen. Arme kleine Würmer, fürs Leben geschädigt.

»Ich reise regelmäßig selbst nach Dänemark und überzeuge mich von den liebevollen Familienverhältnissen«, erzählte Frau Grey gerade. »Zuverlässige, herzliche Menschen sind das, ganz wundervolle Adoptiveltern. Sie nehmen immer mehrere Kinder auf, meist zwei oder drei, sodass die kleinen Schätzchen nicht als Einzelkinder aufwachsen müssen. Sie bekommen sogleich Geschwister und können sich unter ihresgleichen wohlfühlen.«

»Unter ihresgleichen?«

»Sicher. Es sind lauter kleine Mischlinge.«

»Heißt das, die Leute kriegen Geld dafür?«

»Freilich«, sagte Frau Grey mit mildem Erstaunen. »Sie müssen schließlich für die Kinder sorgen. Sie ernähren und kleiden, mit ihnen zum Arzt gehen, sie in die Schule schicken …«

»Was ist mit den leiblichen Eltern?«, wollte Isabella wissen. »Dürfen die Kontakt halten? Also mit ihren Kindern?«

Frau Grey runzelte die Stirn. »Daran besteht meist kein Interesse.«

»Bei wem? Bei den Dänen oder den Deutschen?«

»Aufseiten der ledigen Mütter«, stellte Frau Grey klar.

»Und wenn es doch mal eine möchte?«

»Das kam noch nicht vor.«

»Hm. Und wie würde das alles genau ablaufen?«

Frau Grey erläuterte die organisatorischen Hintergründe und jeden einzelnen Schritt. Alle Papiere wurden schon im Vorfeld ausgefüllt, damit das Neugeborene sofort nach der Geburt zu seinen neuen Eltern nach Dänemark gebracht werden konnte, das sei naturgemäß für die Mütter am einfachsten.

»So können Sie sich in aller Ruhe von der Geburt erholen. Ohne Anstrengung, ohne Belastung.« Frau Grey seufzte, ehe sie teilnahmsvoll fortfuhr: »Glauben Sie mir, ich habe Frauen kennengelernt, die es zuerst mit Kind versucht haben. Aber sie alle sind daran zerbrochen. Und Grund dafür waren nicht etwa die Hetze und die Häme und dass die Leute vor ihnen ausgespuckt haben. Sondern dass die Kinder in ihrer angestammten Umgebung zu traurigen, einsamen Außenseitern wurden. Gehänselt, verachtet und ausgegrenzt. Es hat mir jedes Mal das Herz zerrissen, diese verletzten Seelchen zu sehen. Keine der Mütter hatte auf Dauer die Kraft, ihre Kleinen dem länger auszusetzen.

Glauben Sie mir, auch Sie möchten das nicht für Ihr armes, unschuldiges Kind!«

In Isabella krampfte sich alles zusammen. Wie konnte es sein, dass sie diesen Aspekt bisher dermaßen vernachlässigt hatte? Die ganze Zeit hatten ihre Gedanken bloß darum gekreist, wie es ihr selbst bei alledem ergehen würde! Dass es daneben noch eine andere Realität gab, hatte sie völlig verdrängt.

Sie schluckte hart. »Würde es viel kosten? Ich meine, die Adoption. Ein bisschen Geld habe ich, aber …«

Frau Grey hob die Hand, um sie zu unterbrechen. »Aber nicht doch!« Sie lächelte beruhigend. »Sie müssen überhaupt nichts bezahlen! Die Kosten für alles übernimmt unsere Organisation, und zwar bis auf den letzten Pfennig!«

»Na gut. Ich lasse mir alles noch mal in Ruhe durch den Kopf gehen.«

»Tun Sie das. Und melden Sie sich dann bei mir.« Frau Grey schob eine Visitenkarte über den Tisch. »Die Organisation steht Ihnen gern bei allen Fragen und Problemen zur Seite! Gemeinsam schaffen wir das, Sie und Ihr Kind sind bei uns in besten Händen!«

Es klang wie eine einstudierte und schon oft zum Einsatz gebrachte Ansprache, aber das gehörte wahrscheinlich dazu. Einfach die ganze Sache in rosigen Farben darstellen, und alles würde gut, man musste nur dran glauben.

Isabella erinnerte sich an einen alten Film, den sie irgendwann gesehen hatte – war sie nicht sogar mit Harald drin gewesen? Nein, es war schon länger her, bestimmt zehn Jahre, da war sie noch nicht mit ihm zusammen gewesen. *Toxi*, so hatte der Film geheißen. Er hatte von einem kleinen Besatzerkind gehandelt. Der Vater, ein schwarzer G.I., war nach Amerika zurückgekehrt, die Mutter gestorben. Vom übrigen Inhalt wusste Isabella kaum noch was, also konnte der Film nicht viel getaugt haben. Nur das schnulzige Ende war ihr im Gedächtnis geblieben – der Vater war auf einmal wieder aufgetaucht und hatte Toxi mit sich in die Staaten genommen, es war genauso unrealistisch und an den Haaren herbeigezogen wie der Rest.

Isabella zahlte ihren Tee, dann nahm sie die Visitenkarte an sich und stand auf.

»Danke erst mal«, sagte sie höflich zu Frau Grey.

»Keine Ursache. Und bis bald.«

Sie verabschiedeten sich mit einem kurzen Händedruck. Die Finger der Frau fühlten sich eigentümlich dünn und kalt an. Isabella verspürte ein schwaches Frösteln, sogar noch nach dem Verlassen des Cafés. Dabei war es schon den ganzen Tag über so warm, dass man es kaum aushielt.

Ob es in Dänemark im Sommer auch so heiß wurde? Das Land lag im Norden, immerhin daran erinnerte Isabella sich noch aus dem Erdkundeunterricht. Sicherlich konnte Helene ihr mehr darüber erzählen, die war ein Ass in Geografie. Vielleicht hatte sie auch Ahnung davon, ob die Leute in Dänemark liberaler eingestellt waren. Nicht so rassistisch wie die Deutschen.

Vor dem Gesetz waren alle Menschen gleich, auch das hatte Isabella in der Schule gelernt. Niemand durfte wegen seiner Rasse benachteiligt werden, so war es im Grundgesetz der Bundesrepublik Deutschland festgeschrieben. Aber das war nur die Theorie.

In den Vereinigten Staaten war erst neulich die Rassentrennung gesetzlich aufgehoben worden, Isabella hatte es in der Zeitung gelesen, aber auch das stand nur auf dem Papier.

Das, worauf es wirklich ankam, war in den Köpfen der Menschen, und das ließ sich nicht gesetzlich abschaffen. Die Gedanken waren nun mal frei, keiner konnte sie einfach ausradieren und ersetzen, egal wie dumm und hässlich sie auch sein mochten.

Isabella schob die Visitenkarte in ihre Handtasche und ging

rasch zu ihrem Wagen, den sie um die Ecke geparkt hatte. In einer Viertelstunde fing ihre Schicht im Kreißsaal an, sie würde gerade noch rechtzeitig eintreffen. Fast freute sie sich auf die Arbeit. Zumindest war es eine gute Ablenkung. Von Frau Grey. Von Dänemark. Von all dem, was noch auf sie zukam. Wenigstens für ein paar Stunden wollte sie nicht mehr daran denken.

KAPITEL 16

Helene versuchte, sich auf die Arbeit zu konzentrieren, doch sie musste zwischendurch immer wieder an Isabella und ihre letzte Unterhaltung denken. Was für ein Schlamassel! Sie hätte ihr so gern geholfen, vor allem angesichts der Feindseligkeit ihrer Mutter, aber ihre Möglichkeiten waren begrenzt. So gern Helene sich auch für sie in die Bresche geworfen hätte, um ihr beizustehen – die schwerste Last musste Isabella selbst schultern. *Sie* war diejenige, die das Kind bekam, und dementsprechend musste sie ganz allein die Entscheidung treffen, wie es danach mit allem weitergehen sollte.

Helene erinnerte sich vage an alte Zeitungsberichte in Ostberlin über schwarze US-Soldaten, die vor der rassistischen Unterdrückung in den Osten geflohen waren. Sie hatten in der DDR eine neue Heimat gefunden, darunter der bekannte und beliebte Schlagersänger James Pulley. Die meisten der übrigen hatten es jedoch weniger gut getroffen. Dem einen oder anderen war Helene in Ostberlin selbst schon über den Weg gelaufen, besonders glücklich hatte keiner dieser Männer gewirkt; sie wurden von den Leuten begafft wie exotische Tiere im Zoo, schon deshalb, weil sie in der DDR so ein seltener Anblick waren – insgesamt gab es dort höchstens ein paar Dutzend von ihnen. Manch einer wäre vermutlich gern zurückgekehrt, doch in der Army galten sie als Deserteure und mussten mit drakonischen Strafen rechnen.

Helene beugte sich wieder über ihre Unterlagen. Die Vorbereitungen für die Einrichtung der Mittelpunktschule schritten voran. Ihre Aufstellungen der benötigten Unterrichtsmaterialien waren fast komplett. Das in den Zwergschulen vorhandene Inventar war, wie sie bei mehreren Besichtigungen festgestellt hatte, ziemlich dürftig und teils marode, aber vorerst würde es reichen. Anders sah es mit den verfügbaren Sportgeräten aus, da waren Neuanschaffungen unerlässlich.

Medizinbälle, Sprungkasten und Springseile standen schon auf der Liste. Nach kurzem Nachdenken fügte Helene noch zwei Korbballständer hinzu.

Ihr fiel ein, dass sie noch einmal dringend mit Harald über die Bereitstellung von Unterrichtsräumen reden musste.

Erneut schweiften Helenes Gedanken ab, diesmal zu Tobias. Er fehlte ihr jeden Tag mehr, und das Ganze wurde zunehmend umständlicher und mühsamer. Mit jedem Mal wurde ihr klarer, dass es so nicht mehr lange weitergehen konnte, denn das zwischen ihnen war im Grunde nichts Halbes und nichts Ganzes. Tobias hatte es noch nicht offen angesprochen, aber sie spürte, dass er kurz davorstand.

Ein Geräusch von nebenan riss Helene aus ihren Gedanken und brachte ihr in Erinnerung, dass Marie auch noch da war. Eigentlich hätte sie bei dem schönen Wetter draußen sein sollen. Schließlich waren Sommerferien, da gehörten die Kinder an die frische Luft!

Helene sah auf ihre Armbanduhr und seufzte unterdrückt. Sie saß schon wieder seit geschlagenen drei Stunden am Schreibtisch, eine Pause war dringend nötig. Vielleicht sollte sie für heute Feierabend machen und stattdessen irgendwas mit Marie unternehmen.

Sie legte ihren Stift weg und sah nach ihrer Tochter. Marie stand im Bad vor dem Spiegel und schminkte sich, wohlgemerkt mit Helenes Make-up-Utensilien. Sie hatte bereits Grundierung und Puder aufgetragen, desgleichen Mascara und Rouge, und gerade zog sie sich die Lippen nach. Der Effekt war dramatisch, Marie sah aus wie eine kindliche Brigitte Bardot, eine laszive Lolita, die bereit war, die Männerwelt zu betören.

Entgeistert sah Helene sich die Bescherung an, sie musste sich zusammenreißen, um nicht laut zu werden.

»Du hättest fragen können, bevor du mein Schminkzeug ausprobierst«, sagte sie bemüht sachlich.

»Was für eins sollte ich denn sonst nehmen? Ich selber habe ja keins, und ich kriege nicht genug Taschengeld, um mir welches zu kaufen.«

»Weil du erst zwölf bist und keins brauchst«, sagte Helene.

»Ich werde bald dreizehn.«

»Das weiß ich, aber es ändert nichts daran.«

»Ach, und wann wäre ich deiner Meinung nach alt genug dafür?«

»Das sehen wir dann schon.«

»Und was ist, wenn ich das selbst entscheiden will?«, fragte Marie.

Helene fand es bei dem aufsässigen Tonfall ihrer Tochter zunehmend schwierig, Ruhe zu bewahren. Ihre eigene Stimme klang gleichbleibend neutral, fast freundlich, aber in Wahrheit war sie zutiefst erschrocken und verunsichert. Sie konnte nichts dagegen tun, auch wenn sie sich hastig in Erinnerung rief, dass es für Mädchen in dem Alter ganz normal war.

Helene hatte es als Lehrerin schon oft genug miterlebt und wusste, was dahintersteckte. Mit zwölf, dreizehn fing es meist an, da übten sie das Schminken, gern auch in der Schule. Oft trafen sie sich dafür auf dem Mädchenklo, kramten unter verschwörerischem Gekicher die mitgebrachten Lippenstifte und Puderdosen hervor und malten sich im Stil irgendeines bewunderten Schlagersternchens an. Manche trauten sich hinterher sogar geschminkt zurück ins Klassenzimmer, als Mutprobe oder im Zuge einer Wette, wie lange es wohl dauerte, bis die Lehrkraft es merkte und ein Donnerwetter losließ.

All das war nur eine Begleiterscheinung der Pubertät. Mit Schimpftiraden und Strafen machte man es bloß schlimmer. Pädagogisch sinnvoll waren vielmehr Verständnis, Vertrauen und Anteilnahme.

Helene räusperte sich und warf ihre geballte fachliche Kompetenz in die Waagschale.

»Du bist noch nicht alt genug, um geschminkt rauszugehen, aber wenn du möchtest, kann ich dir schon mal zeigen, wie man es richtig macht. Wichtig ist vor allem, dass man es nicht übertreibt und nicht zu viel vom allem aufträgt …«

»So wie du, wenn du rausgehst?«, fiel Marie ihr ins Wort. Ihr Ton war unversöhnlich, ihr bemaltes Gesicht wirkte eigenartig fremd. »Du triffst dich mit Tobias, oder?«, brach es plötzlich anklagend aus ihr heraus. »Nachts, wenn du denkst, dass ich schlafe. Oder nachmittags, wenn ich bei Opa bin und ihm in der Praxis helfe. Ich *wette*, dass du es tust, du brauchst es gar nicht erst abzustreiten! Lüg mich ja nicht an!«

Helene war erstarrt. Die Worte ihrer Tochter hatten sie getroffen wie giftige Pfeile, die sich durch die Haut bohrten und alle Nervenenden lähmten. Mit ihrer Beherrschung war es vorbei.

»Ich streite überhaupt nichts ab, und lügen werde ich schon gar nicht!«, rief sie wutentbrannt aus. »Ich werde dazu gar nichts sagen! Weil ich dir nämlich keinerlei Rechenschaft schuldig bin! Ich bin deine Mutter, aber ich habe auch ein Privatleben, und was ich da mache, geht dich nicht das Geringste an. Es ist ganz allein meine Angelegenheit, verstanden?«

Ihre Tochter lief rot an, Helene sah es trotz der Make-up-Schicht. Doch Marie war nicht etwa vor Scham errötet, sondern vor Zorn, wie sich bei ihren nächsten Sätzen offenbarte.

»Du denkst die ganze Zeit immer nur an dich!«, schrie sie.

»Oder an deine blöde Schule, dafür hast du alle Zeit der Welt! Ich bin dir doch total egal! Du hast mich nie gefragt, ob ich mit dir in dieses blöde, langweilige Nest ziehen wollte! Es ging dir von Anfang an bloß um das, was *du* wolltest! Aber das Schlimmste ist, dass du überhaupt nicht mehr an Papa denkst. Es macht dir gar nichts aus, dass er nicht mehr bei uns ist. Weil du ja Tobias viel lieber hast als Papa. Und es ist dir auch schnuppe, wie furchtbar ich ihn vermisse.« In Maries Gesicht arbeitete es, und mit einem Mal schwammen ihre Augen in Tränen. »Wäre er doch bloß noch da! Er würde mich verstehen!«

Voller Entsetzen hatte Helene ihrer Tochter zugehört. Jedes einzelne Wort verstärkte ihr Gefühl von Hilflosigkeit, sie war nicht in der Lage, dieser furchtbaren Anschuldigung etwas entgegenzusetzen. Allerdings blieb ihr dafür ohnehin keine Möglichkeit, denn Marie rannte aufschluchzend an ihr vorbei in ihr Zimmer, wo sie sich einschloss und das Radio auf volle Lautstärke drehte. Helenes Wut kochte erneut über, sie hämmerte gegen die Tür. »Mach sofort auf, Marie! Hörst du mich, du sollst aufmachen!«

Doch von drinnen kam keine Reaktion, egal wie oft Helene ihre Aufforderung wiederholte und die Worte jeweils mit heftigem Klopfen unterstrich. Irgendwann lehnte sie sich mit dem Rücken gegen die Tür und ließ sich langsam zu Boden sinken, beide Hände gegen die geschlossenen Augen gepresst. Warum musste ihr Leben so beschissen kompliziert sein? Wie hatte es passieren können, dass sie derart die Fassung verlor? So weit war es noch nie bei ihr gekommen! Was hatte sie sich immer auf ihre Gelassenheit eingebildet!

Nach einer Weile machte Marie wenigstens das Radio wieder leiser, anscheinend sah sie allmählich ein, dass sie den Bogen überspannt hatte. Helene rappelte sich erschöpft hoch und ging zurück in ihr eigenes Zimmer, wo der Schreibtisch vor Arbeit überquoll.

Doch als sie später erneut an die Tür von Maries Zimmer klopfte, um noch mal in Ruhe mit ihr zu sprechen, war ihre Tochter verschwunden.

*

Marie hatte einen geeigneten Moment abgepasst, um sich unbemerkt aus der Wohnung zu stehlen. Ihre Wut war einem schalen Gefühl von Bitterkeit gewichen, sie war traurig und fühlte sich furchtbar allein. Die letzten Worte bei ihrem Streit mit Mama hatte sie nicht nur so dahingesagt – Papa fehlte ihr immer noch schrecklich! In solchen Augenblicken stellte sie sich immer wieder vor, wie er einsam und von allen verlassen in seiner Gefängniszelle saß und davon so herzkrank wurde, dass er am Ende starb, ohne dass ihm jemand zu Hilfe kam. Wenn er die richtige Medizin bekommen hätte, wäre er bestimmt wieder gesund geworden!

Vorhin in ihrem Zimmer hatte sie mit beiden Händen sein Foto umklammert und zu der ohrenbetäubenden Musik um ihn geweint, und erst nachdem der Schmerz abgeklungen war, hatte sie das Radio wieder leiser stellen können.

Sie hatte kurz überlegt, zu Opa Reinhold zu gehen, aber da hatte letztens, als Omili Auguste da gewesen war, dermaßen dicke Luft geherrscht, dass sie bis zum nächsten Besuch lieber noch eine Weile wartete.

Tante Christa war immer so niedergeschlagen, ständig machte sie ein Gesicht wie sieben Tage Regenwetter, und das Schlimme war, dass kein Mensch den Grund dafür kannte. Omchen Else meinte, es läge an ihrer kommunistischen Ader, die würde Tante Christa daran hindern, hier heimisch zu werden, weil die Menschen im Westen die Roten nun mal hassten. Eigentlich sei Tante Christa selbst dran schuld, dass keiner sie leiden konnte, das sei halt Gottes Strafe für ihre fehlende Einsicht.

Marie vermutete eher, dass Tante Christa das alte Haus in Weisberg vermisste, sie hatte so sehr daran gehangen; Marie hatte das damals vor drei Jahren, als sie dort bei Opa Reinhold und Tante Christa gewohnt hatte, ganz stark spüren können.

Und manchmal gab es vielleicht auch gar keinen besonderen Grund dafür, dass jemand traurig war. Das konnte auch Leuten passieren, bei denen alles in Ordnung war. Ihnen fehlte eigentlich gar nichts, sie hatten genug Geld, einen guten Beruf und eine nette Familie, und trotzdem fanden sie ihr Leben öde und trist, und nichts machte ihnen Freude.

Ob sie selbst auch so ein Fall war? Marie war nicht sicher. Sie fühlte sich elend, aber bestimmt nicht grundlos. Klar, sie hatten jetzt die schöne Wohnung, in der Schule klappte es auch, und sie konnte hier vor allem in Freiheit mit Mama leben. Im Vergleich zur DDR war es das reinste Paradies. Doch damit konnte es jederzeit wieder vorbei sein. Es zeichnete sich sogar schon ab. Mama hatte vorhin mehr oder weniger zugegeben, dass sie wieder mit Tobias zusammen war. Bei ihrer letzten Unterhaltung über das Thema hatte sie es noch ausdrücklich abgestritten; das hatte sie heute nicht getan.

Für Marie gab es keinen Zweifel, was das bedeutete: Dass Mama Tobias liebte und ihn bestimmt bald heiraten wollte. Und sie selbst wäre dann wieder das fünfte Rad am Wagen und Zwangsmitglied einer dämlichen neuen Familie. Warum konnte Mama nicht einfach zufrieden sein mit dem, was sie hier hatten? Sie hatten doch sich, und das reichte ihrer Meinung nach völlig aus!

Marie schlenderte über den Dorfplatz. Es war heiß an diesem Nachmittag, sie musste aufpassen, dass sie keinen Sonnenbrand bekam. Ihr Gesicht fing an zu jucken, und jetzt erst merkte sie, dass sie nicht dran gedacht hatte, sich die ganze Schminke abzuwaschen. Das hatte sie bei ihrem überstürzten Aufbruch völlig vergessen. Wahrscheinlich war alles vom Flennen zerlaufen und verschmiert. Aber das war ihr jetzt auch egal. Trotzig reckte sie das Kinn. Und so furchtbar sah es vielleicht doch nicht aus, denn auf einmal kam einer der Jungs aus der Clique, die sich öfters auf dem Dorfplatz traf, langsam zu ihr herüber und blieb vor ihr stehen.

»Hallo, du hübsches Ding, wie geht's?«

Leicht erschrocken wich sie seinen Blicken aus, damit hatte sie nicht gerechnet. »Gut, danke«, konnte sie gerade noch stammelnd antworten.

»Du bist die Tochter von der Lehrerin, oder? Wie heißt du?«

»Marie«, sagte sie mit kratziger Stimme. Ihr Herz schlug heftig gegen ihre Rippen, sie war noch nie auf diese Art von einem Jungen angesprochen worden, und dann auch noch ausgerechnet von diesem, den sie schon seit einer Weile von ferne anhimmelte. Mit seinen langen Haaren und dem sanften Gesicht sah er ein bisschen so aus wie Paul McCartney, bloß jünger.

Bisher kannte sie ihn nur vom Sehen (so wie man alle hier im Dorf vom Sehen kannte), aber sie wusste, dass er Ingo hieß und der Sohn des Sägewerksbesitzers war. Irgendwer hatte mal in ihrem Beisein erwähnt, dass er bei seinem Vater das Handwerk erlernte, um später mal das Geschäft zu übernehmen.

Sie hatte keine Ahnung, wie alt er war, aber er musste mindestens fünfzehn sein, wenn er schon in der Ausbildung war. Zur Schule ging er jedenfalls nicht mehr, da war ja nach acht Jahren Schluss. Hätte er eine weiterführende Schule besucht, hätte sie das gewusst, denn die Oberschüler fuhren morgens immer alle mit dem Bus in die Stadt.

Er sprach Hochdeutsch mit ihr, auch wenn der Rhöner Dialekt leicht durchklang.

»Ich bin Ingo«, sagte er, und sie konnte sich gerade noch ein verdächtiges *Ich weiß* verkneifen.

»Toll«, sagte sie stattdessen, wofür sie sich am liebsten gleich selbst geohrfeigt hätte, weil es einfach nur bescheuert klang. So, als wollte sie sich bei ihm lieb Kind machen. Was musste er jetzt von ihr halten?

Doch er lächelte sie einfach nur an und betrachtete sie ausgiebig. Sie fühlte sich unbehaglich unter seinen Blicken, schon wegen der Schminke.

Außerdem hatte sie heute blöde Sachen an – einen biederen grauen Faltenrock, der bis zu den Knien reichte, dazu Sandalen, die genauso gut ein fünfjähriges Kind hätte tragen können, sowie ein Hemdchen, das seine besten Tage längst hinter sich hatte. Es saß unmöglich und war vom häufigen Waschen schon ganz ausgebleicht.

Doch das schien Ingo nicht zu stören. »Willst du nicht mit rüberkommen? Wir sind eine richtig klasse Clique.«

Anstelle einer Antwort konnte sie nur ruckartig nicken. Er wollte sie seiner Clique vorstellen! Da waren alle mindestens fünfzehn, die ältesten bestimmt sogar schon achtzehn! Die Mädchen waren geschminkt und hatten sich die Haare toupiert, und sie trugen Schuhe mit Absätzen.

Marie sah sich von neugierigen Blicken geradezu bombardiert. Am liebsten hätte sie sofort das Weite gesucht, aber daran wurde sie von Ingo gehindert, der neben sie trat und ihr einen Arm um die Schultern legte.

»Ist sie nicht süß?«, hörte sie ihn durch das Rauschen in ihren Ohren fragen.

Die anderen feixten.

»Pass auf, was du machst«, meinte einer der Jungs grinsend. »Sonst sieht's die Frau Lehrerin und lässt dich nachsitzen.«

Dafür erntete er grölendes Gelächter. Marie ließ es hilflos über sich ergehen. Ingo stand viel zu dicht bei ihr, er hatte sie eng an seine Seite gezogen. Um sich von ihm zu lösen, hätte sie ihn schon mit aller Kraft wegstoßen müssen, was sie sich aus unerklärlichen Gründen nicht traute. Vielleicht hatte sie Angst, dass die anderen sie dann für eine verklemmte Ziege hielten, die keinen Spaß verstand.

Da trat jemand von hinten auf sie zu, sie hörte zuerst nur seine Stimme, aber die erkannte sie sofort – es war Tobias.

»Lass sie los.« Es war ein Befehl, keine Bitte.

Ingo gehorchte auf der Stelle.

Tobias trat vor sie hin, und nun konnte er sie genauer ansehen. Die Fassungslosigkeit stand ihm ins Gesicht geschrieben.

»Um Himmels willen, Kind!«

Sie wollte lässig mit den Schultern zucken und irgendwas antworten, das ihm zeigte, wie wenig sie auf seine Meinung gab, aber sie konnte nur stumm zu Boden blicken.

»Du gehst jetzt besser sofort nach Hause«, sagte er.

Damit stachelte er abermals ihren Widerspruchsgeist an. In ihr erwachte der Wunsch, ihm ein für alle Mal klarzumachen, dass er ihr nichts vorzuschreiben hatte. Aber das brachte sie natürlich erst recht nicht fertig. Mit eingezogenem Kopf wandte sie sich ab und eilte quer über den Anger in Richtung Lehrerhaus. In ihrem ganzen Leben hatte sie sich noch nie so sehr geschämt wie in diesem Augenblick.

*

Tobias blickte ihr besorgt nach, ehe er sich Ingo vorknöpfte.

»Freundchen, wenn ich so was noch mal sehe, kriegst du's mit mir zu tun, klar? Sie ist noch ein Kind, nur zu deiner Information. Das, was du da gerade vorhattest, ist *strafbar*!«

Ingo wirkte angemessen betreten. Die anderen fanden es wohl eher lustig, hier und da ertönte albernes Gekicher.

Tobias warf einen drohenden Blick in die Runde, und schon waren alle wieder still.

Kopfschüttelnd wandte er sich ab und ging wieder zurück zur Praxis.

»Danke, dass du … ähm, dass Sie mir Bescheid gesagt haben«, sagte er beim Betreten des Vorzimmers zu Agnes, die vorhin das Geschehen vom Fenster aus beobachtet hatte.

»Keine Ursache«, wehrte Agnes ab. »Es kam mir einfach nur seltsam vor. Ich hatte Marie vorher noch nie mit denen gesehen, und sie ist ja erst zwölf.«

»Sie haben das genau richtig eingeordnet, Marie hatte da nichts verloren.«

Er hatte sich immer noch nicht ganz daran gewöhnt, Agnes zu siezen. Helene hatte ihn deswegen ins Gebet genommen, und erstaunt hatte er erkannt, dass er darauf eigentlich längst selbst hätte kommen sollen. Schließlich war Agnes eine erwachsene junge Frau, die gegenüber ihrem Arbeitgeber ein Recht auf eine angemessene Anrede hatte.

»Ich glaube, Marie war ganz schön sauer auf mich«, meinte er ein wenig bedrückt.

»Sie haben sie heimgeschickt, oder?«

»Auf direktem Wege. Sie sah aus, als wäre sie in einen Farbeimer gefallen, so dick war sie geschminkt.«

»Das hat ihre Mutter bestimmt nicht erlaubt«, sagte Agnes. »Sie verbietet auch den Mädchen in der Schule, sich zu schminken. Deswegen hat's schon früher zu meiner Zeit ab und zu Schelte gegeben, ich kann mich noch gut daran erinnern.«

Tobias versuchte, sich Helene als schimpfende, strenge Lehrerin vorzustellen, was ihm ziemlich schwerfiel, denn diese Facette kannte er an ihr nicht. Doch in ihrem Beruf musste sie natürlich jederzeit Autorität zeigen können, und dazu gehörten nun mal auch Befehle und Verbote, vielleicht sogar gelegentlich Härte.

Es beschäftigte ihn eine Weile, dass ihm offenbar nur ein Teil ihres Charakters wirklich vertraut war. Jener Teil, den sie in ihre Beziehung einbrachte, diese wenigen Stunden, die sie für ihn abzuzwacken bereit war. Da war sie anschmiegsam und liebevoll, leidenschaftlich und zärtlich, alles, was ein Mann sich von einer Frau nur wünschen konnte. Aber das reichte ihm nicht. Nicht mehr. Er wollte auch ihre Ecken und Kanten, ihre Schwächen und Fehler. Kleine Marotten und Besonderheiten, die jeder Mensch hatte, gewiss auch sie, nur dass er ihre nicht kannte, weil er bisher immer nur ihr Sonntagsgesicht gesehen hatte. Es waren solche Brüche, die einen Charakter erst rund machten, und er wollte alles davon.

Wohl wusste er um ihre Ängste und Dämonen, das Leid, das ihr Leben vor und nach der Flucht geprägt hatte. Wenn irgendetwas seine Liebe zu ihr verstärkt hatte, dann das. Nicht nur die Küsse und das körperliche Begehren, sondern auch die Art, wie sie ihr Schicksal in die Hand genommen und dem Leben die Stirn geboten hatte. Ihre Stärke, ihr Mut, ihre bedingungslose Entschlossenheit. Diese tieferliegenden Schichten ihres Wesens hatten sich ihm bereits erschlossen, aber er spürte, dass es da noch so vieles gab, woran sie ihn bislang nicht hatte teilhaben lassen. Weil sie nicht richtig zusammengehörten, keinen Alltag miteinander hatten.

Aus einem spontan gefassten Entschluss heraus zog er die Tür seines Sprechzimmers zu, dann griff er zum Telefonhörer und rief Helene an. Als sie abnahm und sich meldete, erfasste ihn wieder diese herzklopfende Befangenheit, die erzwungene Zurückhaltung des heimlichen Geliebten. »Kannst du sprechen?«, fragte er vorsichtig. »Ist Marie wieder zu Hause?«

»Ja, sie ist da, in ihrem Zimmer. Hast du sie getroffen? Sie war vorhin kurz weg. Ich dachte, sie wäre rüber zu meinem Vater, aber da war sie nicht. Als ich gerade loswollte, um sie zu suchen, kam sie auch schon wieder zurück. Ist sie dir über den Weg gelaufen?«

Tobias zögerte. Marie hinter ihrem Rücken zu verpetzen war vielleicht nicht unbedingt die richtige Vorgehensweise. Doch während er noch überlegte, was er sagen sollte, sprach Helene bereits weiter. Mit ihren nächsten Worten enthob sie ihn einer Antwort, sehr zu seiner Erleichterung.

»Wir hatten ein bisschen Ärger, sie hatte sich an meinem Schminkzeug bedient. Vielleicht wollte sie sich bei den Halbstarken auf dem Dorfplatz ein bisschen wichtigmachen, beispielsweise beim Sohn vom Sägewerksbesitzer.«

»Oh, den kennst du?« Sofort begriff er, wie dämlich die Frage war – sie hatte ja vor drei Jahren schon in Kirchdorf unterrichtet, und da war der Junge noch zur Schule gegangen.

»Ja, er ist ein lieber Kerl. Bisschen große Klappe und leider reichlich unbedarft, aber ansonsten in Ordnung. Doch Marie ist natürlich viel zu jung für diese Clique.«

»Allerdings«, stimmte Tobias ihr zu. »Da sollte man vielleicht ein Auge drauf haben.«

»Danke, ich werde dran denken«, kam es etwas gereizt von Helene zurück.

»Ich wollte damit nicht zum Ausdruck bringen, dass du …«

»Schon gut«, fiel sie ihm ins Wort. Ihre Stimme klang mit einem Mal erschöpft und niedergeschlagen. »Mir reicht's für heute einfach. Ich hatte einen wirklich schlimmen Streit mit Marie und will ihr nicht schon wieder Vorhaltungen machen. Sie kam vorhin heulend hier an, und ich bin froh, dass sie sich jetzt wieder einigermaßen beruhigt hat. Sie ist auf ihrem Zimmer und hört Radio. Ich rede später noch mal mit ihr.«

Tobias beschloss, den Rest auf sich beruhen zu lassen, Helene schien keinen guten Tag zu haben. Und aus seiner Sicht war die Sache vorerst erledigt. Er musste ohnehin aufhören, das Wartezimmer war immer noch ziemlich voll.

»Es bleibt doch dabei, oder?«, fragte er leise. Beim letzten Mal hatten sie ausgemacht, sich heute Nacht zu treffen.

Sie räusperte sich. »Ja«, erwiderte sie, und in seinen Ohren klang es auf unbestimmte Art zurückhaltend.

Zwischen ihnen lag nur der Dorfplatz, doch in diesem Augenblick hätte sie genauso gut in Frankfurt sein können. Am liebsten wäre er aufgesprungen und zu ihr rübergelaufen, um sich zu vergewissern, wie nah sie einander standen. Er hasste sich selbst, weil er seinen Gefühlen so wehrlos ausgeliefert war.

Agnes klopfte an, und er sagte rasch in die Sprechmuschel: »Bis dann, auf Wiedersehen.« Er legte auf und beugte sich geschäftig über eine Patientenakte.

»Du … äh, Sie können dann den Nächsten aufrufen, Fräulein Hahner.«

»Das wäre dann meine Mutter«, sagte sie ein wenig verlegen.

»Natürlich. Bitten Sie sie herein.«

Hilde Hahner war noch verlegener als ihre Tochter, sie wusste gar nicht, wohin sie schauen sollte, und Tobias fragte sich ein wenig beklommen, ob sie wohl deshalb die ganze Zeit davor zurückgescheut war, einen Arzt aufzusuchen. Womöglich hatte sie Berührungsängste gehabt, weil er der Arbeitgeber ihrer Tochter war. Aber auch früher war sie nur sehr selten hier gewesen, einmal mit einer Gürtelrose, ein anderes Mal mit einer Blasenentzündung. Er erinnerte sich wieder, während er kurz die Patientenakte durchging und ihr ein paar allgemeine Fragen zu ihrem Gesundheitszustand stellte. Einiges hatte er dazu ja bereits von Agnes gehört, doch es gab weitere Symptome, die genauere Untersuchungen erforderten.

Sie war blass und schmal, das Haar glanzlos und dünn. Allem Anschein nach war sie anämisch, vielleicht gab es hormonelle Ursachen. Aber auch hier konnte alles Mögliche dahinterstecken. Die chronischen Kopfschmerzen waren Grund zur Sorge, doch besonders beunruhigend war die Sehschwäche, von der Agnes offenbar nichts wusste.

Das Ergebnis der durchgeführten Finger-Perimetrie bestätigte seine Befürchtungen – es gab ein deutliches Scheuklappen-Phänomen. Er hoffte inständig, dass er sich irrte, doch in

Anbetracht des Gesichtsfeldausfalls hielt er es für wenig wahrscheinlich.

»Was hab ich denn?«, erkundigte Hilde Hahner sich.

»Das kann man jetzt noch nicht sagen«, meinte er ausweichend. »Zunächst muss ein Röntgenbild angefertigt werden, dann wissen wir mehr.«

Zu seiner Erleichterung wollte sie nicht wissen, was er damit herausfinden wollte. Und vielleicht erübrigte sich die Frage ja auch, denn es bestand durchaus die Möglichkeit, dass er sich irrte. Dann hätte er sie völlig umsonst in Angst und Schrecken versetzt.

Er schrieb eine Überweisung zum Röntgen und gab sie ihr mit, und sie verabschiedete sich genauso verlegen, wie sie gekommen war, offensichtlich heilfroh, der unangenehmen Situation endlich entronnen zu sein.

Wie erwartet kam eine Minute später Agnes zu ihm an den Schreibtisch, sie hatte die Verdachtsdiagnose auf dem Überweisungsschein gelesen, und im Gegensatz zu ihrer Mutter kannte sie sich mit dem medizinischen Fachlatein bestens aus. In ihren Zügen stand nackte Panik.

»Ein Hirntumor? Sie haben es ihr noch nicht gesagt, oder?«

»Nein«, sagte er ruhig. »Solange es nicht radiologisch abgeklärt ist …«

»Aber Sie *müssen* es ihr sagen! Wer weiß, ob und wann sie da sonst hingeht! Allein was es mich an Überredung gekostet hat, bis sie endlich hergekommen ist! Wochenlang hat's gedauert! Und das, obwohl Sie es ihr doch extra persönlich erklärt haben! Wenn sie jetzt noch zu einem anderen Arzt gehen soll, wird da nichts draus, das ist so sicher wie das Amen in der Kirche.«

Tobias runzelte die Stirn. »Ist sie noch da?«

»Nein, sie ist schon raus.«

Er hatte seine Entscheidung bereits getroffen. »Ich komme heute Abend bei euch vorbei und rede noch mal mit ihr. Wenn nötig fahre ich sie in den kommenden Tagen selbst zu der Untersuchung. In jedem Fall sorge ich dafür, dass sie geröntgt wird. Und dann sehen wir weiter.«

Agnes nickte stumm und mit sichtlicher Verzweiflung. In ihren Augen standen Tränen.

Sie tat ihm unendlich leid. »Agnes … Fräulein Hahner …«

Doch sie hatte sich bereits abgewandt und ging zurück ins Vorzimmer, wo sie mit zitternder Stimme den nächsten Patienten aufrief.

KAPITEL 17

Agnes brauchte an diesem Abend jemanden zum Reden, sie hielt es zu Hause nicht aus. Nachdem sich dort alles ein wenig beruhigt hatte, nahm sie ihre Strickjacke vom Haken und erklärte, nach dem Schweinefüttern noch mal wegzugehen. Keiner widersprach ihr. Die Mutter war schon früh zu Bett gegangen, Tobias hatte Beruhigungstabletten für sie dagelassen, und auch der Vater hatte auf sein Anraten hin eine davon genommen, er saß mit hängendem Kopf auf der Küchenbank und würde sicher auch bald schlafen gehen. Die Geschwister waren ebenfalls schon oben in ihren Zimmern; die größeren lasen noch, die kleinen schliefen.

Tobias hatte wie versprochen mit der Mutter geredet, die seine Verdachtsdiagnose erstaunlich gefasst aufgenommen hatte, mit der Bemerkung, dass sie es eigentlich schon gewusst habe.

»Nu hom mer dos Gedöns«, hatte sie tonlos zu ihrem Mann gesagt.

Der wiederum war weinend zusammengebrochen, es hatte ihn schwer getroffen. Tobias hatte alle nur erdenklichen Argumente vorbringen müssen, um ihm begreiflich zu machen, dass am Ende auch alles gut ausgehen konnte.

»Ebber bos mach ich dänn, bann de sterst?«, hatte Agnes' Vater schluchzend hervorgestoßen. Die Mutter hatte nur die Schultern gehoben und einen müden Blick in Agnes' Richtung geworfen.

Agnes war als Einzige von den Geschwistern bei dem Gespräch dabei gewesen, sie wusste ja schließlich bereits Bescheid. Die anderen mussten es nicht unbedingt erfahren, da waren Agnes und der Doktor sich völlig einig. Es war auch ganz im Sinne der Eltern. Wenn der Befund vom Röntgen vorlag, war es früh genug, es allen mitzuteilen. Erst dann würde sich entscheiden, wie es weiterging, und vielleicht war am Ende ja auch alles falscher Alarm.

Agnes klammerte sich an diese Hoffnung, auch wenn sie es im Inneren besser wusste. Tobias war ein erfahrener Arzt, und Agnes hatte in den drei Jahren, die sie nun schon für ihn arbeitete, selten erlebt, dass er sich geirrt hätte.

Agnes ging die Schweine füttern; normalerweise war das um diese Tageszeit längst erledigt, aber es war wegen des heutigen Dramas einfach vergessen worden; die jüngeren Geschwister dachten von allein sowieso nicht dran, die taten nur das, was man ihnen auftrug, und das längst nicht immer.

Agnes kippte einen Kübel mit Essensresten im Pferch aus, das musste diesmal reichen. Dann marschierte sie los in Richtung Osten. Der einzige Mensch, mit dem sie heute noch über alles reden konnte, war Dieter. Der war, wie sie wusste, diese Woche wieder zur Patrouille am hiesigen Grenzabschnitt eingeteilt. Sie hatten ausgemacht, dass sie einfach zu einer bestimmten Zeit am Abend hinkam, wenn sie Lust hatte, ihn da zu treffen. Einmal hatte sie das schon gemacht, sie hatte beim Warnschild auf ihn gewartet, und tatsächlich war er kurz darauf dort aufgekreuzt, mit einem der Armeewagen, in denen die Grenzsoldaten des BGS auf Patrouillenfahrt gingen. Sie hatten sich nur geküsst, mehr hatte er sich nicht getraut; er käme in Teufels Küche, wenn irgendwer herausfand, was sie hier taten.

Nach einem eiligen Fußmarsch erreichte Agnes das Warnschild und blieb dort stehen, beide Arme um ihren Oberkörper geschlungen, als könnte sie sich so selbst Trost spenden. Doch es half nichts, ihr Leben war auf eine Art aus den Fugen geraten, wie sie es nie für möglich gehalten hatte.

Sie dachte an die Wohnungsanzeigen, die sie am Morgen noch ausgeschnitten hatte. Tobias' Tante brachte ihr immer die Tageszeitung runter, sobald sie selbst sie ausgelesen hatte. Nicht etwa, damit Agnes die Annoncen sichten konnte, sondern weil sie wusste, dass ihre Eltern sich keine Tageszeitung leisten konnten. Und weil sie der Ansicht war, dass ein junger Mensch wissen sollte, was in der Welt vorging, nur so könne man sich auf Dauer eine fundierte gesellschaftspolitische Meinung bilden.

Agnes glaubte, dass Helene diejenige war, die Tobias' Tante auf diese Idee gebracht hatte, denn zu Agnes' Schulzeiten hatte sie sich mit fast denselben Worten übers Zeitunglesen geäußert.

Agnes las tatsächlich jeden Tag alles akribisch von vorn bis hinten durch, meist in ihrer Mittagspause. Es war ein angenehmer Zeitvertreib und obendrein informativ. Auf diese Weise war sie auf die Wohnungsanzeigen gestoßen. Fast jede Woche standen welche drin, die interessant aussahen, meist Einzimmerwohnungen, entweder separat oder zur Untermiete, und irgendwann hatte Agnes angefangen, sie auszuschneiden, in der vagen Absicht, sich vielleicht darauf zu melden.

Die meisten Angebote standen unter Chiffre, man musste einen Brief an die Zeitung schreiben, welche die Zuschriften dann an denjenigen weiterreichte, der das Inserat aufgegeben hatte. Ab und zu kam es auch vor, dass eine Telefonnummer dabeistand, da hätte sie also theoretisch anrufen und sich erkundigen können, ob die Wohnung noch zu haben war. Doch bis jetzt hatte sie sich das noch nicht getraut. Rückblickend war es wohl besser so, denn abgesehen von der Frage, wie sie ihren Eltern dafür die nötige Erlaubnis abtrotzen sollte, kam es vorerst sowieso nicht in Betracht. Nicht, solange sie nicht wussten, was mit der Mutter los war.

Am westlichen Himmel sank die Sonne dem Horizont entgegen und färbte die wenigen dort segelnden Schäfchenwolken feuerrot. Auf den umliegenden Feldern und Wiesen wurde noch vereinzelt gearbeitet. Jetzt im Hochsommer war alles auf den Beinen, um die Ernte einzubringen, manche hörten erst mit der Feldarbeit auf, wenn die Sonne untergegangen war. Bei dem schönen Wetter musste jede Stunde im Hellen ausgenutzt werden.

Ein Ochsengespann rumpelte den Weg entlang, der Bauer winkte Agnes von Weitem zu. Es war ihr Patenonkel, der sie wohl trotz der Entfernung erkannt hatte. Sie winkte kurz zurück und hoffte, dass Dieter nicht unbedingt in den nächsten Minuten vorgefahren kam.

Sie hatte Glück; das Ochsengespann war bereits außer Sicht, als der Armeewagen in der Ferne auftauchte. Über den befestigten Weg, der entlang der Grenze verlief, kam er rasch näher und hielt bei Agnes an. Dieter sprang aus dem Wagen und eilte ihr entgegen.

»Du bist da!«, rief er glücklich aus. Er fasste sie bei der Hand und zog sie gleich weiter in Richtung Wäldchen. Sie fragte sich, ob Dieter sie gerade überhaupt richtig angesehen hatte. Hätte ihm nicht auffallen müssen, dass ihr zum Heulen zumute war?

»Warte«, sagte sie, als er sie gegen einen Baum drücken und küssen wollte. »Das mag ich jetzt nicht.«

»Was ist denn?«

»Mir geht's nicht gut.«

»Bist du krank?«

»Nein, ich nicht, aber meine Mutter. Sie muss vielleicht sterben.« Und schon brachen bei ihr alle Dämme. Sie wurde von einem Weinkrampf geschüttelt, eine wahre Sturzflut von Tränen benetzte ihr Gesicht. Es war, als hätte alles in ihr nur auf diesen Moment gewartet, wo sie endlich jemandem ihr Herz ausschütten konnte. Jemandem, der sie in den Arm nahm und ihr Mut zusprach.

»Oh mein Gott«, sagte Dieter. Er wirkte ehrlich erschüttert. »Das ist ja furchtbar! Hat sie Krebs? Meine Oma ist auch an Krebs gestorben. Das war echt hart, sie ging ganz elendig zugrunde.«

Agnes schob ihn von sich weg. Leicht verstimmt wischte sie sich das Gesicht ab. »Meine Mutter ist erst achtunddreißig«, informierte sie Dieter. »Und höchstwahrscheinlich hat sie einen Hirntumor. Das ist oft tödlich, sogar dann, wenn's gutartig ist.«

»Ach du Schande«, sagte Dieter, und diesmal klang es so, als wollte er auf keinen Fall den Anschein erwecken, nicht genug Anteilnahme zu zeigen. »Das tut mir wahnsinnig leid. Ganz ehrlich.« Ein wenig hilflos sah er sie an. »Was passiert denn jetzt mit ihr?«

»Sie muss noch zum Röntgen. Ist aber nicht gesagt, dass man da was findet, dafür müssen die Tumore erst eine bestimmte Größe haben.«

»Das heißt, auch wenn man da nichts sieht, könnte sie trotzdem einen haben?«

Genau das war das Dilemma. Manche dieser Tumore wuchsen langsam, aber wenn sie erst groß genug waren, um auf dem Röntgenbild entdeckt zu werden, war es oft schon zu spät.

Sie wollte Dieters Frage beantworten, aber dazu kam sie nicht, denn außerhalb des Wäldchens erhob sich unerwarteter Lärm. Schreie hallten zu ihnen herüber, unterbrochen von Lachsalven und betrunken klingendem Krakeelen.

»Scheiße«, stieß Dieter hervor. »Da ist irgendwas los.« Und schon rannte er zurück zum Wagen.

Agnes folgte ihm zögernd. Am Rand des Wäldchens blieb sie bestürzt stehen. Dieter brüllte eine Gruppe von Jugendlichen an, die sich bis ins Sperrgebiet vorgewagt hatten. Es waren vier – nein fünf – halbwüchsige Jungs, die sich dicht vor dem Grenzzaun aufgebaut hatten. Einer hatte einen Bolzenschneider mitgebracht und setzte gerade an, den Stacheldraht zu zerschneiden. Die Jungs lachten und grölten und feuerten ihren Freund an. Es war Ingo, der Sohn des Sägewerksbesitzers, zusammen mit seinen Kumpanen, mit denen er auch immer auf dem Dorfplatz herumlungerte. Lauter Nichtsnutze, immer bereit zu irgendwelchen dämlichen Wagnissen und Streichen.

»Bist du wahnsinnig?!«, schrie Dieter mit überkippender Stimme, als Ingo tatsächlich den Stacheldraht durchschnitt. »Hör sofort auf damit, sonst seid ihr gleich alle tot!« Er lief die paar Schritte zum Wagen und holte ein Gewehr heraus. Mit angelegter Waffe näherte er sich den Jugendlichen. Wie gelähmt verfolgte Agnes jede seiner Bewegungen. Er würde doch nicht etwa auf die Jungen schießen?

Ingo und seine Freunde schienen sich jedenfalls nicht davor zu fürchten, einer von ihnen hob sogar lachend den Mittelfinger.

Tatsächlich galt Dieters Aufmerksamkeit weniger den Jugendlichen als vielmehr den Grenzschützern auf der anderen Seite des Zauns, die urplötzlich in Agnes' Blickfeld erschienen waren, ebenfalls mit angelegten Gewehren. Vorhin, als sie beim Warnschild auf Dieter gewartet hatte, war von denen nichts zu sehen gewesen. Ob die sich in einem Erdbunker versteckt hatten?

Im nächsten Moment ertönte das Knattern von Schüssen.

Die Jungen duckten sich, Ingo ließ den Bolzenschneider fallen. Eine weitere Salve zerriss die Luft, woraufhin die Jungen sich ins hohe Gras warfen. Agnes hörte sie schreien, doch das war kein Übermut mehr, sondern Todesangst.

»Verflucht, die knallen die Jungs einfach ab«, hörte Agnes Dieter hervorstoßen, und dann riss er sein Gewehr hoch, legte auf die Grenzsoldaten von drüben an und feuerte.

Sinnlose Gedanken schossen Agnes durch den Kopf, etwa, dass das gar kein Gewehr war, sondern eine Maschinenpistole, Dieter hatte ihr sogar selbst mal den Unterschied erklärt.

»Die Leute verwechseln das immer«, hatte er gesagt. »Ein

Maschinengewehr ist was ganz anderes als eine Maschinenpistole.«

Einen Augenblick später kehrte Stille ein. Die Jungs robbten in Windeseile durch das hohe Gras davon, bloß schnell weg vom Zaun. In einiger Entfernung sprangen sie auf und rannten hakenschlagend wie die Hasen davon.

Drüben auf der anderen Seite des Zauns sah man trotz der einsetzenden Dämmerung einen der beiden Grenzsoldaten reglos am Boden liegen. Der andere beugte sich über ihn und ließ einen entsetzten Aufschrei hören. Dann richtete er sich auf und starrte ein paar Sekunden lang zu ihnen herüber. Im nächsten Augenblick wandte er sich ab und rannte davon.

*

Helene vergewisserte sich dreimal im Abstand von fünf Minuten, ob Marie auch wirklich schlief, erst dann machte sie sich auf den Weg. Doch die freudige Erwartung, die sie sonst bei diesen nächtlichen Ausflügen immer erfüllte, wollte sich diesmal nicht einstellen. Die Auseinandersetzung mit ihrer Tochter hing ihr immer noch nach, dauernd musste sie an Maries Vorhaltungen denken.

Das Schlimmste ist, dass du überhaupt nicht mehr an Papa denkst. Es macht dir gar nichts aus, dass er nicht mehr bei uns ist. Weil du ja Tobias viel lieber hast als Papa. Und es ist dir auch schnuppe, wie furchtbar ich ihn vermisse.

Es schnitt ihr ins Herz, wenn sie daran dachte, und beinahe kam sie sich wie eine Verräterin vor, weil sie sich hinter Maries Rücken mit Tobias traf.

Aber dann sagte sie sich mit einem gewissen Trotz, dass es tatsächlich ihre eigene Angelegenheit war. Sie hatte ein Recht darauf, ihn zu lieben und Zeit mit ihm zu verbringen, wenigstens diese paar gestohlenen Stunden. Damit nahm sie keinem was weg. Und der Vorwurf, sie missachte dadurch gleichsam das Andenken von Maries Vater, war erst recht absurd. Gemeinsame Elternschaft bedeutete doch nicht lebenslange Trauer und Abstinenz, wenn einer von beiden starb! War Marie wirklich zu jung, um das zu begreifen?

Es wurde schon dunkel, als Helene aufbrach. An diesem Abend war die Luft trotz der späten Stunde noch schwül, fast gewittrig. Von Osten her zogen Wolken auf, vielleicht würde es in der Nacht regnen.

Sie fuhr wie immer mit dem Rad los, das war Teil des eingespielten Prozedere vor ihren nächtlichen Begegnungen. Tobias kam dann stets mit dem Wagen nach, so konnten sie sich irgendwo außerhalb des Orts auf der Landstraße treffen.

Vom Rand des Dorfplatzes aus beobachtete sie eine Gruppe Jugendlicher, die in vollem Lauf angerannt kamen. Auf Höhe des Bachs zerstreuten sie sich und verschwanden in alle Richtungen, ohne einen Mucks von sich zu geben.

In der Nähe stand Hannelore Schäfer mit einigen Damen aus dem katholischen Landfrauenverein, offenbar kamen sie gerade von ihrem wöchentlichen Treffen.

»Die Kütz hon bestümmt widder was ousgefrässe«, hörte Helene eine von ihnen sagen.

Dann wandten sie ausnahmslos ihre Aufmerksamkeit Helene zu, die ihnen im Vorbeifahren freundlich einen guten Abend wünschte. Ein kurzer Blick über die Schulter zeigte ihr, dass die Frauen ihr hinterherstarrten. Es war ihr herzlich egal. Sie hatte aufgehört, sich um ihren Ruf zu sorgen. Der war sowieso längst ruiniert.

Sie verließ das Dorf in westlicher Richtung. Das Wäldchen nahe der Grenze hatten sie von der Liste möglicher Treffpunkte gestrichen, allerdings nicht wegen der peinlichen Situation, in die sie unlängst wegen des entlaufenen Jungbullens geraten waren. Die Umgebung dort wurde neuerdings auch auf westlicher

Seite stärker kontrolliert. Immer öfter tauchten dort die Geländewagen der Amerikaner und des Bundesgrenzschutzes auf, man musste sowohl tagsüber als auch nachts ständig mit Patrouillen rechnen.

Tobias hatte von Harald erfahren, dass die Vorbereitungen zur Errichtung des neuen Stützpunktes kontinuierlich vorangetrieben wurden. Bald würde es dort von Soldaten nur so wimmeln. Schon jetzt nahmen die Aktivitäten entlang der Grenze von Woche zu Woche zu. Es fanden vermehrt Militärübungen statt, was die Menschen im Dorf immer häufiger zu Protesten herausforderte. Die Panzer rollten durchs Dorf und ruinierten den Straßenbelag, und anschließend kreuzten sie ohne Rücksicht auf weidendes Vieh durchs Gelände und ließen überall auf den Feldern und Wiesen tiefe Furchen und zerstörte Heumieten zurück.

Mittlerweile war die Dämmerung vollends in nächtliche Dunkelheit übergegangen; Helene hatte längst den Dynamo für die Fahrradleuchte gegen den Vorderreifen gedrückt, um nicht aus Versehen im Straßengraben zu landen.

Als sich hinter ihr ein Fahrzeug näherte, war nicht schwer zu erraten, dass Tobias hinterm Steuer saß. Er fuhr an Helene vorbei und lenkte den Wagen auf einen schmalen Feldweg, der ein kleines Stück voraus von der Straße abzweigte.

Sie folgte mit dem Fahrrad und stellte es hinter dem Wagen ab. Tobias war bereits ausgestiegen und kam im Eilschritt auf sie. Ohne Umschweife schloss er sie in die Arme.

»Endlich!«, raunte er.

Sie küssten sich stürmisch, und schon führte eins zum anderen. Die Wiese war ihr Bett und der samtschwarze Himmel ihr Dach.

Anschließend lagen sie ermattet da, die vom Liebesakt verschwitzen Leiber ineinander verschlungen. Tobias hatte die Wagentür offen stehen lassen, so spendete ihnen die Innenbeleuchtung ein wenig Licht. Das Autoradio lief, gespielt wurde ein neuer Ohrwurm mit dem Titel *Liebeskummer lohnt sich nicht.* Die Sängerin hieß Siw irgendwas, den Nachnamen hatte Helene sich nicht merken können, nur dass die Interpretin aus Schweden kam. Marie hätte ihr den Namen sicher auf Anhieb nennen können, so wie bei allen möglichen anderen Stars, die gerade die Hitparade bevölkerten. Sie war *BRAVO*-Fan und hörte ständig Radio, und sobald ein neuer Stern am Schlagerhimmel aufging, wusste sie alles darüber.

Helene seufzte unterdrückt.

»Woran denkst du?«, wollte Tobias wissen.

»An Marie.«

»Hat sie noch irgendwas gesagt?«

»Du meinst wegen heute Nachmittag? Nein.«

Marie hatte sich für eine Weile auf ihr Zimmer zurückgezogen, und Helene hatte gewartet, bis sie von selbst wieder herausgekommen war. Danach hatte sie versucht, sich mit ihrer Tochter auszusprechen, doch Marie hatte nur leise gemeint, es sei alles in Ordnung, und ob man nicht vielleicht lieber über was anderes reden könne. Helene hatte widerstrebend nachgegeben, in der Hoffnung, dass sich irgendwann eine bessere Gelegenheit ergeben würde, alle Unstimmigkeiten zwischen ihnen auszuräumen.

Beim Abendessen war ihre Tochter jedoch wieder wie immer gewesen, aufgeräumt und guter Dinge, und als Helene ihr versprochen hatte, am Wochenende mit ihr ins Kino zu gehen, hatte sie sogar richtiggehend fröhlich gewirkt.

Helene hatte sich vorgenommen, künftig gelassener auf derartige Gefühlsschwankungen zu reagieren und nicht immer gleich alles persönlich zu nehmen. Die Pubertät schrieb schließlich ihre eigenen Regeln, und auch wenn manchmal alles danach aussah, ging die Welt davon nicht unter.

Ein Tropfen traf Helene im Gesicht, gleich darauf gefolgt

von einem zweiten, und nur Sekunden später hatte es richtig angefangen zu regnen.

»Na prima«, sagte Tobias frustriert.

Hastig rappelten sie sich hoch, rafften ihre Kleidungsstücke zusammen und sprangen ins Auto, wo sie sich unter zahlreichen Verrenkungen anzogen. Der Regen hatte bereits wieder aufgehört, es war nur ein kurzer Schauer gewesen. Schon morgen würde alles wieder trocken sein, die Ernte war nicht in Gefahr.

Ganz im Gegensatz zu ihrer Beziehung. Die stand vor der Zerreißprobe, von der sie die ganze Zeit gewusst hatte, dass sie eines Tages kam. Helene konnte und wollte so nicht weitermachen. Die ständige Heimlichtuerei, diese hastigen, verstohlenen Treffen, die immer wieder auf dieselbe Weise endeten – vor einer Wand aus Sehnsucht, unerfüllter Liebe und Einsamkeit. Sie hielt es einfach nicht mehr aus. Es war an der Zeit, dass sie sich aussprachen und für klare Verhältnisse sorgten. Auch Tobias schien es so zu empfinden, seine Miene war ungewohnt ernst.

In Helene krampfte sich alles zusammen, wie gern hätte sie jetzt über irgendwas Unverfängliches geredet, um das unausweichliche Gespräch über sie beide zu vermeiden. Oder es zumindest noch eine Zeitlang hinauszuschieben. Wenigstens für den Rest dieses Sommers.

Tobias nahm ihr die Entscheidung darüber ab. »Helene, du weißt, dass ich dich über alles liebe«, sagte er, und sie hörte das große *Aber* heraus.

»Ich liebe dich auch!«, erwiderte sie hastig, nur um das klarzustellen.

»Sicher tust du das. Doch das hilft uns beiden nicht weiter.«

»Wir sind wieder an dem gleichen Punkt, oder?«

»Ja«, sagte er nur.

»Es tut mir leid.« Sie sah ihn hilflos von der Seite an. Er hatte beide Hände am Lenkrad liegen, als müsste er sich irgendwo festhalten, bevor er die nächsten Worte aussprach.

»Ich habe wirklich geglaubt, es würde mir reichen. Diese heimlichen Treffen mit dir, ein, zwei Stunden jedes Mal, Hauptsache du und ich. Aber es ist mir nicht genug. Manchmal, wenn ich in der Praxis bin, schaue ich aus dem Fenster rüber zur Schule und denke, gleich hat sie große Pause, dann kann ich rasch rüberlaufen und sie küssen. Oder du kommst zu mir, damit wir uns mal eben in den Arm nehmen können. Und abends, wenn ich mit Michael und Beatrice vorm Fernseher sitze, male ich mir aus, wie wunderbar es wäre, auch dich und Marie dabeizuhaben. Du würdest neben mir auf dem Sofa sitzen, ich könnte den Arm um deine Schultern legen und mit dir zusammen über irgendeinen lustigen, dämlichen Film lachen. Und danach, wenn die Kinder schlafen, könnten wir noch ein bisschen zusammensitzen, bevor wir ins Bett gehen und uns lieben. All diese Dinge, du weißt schon.«

Ja, sie wusste es. Alles, was sie nie gehabt hatten, nicht mal in der Zeit, als sie vor aller Welt ein Paar gewesen waren. Ihre gemeinsamen, für jedermann sichtbaren Aktivitäten hatten meist sonntags stattgefunden, hauptsächlich in Frankfurt, da ließ sich mehr unternehmen. Sie waren mit den Kindern in den Zoo gegangen oder zum Wandern raus in den Taunus gefahren; hin und wieder waren sie auch im Museum gewesen oder hatten einen familienfreundlichen Kinofilm angeschaut, und gekrönt worden waren diese sonntäglichen Treffen stets von einem gepflegten Essen in einem Restaurant.

In den Schulferien war Helene mit Marie auch gelegentlich in die Rhön gefahren, natürlich mit Bahn und Bus. Übernachtet hatten sie anlässlich dieser Besuche immer im Haus von Helenes Vater. Die Treffen mit Tobias hatten dann in der Arztvilla stattgefunden; seine Tante hatte für alle gekocht, und anschließend hatten Karten- oder Brettspiele auf dem Programm gestanden. Hin und wieder hatten sie mit den Kindern auch einen Abstecher nach Bad Hersfeld gemacht, immerhin gab es da eine Eisdiele und ein Kino.

Der Sex hatte ebenso verstohlen stattfinden müssen wie jetzt, nur mit dem Unterschied, dass es wegen der Entfernung seltener dazu gekommen war. Manchmal hatte Tobias ein Hotelzimmer gemietet und sie beide als Ehepaar ausgegeben, und zweimal hatten sie sogar ein ganzes Wochenende miteinander verbracht. Das war himmlisch gewesen, doch hinterher war ihr der Alltag ohne ihn immer besonders leer vorgekommen, und sie wusste, dass es ihm genauso ergangen war.

Möglicherweise, so überlegte sie, hätte es schon vor drei Jahren mit ihnen beiden klappen können, wenn sie nicht zuerst das vorgeschriebene Aufbaustudium hätte absolvieren müssen. Dann hätte sie ihre damalige Stelle in Kirchdorf gar nicht erst aufgeben müssen, sondern einfach mit Marie dableiben und ihn heiraten können – zumindest nach einer kleinen Weile, in der Marie sich an ihn gewöhnt hätte. Eine Zeit lang hätten sie sich vielleicht mit seinem Kinderwunsch auseinandersetzen müssen, aber sicher wäre er allmählich davon abgekommen; er hatte ja kürzlich schon durchblicken lassen, dass es für ihn nicht in Stein gemeißelt sei.

Doch jetzt, da sie wieder hier war und auch beruflich alles viel besser zusammenpasste, waren die Hürden höher denn je. Sie hätte mit Tobias über Maries feindselige Haltung sprechen können, hier und sofort, aber alles in ihr sträubte sich dagegen, denn sicher hätte er mit ihr darüber diskutieren wollen. Darüber, wie weit man launenhaften Kindern nachgeben dürfe, wie wichtig die eigenen Wünsche und Bedürfnisse seien, wie wichtig ihrer beider Liebe.

Doch Marie war ihr Kind. Kein Mensch konnte ihrem Herzen je näherstehen als ihre Tochter. Was gab es mehr dazu zu sagen?

Tobias riss sie aus ihren konfusen Gedanken. »Helene?«

Sie nickte mechanisch. »Ja, ich verstehe dich.«

»Aber du kannst nicht aus deiner Haut, oder?«

»Nein, das kann ich wohl wirklich nicht«, sagte sie tonlos. »Es tut mir leid.«

»Gut, dass wir das geklärt haben«, erwiderte er. »Dann will ich dir jetzt auch sagen, wie es sich für mich anfühlt. Das ewige Warten zermürbt mich. Es nimmt mir die Freude am Leben. Ich dachte, im zweiten Anlauf komme ich besser damit klar, ständig auf der Wartebank zu sitzen und mich mit dem bisschen zu begnügen, was ich vor dir bekomme. Doch das war ein Irrtum. Ich schaffe das nicht mehr. Nicht so. Was ist eigentlich dein gottverdammtes Problem? Irgendwann musst du dich entscheiden, Helene. Ich brauche klare Verhältnisse, und wenn es mir auch das Herz herausreißt.«

»Es tut mir leid«, wiederholte sie. Es klang wie bei einer Schallplatte mit einem Sprung.

»Wäre es denn wirklich so schlimm, wenn wir heiraten, damit wir richtig zusammen sein können?«, fragte er leise.

Sie starrte ihn an, doch ehe sie antworten konnte, hob er hastig die Hand. »Warte, sag jetzt nichts. Reiß nicht alle Brücken zwischen uns ein.« Verzweifelte Hoffnung klang in seiner Stimme mit. »Denk einfach noch mal in aller Ruhe darüber nach.«

Aber das hab ich doch schon, dachte sie kummervoll.

In tiefer Resignation wandte sie den Blick von ihm ab und starrte durch die mit Regenschlieren überzogene Windschutzscheibe hinaus in die Nacht.

Teil 4

KAPITEL 18

Der Schulrat hatte Helenes letzten Bericht vor sich liegen und sah während ihres Gesprächs immer wieder hinein, obwohl sie ihm auf der anderen Seite seines Schreibtischs gegenübersaß und ihm persönlich Rede und Antwort stehen konnte.

»Ihre Fortschritte sind bisher recht überschaubar«, meinte er, während er seine dicke Brille auf der Nase hin und her schob und dabei kurzsichtig in seine Unterlagen äugte. »Ich sehe hier in erster Linie Aufstellungen mit Unterrichtsbedarf. Oh, und Stundenpläne, immerhin. Was ist mit den Räumlichkeiten? Stehen die inzwischen bereit?«

»Es ist so weit geklärt, wo der Unterricht vorübergehend stattfinden kann. Die Planungen befinden sich in der Mappe, die ich Ihnen gerade gegeben habe. Der Gemeinderat hat in seiner letzten Sitzung der Nutzung des Dorfgemeinschaftshauses zugestimmt. Über die Einzelheiten spreche ich noch einmal mit dem Bürgermeister.«

»Fein, fein«, meinte der Schulrat zerstreut. Er wirkte noch verdrießlicher als beim letzten Mal.

Helene hielt es für ratsam, auf den Pferdefuß hinzuweisen. »Wie ich gerade sagte, die Unterbringung der Schulklassen im Dorfgemeinschaftshaus kann nur eine Notlösung sein. Das Land Hessen wird als Schulträger für einen Neubau sorgen müssen, und zwar in absehbarer Zeit.«

Der Schulrat seufzte. »Ich weiß. Das wird freilich nicht der einzige Neubau. Die Mittel sind allenthalben schon beantragt.

Aber allein die Bewilligung wird sicherlich Monate dauern.« Er verzog das Gesicht.

»Wenn's wirklich nur Monate sind, wird's wohl gehen«, sagte Helene höflich. Ob er eine Vorstellung davon hatte, welche Grabenkriege immer noch wegen der Schule in Kirchdorf ausgefochten wurden? Hannelore Schäfer hatte kürzlich sogar angefangen, Unterschriften dagegen zu sammeln. *Für den Erhalt unseres Dorfgemeinschaftshauses.*

Zu Frau Schäfers grenzenlosem Verdruss hatte Martha Exner vom *Goldenen Anker* eine Gegenaktion ins Leben gerufen, sie sammelte Unterschriften unter dem Motto *Für die Schule unserer Kinder*, und wie man hörte, hatte sie aktuell die Nase vorn. Martha hatte namhafte Unterstützer im Dorf, darunter den Arzt, den Tierarzt, den Apotheker (Hanno Wiedeholz hatte zwischenzeitlich die Seiten gewechselt) und etliche Eltern, die davon überzeugt waren, dass die neue Schule für ihre Kinder von Vorteil wäre.

Die Opposition wurde nach wie vor tatkräftig vom Pfarrer unterstützt, er hielt kaum noch eine Sonntagspredigt, in der er nicht irgendwas an der neuen Schule auszusetzen hatte. Am vergangenen Sonntag hatte er vom drohenden Sittenverfall orakelt, zu welchem es unweigerlich führen werde, wenn wegen der neuen Schule noch mehr *verwilderte junge Burschen* nach Kirchdorf kämen.

Damit hatte er auf den Vorfall an der Grenze angespielt, bei dem ein DDR-Soldat ums Leben gekommen war, ein Thema, das seit Wochen das ganze Dorf in Atem hielt.

Es gab auch bereits einen Verdächtigen – einen jungen Grenzschützer vom BGS, der offenbar die tödlichen Schüsse abgefeuert hatte.

Noch in der Nacht des Zwischenfalls war in der DDR eine offizielle Pressemeldung herausgegeben worden. Der Grenzer auf thüringischer Seite habe nur Warnschüsse abgefeuert, weil jemand von westlicher Seite aus versucht habe, auf DDR-Gebiet vorzudringen. Kein einziger Schuss sei in Richtung BRD abgegeben worden. Hingegen sei vom BGS mit Tötungsabsicht auf die Soldaten der DDR geschossen worden. Das wiederum wurde von der Bundesregierung entschieden bestritten.

Der politische Eklat war perfekt, das Ganze schlug gewaltige öffentliche Wellen, die Presse hatte bundesweit darüber berichtet.

Am schwersten aber wog die Tatsache, dass der junge BGS-Soldat seit jener Nacht spurlos verschwunden war. Er hatte seine Waffe weggeworfen und sich mit unbekanntem Ziel davongemacht. Seither war er auf der Flucht. Das wiederum wurde von allen nur erdenklichen Stellen als Schuldeingeständnis gewertet.

Deswegen waren auch die Hahners in den Fokus der Ermittler geraten: Der verschwundene Soldat war Agnes Hahners Freund. Doch auch sie wusste nichts über seinen Aufenthaltsort.

Helene machte sich Sorgen um Agnes. Seit dieser Sache sah man sie im Dorf nur noch mit gesenktem Kopf vorbeieilen, blass wie ein Gespenst und sichtlich überfordert von der ganzen Situation.

Hinzu kam die Krankheit ihrer Mutter – es hatte sich wie ein Lauffeuer herumgesprochen, dass Hilde Hahner einen Hirntumor hatte und bereits in der kommenden Woche operiert werden sollte. Tobias hatte sie persönlich zu der Röntgenuntersuchung begleitet, wo sich seine Diagnose leider bestätigt hatte.

Nicht, dass er selbst Helene davon erzählt hätte – die ärztliche Schweigepflicht war für ihn das oberste Gebot. Aber im Dorf blieb so gut wie nichts verborgen, es reichte ein kleiner Schwatz im Kaufhaus oder eine beiläufig eingestreute Bemerkung auf dem Markt, und schon wussten es tags darauf alle.

Seit jener Nacht vor vier Wochen hatten Tobias und sie sich nicht mehr getroffen, abgesehen von den unvermeidlichen Begegnungen in der Kirche oder auf dem Dorfplatz. Wenn es sich ergab, hatten sie einander kurz und höflich zugenickt. Beide waren sie krampfhaft um Normalität bemüht, doch Helene war bei seinem Anblick jedes Mal den Tränen nahe. Er wartete immer noch auf ihre Entscheidung. Und sie auf irgendein Wunder, das alle Probleme löste.

Ein Klopfen an der Tür unterbrach Helenes düstere Gedanken. Es war der junge Assessor, der im Auftrag des Schulrats an ihrer Informationsveranstaltung teilgenommen hatte. Er trug eine Unterschriftenmappe bei sich, die er dem Schulrat vorlegte.

»Ich wollte nicht stören«, stammelte er mit einem scheuen Seitenblick auf Helene.

»Schon gut, Sie kennen Frau Werner ja schon«, meinte der Schulrat in väterlichem Ton.

»Schön, Sie wiederzusehen«, sagte Helene freundlich, während sie dem jungen Mann die Hand reichte.

Wie bei ihrer letzten Begegnung errötete er vor Verlegenheit, und auch sein Händedruck fiel wieder ziemlich feucht aus.

Das brachte ihr in Erinnerung, worum sie ihn beim letzten Mal gebeten hatte.

»Hatten Sie eigentlich zwischenzeitlich Gelegenheit, meine Frage zur Leitung der neuen Schule zu klären?«, erkundigte sie sich.

»Ich … ähm …«, brachte der Assessor stotternd hervor.

»Nun, jetzt bin ich ja hier und kann es selbst tun«, unterbrach Helene ihn. Sie wandte sich an den Schulrat.

»Der Rektor der Grabenhausener Volksschule hat bei unserer Versammlung in aller Deutlichkeit auf seine höhere Dienstaltersstufe verwiesen. Sollte seitens der Schulbehörde beabsichtigt sein, ihn mit der Leitung der neuen Schule zu betrauen, würde ich ab sofort alles Organisatorische ihm als oberstem Verantwortlichen überlassen.«

Der Schulrat schob nervös seine Brille auf der Nase herum,

und Helene sah sofort, dass sie einen Nerv getroffen hatte. Damit stand fest, dass der Rektor der Zwergschule hier schon persönlich interveniert hatte.

Helene bemühte sich um einen unbeteiligten Gesichtsausdruck. »Haben Sie ihm bereits eine Zusage erteilt, oder behalten Sie sich die Entscheidung noch vor?«

Der Schulrat blätterte in der Unterschriftenmappe herum, als läge da die Antwort versteckt. Es dauerte ein paar Sekunden, bis er sich zu einer Erwiderung durchringen konnte.

»Die Entscheidung ist noch offen«, räumte er ein.

»Dann schlage ich vor, dass ich alle weiteren Maßnahmen vor Ort ruhen lasse, bis sich das geklärt hat.«

»Das geht nicht! Wir haben für die Einrichtung der Schule zeitliche Vorgaben! Einer muss sich darum kümmern!«

»Ganz recht. Der Schulleiter der neuen Schule.«

Helene war sich darüber im Klaren, dass es auf eine Art Erpressung hinauslief, aber sie sah es einfach nicht ein, dass sie die ganze Arbeit allein gemacht haben sollte, während ein anderer am Ende die Lorbeeren erntete. Die endlose Schufterei und die vielen Auseinandersetzungen für nichts und wieder nichts? Das würde noch fehlen!

»Wir könnten die Irrelevanz der Dienstaltersstufe juristisch damit begründen, dass Frau Werner ein richtiges Universitätsstudium absolviert hat«, sagte der Assessor eifrig. »Sie wäre damit sogar zum Unterrichten an gymnasialen Schulformen berechtigt. Das rangiert über der Ausbildung am Lehrerseminar, die der übrige Lehrkörper vorzuweisen hat.«

»Aber das war in der Ostzone«, gab der Schulrat zu bedenken. »Das zählt doch gar nicht!«

Helene wollte Einwände erheben, doch der junge Assessor war schneller. Er schien seine zwanghafte Schüchternheit überwunden zu haben.

»Durch das pädagogische Zusatzstudium ist jede fehlende

Voraussetzung geheilt, der akademische Abschluss somit insgesamt vollwertig.«

Helene musterte ihn sprachlos und nicht ohne Bewunderung. Es hatte entschieden seine Vorteile, einen Juristen auf seiner Seite zu haben.

»Hm«, machte der Schulrat. »Das klingt stichhaltig. Sehr stichhaltig.« Er sah Helene an. »Nun gut. Sie bekommen die Leitung.«

»Könnte ich das schriftlich haben?«

»Gewiss«, versicherte der Schulrat. Es klang leicht entnervt.

»Ich kann das Bestätigungsschreiben gleich ausfertigen, es ist eine reine Formsache«, warf der Assessor ein. »Dauert nur eine Viertelstunde.«

Helene lächelte ihn an. »Ich warte so lange.«

*

Isabella erstarrte, als sie Harald und Jim im Kreis einiger Gemeinderäte und amerikanischer Offiziere auf der anderen Seite des Dorfplatzes stehen sah; vermutlich hatten sie wieder mal eine Unterredung über den neuen Militärstützpunkt, der am hiesigen Grenzabschnitt entstehen sollte.

Sie kam gerade aus dem Postamt, wo sie soeben die Adoptionsunterlagen abgeholt hatte, die Frau Grey ihr zugeschickt hatte – natürlich postlagernd, denn Isabellas Mutter hätte keine Minute lang gezögert, den Brief aufzureißen und nachzusehen, was drinstand.

Harald hatte sie erspäht, er winkte kurz und sagte etwas zu Jim, und dann setzten sich beide in Bewegung und hielten direkt auf sie zu. Isabella wurde nervös. Was wollten sie von ihr?

Hilflos blickte sie ihnen entgegen, und unwillkürlich fragte sie sich, ob Harald vielleicht schon Bescheid wusste. Jim hatte es ihm allerdings garantiert nicht gesagt, und dasselbe galt für Helene, für die Verschwiegenheit der zwei hätte Isabella jederzeit die Hand ins Feuer gelegt. Auch Isabellas Eltern hielten dicht, schon aus ureigenem Interesse. Folglich hatte Isabella bisher darauf vertraut, dass sonst niemand im Dorf davon wusste, und sie tat selbst das Ihre dazu, damit es so lange wie möglich dabei blieb. Sie trug nur noch locker fallende Blusen und schlabberige Hängerchen, aber das fiel keinem auf, denn die Augusthitze war mörderisch, da zogen sich alle etwas legerer an.

Die Männer blieben vor ihr stehen und begrüßten sie, Harald mit zurückhaltender Freundlichkeit, Jim mit versteckter Besorgnis.

»Tag, Isa«, sagte Harald. Er streckte ihr die Hand hin, und notgedrungen klemmte sie sich den großen Briefumschlag unter den Arm, um sie ergreifen zu können. In der anderen Hand hielt sie die Einkaufstasche; vor ihrem Gang zur Post hatte sie im Kaufhaus ein paar Besorgungen gemacht.

»Hi«, sagte Jim. Auch er schüttelte ihr die Hand.

Dabei fiel ihr der Brief runter. Hastig bückte sie sich, um ihn aufzuheben, doch Harald kam ihr zuvor. Er überreichte ihn ihr, und sie konnte nicht umhin zu bemerken, dass er ihn kurz betrachtete. Rasch nahm sie den Brief an sich und schob ihn in die Einkaufstasche. Sie musste ihn knicken, weil er wegen des großen Formats nicht richtig hineinpasste, aber das war in dem Moment egal.

Die Adoption war wie ein leuchtender Silberstreif am Horizont. Sobald sie die Papiere unterschrieben hatte, würde alles wieder in Ordnung kommen. Danach würde ihre Mutter auch verkraften, dass Isabellas Bauch demnächst immer mehr wachsen und der Klatsch darüber explodieren würde. Denn gleich nach der Geburt würde der Stein des Anstoßes verschwinden.

Eine Zeit lang würde das Gerede sicherlich noch weitergehen, aber nur zu bald würde irgendein neuer Skandal in den Vordergrund rücken, so war es immer. Dann würde sich kein

Schwein mehr für ihren Ausrutscher interessieren. Es war ja auch schließlich nicht so, als sei sie besonders tief gefallen – ihr Ruf war sowieso schon seit Jahren im Eimer, der Sensationsgehalt entsprechend dürftig. Zurzeit drehte sich außerdem immer noch alles um die Todesschüsse an der Grenze, die Sache war noch lange nicht erledigt.

»Du siehst gut aus«, sagte Harald. »Besser als neulich.«

»Danke«, gab sie wortkarg zurück. Inzwischen ging es ihr tatsächlich besser. Jeder Blick in den Spiegel zeigte ihr, dass sie wie das blühende Leben aussah. Ihr war nicht mehr übel, sie konnte essen wie ein Scheunendrescher, und der Verzicht auf Zigaretten, Kaffee und Alkohol spielte wohl auch eine Rolle. Sie ging nicht mehr aus, und bei ihrer Arbeit in der Klinik hatte sie die Spät- und Nachtschichten streichen lassen, mit der dreisten Behauptung, ihrer Mutter bei der Pflege ihres herzkranken Vaters helfen zu müssen. Dabei hatte sie durchblicken lassen, dass sie anderenfalls kündigen müsse, woraufhin man sie, wenn auch zähneknirschend, nur noch für den Tagesdienst eingeteilt hatte. So war sie tagsüber nicht daheim und begegnete ihrer Mutter entsprechend seltener – ein angenehmer Nebeneffekt, denn deren Leidensmiene war kaum noch zu ertragen. Sie redeten ohnehin so gut wie gar nicht mehr miteinander.

»Geht es dir gut?«, fragte Jim. Er gab sich sichtlich Mühe, es nicht besorgt, sondern nach einer reinen Höflichkeitsfrage klingen zu lassen.

»Sehr gut«, log Isabella.

»Jim ist wegen des neuen Stützpunkts hier«, sagte Harald, dem daran zu liegen schien, die gerade begonnene Unterhaltung nicht vorschnell enden zu lassen.

»Das hab ich mir schon gedacht«, erwiderte Isabella. Es rief widerstreitende Gefühle in ihr wach, dass er so nah bei ihr stand, und verstört erkannte sie, wie sehr sie ihn vermisst hatte. Sie hatte mit voller Überzeugung geglaubt, endlich über ihn hinweg zu sein. Dass sie immer noch diese dämliche Sehnsucht nach ihm hatte, traf sie völlig unerwartet. Sie merkte, wie sehr er ihr gefehlt hatte, und sie musste sich zwingen, unbeteiligt an ihm vorbeizuschauen. Der Wunsch, ihm nah zu sein, war überwältigend, es tat beinahe körperlich weh, ihn nicht berühren zu dürfen. Das Gefühl war so stark, dass ihr davon fast die Tränen kamen. Vielleicht lag es an den Hormonen, ihr ganzer Körper war ja aktuell davon durchflutet. Sie heulte über jede Bagatelle, war viel leichter aus der Fassung zu bringen und zerfloss bei jeder von ihr betreuten Entbindung vor Selbstmitleid und Kummer.

»Wir sollten mal wieder was trinken gehen«, sagte Harald angelegentlich zu ihr, und indem er seine nächsten Worte an Jim richtete, schloss er ihn mit ein. »Was hältst du davon? Muss ja nicht unbedingt der *Goldene Anker* sein. Vielleicht in einem der amerikanischen Clubs in Hersfeld?«

»*Sure*, warum nicht?«, sagte Jim, der immer für einen netten Clubabend zu haben war, aber in diesem Fall das auf der Hand liegende Dilemma erkannte. Er warf Isabella einen ratlosen Blick zu.

»Eventuell mag Helene ja auch mitkommen«, meinte Harald. Jetzt wandte er sich wieder an Isabella. »Würde sicher Spaß machen, ich war lange nicht mehr aus. Und du auch nicht, soweit ich weiß.«

Isabella kannte Harald gut genug, um seine eigentliche Absicht zu durchschauen – er wollte neu mit ihr anbandeln, wieder mal, und indem er Jim und Helene einbezog, wollte er es weniger offensichtlich wirken lassen.

»Ich kann sie ja mal fragen«, sagte Isabella leichthin. Sie kämpfte gegen eine Aufwallung von Verzweiflung an. Ihre Hände zitterten so sehr, dass Harald es sicher gleich merken würde, wenn sie nicht sofort das Weite suchte. Den Tränen nahe, sah sie auf ihre Uhr. »Oh, jetzt muss ich aber los, ich hab noch jede Menge zu tun!« Sie zwang ein strahlendes Lächeln auf ihr Gesicht. »Macht's gut, ihr zwei, und viel Erfolg noch bei eurem Stützpunkt!« Mit diesen Worten drehte sie sich um und eilte davon.

*

Christa hängte sich die Reisetasche über die Schulter und unterdrückte einen Schmerzenslaut, weil sie dabei mit der frisch operierten Stelle in Berührung kam. Vorsichtig nahm sie die Tasche wieder herunter und legte den Riemen über die andere Schulter. Sie musste einfach noch vorsichtig sein.

Die Brust tat weh, es spannte und stach, wenn sie sich zu viel bewegte, aber die Naht heilte gut, davon hatte sie sich heute Morgen beim letzten Verbandswechsel selbst überzeugen können. Von Wundnähten verstand sie was. Es machte keinen großen Unterschied, ob man sie bei Menschen oder bei Tieren anbrachte. Noch zwei, drei Wochen, dann würde sie kaum noch was davon merken.

Sie verspürte immer noch eine gewisse Fassungslosigkeit, weil man ihr die Brust nicht abgenommen hatte. Es war eine Art Vabanquespiel gewesen, sie hatte dem Arzt vor der Narkose die Genehmigung zur Amputation erteilt. Dass es so ablaufen würde, hatte sie vorher gewusst, der niedergelassene Frauenarzt hatte es ihr erklärt: Der Knoten wurde entfernt und untersucht, und während man noch in der Narkose lag, wurde je nach Ergebnis des Schnellschnitts darüber entschieden, ob die Brust dranbleiben konnte oder nicht.

Sie hatte Glück gehabt und war mit zwei Brüsten aufgewacht. Ihr Knoten war groß, aber gutartig gewesen. Ein Fibroadenom, nichts, was einem Sorgen machen musste. Sie konnte ganz unbeschwert weiterleben. Wenn überhaupt von Unbeschwertheit die Rede sein konnte.

Vor dem Krankenhaus gab es eine Telefonzelle, von der aus sie zu Hause anrief.

Ihre Mutter hob ab. »Ja bitte«, blaffte sie.

Das tat sie immer, wenn sie ans Telefon ging. Statt sich mit Namen zu melden, gab sie stets dieses abgehackte, unhöfliche *Ja bitte* von sich.

»Mutter, ich bin's«, sagte Christa. »Ist Reinhold zu sprechen?«

»Er ist in der Praxis. Was ist mit dir? Bist du noch in Österreich?«

»Nein, ich bin auf der Heimreise. Gerade habe ich Umstieg in München.«

Omchen Else kicherte. »Fallen dir schon die Berge auf den Kopf, oder wieso kommst du früher heim?«

»Sybille hat einen Krankheitsfall in der Familie.« Die vorbereitete Lüge ging Christa leicht über die Lippen. Sie hatte schon vor der Operation alles so genau wie möglich geplant: Ein Besuch bei ihrer alten Schulfreundin Sybille, die seit vielen Jahren in Österreich lebte und sie zu sich eingeladen hatte, für eine Woche, gerne auch zwei, je nachdem, wie viel Zeit sie mitbringen konnte. Christa hatte Wanderschuhe, Sonnenbrille und Strickweste eingepackt, Lesestoff und Proviant für die lange Bahnreise, sogar Mitbringsel für Sybille und ihre Enkelchen. Sie hatte an alles gedacht. Nur nicht daran, was sie Reinhold sagen sollte, wenn sie am Ende dieser angeblichen Reise mit nur einer Brust zurückkäme.

So weit hatte sie nicht denken können. An der Stelle hatte ihr Verstand jedes Mal ausgesetzt.

Irgendwann würde sie es ihm so oder so erklären müssen, denn die Narbe würde ihm gewiss auffallen. Oder ihre plötzliche Schamhaftigkeit, falls sie versuchte, sie vor ihm zu verbergen. Sie hatte sich nie vor ihm geniert, Prüderie war ihr fremd. Es gehörte zu ihrer Ehe, dass sie sich stets unbefangen voreinander gezeigt hatten. Als sie noch drüben in Weisberg gewohnt hatten, waren sie im Sommer manchmal nackt zum Sonnenbaden in den Garten gegangen, der war nach allen Seiten blickgeschützt, ein herrliches, eingewachsenes Paradies. Ihre Mutter hatte sich immer darüber aufgeregt, für sie war das die pure, gottlose Unzucht, aber Christa und Reinhold hatten nur darüber gelacht. Da waren sie beide noch richtig glücklich gewesen.

»Kannst du Reinhold sagen, dass ich heute heimkomme? Er muss mich nicht extra abholen, ich nehme vom Bahnhof aus den Bus.«

»Warte, da kommt er gerade.«

Ihr Mann meldete sich. »Christa? Geht es dir gut?«

Ihr Herz tat einen Satz, und mit einem Mal verspürte sie eine zaghafte Hoffnung. Seine Stimme hatte aufrichtig besorgt geklungen. Beinahe so, als habe er sie vermisst, obwohl sie doch nur eine Woche weg gewesen war.

»Ich bin auf der Heimfahrt«, sagte sie.

»Sie will den Bus nehmen«, hörte Christa ihre Mutter im Hintergrund sagen.

»Kommt nicht infrage, ich hole dich in Frankfurt ab«, sagte Reinhold. »Wo bist du jetzt?«

Wieder hörte sie die Stimme ihrer Mutter. »Sie sagt, sie hat gerade Umstieg in München.«

Christa unterdrückte ein Seufzen, jetzt steckte sie in der Bredouille. Für die vermeintliche Hinfahrt nach Österreich hatte Reinhold sie eigens nach Frankfurt chauffiert und zum Bahnsteig begleitet. Sie hatte gezwungenermaßen in den Zug steigen und bis zur nächsten Station mitfahren müssen; anschließend dieselbe Strecke retour, gefolgt von einer weiteren Bahnfahrt nach Fulda, wo sich das Krankenhaus befand.

Um jetzt keinen Verdacht zu wecken, musste sie wohl oder übel wieder nach Frankfurt, was blieb ihr anderes übrig?

»Wann hast du denn Ankunft?«, fragte Reinhold.

Christa konnte die Fahrtzeit von München nach Frankfurt nur grob schätzen. »In fünfeinhalb Stunden.«

»Gut. Ich fahre zeitlich passend los und erwarte dich vorm Frankfurter Hauptbahnhof. Wenn ich einen Parkplatz kriege, am Bahnsteig.«

»Ach, bleib ruhig im Auto sitzen, ich komm dann raus.«

Er schwieg ein paar Sekunden. »Du hast mir gefehlt«, platzte er dann unvermittelt heraus.

Christa hatte einen gewaltigen Kloß im Hals, sie konnte kaum sprechen. »Du mir auch«, flüsterte sie, und noch nie in ihrem Leben war ihr etwas bedeutsamer vorgekommen als diese drei Worte.

Sie verabschiedete sich von ihm und hängte ein, beseelt von dem wundervollen Gefühl, dass sie ihm immer noch wichtig war.

Sie trat aus der Telefonzelle und blieb im nächsten Moment wie angewurzelt stehen, denn soeben näherte sich jemand, den sie kannte – Tobias Krüger. Und er war nicht allein erschienen, sondern in Begleitung seiner jungen Sprechstundenhilfe.

Und kaum hatten sie Christa erspäht, steuerten sie auf direktem Wege auf sie zu.

Zuerst nahm sie allen Ernstes an, sie wollten zu ihr, und erst, als sie Tobias' verdutzten Gesichtsausdruck sah, wurde ihr klar, dass dieses Zusammentreffen reiner Zufall war. Weshalb es auch völlig normal war, dass er auf sie zukam. Was sollte ihn denn auch auf die Idee bringen, dass diese Begegnung ihre ganzen Pläne und Vorsichtsmaßnahmen über den Haufen warf? Sie hatten sich immer gut verstanden, schließlich hatten sie schon so manchen Nachmittag zusammen verbracht. Die erste Zeit nach ihrer Flucht, als sie noch mit Reinhold und ihrer Mutter – ebenso wie Leni und Marie – bei Auguste in Frankfurt gewohnt hatte, war er mehrmals mit seinem Sohn zu

Besuch dort gewesen. Später, nachdem Reinhold und sie sich in Kirchdorf niedergelassen hatten und Leni und Marie zu Besuch bei ihnen waren, hatte Tobias manchmal die ganze Familie in die Arztvilla zum Kaffee eingeladen, sogar Christas Mutter. Eine Zeit lang hatten sie ein fast familiäres Verhältnis gepflegt.

Er begrüßte Christa freundlich, und auch Agnes gab ihr höflich die Hand.

Vor Peinlichkeit wäre sie am liebsten im Erdboden versunken. Sie verhaspelte sich in dem Bemühen, ihre Anwesenheit zu erklären.

»Ich … ähm, ich habe hier eine Bekannte besucht, die wurde vorige Woche operiert, und jetzt nehme ich die ganze gebrauchte Wäsche mit …« Sie deutete auf die große Reisetasche, die sie am Riemen über der Schulter trug.

Tobias nickte, aber sie sah ihm an, dass er ihr nicht glaubte.

»Das ist sehr nett von dir«, sagte er höflich. »Ich meine, dass du extra die weite Fahrt nach Fulda machst …«

»Und was hast *du* hier zu tun?«, unterbrach sie ihn, um weitere Nachfragen zu verhindern.

»Wir besuchen meine Mutter«, antwortete seine Sprechstundenhilfe. »Sie wurde gestern operiert.«

»Oh. Ach so«, erwiderte Christa lahm. Sie erinnerte sich. Diese arme Bauersfrau mit dem Hirntumor. Ihre Mutter hatte davon gesprochen, die war immer bestens über alles informiert, was im Dorf passierte.

»Jetzt muss ich aber los«, sagte sie hastig. »Ich muss den Zug noch erwischen.«

»Wenn du ein bisschen wartest, kannst du mit uns zurückfahren«, bot Tobias an. »Wird sicher nicht lange dauern.«

»Ach nein, das ist nicht nötig, danke.«

»Du könntest uns die Tasche mitgeben, sie sieht ziemlich schwer aus.«

Christa merkte, dass sie glühend rot anlief. Sie fühlte sich abgekämpft und verschwitzt, es war heiß. Der Sommer war anscheinend gerade erst zur Hochform aufgelaufen.

Wem wollte sie eigentlich was vormachen? Tobias hatte ihre Lügen sofort durchschaut. Und die Kleine war auch ziemlich helle, nach allem, was Christa über sie gehört hatte.

»Ich bin selber hier operiert worden«, sagte sie erschöpft. »Aber Reinhold weiß nichts davon.«

Tobias kommentierte das nicht, blickte sie jedoch teilnahmsvoll an, und fast schämte sie sich, dass sie überhaupt versucht hatte, ihn anzuschwindeln.

»Es war nichts Schlimmes«, sagte sie. Dann hielt sie inne, denn das war schon wieder nicht die Wahrheit. Für sie *war* es schlimm gewesen, bis zu dem Moment, als sie aus der Narkose aufgewacht war und erfahren hatte, dass ihre Brust nicht amputiert worden war. »Zum Glück«, fügte sie leise hinzu.

»Wenn ich dir irgendwie helfen kann …«

»Das kannst du, indem du's für dich behältst.«

»Du hast mein Wort. Wir sind uns hier nicht begegnet.«

Sie sah die Sprechstundenhilfe an, wie hieß sie noch gleich? Ein wenig beschämt erkannte Christa, dass sie sich nicht daran erinnerte, obwohl Leni oder Tobias es bestimmt irgendwann mal erwähnt hatten. Auch entsann sie sich vage, dass die junge Frau sie mal bei einer Begegnung auf dem Dorfplatz gegrüßt hatte. Und hatte ihre Mutter nicht erwähnt, dass das Mädchen die Freundin von diesem Grenzer war, der den DDR-Soldaten erschossen hatte? Von seinem Verschwinden hatten sogar die Zeitungen berichtet.

»Agnes wird ebenfalls mit niemandem drüber sprechen«, versicherte Tobias. Er lächelte leicht. »Wie du sicher weißt, sind wir in puncto Geheimhaltung echte Profis.«

Christa nickte und rang sich ebenfalls ein Lächeln ab, um zu zeigen, dass sie die scherzhafte Anspielung auf seine Schweigepflicht verstanden hatte. Hauptsache, sie flog nicht auf. Wenigstens *noch* nicht. Irgendwann vielleicht, aber nicht heute.

*

»Was sie wohl hatte?«, fragte Agnes, während sie mit Tobias an der Pförtnerloge vorbei zum Aufzug ging. »Seltsam, dass sie es vor ihrem Mann verheimlicht hat.«

Tobias drückte den Rufknopf für den Lift. »Da sie nicht bei uns in der Praxis war, vermute ich was Gynäkologisches. Aber es ist natürlich ihre Privatsache.«

»Klar«, stimmte Agnes sofort zu. Die ganze Situation eben war ihr seltsam vorgekommen. *Surreal.* Sie mochte das Wort, neulich hatte sie es in einem Zeitungsartikel gelesen, in einer Filmbesprechung im Kulturteil. Die arme Frau. Und wie traurig ihr Leben sein musste, dass sie nicht mal mit ihrem Mann drüber reden konnte, der war doch wirklich ein feiner Mensch. Wenn also in seiner Ehe irgendwas nicht stimmte und seine Frau Geheimnisse vor ihm hatte, lag es bestimmt nicht an ihm.

Doch dann machte sie sich bewusst, dass sie ja ebenfalls ein Geheimnis bewahren musste. Eines, das schon seit Wochen schwer auf ihr lastete und jetzt, da die furchtbare Angst um die Mutter nachgelassen hatte, als gewaltiges ungelöstes Problem ihr Leben beherrschte.

Der Aufzug kam, und Tobias und sie betraten die Kabine. Anscheinend beschäftigte auch ihn die Begegnung mit der Frau des Tierarztes immer noch, denn er meinte nachdenklich: »Vielleicht sollte ich noch mal mit ihr reden.«

»Warum?«

»Weil ich denke, dass sie Hilfe braucht.«

»Aber sie wird jetzt nach ihrer OP doch sicher noch mal zu ihrem Frauenarzt gehen, oder?«

»Ich meinte nicht diese Art von Hilfe.«

»Sondern?«

»Eher eine von der Sorte, die sich mit ihrer Gemütsverfassung beschäftigt.«

Agnes musste kurz überlegen, worauf er hinauswollte. »Sie denken, dass sie depressiv ist.«

»Da bin ich sogar ziemlich sicher.« Der Aufzug hielt, und sie betraten die Station. Tobias erkundigte sich bei einer Krankenschwester nach der Zimmernummer von Agnes' Mutter. Gemeinsam gingen sie den langen Flur entlang, das Zimmer befand sich am Ende des Gangs.

Depression. Das Wort hallte in Agnes nach. Sie wusste, dass es eine Krankheit war, aber im Gegensatz zu Krebs oder Herzproblemen war es als solche wenig anerkannt. Man starb ja nicht daran. Alles Organische funktionierte wie am Schnürchen. Depressive Menschen galten oft einfach als Miesepeter oder Jammerlappen. Wer höflich war, nannte ihren Zustand *schwermütig*. Es gab viele Bezeichnungen dafür, aber *krank* fand sich nicht darunter. Jedenfalls nicht in der öffentlichen Meinung. Da hieß es eher, die sollten sich doch nicht so hängen lassen. Sich endlich mal aufraffen. Nicht immer alles grau in grau sehen.

Wer es gut mit ihnen meinte, versuchte es mit Aufmunterung. Komm schon, das wird wieder! Das liegt nur am Wetter, warte nur, bis die Sonne wieder scheint! Sieh doch, ist der Garten nicht einfach ein Traum?

Jeder Mensch hatte wohl solche Phasen in seinem Leben, aber irgendwann bekam man wieder Oberwasser, wieso klappte das bei manchen einfach nicht? Vor allem, wenn es gar keinen erkennbaren Grund für die ewige Tristesse gab.

Sie hatten das Krankenzimmer erreicht, Tobias klopfte kurz, und sie gingen gemeinsam hinein.

Beim Anblick ihrer Mutter stockte Agnes der Atem. Sie lag am Fenster. Es gab zwei weitere Betten, eins war leer, auf dem anderen saß eine Frau im Bademantel, die einen recht tatkräftigen Eindruck machte. Ihr Schädel war auf der linken Seite rasiert und verbunden, auch sie hatte offenbar eine Hirnoperation hinter sich.

Agnes' Mutter schlief. Sie lag auf dem Rücken, die Arme seitlich am Körper. Um die Nase herum war das Gewebe verschwollen und blutunterlaufen, die Nasenlöcher waren tamponiert. Agnes trat an ihr Bett und nahm vorsichtig ihre Hand. »Mama?«

Ihre Mutter kam zu sich. Sie öffnete blinzelnd die Augen und versuchte, etwas zu sagen. »Kind«, brachte sie schließlich murmelnd hervor.

Dann sagten sie beide nichts mehr. Agnes stand einfach nur da und hielt ihre Hand. Tobias war ebenfalls an ihr Bett getreten.

»Frau Hahner, es ist bestens gelaufen, ich habe heute Morgen schon mit dem Chirurgen telefoniert. Der Tumor konnte vollständig entfernt werden. Alles ist gut.«

Agnes' Mutter rang sich ein Lächeln ab, dann sanken ihre Lider wieder herab.

»Ich mach mich mal auf die Suche nach dem diensthabenden Kollegen und frage nach dem neuesten Stand«, sagte Tobias. Er lächelte Agnes' Mutter zu und verließ das Zimmer. Die Frau im Bademantel stand auf und ging ebenfalls hinaus, in der Hand ein Päckchen Zigaretten. »Ich geh mal eine rauchen«, sagte sie zu Agnes, als wäre das von Interesse.

Agnes hielt die Hand ihrer Mutter und betete. Es war ein Dankgebet, nicht das erste für heute. Sie versuchte, nicht zu weinen, aber es klappte nicht. Eine Träne fiel auf die Bettdecke, dann noch eine, bevor sie sich mit dem Ärmel die Augen abwischte, damit die Heulerei aufhörte, auch wenn es Freudentränen waren.

Sie dachte daran, wie schwierig es oft zwischen ihnen beiden war. Wie sehr sie sich eingespannt und ausgebeutet fühlte, wie wenig anerkannt. Aber hatte sie denn je einen Gedanken daran verschwendet, wie der Mutter zumute sein musste, mit den vielen Kindern und dem Hof und dem bisschen Geld, von dem man sich buchstäblich nichts gönnen konnte? Welche Angst sie ausgestanden haben musste, als sie begriffen hatte, dass sie vielleicht sterben würde?

Jetzt hatte sie das Schlimmste überstanden, aber selbstverständlich war das nicht, ganz im Gegenteil. In den vergangenen Wochen hatte Agnes alles über Hypophysenadenome gelesen, was sie finden konnte. Tobias bezog zwei ärztliche Fachjournale, die säuberlich zu Jahresausgaben gebunden und mit Registern versehen im Regal seines Sprechzimmers standen. In denen hatte sie einige Fallbeispiele entdeckt, über die sie mit ihm gesprochen hatte. Er selbst hatte sich bereits vor dem Eingriff ausführlich mit dem Neurochirurgen unterhalten, um mehr über die Operationstechnik in Erfahrung zu bringen, und dann hatte er dieses Wissen bereitwillig mit ihr geteilt.

Der Zugang zu dem betroffenen Hirnareal erfolgte transnasal durch das Keilbein, er hatte ihr jeden Schritt erklärt, auch die Schwierigkeiten. Während der Operation kam es nicht selten zu Komplikationen, und Folgeschäden waren keineswegs auszuschließen. Das galt auch für die Mutter – zurückbleiben konnten vor allem eine erschwerte Nasenatmung sowie ein verminderter Geruchssinn.

Aber erste Tests nach der Operation hatten bereits gezeigt, dass sie wieder normal sehen konnte. Das war das Wichtigste. Mehr hätte man sich kaum erhoffen können.

Einen Monat sollte die Mutter im Krankenhaus bleiben, und danach wollte man weiterschauen. Eine Kur wäre auf jeden Fall ratsam, das hatte Tobias schon anklingen lassen.

Alles in allem also mehrere Monate, in denen die Mutter daheim ausfiel. Das würde für Agnes noch mal eine harte Zeit werden. Ein kleiner Preis für ein ganzes Leben.

Gott hatte sie erhört. Vielleicht sollte sie auch dafür beten, dass er ihr anderes großes Problem löste.

KAPITEL 19

Helene war froh, dass sie neben ihrer Arbeit rund um Rektorat und Planung der Mittelpunktschule nach wie vor unterrichtete. Diese Stunden waren für sie immer noch die kurzweiligste Zeit des Vormittags. Sie baute mit den Kindern der dritten und vierten Jahrgangsstufe im Sandkasten maßstabsgetreue Flussläufe nach, ließ sie Schleusen und Deiche konstruieren und leitete anschließend im Unterricht zu Meeren und Ozeanen über. Das Thema eignete sich nicht nur für Sachkunde, sondern bot auch Stoff für die anderen Fächer. Eine Nacherzählung über die Abenteuer eines Wikingers, ein Diktat über den Fischfang, die Berechnung von Flüssigkeitsmengen in unterschiedlichen Behältnissen.

Sie ging mit den Kindern in den Schulgarten, wo sie gemeinsam das angebaute Obst und Gemüse ernteten, wovon jedes Kind eine Portion mit nach Hause nehmen durfte. Natürlich besaßen die meisten Familien einen eigenen Garten mitsamt Obstwiese, ganz zu schweigen von denen, die vom Ackerbau lebten. In der Schule ging es jedoch darum, dass die Kinder sich vom Anpflanzen bis zur Ernte um alles in eigener Regie kümmerten und dabei lernten, Verantwortung zu tragen.

Helene hatte außerdem beschlossen, einen Elternsprechtag anzusetzen, ein Vorhaben, zu welchem ihre Vorgänger sich bisher anscheinend nicht hatten durchringen können, obwohl es eigentlich Vorschrift war. Hier hatte wohl die Prämisse gegolten: Wo kein Kläger, da kein Richter.

Im Kollegium stieß ihre Ankündigung auf Widerwillen.

»Aber das ist eine wahnsinnige Zusatzarbeit«, wandte Fräulein Meisner ein. »Das muss doch alles erst vorbereitet werden!«

»Dafür findet an dem Tag ja kein Unterricht statt«, sagte Helene.

Das wollte Herr Queck nicht gelten lassen. »Haben Sie eine Ahnung, wie lange sich so was hinziehen kann? Ich hatte an meiner letzten Schule mal einen Elternsprechtag, der ging nahtlos in einen Eltern*abend* über.« Er ließ dem Satz ein breites Grinsen folgen, das seine blitzenden Zähne sehen ließ und offenbar seinen Sinn für Humor unterstreichen sollte, ohne jedoch den Kern der Aussage zu schmälern: Er hatte keine Lust auf einen Elternsprechtag.

Allerdings erhob er keine weiteren Einwände, als Helene mit knappen Worten erwiderte, dass alles nur eine Sache intelligenter Zeiteinteilung sei.

Herr Borstel hatte draußen Pausenaufsicht. Er erfuhr erst in der zweiten großen Pause von dem anstehenden Elternsprechtag und erkundigte sich lediglich bei Helene, in welcher Form die Einladungen an die Eltern ergehen sollten – Diktat ins Aufgabenheft oder Matrizendruck?

Das wiederum rief Helene in Erinnerung, dass der uralte Matrizendrucker klemmte. Ein neuer stand auf der Liste, die sie dem Schulrat geschickt hatte. Mit anderen Worten: Die nächsten Monate mussten sie wohl noch ohne auskommen.

»Gedruckt und mit Unterschrift der Eltern zurück«, sagte sie. Das Aufgabenheft war kein besonders zuverlässiger Informationsübermittler. Die Dinge, die hineindiktiert wurden, waren oft schon beim Zuklappen des Hefts vergessen.

»Aber der Matrizendrucker klemmt«, sagte Herr Queck.

»Ich weiß. Um die Einladungen kümmere ich mich selbst.«

*

Harald blickte sie mit aufrichtigem Interesse an, als sie ihn über ihre letzte Unterredung mit dem Schulrat informierte. »Das klingt ja alles ganz gut«, meinte er.

»Finde ich auch. Wie sieht es mit dem Zeitplan für den Umbau des Festsaals aus? Glaubst du, dass wir den einhalten können?«

»Die Aufträge sind schon ausgeschrieben, aber das ist nur pro forma, wegen der öffentlichen Gelder. Die hiesigen Bauunternehmer kann realistischerweise keiner unterbieten. Wenn alles klappt, sollten die Maßnahmen bis Weihnachten abgeschlossen sein, sodass im Laufe der Winterferien alles bezugsfertig wäre.«

Helene musterte ihn überrascht. Das hörte sich fast zu schön an, um wahr zu sein. »Das wäre wirklich schnell.«

Er bedachte sie mit einem matten Grinsen. »Ich hab mich dahintergeklemmt.«

»Obwohl dann im Dorfgemeinschaftshaus die Hölle losbricht? Du sitzt ja hier in deinem Amtszimmer direkt über dem Festsaal, das wird nicht ohne Radau abgehen. Und ich meine jetzt nicht den Baulärm, sondern die Kinder.«

»Ich erinnere mich noch sehr gut an den Krach, der früher bei uns in der Schule herrschte. Zumindest vor dem Unterricht und in den Pausen. Aber das ist ja alles nur vorübergehend. Sieh mal hier.« Er rollte eine Bauzeichnung aus und drehte sie auf seinem Schreibtisch so, dass Helene sie betrachten konnte.

»Was ist das?«

»Der Neubau.«

Perplex sah sie ihn an. »Du meinst … die neue Mittelpunktschule?«

»Allerdings.« Er wirkte stolz wie ein kleiner Junge.

Ungläubig sah sie sich die Zeichnung an. Sie konnte sie nur aus Laiensicht beurteilen, aber das, was sie sah, erstaunte und erfreute sie gleichermaßen. Das Konzept wirkte durchdacht, die

Räumlichkeiten waren großzügig bemessen. Es gab sogar eine Turnhalle und eine Aula.

Er erklärte ihr alles. »Hier ist die Schulküche, da der Geräteraum für den Sportunterricht. Und dort siehst du die Schülertoiletten, da könnte man theoretisch später auch noch Duschen einbauen. Hier an der Ecke haben wir den Werkraum und gleich da vorn das Lehrerzimmer. Und dieser Raum, das wird dein Büro.« Er blickte auf und strahlte sie an. »Natürlich mit Vorzimmer, denn über kurz oder lang wirst du ein Sekretariat brauchen.«

»Das ist ja unglaublich, Harald!«

»Ich sag ja, ich hab mich dahintergeklemmt. Und es hat eine Menge Spaß gemacht«, schloss er zufrieden. »Ich hab's nicht verlernt.«

»Du meinst – diese Pläne sind von dir?«

»Klar. Sagte ich das nicht?«

Sie schüttelte den Kopf. »Ich wusste gar nicht, dass du so was kannst.«

»Tja, ich war nicht immer Bürgermeister«, informierte er sie. »In meinem früheren Leben war ich Bauzeichner, und zwar ein richtig guter, wie du siehst.«

Seine Art, sich bei jeder Gelegenheit selbst zu loben, konnte sie in Anbetracht der ausgefeilten Zeichnung leichten Herzens übergehen. Isabella hatte irgendwann mal erwähnt, dass er früher im Architekturbüro seines Vaters gearbeitet hatte, aber Helene hätte nie vermutet, dass er sich eigenhändig und mit solchem Eifer um Baupläne für die neue Schule kümmern würde.

»Ich bin einfach platt, ganz ehrlich!«, sagte sie mit tief empfundener Bewunderung. Doch dann runzelte sie zweifelnd die Stirn. »Wird das nicht alles viel zu teuer?«

»Eins hab ich in meinem zweiten Beruf als Bürgermeister gelernt«, sagte er. »Immer eine Nummer größer denken. Sonst kann man gleich einpacken.«

»Da hast du wohl recht«, räumte sie ein. »Abstriche kann man dann ja immer noch machen.«

»Von wegen Abstriche. Ich habe schon meine Fühler nach Wiesbaden ausgestreckt. Wie du weißt, bin ich in der Politik bestens vernetzt.«

Noch so eine Selbstbeweihräucherung, aber das überhörte sie einfach. »Was meinst du mit *Fühler ausgestreckt*?«

»Eigentlich müsste ich sagen: *Krallen ausgestreckt*, und zwar nach den Fördermitteln.« Er grinste breit. »Tja, was soll ich sagen – es sieht ganz danach aus, als würden wir sie bekommen. Dieses Projekt da auf dem Tisch vor dir ist quasi schon in Sack und Tüten.«

Helene nickte stumm und überwältigt. Sie brauchte einige Augenblicke, um das alles sacken zu lassen. So viel Initiative hatte sie ihm gar nicht zugetraut, geschweige denn erwartet. »Ach übrigens, ehe ich es vergesse …« Sie schob die mit der alten Schulschreibmaschine getippte Vorlage für die Einladung zum Elternsprechtag über den Tisch. »Könnte ich wohl nachher mal eben euren Matrizendrucker benutzen? Unser ist kaputt. Ihr habt doch hier auf dem Bürgermeisteramt sicher einen, oder?«

Er hob die Brauen. »Matrizen? In welchem Jahrzehnt lebst du? Wir haben hier einen Xerox.«

»Einen was?«

»Ein elektrisches Kopiergerät.«

Sie sah ihn verblüfft an. Hätte sie so ein Ding auch auf die Liste der nötigen Anschaffungen setzen sollen?

»Nichts für die Schule«, erklärte er selbstbewusst, anscheinend in der Lage, ihre Gedanken zu erraten. »Ich musste schon an ein paar Strippen ziehen, um den zu kriegen. Aber meine Sekretärin kann die Einladung gern für dich kopieren. Sag ihr gleich einfach nur, wie viele du davon brauchst.«

»Danke, das mache ich.«

»Sag mal, hättest du nicht Lust, mal wieder tanzen zu gehen?«

Seine Frage traf sie völlig unvorbereitet. Sie sah ihn ungläubig an. »Mit dir? Wir beide?«

»Fändest du das so eigenartig, wie es sich anhört?«

»Ehrlich gesagt, ja«, sagte sie trocken.

»Na, dann trifft es sich gut, dass ich nicht das meinte, was du annimmst«, gab er ebenso trocken zurück. »Sondern bloß, dass du mitkommst. Wir wären eine ganze Gruppe.«

»Wer denn genau?«

»Na, ich, Isabella und Jim, und vielleicht noch ein paar andere.«

»Oh«, sagte Helene verdattert. »Isabella will mit dir ausgehen?« Ein wenig misstrauisch fügte sie hinzu: »Hat sie schon zugesagt?«

»Noch nicht. Sie wollte dich zuerst fragen, ob du auch mitwillst. Hat sie wohl noch nicht, oder?«

»Nein, allerdings nicht.« Helene sah ihn abwägend an. »Was willst du von ihr, Harald? Noch eine Neuauflage eurer Beziehung?«

»Wer weiß«, sagte er ausweichend. »Bei mir ergeben sich demnächst vielleicht einige berufliche Veränderungen.«

»Veränderungen?«, echote sie verwundert.

Er nickte. »Es wird wohl darauf hinauslaufen, dass ich aus Kirchdorf wegziehe. Zurück nach Wiesbaden. Da hab ich früher gearbeitet, als mein Vater dort noch sein Architekturbüro hatte.«

Helene war überrascht, das war wirklich eine Neuigkeit. »Hast du schon mit Isabella darüber gesprochen?«

»Noch nicht. Aber dafür mit meiner Mutter. Sie will nicht mit, findet es aber in Ordnung, wenn ich gehe.«

Richtig. Seine Mutter. Die war zwischen Isabella und Harald bisher immer der größte Stolperstein gewesen. Isabella hatte mehr als einmal darüber gesprochen, dass sie lieber in einen Wohnwagen ziehen würde, als unter einem Dach mit Haralds Mutter zu leben. Ob das letztlich der Grund gewesen war, warum ihre Beziehung mit Harald gleich zweimal gescheitert war – schwer zu sagen. Beide waren sie Dickköpfe, und wenn zwei Menschen einen ähnlich starken Willen aufwiesen, konnte das eine Liebe durchaus auf die Probe stellen.

»Willst du das Bürgermeisteramt denn aufgeben?«, erkundigte sich Helene. »Ich dachte immer, das wäre dein Leben!«

»*Die Politik* ist mein Leben«, korrigierte er. »Oder sagen wir: ein Teil meines Lebens. Es gibt noch andere Dinge, die genauso wichtig sind. Oder sogar wichtiger.«

Ob er damit Isabella meinte? Helene hätte es gern gewusst, aber derartige Fragen fand sie dann doch ein bisschen zu taktlos. Sie mochte ja auch nicht über ihre unglückliche Beziehung mit Tobias sprechen, und wenn Harald sie danach gefragt hätte, hätte sie ihm erklärt, dass es ihn nichts anginge. Wobei er es vermutlich ohnehin längst wusste, denn es schien zu den beliebtesten Klatschthemen im Dorf zu zählen.

»Ich will in die Landespolitik gehen«, erklärte er.

»Also strebst du in Wiesbaden höhere politische Würden an?«

»Das ist der Plan«, stimmte er zu. »Schon lange eigentlich. Ich habe immer nur auf den richtigen Zeitpunkt hingearbeitet. Jetzt sieht es danach aus, als käme er bald. Kann sein, dass ich demnächst ein Abgeordnetenmandat bekomme.«

»Du meinst, im Landtag?«, vergewisserte Helene sich erstaunt.

»Freilich.«

»Aber die nächsten Wahlen sind doch erst in zwei Jahren!«

»Jemand scheidet vorzeitig aus, ich kann über die Landesliste der CDU nachrücken. Zur Kommunalwahl übernächsten Monat trete ich hier nicht mehr an.« Er reckte sich ein wenig und deutete auf den Bauplan. »Die Schule hier – sie soll quasi mein Vermächtnis werden, das ich als Bürgermeister den Menschen in Kirchdorf hinterlassen möchte.«

Helene musste an sich halten, um nicht die Augen zu verdrehen, und sie gewann eine ungefähre Vorstellung davon, was Isabella an ihm genervt hatte. Harald war ein guter Kerl und wirklich tüchtig, aber man musste ihm schon sehr zugetan sein, um mit seinem Geltungsdrang klarzukommen.

»Vergiss nicht den Militärstützpunkt«, sagte sie ein wenig ironisch. »Den hinterlässt du ihnen auch. Ein Wahrzeichen des Kalten Krieges.«

Harald hob die Hände. »Wenn es nach mir ginge, würde ich auch lieber eine Friedensbrücke nach drüben bauen und weiße Tauben aufsteigen lassen. Aber die Dinge sind nun mal so, wie sie sind. Wir unterfallen nicht mehr dem Besatzungsstatut, doch das Stationierungsrecht der Alliierten besteht fort. Und das ist auch gut so, denn der wahre Aggressor sitzt im Osten. Letztlich ist eine ausreichende Militärpräsenz die einzige Möglichkeit, den Frieden zu bewahren.«

»Darüber kann man geteilter Meinung sein«, sagte Helene. »Äußert sich der Wunsch nach Frieden etwa in massenhaften Atomversuchen, immer mehr Raketenstationierungen und ständigen Aufmärschen entlang der Grenze?«

»Abschreckung ist immer noch die beste Verteidigung«, konterte Harald.

»Eigentlich heißt es in dem Spruch nicht *Abschreckung*, sondern Angriff.«

»Nur, wenn jemand selbst auf Krieg aus ist. Der Westen ist es erklärtermaßen nicht, und somit ist der Beweis erbracht, dass er nur den Frieden will.«

Helene seufzte, wahrscheinlich hätte sie diese Diskussion endlos lange mit ihm fortsetzen können, ohne dass sie auf einen Nenner kamen. Und wer konnte schon wissen, ob letztlich nicht doch er derjenige war, der in dieser Frage richtiglag. Auch im

Osten wurde im Rekordtempo aufgerüstet, da stand man dem Westen in nichts nach. Und was die Anstrengungen betraf, den Menschen ihren Drang nach Freiheit auszutreiben, ging man dort buchstäblich über Leichen, schließlich hatte sie selbst das hautnah miterleben müssen. Die willkürliche, im Verborgenen durchgeführte Hinrichtung ihres Mannes – so brutal agierten Unrechtsregime, um ihren Machtanspruch über alles und jeden zu festigen. Welche Skrupel sollten solche Regime daran hindern, auch im Großen so zu handeln, wenn sie nicht mit Gegenwehr rechnen mussten?

»Vielleicht können wir uns darauf einigen, dass alles getan werden muss, um einen neuen Krieg zu verhindern«, schlug sie vor. »Und dass man auf beiden Seiten niemals aufhören sollte, darüber zu reden.«

»Da hast du meine volle Zustimmung«, erwiderte Harald. »Es macht Spaß, mit dir zu debattieren. Hast du schon mal drüber nachgedacht, auch in die Politik zu gehen?«

Helene schüttelte den Kopf. »Um Himmels willen, nein!«

»Solltest du aber. Gute Leute werden da immer gebraucht, und Frauen sind in den leitenden Gremien stark unterrepräsentiert.«

»Keine Chance. Dafür liebe ich meinen Beruf zu sehr.«

»Na ja, darin bist du ja auch wirklich gut.«

»Danke für das Kompliment.«

»Ich sag nur, wie es ist.« Er zögerte und druckste ein wenig herum, ehe er zu einem Thema zurückkam, das ihm anscheinend sehr am Herzen lag. »Hast du in der letzten Zeit mit Isabella gesprochen?«

»Wir haben ein paarmal telefoniert«, sagte Helene vorsichtig. Isabella hatte sie am Wochenende angerufen und ihr erzählt, dass sie nun endlich die Adoptionspapiere unterschrieben habe. Jetzt sei ihr wohler, hatte sie gesagt, aber ihre Stimme hatte dabei bedrückt geklungen.

»Hat sie mit dir auch über … persönliche Dinge geredet?«

»Tut mir leid, aber das fragst du sie besser selber.«

»Das täte ich gern. Aber sie macht sich im Moment ziemlich rar.« Er hielt inne, in seinem Gesicht arbeitete es, und mit einem Mal wirkte er ungewohnt ernst, beinahe niedergeschlagen. »Du weißt, dass sie mir eine Menge bedeutet, oder?«

Helene hob verlegen die Schultern. »Auch das solltest du ihr lieber selbst sagen. Da möchte ich mich nicht einmischen.« Sie sah auf die Uhr. »Oh, für mich wird's Zeit! Ich muss deine Sekretärin ja noch um die Kopien bitten. Und dann gleich rüber zur Schule, meine Freistunde ist fast vorbei.« Sie stand auf und streckte ihm die Hand hin. »Hab herzlichen Dank für all deine Bemühungen, Harald. Du bist wirklich eine große Hilfe, ohne dich würde ich ziemlich im Regen stehen.« Sie hoffte, mit diesem Lob ihrer vorangegangenen Bemerkung die Spitze zu nehmen.

Bevor sie sein Büro verließ, blickte sie über die Schulter kurz zurück. Er saß hinter seinem Schreibtisch und wirkte alles andere als selbstzufrieden. Im Gegenteil, sein Gesicht zeigte einen Ausdruck tiefer Sorge.

*

Marie ging schneller, denn schon wieder hatte sich Michael an ihre Fersen geheftet und lief ihr hinterher wie ein Hündchen. Doch er schloss mühelos auf und hielt Schritt. Es ließ sich nicht leugnen, dass er mittlerweile ein deutliches Stück größer war als sie. Es musste in den Sommerferien passiert sein, vorher waren sie ja noch ungefähr gleich groß gewesen. Konnte ein Mensch in zwei Monaten mehrere Zentimeter wachsen? Verdutzt sah sie ihn an. Auch sein Haar war um einiges länger geworden, aber immerhin das kam ihr normal vor, denn ihre eigenen Haare wuchsen auch ziemlich schnell, wenn sie nicht geschnitten wurden.

»Wie geht's dir so?«, wollte er wissen.

»Ganz gut.«

Sie kamen beide aus der Schule. Heute hatten sie sechs Stunden gehabt, so wie an fast jedem Wochentag; nur samstags hatten sie immer schon nach der vierten Schluss. Marie knurrte der Magen, wie üblich hatte sie um diese Tageszeit einen Bärenhunger und konnte das Mittagessen kaum erwarten.

Zu ihrem Erstaunen schien ihr Magenknurren eine Art Echo zu erzeugen – es kam von Michael und war noch mal eine Nummer lauter als ihr eigenes.

Sie merkten es beide und brachen in Lachen aus.

»*Wir haben Hunger, Hunger, Hunger, haben Hunger, Hunger, Hunger, haben Hunger, Hunger, Hunger, haben Durst*!«, sang er.

Bei der zweiten Liedzeile fiel sie mit ein. »*Wo bleibt das Essen, Essen, Essen, bleibt das Essen, Essen, Essen, bleibt das Essen, Essen, Essen, bleibt die Wurst*!«

Sie lachten abermals, und mit einem Mal war es ihr egal, dass sie mit ihm zusammen zur Bushaltestelle gehen und anschließend auf der Heimfahrt neben ihm sitzen musste. Die Freundin, mit der sie sonst immer aus der Schule kam, war heute krank, da spielte es eh keine Rolle.

Außerdem, und das war der andere Punkt, hatte sie nicht mehr dieses drängende Gefühl, ihn sich vom Hals halten zu müssen. Er war einfach nur noch ein Junge aus der Schule, der mit ihr im selben Bus fuhr. Es bestand keine Gefahr mehr, dass sie wieder auf diese doofe, verkrampfte Art Familie spielen mussten. Marie hatte es neulich selbst gehört – einmal, als Mama mit ihrer Freundin Isabella telefoniert hatte. Marie hatte nicht lauschen wollen, sie war einfach nur zufällig gerade in dem Moment von draußen reingekommen und hatte einen einzigen Satz aufgeschnappt.

»Ja, die Gerüchte stimmen, Isa – ich treffe mich nicht mehr mit Tobias.«

Marie hatte so getan, als hätte sie es nicht mitbekommen. Mama hatte trotzdem sofort das Thema gewechselt, doch dieser eine Satz enthielt alles, was Marie wissen musste. Seitdem war ihre Laune bestens.

Auch in der Schule lief gerade alles gut, tausend Mal besser als auf dem Frankfurter Gymnasium. Ihre Deutschlehrerin war klasse, da machte der Unterricht einfach nur Spaß, kein Vergleich zu der doofen Buschmann, die ihr vorher in Frankfurt das Leben zur Hölle gemacht hatte. Eigentlich hätte alles prima sein können, wenn nicht … Ach nein, sie wollte nicht mehr dran denken, es war einfach immer noch zu peinlich.

Der Bus kam, und sie und Michael stiegen ein und setzten sich nebeneinander. Als hätte er auf irgendeine seltsame Art gemerkt, an wen sie gerade gedacht hatte, fing er an, über Ingo zu sprechen.

»Ist der Ingo noch dein Freund?«

Sie stellte sich dumm. »Wer ist Ingo?«

»Der Junge, mit dem du in den Ferien zusammen warst.«

»Ich war mit keinem Jungen zusammen«, widersprach sie.

»Hm. Ich hab dich mit ihm gesehen, auf dem Anger.«

Das war ja klar. Anscheinend hatten tausend Leute sie mit Ingo gesehen. Michael war nicht der Erste, der sie darauf ansprach. Omchen Else hatte auch schon davon angefangen, die hatte ihre Ohren überall. Im Dorf wurde über jeden Mist geklatscht, auch wenn es gar nichts zu klatschen gab.

»Ich war nicht mit dem zusammen«, stellte Marie entnervt richtig. »Der hat bloß das eine Mal seinen Arm um meine Schultern gelegt, mehr nicht. Außerdem wollte ich das überhaupt nicht!«

»Ach so«, meinte Michael. Er war rot geworden. »Dann ist er gar nicht dein Freund.«

»Nein, das sag ich doch die ganze Zeit«, fuhr sie ihn an.

»Das ist gut.«

»Warum ist das gut?«, wollte sie leicht gereizt wissen.

»Ich meine bloß, falls er noch Ärger kriegt.«

»Wieso sollte er Ärger kriegen?«

»Weil er einer von denen war, die an der Grenze waren. Du weißt schon, bei der Schießerei. Da waren wohl ein paar Jungs und wollten einen Streich spielen.«

»Wirklich?« Marie machte große Augen, ihre Neugier war geweckt. »Woher weißt du das?«

»Ich hab einen drüber reden hören, auf dem Fußballplatz. Der Soldat, der geschossen hat, wollte die wohl nur beschützen.«

»Warum ist er dann weggelaufen?«

»Weil er doch einen umgebracht hat. Und dass da die Jungs waren, kann er nicht beweisen, weil die ja abgehauen sind und nichts sagen.«

Marie dachte nach. »Es ist unfair«, sagte sie. »Von den Jungs, meine ich. Denn eigentlich sind die dann an allem schuld. Und jetzt will's keiner von denen gewesen sein.«

»Da hast du recht«, räumte Michael ein. Fragend sah er Marie an. »Was würdest du sagen, wenn die Polizei dich fragt, ob du was darüber weißt?«

»Die waren schon bei meiner Mutter in der Schule, die wusste auch nichts.«

»Und wenn sie noch mal kämen, direkt zu dir?«

Die Antwort lag ihr schon auf der Zunge, sie würde sagen, dass Ingo und seine Freunde da gewesen waren, und er würde dann ganz bestimmt sofort die Namen der anderen nennen. Aber dann hielt sie inne, denn sie erkannte, dass sie ihr Wissen vielleicht doch nicht preisgeben würde. Nicht etwa, weil sie Ingo so toll fand. Im Gegenteil, seit er ihr dermaßen auf die Pelle gerückt war, war er bei ihr unten durch. Doch jemanden zu verpfeifen, der eigentlich bloß einen dummen Streich begangen hatte – das war unterste Schublade. Er hatte garantiert nicht damit gerechnet, dass dabei jemand ums Leben kam. Und der Soldat hätte ja den anderen nicht gleich erschießen müssen.

»Keine Ahnung, was ich machen würde.« Sie hatte keine Lust mehr, über das Thema zu reden, es verursachte ihr Unbehagen.

»Ich würd's für mich behalten«, sagte Michael.

»Warum?«

»Wegen Anne Frank. Verrat ist was Furchtbares.«

»Oh.« Sie brauchte nur einen kurzen Moment, um den Zusammenhang herzustellen. »Verstehe.« Dann fügte sie hinzu: »Ich würde ihn auch nicht verraten.«

»Manchmal ist Verrat aber auch was Gutes«, meinte Michael nach kurzem Nachdenken.

»Wann denn?«

»Zum Beispiel bei Schenk Graf von Stauffenberg.«

Von dem hatte Marie natürlich auch schon gehört, es war in Geschichte drangekommen.

»Eigentlich war er kein Verräter«, sagte sie. »Sondern ein Widerstandskämpfer. Er war ein Held.«

»Ja, das war er wirklich. Aber die Nazis haben ihn als Verräter hingerichtet, und wenn sie heute noch an der Macht wären, wäre er immer noch einer.«

Das gab ihr Stoff zum Nachdenken. Hing die Frage, wer ein Verräter war, wirklich nur davon ab, wer gerade in der Politik das Sagen hatte? In der DDR war es auf jeden Fall so. Da hatte man ihre Eltern als Verräter eingesperrt, weil sich der Staat das Recht herausgenommen hatte, das so zu bestimmen. Und das war falsch gewesen! Es war böse! So wie die Hinrichtung von Graf Stauffenberg.

Aber wer durfte denn dann bestimmen, was Recht und was Unrecht war?

Darüber geriet sie ins Grübeln. Während der restlichen Busfahrt hüllte sie sich in Schweigen.

KAPITEL 20

Und deshalb komme ich zu Ihnen, weil Sie die meiste Erfahrung mit solchen Veranstaltungen haben«, schloss Helene ihren Vortrag vor den Katholischen Landfrauen. Sie hatte die Flucht nach vorn angetreten und sich einfach selbst zu der wöchentlichen Versammlung eingeladen, wo sie nach kurzer Begrüßung das Wort ergriffen hatte. Es war höchste Zeit, Frieden zu schließen. Echten Frieden, nicht bloß einen Burgfrieden. Die Unterhaltung mit Harald hatte sie darauf gebracht, dass es nur funktionierte, wenn man miteinander redete.

Ihr Ansinnen an diesem Abend war denkbar harmlos, aber es eignete sich wie kaum ein anderes, die anwesenden Damen bei der Ehre zu packen: Für die alte Schule sollte ein schönes, großes Abschiedsfest ausgerichtet werden, möglichst eines, bei dem das ganze Dorf dabei war. Alle sollten die Schule in bester Erinnerung behalten, und wie konnte man das besser bewerkstelligen als mit einer Feier, unter besonderer Würdigung aller Ehemaligen?

Aber wie sollte man die gestalten? Wie die Gäste beköstigen, sie unterhalten?

Ihre kleine Rede zeigte nicht sofort die gewünschte Wirkung. Die Frauen um Hannelore Schäfer saßen zunächst mit verschränkten Armen und skeptischer Miene da, einige schüttelten sogar den Kopf. Andere unterhielten sich demonstrativ miteinander und ignorierten die unangemeldete Besucherin einfach.

Doch Helene ließ nicht locker, sie zog ihren Trumpf und ließ den Bauplan für die neue Schule herumgehen. Das weckte sofort die Aufmerksamkeit aller.

»Gott im Himmel, doss is ebber groß!«, rief eine der Frauen aus. »So e schö neu Schul! Guckt emoo, sogoar mit ere Turnhall!«

»In der Turnhalle kann auch Vereinssport stattfinden«, warf Helene ein. »Beispielsweise Gymnastik. Oder Volleyball.«

Für Volleyball interessierte sich niemand, aber ein anderer Aspekt weckte brennendes Interesse.

»Dann stät jo die oll Schul leer!«, meinte eine Frau.

»Stümmt«, sagte eine andere. »Bos wärd en dann ous däm Huis?«

»Mer könnt doch en Kengergoarte oufgemach«, kam es völlig unerwartet von Hannelore Schäfer.

Augenblicklich wandten sich alle Köpfe in ihre Richtung.

»En Kengergoarte«, echote ihre Sitznachbarin. »Dos wäre jo großoartich! Mir brouche schon lang änner!«

»Prima Idee, Hannelore!«, rief eine andere.

»Do müsse mer dro blie, Hannelore! Net, däss dos oll Schulhuis noch für was anneres genomme wird!«

Helene fand, dass sie eigentlich selbst auf die Idee mit dem Kindergarten hätte kommen können, aber im Grunde war es viel besser, wenn die Landfrauen es für sich reklamieren konnten.

»Was für ein fabelhafter Vorschlag, Frau Schäfer!«, sagte sie. »Das wäre wirklich eine tolle Verwendung für das alte Schulhaus!«

Von überallher erhoben sich begeisterte Rufe der Zustimmung.

Hannelore Schäfer blickte zuerst verdutzt, aber dann sichtlich geschmeichelt in die Runde. »Jo, en Kengergoarte brouche mer schon lang. Dos sönn ich dem Herrn Pfoarrer schon ewich, ebber där hot immer nür gesoart, däss die Kerch kei Gäld fü so ebbes hot un e Huis wär jo a net do. No, dos wommer doch jetzt emol sehn!«

Bei der einsetzenden Erörterung dieses Themas geriet das von Helene vorgeschlagene Schulfest ein wenig aus dem Blick, aber es dauerte nicht lange, bis es wieder in den Mittelpunkt rückte. Beflügelt von der Aussicht, das alte Schulhaus für die Betreuung der Kleinsten im Dorf nutzbar machen zu können, war die Ausrichtung eines Abschiedsfestes überhaupt kein Problem. Wozu hatten sie ein erfahrenes Festkomitee? Da kannte man sich mit allem aus, vom Kuchentisch übers kalte Büfett bis zur Musikkapelle. Und natürlich sollte es auch Spiele, Festreden und Getränke geben.

Helene summte der Kopf, als von allen Seiten Ideen auf sie einprasselten, die Finger taten ihr nach einer Weile vom Mitschreiben weh.

Hannelore Schäfer erklärte irgendwann in mütterlichem Ton, die Frau Lehrerin solle die Festplanung und das ganze Drumherum doch lieber Leuten übertragen, die was davon verstünden. Womit sie ohne Frage sich selbst meinte, aber Helene war über den Einwurf kein bisschen gekränkt, sondern ausgesprochen dankbar. Sie gab das weitere Prozedere gern in Hannelore Schäfers kompetente Hände und verbrachte den restlichen Abend damit, den anderen Frauen zuzuhören, ein Gläschen Wein mit ihnen zu trinken und sich dabei angeregt zu unterhalten.

Als sie sich zu später Stunde verabschiedete, klopfte Hannelore Schäfer ihr wohlwollend auf die Schulter. »Mir mache dos scho«, erklärte sie, um dann unvermittelt hinzuzufügen: »Eichentlich senn Sie goar net verkehrt. Ich bin übrigens die Hannelore.«

»Helene.«

Sie lächelten einander zu, womit sich Helenes Theorie über

den Zusammenhang zwischen Gesprächsbereitschaft und Frieden in vollem Umfang bestätigt hatte.

*

Es war schon spät, als Agnes noch einmal rüber zur Scheune ging. Sie hatte die Zwillinge zu Bett gebracht, ihnen noch eine Geschichte vorgelesen und das Nachtgebet mit ihnen gesprochen. Anschließend hatte sie die Brüder zusammengestaucht, weil die in der Kammer nebenan noch eine Kissenschlacht veranstaltet hatten. Die Schwestern hatten derweil die Wäsche fertiggemacht, wie üblich unter Murren und Schimpfen. Hinterher hatte Agnes das Essen für den morgigen Tag vorgekocht, denn wenn sie in der Praxis arbeitete, konnte sie nicht gleichzeitig hier daheim für eine warme Mahlzeit sorgen. Ordentliches Essen musste aber sein, wenn die Kinder aus der Schule kamen und der Vater vom Feld. Agnes kochte, die Schwestern waren für die Wäsche zuständig, und das Aufräumen und Putzen erledigten sie gemeinsam, so gut es eben ging. Irgendwie hatten sie alle miteinander einen provisorischen Rhythmus gefunden, der das Leben, wenn auch holprig, jeden Tag aufs Neue in Gang hielt.

Sonntags gingen sie wie üblich zur Kirche, alle Kinder mit frisch gewaschenen Gesichtern und sauber gekämmten Haaren, auch die Kleidung möglichst ordentlich und fleckenfrei, und da knieten sie gemeinsam mit dem Vater auf der Bank und beteten, dass der liebe Gott ihnen die Mutter bald wieder heimschickte. Tobias hatte noch einmal mit dem Krankenhaus telefoniert. Dort hieß es, wahrscheinlich noch eine Woche bis zur Entlassung. Agnes konnte es kaum erwarten.

Sie füllte etwas von dem vorgekochten Essen in einen Henkelmann und nahm ihn zur Scheune mit. Auf dem Weg nach draußen begegnete ihr der Vater.

»Är muss fort«, sagte er. »Sonst sämmer om Schluss a noch dro.«

»Är hott kä Schold, Vodder.«

»Beröm verstäckelt e sich dann?«

»Weil är Angst hott, däss en iesperre.«

»Är hott de Gränzer erschosse.«

»Ebber net mit Absicht!«

»Dos muss des Gericht entschied.«

Es war nicht das erste Mal, dass sie diese Diskussion führten. In der ersten Woche hatte der Vater noch nicht gewusst, dass Dieter sich bei ihnen in der Scheune verkrochen hatte, weil er da noch häufiger die Beruhigungstabletten geschluckt hatte, die Tobias ihm verordnet hatte. Aber die waren irgendwann alle gewesen, und der Vater hatte wieder vermehrt auf dem Hof gearbeitet, da war es nicht ausgeblieben, dass er Dieters Versteck in der Scheune gefunden hatte.

Seitdem war es ein einziges Hin und Her. Der Vater wollte, dass ihr Freund sich stellte oder wenigstens verschwand, und sie verteidigte Dieter, weil er in Notwehr gehandelt hatte. Sie hatte es ja selbst gesehen, allerdings sagte sie dem Vater nichts davon, denn sonst hätte er sicher darauf bestanden, dass sie zur Polizei ging.

Einmal war sie schon vernommen worden, ganz zu Anfang. Nicht etwa, weil sie Zeugin des Ganzen gewesen war, das wusste ja außer Dieter niemand, sondern weil sie seine Freundin war. Da müsse sie doch wissen, wohin er verschwunden sei!

Tatsächlich hatte sie es zu der Zeit noch nicht gewusst, sie hatte also nicht mal gelogen, als sie erklärt hatte, keine Ahnung von seinem Aufenthaltsort zu haben. Doch im Nachhinein würde ihr das garantiert keiner glauben. Weil sie ja schon vorher wichtige Informationen unterschlagen hatte, das war beinahe dasselbe wie eine Lüge.

Erst nach ein paar Tagen war Dieter aufgetaucht. Er hatte sie auf dem Weg zur Praxis abgepasst, völlig verdreckt und ausgehungert. Bis dahin hatte er sich von rohen Eiern aus dem Hühnerstall und Essensresten aus dem Schweinefutter ernährt, und getrunken hatte er aus der Regentonne. Jetzt hockte er schon seit über einem Monat in seinem Versteck, und keiner von ihnen hatte einen Plan, wie es weitergehen sollte.

Sie betrat die Scheune, wo er oben auf dem Heuboden saß und zu ihr herunterlugte. Sie kletterte über die Leiter zu ihm hoch und gab ihm den Henkelmann sowie den Löffel, den sie sich in die Schürzentasche gesteckt hatte.

Er öffnete den Deckel. »Mmh, das riecht lecker! Danke!«

Sie hatte Gemüseeintopf gekocht und für den besseren Geschmack ein Stück Räucherwurst hineingeschnitten. Er schlang in Windeseile alles hinunter und äugte anschließend in den Henkelmann, als könnte sich da drin auf wundersame Weise noch ein Rest verbergen. Sie zog das in Wachspapier eingewickelte Käsebrot aus der Schürzentasche, das eigentlich sein Frühstück für den nächsten Tag sein sollte. Auch das wurde in null Komma nichts aufgefuttert.

Er sah schlimm aus. Das Gesicht von Bart überwuchert, die Augen entzündet und die Haut voller aufgekratzter Pusteln, wahrscheinlich wegen einer Allergie gegen das Heu. Gewaschen hatte er sich seit jener Nacht an der Grenze natürlich auch nicht, er roch furchtbar. Agnes hatte ein altes Hemd ihres Vaters rausgekramt und ihm gegeben, außerdem einen Kamm und eine Zahnbürste, aber das war auf Dauer auch keine Lösung.

Er tat ihr unsagbar leid, und sie wünschte, sie hätte einen Weg gewusst, wie er aus dieser ganzen Misere herauskam.

Am schlimmsten war das Gefühl, dass sie eine Mitschuld an allem trug. Wenn sie sich nicht mit ihm getroffen hätte, wäre er gar nicht da gewesen und hätte auch nicht geschossen. Und wenn sie gleich bei der ersten Befragung damit herausgerückt wäre, dass Ingo und seine Freunde das ganze Geschehen provoziert hatten, hätte Dieter sich vielleicht längst reinwaschen können.

Doch sie hatte geschwiegen, versteinert vor Angst, auch um Dieter, denn hatte er nicht schon bei ihrem ersten Treffen an der Grenze hervorgehoben, dass die Knutscherei während seiner Dienstzeit ihn in Teufels Küche bringen konnte?

Außerdem hatten die Feldjäger sie dazu ja auch gar nicht befragt. Sie hatten nur seinen Aufenthaltsort in Erfahrung bringen wollen. Und auf die Frage danach hatte sie geantwortet, dass sie den nicht kenne, was zu diesem Zeitpunkt ja auch gestimmt hatte.

Mit keinem Gedanken wäre sie in dem Moment auf die Idee gekommen, dass man ihn des Mordes bezichtigen könnte, von etwas derart Schlimmem war überhaupt keine Rede gewesen. Irgendwie hatte sie geglaubt, dass sich alles bald aufklärte. Also hatte sie es nicht für nötig gehalten, denen zu sagen, dass sie ebenfalls da draußen gewesen war, denn damit hätte sie Dieter bloß in Schwierigkeiten gebracht. Und die Jungs natürlich auch, die ja eigentlich nur einen dummen Streich im Sinn gehabt hatten.

Aber jetzt war alles anders, man musste doch die Wahrheit ans Licht bringen!

Sie versuchte es noch einmal. »Dieter, es wäre wirklich besser, wenn du dich stellst! Was kann dir schon groß passieren, wenn du denen einfach sagst, wie es war! Du bist doch kein Mörder!«

Er sah sie aus blutunterlaufenen Augen an. »Ich hab einen Menschen umgebracht, Agnes. Dafür gehe ich in den Bau, das ist so sicher wie das Amen in der Kirche.«

»Und wenn ich bezeuge, dass du bloß die Jungs retten wolltest? Das war doch Notwehr!«

»Die Grenzer von drüben haben nur in die Luft geschossen, Agnes.«

»Aber du warst durcheinander! Die ganze Situation … es ging doch alles so schnell! Ich habe es ja selbst gesehen!« Sie schüttelte verzweifelt den Kopf. »Hätte ich es denen doch nur direkt erzählt, als sie herkamen und nach dir fragten!«

»Es war richtig, dass du den Mund gehalten hast«, widersprach er vehement. »Sonst hätte ich bloß noch mehr Ärger. Denn ich hab ja meine Dienstpflicht missachtet. Wenn ich beim Wagen geblieben wäre und aufgepasst hätte, wären die Jungs gar nicht erst bis zum Zaun gekommen! Wie du es auch drehst und wendest – es ist alles meine Schuld.«

»Das stimmt doch gar nicht!«, beschwor sie ihn. »Du musst dich stellen, Dieter! Die kriegen dich ja doch! Und du kannst nicht ewig hier in der Scheune bleiben, das hat der Vater vorhin auch wieder gesagt.«

»Glaubst du, er verpfeift mich?«, fragte Dieter ängstlich.

»Wenn du weiter hierbleibst, tut er's garantiert irgendwann.«

»Aber wo soll ich denn hin? Ich hab doch nur dich.«

Er nahm ihre Hand, und sie merkte, dass er zitterte. Einen weitergehenden Annäherungsversuch unternahm er nicht, das hatte er schon die ganze Zeit nicht mehr getan. Keine Umarmungen, keine Küsse; er hatte ihr erklärt, dass er sich vor sich selbst ekle.

Agnes sah ihn zutiefst beklommen an. Er saß zusammengesunken auf einer Schütte Stroh, heruntergekommen und abgerissen wie der alte Landstreicher, der früher häufiger hier in der Scheune übernachtet hatte, ehe er im letzten Jahr gestorben war.

»Was hast du dir denn vorgestellt, wie es weitergehen soll?«, fragte sie behutsam.

»Ich versuche, mich nach Amerika durchzuschlagen.«

»Wie soll das denn gehen?«

»Auf einem Schiff. Als blinder Passagier. Ich muss es bloß bis zu einem großen Hafen schaffen.«

Ihr wurde klar, dass er sich in seiner Verzweiflung in haltlose

Fantasien hineingesteigert hatte. Er brauchte dringend Hilfe. Sie würde sich irgendwas überlegen müssen.

»Wir finden schon einen Weg«, versprach sie ihm und drückte dabei fest seine Hand. »Hab keine Angst. Es wird bestimmt alles gut.«

*

Isabella schulterte ihre Handtasche, als sie nach Schichtende das Krankenhaus verließ. Gleichzeitig drückte sie sich die Faust ins Kreuz, ganz unten gegen die Lendenwirbel, dahin, wo die schmerzhafte Verspannung saß. Die Arbeit im Kreißsaal wurde immer anstrengender, und die enge Leibbinde, mit der sie ihren Zustand vor den anderen verbarg, trug auch nicht gerade zur Bequemlichkeit bei. Maximal noch zwei bis drei Wochen, so ihre Schätzung, dann würde es einer ihrer Kolleginnen auffallen, die hatten schließlich schon rein beruflich ein Auge dafür.

Wenn sie Glück hatte, wäre es eine von den netteren, die vielleicht nicht gleich zum Chef rennen und sie anschwärzen würde. Aber genauso gut konnte es der Dragoner von Oberschwester als Erste merken, und die würde sofort für klare Verhältnisse sorgen.

Wie bitte, eine ledige werdende Mutter als Hebamme in einem katholischen Krankenhaus? Ein gefundenes Fressen für die Moralapostel vom Dienst. Die hätten ihr schneller den Stuhl vor die Tür gesetzt, als sie *Hecheln* sagen konnte. Und dabei kannten sie die wahre Sensation ja noch gar nicht, nämlich dass das Kind von einem Schwarzen stammte.

Im nächsten Moment blieb Isabella wie festgefroren stehen, denn neben ihrem Wagen wartete jemand, den sie hier als Letztes vermutet hätte.

»Harald? Was machst du denn hier?« Schlecht gelaunt

schloss sie die Fahrertür auf. »Falls du noch mal nachfragen willst, ob ich mit dir und den anderen tanzen gehe – vergiss es.«

Sie setzte sich hinters Steuer, und zu ihrem Ärger stieg Harald auf der Beifahrerseite ein und ließ sich neben ihr nieder.

»Was soll das? Brauchst du eine kostenlose Mitfahrgelegenheit? Wäre es nicht höflicher, mich vorher zu fragen?«

»Ich bin selbst mit dem Wagen da.«

»Dachte ich's mir doch. Warum sitzt du dann in meinem rum?«

»Weil ich mit dir reden will.«

»Und dafür fährst du extra nach Hünfeld?«

»Zu euch nach Hause wollte ich lieber nicht. Deine Mutter hat da, wo normale Menschen Ohren haben, Hochleistungsantennen.«

Isabella musste gegen ihren Willen grinsen. »Da sagst du was Wahres.« Mit einem Mal verflog ihre Angriffslust. Er hatte ihr schließlich nichts getan, es gab absolut keinen Grund, ihren Ärger an ihm auszulassen. »Worum geht's denn?«

»Um die Adoptionsagentur.«

Isabella erstarrte. Er hatte den Absender auf dem Umschlag gelesen!

»Worauf willst du hinaus?«, fragte sie mühsam beherrscht.

»Du bekommst ein Kind von Brad, oder?«

Sie starrte ihn an. »Hat Jim es dir gesagt?«

An seinem Gesichtsausdruck erkannte sie, dass sie sich damit selbst verraten hatte – er hatte aufs Geratewohl einen Pfeil abgeschossen und ins Schwarze getroffen.

»Nein, der würde sich eher die Zunge abbeißen, du kennst ihn doch. Ich hab's mir zurechtgereimt. Als ich den Absender auf dem Umschlag sah, dachte ich zuerst, dass es um eine der Frauen geht, die du als Hebamme betreust. Aber plötzlich wurde mir klar, dass es dich selbst betrifft. Ich wusste ja, dass du mit Brad zusammen warst. Und dann war er auf einmal weg.

Jim hat mir erzählt, dass er nach Asien abkommandiert wurde. Und da konnte ich eins und eins zusammenzählen.«

Aufgewühlt rang sie nach Worten. »Es ist allein meine Angelegenheit!«, stieß sie schließlich hervor. »Es geht dich nicht das kleinste bisschen an! Oder dachtest du etwa, nur weil wir beide mal …«

Er fiel ihr ins Wort. »Isabella, du warst in meinem Leben immer ein wichtiger Mensch. Auch wenn wir nicht mehr zusammen sind – du bedeutest mir sehr viel, das wird sich niemals ändern. Und wenn ich merke, dass du drauf und dran bist, einen schweren Fehler zu begehen, kann ich dich nicht einfach ins Verderben laufen lassen.«

Sie widerstand dem Verlangen, ihn achtkantig aus dem Wagen zu werfen. »Was meinst du damit?«

»Als ich den Absenderstempel auf dem Briefumschlag gesehen habe, war ich alarmiert. Der Name dieser Agentur ist mir nämlich nicht unbekannt, ich habe mich erst vor Kurzem mit einem Frankfurter Parteikollegen darüber unterhalten. Diese Adoptionsvermittlung ist schon vor einer Weile in Verruf geraten. Die Mischlingskinder, die von der Agentur vermittelt werden, landen in teils grauenhaften Verhältnissen. Manche als eine Art Arbeitssklaven auf irgendeiner Farm im Süden der USA, andere bei dänischen Familien, die in Wahrheit nichts anderes wollen als das Geld, das sie für die Betreuung bekommen. Die Kinder lassen sie verwahrlosen, es kommt zu Fällen von Misshandlungen. Manche dieser Kinder sind dabei sogar gestorben, Isabella. Sie wurden zu Tode gequält.«

Sie drückte sich die Hand vor den Mund, von unsäglichem Entsetzen erfüllt. Weshalb hatte sie dieser Frau blind vertraut? Hätte sie nicht vorher Erkundigungen einziehen sollen? Aber wo und bei wem? Ob es irgendwann in einer Zeitung gestanden hatte, die sie nur hätte lesen müssen? Ihre Gedanken überschlugen sich, in ihrem Kopf herrschte ein einziges Chaos.

Mit ruhiger Stimme fuhr Harald fort: »Erst dieses Jahr wurde in Dänemark ein Gesetz erlassen, das solche Adoptionen verbietet. Die Agentur hat trotzdem weitergemacht, es wird wohl noch eine Weile dauern, bis sich diese Machenschaften bei allen verantwortlichen Stellen herumgesprochen haben. Vielleicht wollen sie aber auch einfach nichts davon wissen. Es ist ja so bequem für die deutsche Politik und für die Army, auf diese Weise die moralische Verantwortung loszuwerden. Ich dachte einfach nur, dass du das wissen solltest. Ich musste dich doch warnen!«

Sie war innerlich immer noch wie zu Eis erstarrt. »Hat Jim davon gewusst?«, flüsterte sie.

»Natürlich nicht, was glaubst du denn? Du kennst ihn doch!«

Er hatte recht, wie hatte sie das auch nur eine Sekunde lang von Jim denken können.

»Isabella, wenn ich dir irgendwie helfen kann …«

»Ich komme schon klar«, sagte sie mit erstaunlich fester Stimme.

»Aber was willst du denn jetzt …«

»Das sehe ich dann schon«, unterbrach sie ihn. »Ich bin dir sehr dankbar, dass du mich gewarnt hast.«

»Falls du schon unterschrieben hast und die von der Agentur dich unter Druck setzen oder Auslagen geltend machen – sag mir Bescheid, ich würde sofort die entsprechenden Behörden informieren. Rechtlich haben die keine Handhabe.«

Sie nickte angestrengt. Ihr war schlecht.

»Kannst du jetzt überhaupt fahren?«, fragte er besorgt. »Ich könnte dich heimbringen.«

»Ich sagte doch, ich komme klar«, erklärte sie. Im Augenblick wollte sie nur noch allein sein und weinen.

Er strich ihr sanft übers Haar, dann stieg er aus und ging davon.

KAPITEL 21

Der September begann sonnig und mild, auch wenn das bevorstehende Ende des Sommers sich bereits an den kühleren Nächten und den abgeernteten Feldern bemerkbar machte. Das Heu war größtenteils eingeholt, die Kartoffelernte hatte angefangen. Für die Bauern war die Zeit zum Kürzertreten noch nicht gekommen.

Auch für den Veterinär gab es wie immer viel zu tun, Reinhold war häufig unterwegs. Hier eine kalbende Kuh, da die Kastration eines Bullen, woanders ein kranker Gaul oder eine verseuchte Schafherde. Die Sprechstunde in der tierärztlichen Praxis war ebenfalls oft voll, und Christa wunderte sich immer wieder darüber, wie sehr manche Menschen an ihren Wellensittichen und Meerschweinchen hingen. Bei Hunden und Katzen verstand sie es noch, da ging es auch ihr manchmal ans Herz, wenn Reinhold ein sterbenskrankes Tier einschläfern musste, aber ein Vogel?

Doch es war nicht an ihr, das infrage zu stellen. Menschen konnten ihr Herz an die seltsamsten Dinge hängen. Der eine liebte seinen Hamster, der nächste seine Briefmarkensammlung, und wieder ein anderer sein Auto. Ihre Mutter liebte Heiligenfiguren jeglicher Machart, am meisten die aus Holz gefertigten, und sie trauerte immer noch der Sammlung hinterher, die sie in Weisberg hatten zurücklassen müssen. Reinholds Vater hatte die geschnitzt, es war sein Hobby gewesen, und bis auf den heiligen Christophorus waren alle drübengeblieben. Mit dem Christophorus hatte ihre Mutter den Mistkerl Sperling außer

Gefecht gesetzt, sodass sie hatten abhauen können. Anschließend war er jedoch schnell genug wieder aufgewacht, um auf sie schießen zu können, während sie zusammen mit all den anderen Weisbergern rüber in den Westen geflüchtet waren.

»Alles in Ordnung?«, fragte Reinhold.

»Ja, sicher«, sagte sie nur.

Sie hatten einen Hund verarztet, einen großen Rüden, der dem Bauern, dem er gehörte, als Wachhund diente. Ständig draußen, immer nur angekettet. Unter dem Halsband hatten sich Entzündungen gebildet, das Tier war ungepflegt und schlecht ernährt, auch die Zähne waren in marodem Zustand. Ein Beispiel dafür, dass längst nicht alle Menschen ihre Hunde liebten. Der Bauer selbst hätte ihn, so seine Äußerung, sicher schon erschlagen, wenn nicht sein kleiner Enkel mit solcher Inbrunst an dem Tier gehangen hätte.

Reinhold hatte getan, was er konnte. Eine Narkose, um die Zähne in Ordnung zu bringen und die Entzündungen zu versorgen, eine Aufbauspritze zur Verbesserung des Allgemeinbefindens. Lange würde das alles nicht vorhalten, dem Tier war kein langes Leben mehr beschieden.

Gegen Mittag kam der Bauer, um seinen Hund wieder abzuholen. Die Rechnung war ihm zu hoch, aber er bezahlte sie murrend, denn er wusste, dass er ohne Veterinär seinen Hof dichtmachen konnte.

»Wollen wir was essen gehen?«, fragte Reinhold Christa in der Mittagspause.

Überrascht sah sie ihn an. »Du meinst im Gasthaus?«

Er nickte. »Ich glaube, deine Mutter hat nichts gekocht, sie hat sich heute Morgen nicht so gut gefühlt.«

»Ich hab ihr schon gesagt, dass sie mal wieder zum Arzt gehen soll«, erwiderte Christa achselzuckend. »Sie meinte, es wäre bloß das Wetter.«

»Das Wetter ist doch prächtig!«, gab er verwundert zurück.

»Sie sagt, es liegt am Luftdruck.«

Reinhold grinste flüchtig, und es gab ihr einen Stich, als sie dieses kleine, kurze Lächeln sah. Wann hatte er eigentlich das letzte Mal richtig gelacht? Wann hatte *sie* das letzte Mal richtig gelacht?

Eins wusste sie jedoch sicher: Sie waren eine Ewigkeit nicht zum Essen aus gewesen. Früher in Weisberg waren sie im Sommer öfters mal mittags oder abends in eine Gartenwirtschaft gegangen, die hatten da eine ganz ordentliche Küche gehabt, das war immer nett gewesen.

»Ja, lass uns essen gehen«, sagte sie spontan.

Sie gingen zu Fuß hin, es war ja nicht weit. Auf dem Weg zum *Goldenen Anker* nahm sie Reinholds Arm, um ihm das Gehen zu erleichtern. Er hatte seinen Spazierstock dabei, das half zusätzlich. Die Septembersonne hüllte den Dorfplatz in ein mattgoldenes Licht, und der Himmel über dem Hausberg leuchtete in einem so strahlenden Azurblau, dass es fast in den Augen wehtat. In seltenen Momenten wie diesen dachte Christa, dass sie doch eigentlich glücklich sein könnte.

Die Besitzerin des Gasthauses kam persönlich an ihren Tisch, um sie zu bedienen. Sie bestellten Kotelett mit Leipziger Allerlei und Salzkartoffeln, und dazu tranken sie frisch gezapftes Bier. Die Leute an den Nachbartischen winkten freundlich herüber. Einige der Männer riefen Reinhold beim Vornamen und begrüßten ihn wie einen guten alten Freund.

Nach dem Essen nahm er Christas Hand. »Wir müssen mal reden«, sagte er.

Sie erstarrte. Jetzt würde er ihr sagen, dass er nicht mehr konnte.

»Willst du nicht endlich offen zu mir sein?«, fragte er.

Er hatte es herausgefunden! Aber wie? Die Narbe an ihrer Brust hatte er noch nicht gesehen, sie hatten die ganze Zeit nicht miteinander geschlafen. Das hatten sie sowieso schon lange nicht mehr getan, seit Monaten nicht. Ob Tobias … Nein, der sicher nicht. Vielleicht das Mädchen?

»Die Tasche«, sagte Reinhold, der ihre Gedanken zu lesen schien. »Du hast von dem ganzen Zeug überhaupt nichts gebraucht. Die Mitbringsel, die Sachen zum Anziehen – alles unbenutzt, bis auf Nachthemden und Leibwäsche. Wo bist du wirklich gewesen?«

Sie begriff, dass er doch nichts von der Operation wusste. Beklommen betrachtete sie ihren leer gegessenen Teller, auf dem nur noch der Knochen vom Kotelett lag. Dann holte sie Luft und erzählte ihrem Mann alles.

Erschüttert sah er sie an. »Mein Gott, warum hast du mir das verheimlicht?«

»Weil … Ich wollte dein Mitleid nicht.«

»Mitleid? Lieber Himmel, Christa! Du bist meine Frau!«

Sie starrte hilflos vor sich. Verstand er denn nicht, wie wenig das im Grunde bedeutete?

»Es ist ja alles gut ausgegangen«, sagte sie hastig. »Es war gar nichts. Falscher Alarm sozusagen. Wieso sollte ich im Nachhinein noch Wind drum machen?«

Er hatte ihre Hand losgelassen und schlug auf den Tisch. »Du hättest es mir *vorher* sagen müssen, verflucht noch mal! Wie weit sind wir denn gekommen, dass du über so was nicht mit mir redest!«

»Reinhold«, sagte sie leise, sich verlegen nach den Nachbartischen umschauend. »Wenn du mich nicht mehr willst … Ich würd's verstehen.«

»Dich nicht mehr wollen?« Er sprach ebenfalls mit gedämpfter Stimme weiter. »Christa, ich liebe dich! Weißt du denn nicht, dass du mein Leben bist?«

Die Worte erreichten ihr Ohr, doch sie war außerstande, sie in ihrer ganzen Tragweite zu erfassen. Sie wollte etwas sagen, aber ihre Kehle war wie zugeschnürt.

Reinhold umfasste ihre Hände und hielt sie fest. »Christa, wir müssen was ändern. So kann das nicht weitergehen. Ich weiß, dass du unser altes Haus vermisst, das Leben in Weisberg, alles, was wir dort hatten. Mir hängt das auch noch nach, ich bin da geboren und aufgewachsen, es ist meine Heimat. Aber wir haben hier neu angefangen, und das konnten wir nur, weil wir zusammengehalten haben. Wir beide, du und ich, verstehst du? Was wäre ich denn ohne dich? Ich kann es dir sagen: verloren und allein. Ich *brauche* dich, Christa! Wir brauchen einander!«

Ihre Hände zitterten in den seinen. »Es tut mir so leid, Reinhold. Ich weiß ja auch nicht, wieso mir immer so elend zumute ist. Warum ich nicht richtig aus mir herauskann.«

»Aber ich weiß es, mein Liebling«, sagte er leise. »Du leidest an einer Depression. Ich hätte längst selbst draufkommen können, auch wenn ich bloß ein Arzt fürs Vieh bin. Doch jemand, der es gut mit uns meint, hat mir einen Fachartikel in die Hand gedrückt und gesagt, den soll ich mal in aller Ruhe lesen. Das hab ich getan. Und deshalb rede ich jetzt mit dir darüber, damit wir dagegen angehen können. Wir finden eine Lösung.«

Das konnte nur Tobias gewesen sein. Von ihrer Begegnung im Krankenhaus hatte er jedoch offensichtlich nichts verraten. Stattdessen hatte er versucht, ihr auf seine Weise zu helfen.

»Gibt es denn überhaupt eine Lösung?« Zwischen Verzweiflung und Hoffnung schwankend sah sie ihren Mann an.

»Da bin ich mir sehr sicher«, sagte er mit fester Stimme. »Denn ab sofort werden wir zusammen danach suchen.«

*

Helene hatte anstrengende Stunden hinter sich. Der Elternsprechtag hatte sich länger hingezogen als geplant. In einer kurzen Toilettenpause war ihr Herr Queck über den Weg gelaufen, sein Gesichtsausdruck hatte Bände gesprochen. *Ich hab's ja gesagt*, lautete die unmissverständliche Botschaft.

Doch insgesamt war alles in ihrem Sinne verlaufen. Bei den Elterngesprächen hatte sie diverse Missverständnisse und Vorbehalte in Bezug auf die geplante Mittelpunktschule ausräumen können, und einigen Müttern und Vätern hatte sie ganz neue Erkenntnisse über die Leistungen und Begabungen ihrer Sprösslinge mit auf den Weg gegeben.

Wobei allerdings die Väter deutlich in der Minderzahl gewesen waren – fast ausschließlich Mütter hatten den Termin wahrgenommen.

Einer der wenigen Männer war Theos Vater gewesen, dessen Frau ja nicht mehr lebte. Er hatte zwischen Staunen und Zweifeln geschwankt, als Helene ihm eröffnet hatte, dass sein Sohn aufs Gymnasium gehen sollte. Nicht, dass er sich keine bessere Bildung für seinen Sohn wünschte – er befürchtete nur, dass Theo dem Druck womöglich nicht gewachsen war. Helene hatte ihm versprochen, den Jungen persönlich zu unterstützen, falls es zu Beginn Schwierigkeiten geben sollte. Theo hatte diese Chance unbedingt verdient, und letztlich war es ihr gelungen, seinen Vater davon zu überzeugen, worüber sie sehr froh war. Das waren die Momente, in denen ihr wieder bewusst wurde, warum sie Lehrerin geworden war. Jedes einzelne Kind, dem sie mit ihrem Einsatz zu einer besseren Bildung verhalf, war diese Anstrengung wert!

Als sie am späten Nachmittag endlich heimkam, aß sie zuerst eine Kleinigkeit und machte sich dann daran, ihre Aktentasche auszupacken, die sie seit Wochen nicht richtig aufgeräumt hatte. Alles Mögliche staute sich mittlerweile darin – Hausaufgabenhefte, die sie am Vortag für eine Stichprobenkontrolle eingesammelt hatte, Notizen für das am kommenden Wochenende geplante Schulfest, ein noch eingepacktes, vergessenes Pausenbrot (zum Glück nicht älter als zwei Tage, es hatte noch keinen Schimmel angesetzt), noch mehr Notizen, diesmal für die Gestaltung der neuen Schule – es war ein heilloses Chaos. Helene kippte kurzerhand alles auf ihrem Schreibtisch aus, um es anschließend zu sortieren. Dabei fiel ihr der Umschlag in die Hände, den Anselm ihr gegeben hatte. Ihr Inneres krampfte sich zusammen, der Gedanke an den Inhalt tat immer noch weh, doch zugleich spürte sie, dass sie bereits begonnen hatte, es zu verarbeiten und als Teil der Vergangenheit zu betrachten. Jürgen war tot, und nichts konnte ihn zurückbringen, auch nicht der Wunsch, jemanden dafür zur Verantwortung zu ziehen.

Als sie den Umschlag weglegen wollte, streifte ihr Blick den Firmenaufdruck, der Anselm als Mitinhaber auswies. Wahrscheinlich hatte er gerade nichts anderes zur Hand gehabt, um das Schriftstück unterzubringen, aber in Helene weckte es den irrationalen Eindruck, als habe er damit seinen persönlichen Anspruch auf Jürgen untermauern wollen, sogar noch nach dessen Tod.

Es klingelte an der Haustür, und Helene warf den Umschlag hastig in die Schublade ihres Schreibtischs, dankbar für die Ablenkung.

Doch es war nur Fräulein Meisner, die sich über den kaputten Boiler beschweren wollte. »Er geht schon wieder nicht. Ich halte das bald nicht mehr aus!«

Helene seufzte. »Haben Sie schon dem Hausmeister Bescheid gesagt?«

»Natürlich. Seine Antwort lautete: Alter Mann ist kein D-Zug, und das hätte ja wohl Zeit bis morgen.«

»Ich rede mal mit ihm.«

Fräulein Meisner bedankte sich und zog wieder ab. Gerade als Helene beim Hausmeister anrufen wollte, klingelte das Telefon. Es war Isabellas Mutter. Sie klang besorgt, fast panisch.

»Ich wollte Sie mal fragen, ob Sie vielleicht vorbeikommen

und nach Isabella sehen können. Sie sind doch ihre beste Freundin. Es geht ihr gar nicht gut. Also gefühlsmäßig, meine ich.« Ihre Stimme brach, und ein verzweifeltes Schluchzen drang durch die Telefonleitung. »Ich weiß nicht mehr, was werden soll! Wenn das so weitergeht, tut sie sich am Ende noch was an!«

»Ich komme sofort«, sagte Helene.

Sie schaute kurz zu ihrer Tochter ins Zimmer. Marie saß bei den Hausaufgaben.

»Ich fahre rasch mal rüber zu Isabella. Warst du bei Opa Reinhold und Tante Christa Mittag essen?«

»Ja, es gab Bratwurst mit Sauerkraut. Lecker. Tante Christa sagt, für dich ist auch noch was übrig.«

»Schön. Später vielleicht. Wenn du noch Hunger auf was Süßes hast – in der Küche steht Kuchen, ich hab welchen vom Bäcker mitgebracht.«

Helene holte ihr Rad vom Hinterhof des Lehrerhauses und fuhr in aller Eile los. Irgendwas musste passiert sein, hoffentlich nichts wirklich Schlimmes! Schwer atmend vor Anstrengung erreichte sie das Forsthaus und stellte hastig das Rad ab. Auf ihr Klingeln öffnete Isabellas Mutter die Tür, einen Zipfel ihrer Schürze gegen die verweinten Augen gepresst.

»Sie ist weg«, sagte sie mit tränenerstickter Stimme. »Und ich habe keine Ahnung, wo sie ist!«

*

Isabella starrte über die Lichtung hinweg in das Halbdämmer des Waldes, doch ihr Blick war nach innen gewandt, von der Umgebung nahm sie nicht viel wahr. Im Moment hatte sie nur einen festen Bezugspunkt, und das war das Gewehr ihres Vaters. Es lag neben ihr auf den groben Bodenplatten des Hochsitzes, dasselbe, das er stets zur Jagd mitnahm. Heute hatte *sie* es mitgenommen, obwohl er es wie immer sorgfältig in seinem Waffenschrank eingeschlossen hatte. Aber sie war ja seine Tochter und wusste, wo der Schlüssel lag.

Es war nicht etwa so, dass er als Revierförster Spaß daran hatte, Rehe oder Wildschweine abzuschießen. Im Gegensatz zu vielen anderen Jägern verschaffte es ihm keine Befriedigung oder gar Hochgefühle. Das Gewese, das manche um die Jägerei veranstalteten, die fast schon religiöse Überhöhung des Waidwesens mit Halali und Vereinsmeierei – das war in seinen Augen nur ein Mäntelchen, das einen der niedrigsten Triebe verhüllen sollte: das Töten.

Er selbst tat es, weil es zur Regulierung des Wildbestandes sein musste, und hinterher war ihm nicht feierlich oder erhaben oder gar triumphal zumute, sondern er fühlte sich meist traurig deswegen. »Auch Tiere haben nur ein Leben«, hatte er einmal zu ihr gesagt.

Auch sie hatte nur ein Leben, aber bei Licht betrachtet lohnte es sich nicht mehr. Richtig nachgedacht hatte sie darüber noch nicht, sie hatte einfach bloß das Gewehr genommen und war losmarschiert, blind und taub für ihre Umgebung und nur beseelt von dem Drang, sich von allem zu befreien. Von der Angst. Dem furchtbaren Gefühl, unrettbar in einer Falle zu sitzen. Der unausweichlichen Gewissheit, dass alles noch viel, viel schlimmer werden würde, als es sowieso schon war.

Isabella fragte sich, wie lange es wohl dauern würde, bis man sie fand. Ihr Vater war erst am Morgen hier gewesen, er hatte es beim Heimkommen erwähnt. Möglicherweise würde er die nächsten Wochen gar nicht mehr herkommen, es gab noch andere Hochsitze in der Gegend, und er wechselte regelmäßig zwischen ihnen. Es bereitete ihr Kopfzerbrechen, dass wahrscheinlich er derjenige sein würde, der sie am Ende entdeckte, und das war der einzige Grund, der sie bis jetzt davon abgehalten hatte, es zu Ende zu bringen. Nur deshalb saß sie die ganze Zeit hier oben und wusste nicht, ob sie es schaffte.

Ein Rascheln unter ihr riss sie aus ihrer Versunkenheit, sie zuckte heftig zusammen.

»Isabella?«, rief eine Männerstimme.

Das war Harald! Verdammt, was hatte der denn hier verloren?

»Bist du da oben? Gott sei Dank! Warte, ich komm zu dir rauf.«

Sein Kopf erschien am Ende der Leiter, er kam zu ihr auf die Plattform geklettert und ließ sich neben sie plumpsen. Sein Gesicht war verschwitzt, das dunkle Haar zerzaust. Die grüne Lodenjacke stand offen, und seine sonst immer so ordentlich gebügelte Hose sah aus, als wäre er durch den halben Wald gekrochen. Das Gewehr war ihm im Weg, er schob es nachlässig zur Seite. Dann besann er sich und nahm es wieder an sich, um es mit fachmännischen Handgriffen zu entladen.

»Nur für alle Fälle«, sagte er. »Man weiß ja nie, ob so ein Ding nicht plötzlich losgeht.«

»Wie hast du mich gefunden?«, fragte sie. Sie musste mehrmals dazu ansetzen, ihre Stimme entzog sich ihrer Kontrolle. »Und wieso hast du überhaupt nach mir gesucht?«

»Das sind zwei Fragen«, stellte er fest. »Die erste ist leicht zu beantworten – deine Mutter hat mich angerufen, sie war in heller Panik, denn sie hat gesehen, dass im Waffenschrank ein Gewehr fehlt.«

»Warum hat sie ausgerechnet dich angerufen?«, fragte sie, von einer seltsamen Mattigkeit erfüllt.

»Ich bin der Bürgermeister«, sagte er nur, als würde das alles erklären.

Sie nahm es stumm zur Kenntnis.

In aufgeräumtem Tonfall fuhr er fort: »Davor hatte deine Mutter allerdings auch schon Helene angerufen, aber da war ihr noch nicht aufgefallen, dass du bereits weg warst. Wir haben uns dann bei der Suche aufgeteilt.«

»Wir?«

»Alle möglichen Leute. Deine Eltern, Helene natürlich, außerdem Jim und ein paar andere. Jeden, den wir in der kurzen Zeit erreichen konnten. Aber keine Sorge, außer den paar Wenigen, die es schon wussten, hat keiner erfahren, warum du weggelaufen bist. Dein Geheimnis ist bei uns weiterhin sicher.«

Isabella schluckte. »Du hast mich als Erster gefunden.«

»Ja. Weil ich wusste, dass du hier sein würdest.« Seine Stimme klang sanft. »Weißt du noch, wie du mir mal erzählt hast, dass du früher manchmal noch vor Tagesanbruch mit deinem Vater losgezogen bist, um im Morgengrauen die Rehe mit ihren Kitzen zu beobachten?«

»Daran erinnerst du dich noch?«

»Natürlich. Wir waren hier spazieren, und genau da unten auf der Lichtung sind wir stehen geblieben. Wir haben uns geküsst, und dann … na ja, das weißt du sicher selber noch.«

Natürlich wusste sie es. Es war ihr erstes Mal mit ihm gewesen. Das vergaß man nicht.

»Du hast gesagt, dass hier deine Lieblingsstelle im Wald ist. Die schönste weit und breit. Und ich denke, dass du recht hast. Sie ist es immer noch.«

»Oh mein Gott«, sagte sie erschüttert, und dann konnte sie nicht länger an sich halten und fing an zu weinen. Das Gesicht mit beiden Händen bedeckt, die Knie dicht an den Körper gezogen, schluchzte sie ihr ganzes Elend heraus. Harald nahm sie in die Arme, und ihren kraftlosen Versuch, ihn wegzudrücken, ignorierte er einfach.

»Ich wollte es tun, aber ich konnte nicht«, stieß sie weinend hervor.

»Sch, ist ja gut, ist ja gut.« Er strich ihr übers Haar und drückte sie an sich. Sie weinte sich an seiner Schulter aus, bis sie keine Tränen mehr hatte.

Da bewegte sich in ihrem Leib das Kind, ihr *Brown Baby*, das keiner haben wollte, nicht mal sie selbst. Sie spürte seine kleinen Tritte, und stumm versprach sie ihm, dass ihm nichts geschehen würde. In diesem Augenblick sank ein tiefer Frieden auf sie herab, und sie wusste, dass sie nun einen neuen Weg beschritten hatte. Sie hatte keine Ahnung, wohin er sie führte, aber es gab kein Zurück mehr.

Irgendwann fing Harald wieder an zu sprechen. »Ich will dir einen Vorschlag machen. Hör mir einfach zu, auch wenn du mir zwischendurch vielleicht den Kopf abreißen willst.«

Sie hörte sich schweigend an, was er zu sagen hatte. Er erzählte, dass er aus Kirchdorf wegziehen wollte, nach Wiesbaden. Dass da ein Abgeordnetenmandat auf ihn wartete. Weil es für ihn die richtige Zeit war, in die Landespolitik einzusteigen. Und das Einzige, was ihm für die neue Karriere noch fehlte, war die passende Ehefrau.

An dieser Stelle konnte sie nicht länger den Mund halten.

»Das kann nicht dein Ernst sein, Harald.«

»Doch, ist es.«

»Falls du dabei an mich gedacht haben solltest, ist dir vielleicht entfallen, dass ich ein Kind bekomme. Und momentan sehe ich keine Möglichkeit mehr, es wegzugeben. Nein, warte, lass es mich anders ausdrücken: Ich *will's* überhaupt nicht weggeben. Jetzt nicht mehr. Ich werd's bekommen und behalten. Irgendwie komme ich schon zurecht.«

»Na sicher, daran besteht überhaupt kein Zweifel. Nicht, seitdem ich dich vorhin heil und lebendig hier oben gefunden habe. Ich kenne keine Frau, die so eine Kämpfernatur ist wie du. Na ja, vielleicht noch Helene. Ihr beiden gebt euch nicht viel. Aber du bist diejenige, die ich liebe und heiraten will. Ich wollte nie eine andere, weißt du. Immer nur dich.«

Nun hielt sie doch wieder den Mund. Zuerst nur, weil sie glaubte, sich verhört zu haben, und dann, weil es ihr vollständig die Sprache verschlagen hatte. Es war das erste Mal, dass er diese Worte zu ihr sagte. Und dann auch noch ausgerechnet jetzt, wo sie von einem anderen Mann schwanger war.

Sie schob ihn von sich weg und sah ihn eindringlich an.

»Du hast sie nicht mehr alle«, brachte sie mit krächzender Stimme hervor.

»Ich dachte mir schon, dass du so was sagst«, meinte er leichthin. »Aber in dem Punkt raufen wir uns schon irgendwie zusammen. Spätestens, wenn wir verheiratet sind. Hauptsache, du hast meinen Antrag erst mal angenommen. Das hast du doch gerade, oder?«

»Harald, mal ernsthaft – wie stellst du dir das denn überhaupt vor? Dass es deine politische Stellung aufpoliert, wenn du eine nette Ehefrau hast, glaube ich dir gerne. Aber ich bin doch wirklich die Letzte, die für diese Rolle taugt! Eine Frau, die ein Kind von einem Schwarzen hat! Was glaubst du denn, was die Leute davon halten werden? Deine politische Laufbahn wäre zu Ende, ehe sie richtig angefangen hat. Und wie gesagt, ich behalte das Kind, also kannst du die Idee ganz schnell wieder fallen lassen.«

»Das Kind ist Teil meines Plans, ich habe entschieden, ihm ein guter Vater zu sein. Ich bin sehr sicher, dass wir liebevolle Eltern sein werden.«

»Du kannst doch unmöglich in Betracht ziehen, es als deines auszugeben!«

»Natürlich nicht. Aber als unser Adoptivkind.«

»*Unser* Adoptivkind?«, vergewisserte sie sich. »Du meinst, wir könnten so tun, als hätten wir beide es adoptiert? Von irgendeiner anderen Mutter?« Fassungslos starrte sie ihn an.

»Ganz recht. Ein armes kleines Waisenkind, dem wir ein schönes Zuhause geben. Du bekommst es erst mal in aller Ruhe, dann ziehen wir zusammen nach Wiesbaden. Du, ich und das Baby.«

Eine Weile saß sie sprachlos da und versuchte, sich seinen verrückten Plan bildlich vorzustellen.

»Und du glaubst, die Wahrheit wird sich nicht bis Wiesbaden herumsprechen?«, fragte sie schließlich.

»Nicht, wenn wir es schlau anstellen«, sagte er. »Es wäre alles nur eine Frage der richtigen Planung. Und von Planungen verstehe ich was, das musst du zugeben.«

»Ach, Harald!«

»Ist das ein *Ja*?« Er grinste, und sie lächelte zaghaft zurück. Was für eine absurde und wahnwitzige Idee das doch war! Aber je mehr sie darüber nachdachte, desto mehr fand sie, dass sein Vorschlag was für sich hatte. Mehr noch – er kam ihr wie ein Rettungsanker vor. Nicht nur für sich selbst, sondern vor allem für das Kind. Keiner würde mit dem Finger auf sie beide zeigen und sie ausgrenzen. Das Kind würde eine richtige Familie haben. In stabilen Verhältnissen bei Eltern aufwachsen, die es liebten und beschützten und dafür von aller Welt respektiert wurden. Mochte es auch eine Täuschung und verfluchte Verleugnung der Wahrheit sein – wenn diese Lüge dazu beitrug, ihrem Kind all das geben zu können, was sie sich so verzweifelt für es wünschte, wollte sie die Letzte sein, die ihm diese Chance versagte. Dann würde sie eben lügen, bis sich die Balken bogen, es scherte sie einen Dreck, solange es dem Kind eine hoffnungsvolle Zukunft ermöglichte.

Seine nächsten Worte machten ihr endgültig klar, dass es die richtige Entscheidung war.

»Du weißt, dass ich das alles nicht wirklich deshalb will, um politisch weiterzukommen, oder?« Er räusperte sich, dann fuhr er leise und mit unsicherer Stimme fort: »Ich hätte dich nie loslassen dürfen. Das war einer der größten Fehler meines Lebens. Als ich vorhin sagte, dass ich dich liebe – mir war noch nie im Leben etwas so ernst. Du glaubst mir doch, oder?«

Er sah sie mit fast verzweifelter Eindringlichkeit an. Sie

konnte nur stumm nicken. Es gab Momente, in denen er eine große Klappe hatte und sich selbst zu wichtig nahm. Das hier war keiner davon.

Er legte eine Hand an ihre Wange. »Und noch was wollte ich dir sagen: Ich bin nicht ganz sicher, ob ich als Vater was tauge. Ich hab ja keine Erfahrung darin. Aber ich schwöre dir bei allem, was mir heilig ist, dass ich mein Bestes geben werde. Ich will dich glücklich machen. Dich und das Kind. Uns alle drei, als Familie, verstehst du?«

Ihr Herz schlug plötzlich schmerzhaft schnell. In diesem Augenblick wusste sie, dass alles gut werden würde. Nicht nur, weil er sie liebte. Sondern weil sie dasselbe für ihn fühlte. Schon wieder und immer noch. Oder genauer: mehr denn je. Zum ersten Mal hatte er zugelassen, dass sie ihm bis auf den Grund seiner Seele blicken konnte. Und was sie da gesehen hatte, bewegte sie mehr, als sie es sich jemals hatte vorstellen können. Das Bild, das er von ihrem künftigen Leben gezeichnet hatte, stand ihr mit einem Mal so deutlich vor Augen, als wäre alles schon wahr geworden.

»Was ist, soll ich dir erzählen, wie ich es mir genau gedacht habe?«, wollte er wissen.

»Na gut, schieß los«, sagte sie nachgiebig.

»Was hältst du davon, wenn wir uns vorher küssen? So was sollten frisch Verlobte doch eigentlich tun, oder?«

Auch dagegen hatte sie nun nichts mehr einzuwenden.

*

Die Feldjäger kamen sonntags in den frühen Morgenstunden. Agnes, die bereits gestern mit ihnen gerechnet hatte, war schon auf und wartete bei Dieter in der Scheune. Er weinte, als die beiden Männer in ihren schmucklosen schwarz-grünen Uniformen auftauchten. Suchend sahen sie sich um, weil sie sich zuerst orientieren mussten, aber dann hatten sie die Scheune entdeckt und hielten zielstrebig darauf zu.

Agnes sah sie durch die offene Tür näher kommen. Sie hielt Dieters Hand.

»Es wird alles gut. Ich hab's dir versprochen.«

Ja, das hatte sie, aber stimmte es auch? Sie wusste bloß das, was man ihr gesagt hatte, ohne Garantie auf Richtigkeit. Sie konnte nur darauf vertrauen, genauso wie Dieter.

Er weinte die ganze Zeit, obwohl er so sehr versuchte, tapfer zu sein. Die zurückliegenden Wochen hatten ihn ausgelaugt und ihm die letzten Reserven geraubt, er war nur noch ein Schatten seines früheren Selbst, ohne jede Widerstandskraft. Hoffnungslosigkeit zeichnete seine ganze Haltung, sein ausgezehrtes Gesicht sah bleich und verzweifelt aus.

Aber wenigstens war er sauber und frisch rasiert. Im Haus hatten sie ihm ein Bad eingelassen, seine Sachen gewaschen und gebügelt, und Agnes hatte ihm schon in der Vorwoche eine Salbe für die Hautreizungen mitgebracht. In der Praxis hatten sie einen ganzen Schrank voll von Arzneimitteln, die ihnen die Pharmavertreter vorbeibrachten, oft viel mehr, als man den Patienten verordnen konnte, und es gab ständig Nachschub davon, noch neuer, noch besser, noch wirksamer, gerade erst frisch zugelassen. Die Salbe hatte tatsächlich hervorragend geholfen, von den Schrunden war schon nichts mehr zu sehen.

Agnes hatte ihm zum Abschied sein Lieblingsessen zubereitet, Schnitzel mit Kartoffelbrei und als Nachtisch Schokopudding mit Sahne, und die Geschwister hatte sie alle auf ihre Kammern gescheucht, damit er in Ruhe essen konnte, es war fast wie bei einer Henkersmahlzeit. Auch die Eltern waren aus der Küche hinausgegangen und hatten sich so lange in die Stube gesetzt; da war die Mutter sowieso die meiste Zeit des Tages, seit man sie aus der Klinik entlassen hatte. Sie musste sich noch erholen, viel ausruhen. Da passte es gut, dass die Küche leer war, so konnte Agnes sich zu Dieter an den Tisch setzen und mit ihm warten. Doch gestern war niemand gekommen, obwohl ihr Brief an den Bundesgrenzschutz ganz sicher schon eingetroffen war; anhand des Schriftwechsels, den sie für die Praxis mit Krankenkassen und anderen Stellen führte, wusste sie, wie lange die Post normalerweise brauchte.

Aber nun kamen sie heute erst; vielleicht hatten sie sich erst bereden müssen. Oder sich überlegt, dass es auf einen Tag mehr oder weniger auch nicht mehr ankäme.

Dieter hatte Angst, das war nicht zu übersehen. In einer Aufwallung tiefen Mitgefühls zog Agnes ihn in ihre Arme, ein letztes Mal.

Dann betraten die beiden Männer auch schon die Scheune.

»Dieter König?«

Er atmete tief ein und stand stramm. »Jawohl, Herr Oberfeldwebel!«

»Sie stehen unter Arrest.«

Und das war es auch schon. Sie legten ihm keine Handschellen an oder packten ihn gar am Schlafittchen, sondern nahmen ihn einfach nur in die Mitte und gingen mit ihm zu dem offenen Militärfahrzeug, das sie drüben beim Haus geparkt hatten. Agnes folgte ihnen mit ein paar Schritten Abstand. Vor der Haustür stand der Vater, er sah mit ernstem Gesicht herüber und wartete darauf, dass es endlich vorbei war.

»Schreibst du mir?«, fragte Dieter, nachdem er auf der Rückbank des Wagens Platz genommen hatte. Ein Ausdruck stiller Ergebenheit zeigte sich in seinen Zügen, fast so, als hätte er sein Schicksal nun endgültig angenommen, weil das Schlimmste bereits hinter ihm lag.

»Natürlich!« Sie rief es laut aus, weil einer der beiden Feldjäger den Motor angelassen hatte.

Gleich darauf fuhr der Wagen los und geriet innerhalb weniger Sekunden außer Sicht. Agnes stand immer noch an derselben Stelle, die Hand zu einem letzten Winken erhoben. Nur langsam ließ sie den Arm sinken, ehe sie zum Haus zurückkehrte. Der Vater war in die Küche gegangen, außer ihm war keiner dort. Agnes stellte ihm eine Tasse Kaffee hin und nahm sich selbst auch eine. Eine Weile saßen sie schweigend da. Es war nicht nötig, dass sie noch darüber sprachen, denn schon vorher war alles dazu gesagt worden. Im Stillen glaubte Agnes, dass der Vater ihr Handeln billigte, er hatte es jedenfalls mit keinem Wort mehr getadelt. Und bisher war ja auch alles so gekommen, wie Tobias es ihr erklärt hatte.

In ihrer Not war sie schließlich zu ihm gegangen, sie hatte sich nicht anders zu helfen gewusst. Außer ihm kannte sie niemanden, dessen Verschwiegenheit über jeden Zweifel erhaben war. Er hatte einen alten Bekannten angerufen, einen pensionierten Richter, in dessen Haus er früher seine Studentenbude gehabt hatte, und der hatte ihm alle rechtlichen Gesichtspunkte erläutert.

Wenn glaubhaft bezeugt werde, dass ein Täter in Nothilfe gehandelt hatte, bestünden beste Aussichten auf einen Freispruch, sogar dann, wenn die Bedrohung nur eine vermeintliche war. Schlimmstenfalls könne es zu einer Verurteilung wegen fahrlässiger Tötung kommen, jedoch sei dies kein Verbrechen, sondern nur ein Vergehen. Und wenn der Täter noch unter einundzwanzig und nicht vorbestraft sei, bestehe berechtigte Hoffnung auf eine Bewährungsstrafe. All das gelte auch für deutsche Soldaten, sie waren der ordentlichen Gerichtsbarkeit unterworfen.

Agnes hatte lange mit Dieter darüber gesprochen, und irgendwann hatte er eingesehen, dass es keinen Sinn mehr hatte, sich zu verstecken. Die Spinnerei mit der Flucht nach Amerika hatte er sich schon vorher aus dem Kopf geschlagen, als sie ihm erklärt hatte, wie weit es bis zum nächsten Großhafen war und wie gering die Chancen, dass er es in seinem Zustand auch nur bis zum nächsten Ort schaffte.

Agnes dachte an den Brief, ging im Geiste noch einmal alles durch, was sie hineingeschrieben hatte. Genau dasselbe würde sie auch vor Gericht aussagen. Es musste glaubhaft sein, und das traf letztlich nur auf die Wahrheit zu. Deshalb hatte sie alles so geschildert, wie es sich zugetragen hatte, aus ihrer Sicht und aus der von Dieter. Besonders hervorgehoben hatte sie das, was er gesagt hatte, ehe er geschossen hatte.

Verflucht, die knallen die Jungs einfach ab!

Darauf würde sie vor Gericht jeden Eid schwören, den man ihr abverlangte, und sie wusste, dass man ihr glauben würde.

Die Kehrseite der Medaille war die Tatsache, dass nun auch Ingo und seine Freunde für ihr Handeln einstehen mussten. Auch dazu hatte Tobias bei seinem Bekannten nachgefragt – das Einzige, was die Jungs demnach erwartete, war eine Menge öffentliche Aufmerksamkeit, ihre Vernehmung als Zeugen bei der Polizei sowie vor Gericht und entsprechende Scherereien von allen Seiten. Strafrechtlich hatten sie wohl nichts zu befürchten. Allerdings sollten sie sich hüten, je in die DDR zu reisen, da könnten sie ganz schnell ins Gefängnis wandern.

Und natürlich hatte Tobias sich auch wegen Agnes erkundigt, weil sie Dieter ja die ganze Zeit versteckt gehalten hatte. Das konnte als Strafvereitelung gewertet werden. Die Lösung bestand in einer Verlobung. Verlobte waren von der Strafe ausgenommen. Damit hatte Agnes eine Weile gehadert, aber auch das war am Ende für sie kein wirkliches Problem gewesen. Verlobungen konnte man schließlich auflösen.

Agnes hatte ihren Kaffee ausgetrunken und stellte die leere Tasse ins Spülbecken. Dann wandte sie sich zu ihrem Vater um.

»Ich wärn off die Obendschul genn und mei Abitur noch mach«, sagte sie. Nicht *Ich möchte* oder *Ich würde gern*. Sondern *Ich werde*.

Der Vater sagte nichts dazu, sondern sah sie nur aufmerksam an.

»Un danoch well ich studier. Medizin. Ich weiß, däss dos Gäld kost, ebber der Doktor hot gemeint, es gitt vielleicht e Stipendium.« Erklärend führte sie aus: »Dos krieche Studänte, bann se gut genunk senn. Un er hot gemeint, ich könnt in de Semesterferie bei em in de Praxis geschaff.«

»Un banns net reicht, krichste des Gäld von uns«, sagte der Vater.

Konsterniert sah Agnes ihn an. »Ebber von bos dä?«

»Mir honn e bässe Gäld, die Modder un ich.«

Wie auf ein Stichwort kam in diesem Moment die Mutter in die Küche. Um die Nase herum war ihr Gesicht immer noch verschwollen, außerdem war sie noch schwach und konnte nicht lange stehen, doch es wurde jeden Tag besser. In drei Wochen würde sie zur Kur fahren, die Krankenkasse hatte es schon bewilligt.

Sie setzte sich zum Vater an den Tisch, offenbar hatte sie den letzten Teil des Gesprächs gehört.

»Sögs du's ere!«, meinte der Vater zu ihr. Er war ein wortkarger Mensch, viel zu reden verursachte ihm Unbehagen.

»Mir honn Laand verkauft, die Wiese on de Gränz«, erklärte die Mutter. »Für de amerikanische Stützpunkt. Die hon guud bezohlt. Mir hätte es sowieso müsst härga, denn bann mer widersproche hätte, wermer enteignet worn. Do hommers lieber freiwillich härgegaa. Un bann du Ärztin wellst wär, is es für dich.«

Agnes starrte ihre Eltern an. In ihrer Kehle formten sich Worte, aber sie konnte nicht sprechen, weil ihr ein Kloß im Hals steckte. Stattdessen stand sie auf, um auch ihrer Mutter eine Tasse Kaffee einzugießen. Und dann kamen auch schon die Geschwister von oben runter und stürmten lärmend in die Küche, der Reihe nach, alle sechs. Eine der Schwestern machte das Radio an, die andere schnitt Brot, die Zwillinge krochen der Mutter auf den Schoß und hingen an ihr wie zwei zärtliche kleine

Affen. Die beiden Brüder stritten um einen Wurstzipfel, der noch von gestern übrig war, und der Vater stand auf, um in den Stall zu gehen, wo die Kühe schon lautstark auf sich aufmerksam machten, weil sie gemolken werden mussten.

Agnes fing an, den Tisch fürs Frühstück zu decken, denn wenn sie noch länger trödelte, kamen sie alle zu spät zur Kirche.

Es war ein Sonntag wie jeder andere, aber nicht in ihren Gedanken. Da hatte das Leben gerade ganz neu angefangen.

KAPITEL 22

Das Schulfest begann gleich nach der Sonntagsmesse, die Einladungen waren zuvor öffentlich ausgehängt worden, säuberlich mit dem Xerox des Bürgermeisteramts vervielfältigte, nett gestaltete Plakate in kleinem Format. Seit Tagen hingen sie in der Raiffeisenbank, im Kaufhaus, in der Metzgerei, in der Apotheke sowie der Arztpraxis und natürlich am Kirchenportal.

Aber auch ohne diese Ankündigungen wären die Dorfbewohner in Scharen zu Ehren ihres alten Schulhauses zusammengeströmt, denn der Pfarrer hatte das bevorstehende festliche Ereignis zum Hauptthema seiner Predigt gemacht. Vor den wie immer zahlreich versammelten Gläubigen erklärte er voller Enthusiasmus, wie froh es ihn stimme, dieser großartigen und ruhmreichen Kulturstätte (so äußerte er sich wörtlich) ein eigenes Abschiedsfest zu widmen. Nur wo der feste Grund der traditionsreichen Fundamente in Ehren gehalten werde, könne darauf mit Bestandskraft Neues errichtet werden.

Er erging sich in weiteren markigen Wendungen, darin lag zweifelsfrei seine Stärke, und obwohl sich einige über diese Verwandlung vom Saulus zum Paulus wunderten (schließlich hatte er bis dahin die neue Schule und damit auch die Preisgabe der alten entschieden abgelehnt), kamen seine Bekundungen für die meisten nicht allzu überraschend. Hannelore Schäfer und ihre Landfrauen hatten längst ihren Einfluss geltend gemacht und den Pfarrer auf die geänderte Richtung eingeschworen. Er war ein eigensinniger alter Kauz, aber auch schlau genug, sich der geballten Meinungsmacht um ihn herum nicht entgegenzustemmen.

Das Fest begann mit Darbietungen der Feuerwehrkapelle sowie des Männergesangvereins, und anschließend führten die Schulkinder der Mittelstufe einen kleinen Schwank auf, den sie bereits zur letzten Einschulung zum Besten gegeben hatten. Die Botschaft lautete, dass man auch in der Schule Spaß haben konnte, beispielsweise beim Verulken eines stocksteifen Lehrers oder beim altbekannten Spiel *Stille Post*. Die Leute lachten herzlich über die gelungene Vorführung und stürzten sich anschließend aufs Essen. Es gab Bratwurst vom Rost mit Brötchen und Senf sowie selbst gemachten Kartoffelsalat, von den Landfrauen appetitlich in riesigen Schüsseln angerichtet. Für die Kaffeetafel stand eine enorme Menge Blechkuchen bereit, teils mit Streuseln, teils ohne, je nach Geschmack. Für die Kinder wurden die üblichen Spiele veranstaltet, von Sackhüpfen über Eierlaufen und Hindernisrennen bis hin zu Blindekuh. Hannelore Schäfer hatte nicht übertrieben – die Organisation der Feier war eindeutig von Expertinnen in die Hand genommen worden.

Inmitten des dörflichen Festtrubels saß Helene mit Isabella an einem der langen Tische, die auf dem Schulhof aufgestellt worden waren. Über ihnen spannte sich ein Sonnenschirm mit dem Aufdruck der Brauerei, die das Fassbier und die Bierzeltgarnituren angeliefert hatte. Für Ende September war es immer noch recht warm, richtiges Kaiserwetter.

Helene musterte die Freundin unauffällig. Isabella sah reizend aus. Das lockige Haar hatte sie zu einem kleidsamen Dutt hochgesteckt und nur wenig Make-up aufgelegt. Ihr Gesicht leuchtete förmlich vor Frische und Lebensfreude. Die Schwangerschaft stand ihr ausnehmend gut. Von dem verstörten, hohläugigen Geschöpf, das Helene noch in trauriger Erinnerung hatte, war nichts geblieben.

Isabella war schon im siebten Monat, aber irgendwie hatte sie es bisher geschafft, dass man es ihr immer noch nicht ansah. Die Leibbinde, die sie unter der Kleidung trug, drängte den wachsenden Bauch zurück, und die Silhouette ihrer Körpermitte verschwand unter dem weiten, mit Streublumen übersäten Kleid. Über die Schultern hatte sie eine Strickjacke gelegt, ebenfalls von weitem Schnitt, mit locker vor der Brust verschlungenen Ärmeln.

Geschickter hätte sie es wirklich nicht verbergen können. Wäre Helene nicht eingeweiht gewesen, hätte sie nie eine Schwangerschaft vermutet. Allerhöchstens hätte sie gedacht, dass Isabella etwas zugelegt hatte, weil ihr das Essen so gut schmeckte, aber mehr ganz sicher nicht.

Doch Isabellas heutiges Erscheinen auf dem Fest sollte für lange Zeit das letzte Mal sein, dass sie sich im Dorf blicken ließ. Ihre Koffer standen schon gepackt zu Hause, sie war bereits auf dem Sprung und wollte sich nur noch von Helene verabschieden.

»Du wirst mir fehlen«, sagte Helene. Obwohl sie sich für Isabella freute, dass ihr Leben eine so glückliche Wendung genommen hatte, war ihr auf schmerzliche Weise bewusst, dass sie sich längere Zeit nicht sehen würden.

»Und du mir erst«, gab Isabella in kläglichem Ton zurück. »Da unten im Schwarzwald ist es bestimmt sterbenslangweilig. Ich weiß gar nicht, wie ich das so lange aushalten soll!«

Harald hatte in einem Luftkurort im Hochschwarzwald eine Wohnung für sie gemietet und sie als trauernde Witwe eines hochrangigen afrikanischen Diplomaten ausgegeben, die das Klima des fremden Kontinents nicht vertrug und in der ruhigen Abgeschiedenheit der Berge sein Kind zur Welt bringen wollte.

Die offizielle Version für die Kirchdorfer bestand darin, dass Isabella endlich ihren Bruder Wilfried besuchte, der schon vor Jahren in die USA ausgewandert war; dort wollte sie angeblich ein paar Monate bleiben. Ihre Stelle in der Klinik hatte sie gekündigt, wegen der Reise nach Amerika und weil sie anschließend woanders arbeiten wollte.

»Harald hat wirklich eine blühende Fantasie«, hatte sie es kommentiert, als sie Helene davon erzählt hatte. »Er hat alles bis aufs letzte i-Tüpfelchen durchkonstruiert.«

Sie musterte Helene forschend. »Was ist mit dir und Tobias? Hast du noch mal mit ihm gesprochen?«

Helene schüttelte stumm den Kopf. Er hatte sich nicht mehr bei ihr gemeldet und sie sich nicht bei ihm. Es war alles irgendwie im Sande verlaufen. Die Frage, ob sie ein letztes Mal ausdrücklich hätte Schluss machen sollen, stand für sie immer noch im Raum. Vielleicht hatte er anfangs noch darauf gewartet, dass sie auf ihn zuging und es ihm direkt sagte, aber mittlerweile tat er das gewiss nicht mehr, denn die vielen Wochen, die seither verstrichen waren, sprachen für sich. Es war nun mal so, dass keine Antwort auch eine Antwort war.

Bei alledem empfand Helene Hass auf sich selbst, weil sie es nicht über sich gebracht hatte, es ihm in klaren und unmissverständlichen Worten mitzuteilen. Es war fast so, als könnte sie sich damit die Illusion erhalten, dass es doch noch nicht zu Ende war. Er fehlte ihr unglaublich, es gab ihr jedes Mal einen Stich, wenn sie ihn sah.

»Daran, dass eure Kinder sich in die Wolle kriegen, würde es aber nun nicht mehr scheitern«, meinte Isabella angelegentlich. Mit dem Kinn deutete sie rüber zum Anger, wo Marie und Michael zusammenstanden und sich unterhielten. »In der letzten Zeit scheinen sie ganz gut miteinander klarzukommen.«

Ja, das war Helene nicht entgangen. Vielleicht lag es daran, dass Marie den Jungen nun nicht mehr als Bedrohung empfand. Als lästigen Eindringling in ihr Leben, mit dem sie sich die Zuwendung ihrer Mutter teilen sollte.

Isabella warf einen Blick auf ihre Uhr. »Ich muss los. Harald kommt mich gleich abholen.«

Er war vorhin nur kurz auf dem Fest gewesen, ohne sich sonderlich um Isabella zu kümmern. Sie wollten keine Aufmerksamkeit auf sich lenken. Im Dorf musste vorerst keiner wissen, dass sie wieder zusammen waren. Das sollte erst zu gegebener Zeit offenbart werden.

Über den Tisch hinweg fassten Helene und Isabella sich bei den Händen.

»Kommst du mich besuchen, wenn das alles vorbei ist?«, fragte Isabella.

»Nichts kann mich daran hindern.«

Sie sahen einander fest in die Augen, dann erhob sich Isabella, geschmeidig wie eh und je und darauf bedacht, ihre Leibesmitte vor möglichen Blicken zu verbergen. Leichtfüßig ging sie zwischen den Tischen hindurch und stieg in ihren Wagen, den sie beim Dorfgemeinschaftshaus geparkt hatte. Versunken blickte Helene ihr nach und wünschte ihr im Stillen alles Glück der Welt.

*

Marie stand mit Michael vor dem Kaufhaus, von da hatte man eine gute Sicht über den ganzen Anger. Sie hatten Bratwurst gegessen und Limo getrunken, und jetzt unterhielten sie sich schon seit einer Weile, es hatte sich irgendwie so ergeben. In letzter Zeit nervte er sie eigentlich überhaupt nicht mehr, im Gegenteil – man konnte über alles Mögliche mit ihm reden, und sie stellte immer wieder fest, wie klug er war. Das war ihr im vorletzten und im letzten Jahr gar nicht so aufgefallen. Er las sehr viel, auch schon Bücher für Erwachsene, die seinem Vater gehörten. Vor allem Krimis, beispielsweise die von Agatha Christie. Er erzählte mit leuchtenden Augen, wie spannend sie waren.

»Vielleicht kann dein Vater mir ja mal einen davon borgen«,

meinte Marie, denn sie hatte direkt Lust auf so einen Krimi bekommen.

»Klar, ich frag ihn.«

»Super!«

Mama besaß auch eine Reihe von Büchern, aber nicht so viele, wie sie früher in Berlin im Regal gehabt hatten. Die hatte sie ja alle zurücklassen müssen, und seit sie hier im Westen war, hatte sie sich noch nicht sehr viele neue anschaffen können. Außerdem waren es Bücher, mit denen Marie nicht wirklich viel anfangen konnte, von amerikanischen Autoren wie Steinbeck oder Wilder. Oder von deutschsprachigen Schriftstellern wie Heinrich Böll und Stefan Zweig. Sie hatte darin geblättert und manche auch angefangen, aber es war ihr immer irgendwie trübselig vorgekommen, meist viel zu ernst und teilweise auch einfach nur langweilig. Sie mochte es lieber spannend oder lustig, wenigstens eins von beidem. Letzte Woche hatte Mama ihr ein Mädchenbuch mitgebracht, es hieß *Wiedersehen in Rom*, eine Verwechslungsgeschichte, die richtig Spaß gemacht hatte. Man hatte dabei viel über die Stadt gelernt, und ein bisschen Romantik war auch drin vorgekommen, so was gefiel Marie in der letzten Zeit besonders gut. Von den Karl-May-Büchern war sie mittlerweile wieder abgekommen, da hatte sich ihr Geschmack anscheinend geändert.

»Guck mal, was ist denn da los?«, wunderte sich Michael.

Seiner Blickrichtung folgend drehte sie sich um, und erstaunt sah sie, dass ein Polizeiauto am Rand des Dorfplatzes angehalten hatte. Zwei Beamte in Uniform stiegen aus und kamen auf sie zu.

»Ach du je«, sagte Michael. »Sieht aus, als wollen die was von uns.«

Eine Welle von Panik schwappte über Marie hinweg, sie fühlte sich in Gedanken an den Ostberliner S-Bahnhof zurückversetzt, wo die zwei Männer von der Stasi Mama und sie gepackt und fortgezerrt hatten. Vor Angst wurde ihr ganz flau im Magen.

Die beiden Beamten blieben tatsächlich vor ihnen stehen, und Marie merkte, wie es ihr hochkam. Sie atmete tief durch und riss sich zusammen. Wenn sie nicht aufpasste, kotzte sie den Polizisten gleich vor die Füße!

Aber wie sich sogleich herausstellte, wollten die gar nichts von ihnen, jedenfalls nicht direkt – Marie und Michael hatten einfach nur am nächsten drangestanden, als die Männer ausgestiegen waren, und einer der Beamten fragte bloß, ob sich hier irgendwo ein Ingo Schramm aufhalte, zu Hause sei er nicht, und deshalb müsse er wohl hier auf dem Fest sein.

Ingo und seine Freunde standen wie immer am Brunnen und spielten sich auf. Sie qualmten und hörten Musik aus dem Transistorradio, und die Mädchen kicherten in einer Tour und strichen sich die Haare zurück.

»Ist er einer von denen?«, wollte der Beamte wissen, und Marie nickte stumm. Zum Nachdenken war ihr gar keine Zeit geblieben. Erst als die Polizisten geradewegs auf Ingo zumarschierten, wurde ihr die Konsequenz ihres Verhaltens bewusst. War das jetzt schon ein Verrat gewesen?

Spontan fragte sie Michael danach, doch er schüttelte sofort den Kopf. »Kein Stück. Erstens hast du ja nicht gesagt, was sie an der Grenze gemacht haben, und zweitens hätte denen jeder andere auch sagen können, wer der Ingo ist.«

Gebannt beobachteten sie, wie die Beamten Ingo und seine Kumpane zur Rede stellten. Hören konnte man nichts, auch nicht, als im nächsten Moment auf den Wink eines der Polizisten das Radio ausgeschaltet wurde. Doch es war gut zu sehen, wie Ingo und seine Freunde sich fühlten. Wie die begossenen Pudel standen sie da, mit hochgezogenen Schultern und gesenkten Köpfen.

Gleich darauf kam Ingos Vater dazu, und dann noch ein Vater mitsamt Mutter; die Beamten redeten mit ihnen, was bei den Eltern sichtliches Entsetzen auslöste.

Mittlerweile war auch anderen Besuchern des Fests aufgefallen, dass am Brunnen irgendwas los war. Eine ständig wachsende Anzahl von Schaulustigen versammelte sich. Einige von ihnen drängten sich näher heran, um alles mithören zu können. Aufgeregtes Stimmengewirr schallte über den Platz. Immer mehr Leute kamen dazu, darunter auch die Eltern der anderen Jungs.

Einer der Polizisten machte sich Notizen, und die ganze Zeit standen die Jungs und ihre Eltern wie vom Donner gerührt da, während die Leute um sie herum gafften und tuschelten.

»Dann haben sie es wohl rausgekriegt«, sagte Michael.

Marie nickte nur. Sie fühlte sich auf seltsame Weise schuldig, weil sie genickt hatte, als der Beamte nach Ingo gefragt hatte. Kam er jetzt ins Gefängnis?

Aber die Beamten schienen mit ihrem Einsatz schon fertig zu sein. Der eine packte sein Notizbuch ein, der andere sagte noch irgendwas zu den Eltern, und dann gingen beide zurück zum Polizeiauto und fuhren davon.

Die Sensation war perfekt, die Leute riefen durcheinander, alle wollten ihren Senf dazugeben, jeder hatte eine Meinung zu der Sache. Marie und Michael schnappten aus Gesprächsfetzen diverse Informationen auf. Die Polizei war vom Bundesgrenzschutz informiert worden. Dort hatte man herausgefunden, dass die Jungs für die Schießerei an der Grenze mitverantwortlich waren, so ähnlich wie die Jugendlichen damals vor fünf Jahren, nur dass diesmal jemand dabei umgekommen war.

Einer der Umstehenden meinte, heute in aller Frühe seien Feldjäger nach Kirchdorf gekommen und hätten den entflohenen Grenzer geholt, der sich wohl irgendwo im Ort versteckt gehalten habe. Wahrscheinlich bei den Hahners, die älteste Tochter sei ja von dem die Freundin. Der habe dann sicher ausgepackt, wer sich an jenem Abend an der Grenze rumgetrieben hatte. Und jetzt hätte man die alle zur Vernehmung vorgeladen, weil die Staatsanwaltschaft ja immer noch an dem Fall dran war.

Marie reckte den Kopf, aber von Ingo und seinen Freunden war niemand mehr zu sehen, auch nicht von ihren Eltern. Sicher wollten die nach dem ganzen Ärger lieber erst mal für sich sein.

Nach und nach zerstreute sich die Menge. Die Leute gingen wieder zurück aufs Fest und versorgten sich mit Kuchen und Getränken.

»Was ist, holen wir uns noch eine Limo?«, fragte Michael.

»Klar, wieso nicht.«

Gemeinsam schlenderten sie zurück auf den Schulhof und reihten sich in die Schlange vorm Getränkestand ein. Die Aufregung am Brunnen war immer noch in aller Munde, ringsum stellten die Leute wilde Spekulationen an. Wäre Agnes auf dem Fest gewesen, hätten sich garantiert alle an sie drangehängt, um mehr zu erfahren. An der Messe heute Morgen hatten die Hahners noch teilgenommen, aber auf dem Fest hatte Marie sie bisher nicht gesehen. Die Familie hatte sich wohl aus gutem Grund entschieden, lieber daheimzubleiben.

Schade, Marie hätte gerne gewusst, wo genau der Soldat sich versteckt gehalten hatte, und vor allem, ob Agnes ihn vor Entdeckung geschützt hatte. Die ganze Sache kam ihr irgendwie romantisch vor. Aufregend war es auf alle Fälle. Vielleicht konnte Michael mehr herausfinden, Agnes arbeitete ja als Sprechstundenhilfe in Tobias' Praxis, sie ging täglich in der Arztvilla ein und aus.

Marie wollte Michael gerade darauf ansprechen, aber dann fiel ihr Blick zufällig auf seinen Vater.

Tobias saß ein ganzes Stück von ihrer Mutter entfernt, zwischen den beiden stand ein halbes Dutzend Tische. Er sah zu Marie herüber, als hätte er irgendwie mitbekommen, dass sie in diesem Augenblick an ihn gedacht hatte. Mit einem Mal hatte sie ein schlechtes Gewissen. Nicht, weil sie seinen Sohn anstiften wollte, in Agnes' Privatleben herumzuschnüffeln, sondern weil er so weit weg von Mama saß. Marie hatte das nagende Gefühl, dass sie dafür verantwortlich war. Weil sie ständig davon angefangen hatte, dass sie dieses Familiengetue doof fand. Mittlerweile fragte sie sich, ob es wirklich so schlimm wäre. Sie hatte noch nicht genauer darüber nachgedacht, doch wenn sie sich in Erinnerung rief, was für Szenen sie Mama deswegen gemacht hatte, fühlte sie sich ziemlich mies. Und irgendwie selbstsüchtig.

Tobias hatte eine Tasse Kaffee vor sich stehen und nahm einen Schluck, dann hob er die Hand und winkte ihr zu. Dabei lächelte er, freundlich und – so kam es ihr jedenfalls vor – auch ein bisschen traurig.

Leicht verunsichert winkte sie zurück. Dann drehte sie sich wieder zu Michael um und wartete mit ihm zusammen, bis sie das Ende der Schlange erreicht hatten.

Über Agnes sprach sie nicht mehr mit ihm.

---

*

Tobias wandte den Blick wieder seiner Tante zu, die für sie beide noch Kuchen geholt und sich dabei mit dem neuesten Klatsch versorgt hatte. Aufgeregt erzählte sie ihm, warum vorhin die Polizei da gewesen war, und Tobias tat so, als sei das alles völlig neu für ihn. Während Tante Beatrice auf ihn einredete, wanderte sein Blick immer wieder zu den Kindern hinüber. Sein Sohn schien sich neuerdings bestens mit Marie zu verstehen. Dass es vorher weniger gut geklappt hatte – nein, eigentlich hatte es *überhaupt nicht* geklappt –, ließ sich nicht leugnen, aber Tobias hatte immer daran geglaubt, dass sich das eines Tages geben würde. Im Gegensatz zu Helene, die sehr darunter gelitten hatte, dass Marie nicht gleich von Anfang an Feuer und Flamme für den unverhofften neuen Familienanschluss gewesen war.

Dabei war Maries Abwehrhaltung völlig normal gewesen. Nach allem, was sie durchgemacht hatte, war es für sie eine Frage des Überlebens gewesen, ihre Mutter für sich allein zu haben. Sie hatte damals nichts so sehr gebraucht wie diese ungeteilte Liebe. Die absolute Gewissheit, da angekommen zu sein, wo sie hingehörte, nirgends sonst. Sie hatte sich einfach dagegen gewehrt, dass irgendwer ihr das wieder wegnahm. Und Helene hatte darauf mit dem Instinkt einer Mutter reagiert, die ihr Kind vor jeglichem Schaden beschützen muss. Dafür hätte sie alles geopfert. Auch ihre Liebe zu ihm. Es hatte lange gedauert, bis er dahintergekommen war, dass Marie der eigentliche Grund war, warum Helene vor einer festen Bindung zurückscheute. Aber selbst wenn es ihm vorher klargeworden wäre, hätte er nichts dagegen ausrichten können.

Er hatte nicht mehr nachgehakt, wie Helene sich entschieden hatte. Inzwischen wusste er, wie die Antwort ausfallen würde. Zweifellos hätte sie es ihm schon in ihrer letzten gemeinsamen Nacht gesagt, wenn er ihr nicht in seiner Verzweiflung das Wort abgeschnitten hätte, mit dieser dämlichen Bitte, noch mal darüber nachzudenken. Nur, damit es nicht gleich so endgültig war, ohne jede Hoffnung, dass sie beide das Ruder vielleicht noch einmal herumreißen könnten.

Er saß mit dem Rücken zu ihr, doch er spürte ihre Anwesenheit mit allen Sinnen, und als er aus einem Impuls heraus über die Schulter zu ihr hinübersah, fuhr ihm ihr Anblick in den Magen. Sie blickte auf und schaute ihn an. Einen unerträglichen, herzzerreißenden Moment lang.

Dann schrie irgendjemand auf, eine Frau, und gleich darauf noch eine.

»Meine Güte, sieh nur!«, sagte Beatrice.

Mehrere Leute hatten sich um ein Kind geschart, das auf dem Boden lag. Alles rief durcheinander.

Tobias war bereits aufgesprungen und rannte hinüber. Im Näherkommen sah er, dass es Hildegard war.

Ein Mann versuchte, sie aufzuheben.

»Hände weg!«, brüllte Tobias. »Keiner fasst sie an!«

Und schon war er bei ihr und kniete sich neben sie.

Mit einem Blick erfasste er, dass sie einen epileptischen Anfall hatte. In tiefer Bewusstlosigkeit lag sie da, der ganze Körper versteift, Arme und Beine gestreckt. Bereits im nächsten Augenblick setzte die klonische Phase ein, ihre Gliedmaßen begannen unkontrolliert zu zucken. Tobias handelte, ohne groß nachzudenken. Er zerrte sich hektisch den Schlips vom Hals, faltete ihn flüchtig und schob ihn dem Kind zwischen die Zähne, um einen drohenden Zungenbiss zu verhindern. Dann sah er auf seine Armbanduhr und merkte sich, wo der Minutenzeiger stand. Als Nächstes zog er sein Jackett aus, rollte es zusammen und schob es der Kleinen unter den Kopf. Ihre Lippen verfärbten sich bläulich, der Atem setzte aus, aber zu Tobias' Erleichterung nur für wenige Augenblicke. Die Zuckungen gingen jedoch unvermindert weiter. Der Schlips wurde von weißlichem Schaum getränkt, der aus dem Mund des Kindes austrat. Von allen Seiten ertönte Geschrei.

Eine Frau kreischte: »Sie ist vom Teufel besessen!«

»So hilf ihr doch!«, schrie ein Mann Tobias an. »Warum tust du denn nichts!«

Hildegards Mutter war neben ihrer Tochter auf die Knie gefallen, sie wiegte sich verzweifelt vor und zurück und schluchzte durchdringend. Immer wieder versuchte sie, das Kind in den Arm zu nehmen, und Tobias musste sie mehrmals anschreien, die Hände von dem Mädchen zu lassen. Jede unbedachte Berührung konnte jetzt zu Knochenbrüchen führen.

Da besannen sich zwei Männer und zogen die Mutter von

dem Kind weg. Sie wehrte sich und weinte dabei laut, aber die Männer hielten sie fest.

Tobias blickte zum ersten Mal auf, er suchte nach einem vertrauten Gesicht. Helene war da, sie stand dicht neben ihm.

»Ruf einen Krankenwagen«, sagte er ruhig. »Sag ihnen, es ist ein Grand-Mal-Anfall.«

Sie drehte sich sofort um und rannte los.

Endlich hörten die Zuckungen auf, Hildegard lag reglos da. Tobias sah erneut auf die Uhr. Zwei Minuten.

Das Geschrei um ihn herum ebbte ab.

»Ist sie tot?«, fragte jemand.

Im nächsten Moment kam die Kleine zu sich. Sie öffnete die Augen und blickte verwirrt um sich.

»Es ist alles gut«, sagte Tobias beruhigend zu ihr. »Hab keine Angst! Ruh dich einfach aus.«

Ihre Lider flatterten und sanken wieder herab. Nur Sekunden später war sie tief und fest eingeschlafen. Ihr Körper war jetzt schlaff und entspannt. Der Anfall war vorbei.

Tobias hob sie auf seine Arme, um sie hinüber in seine Praxis zu tragen. Einige der Umstehenden trotteten ihm ein Stück weit hinterher, als hätten sie ein Anrecht darauf zu erfahren, was hier gerade passiert war. Das einsetzende Gerede drehte sich um Irrsinn und Dämonen und Teufelsaustreibung, und obwohl Tobias seine Schritte beschleunigte, um den Abstand zu den Leuten zu vergrößern, war er noch nahe genug, um es zu hören. Es war genau das, was er befürchtet hatte, und er sah bereits voraus, dass da noch ein hartes Stück Arbeit vor ihm lag.

KAPITEL 23

Das Fest war zu Ende, niemand hatte mehr Lust zu feiern, doch viele der Besucher standen noch herum und redeten darüber, was gerade geschehen war. Manche schienen geschockt zu sein, andere wirkten beinahe beseelt von dem Vorfall – so als habe diese kleine Sensation ein wenig Feuer in ihr ansonsten ereignisloses Leben gebracht, ebenso wie zuvor das Erscheinen der Polizei auf dem Dorfplatz.

Marie ging lieber nach Hause. Sie musste noch Hausaufgaben machen, genau wie Michael, der ebenfalls den Heimweg angetreten hatte. Mama blieb noch da; sie räumte zusammen mit ihren Kollegen und ein paar Frauen vom Landfrauenverein benutztes Geschirr und Gläser weg, wischte Tische ab und half dabei, übrig gebliebenes Essen zu verteilen und diverse Kuchenbleche und Schüsseln ihren Besitzern zurückzugeben.

Auch in der Wohnung konnte Marie nicht aufhören, über das Geschehene nachzudenken. Epilepsie, hatte Mama gesagt. Das war eine Störung im Gehirn, aber es hatte rein gar nichts mit Geisteskrankheit zu tun, wie einige der Leute aus dem Dorf gemeint hatten. Manche Menschen bekamen es einfach, so wie andere ein krankes Herz oder schwache Lungen. Einige traf es schlimmer, andere hatten mildere Verläufe. Hildegards Epilepsie war offenbar keine von der leichteren Sorte, sie hatte einen Grand-Mal-Anfall erlitten. Das war ein französischer Begriff. Marie wusste von Mama, dass es *großes Übel* bedeutete, ein Ausdruck, der auf schreckliche Weise passte. Mama hatte ihr auch erklärt, dass es Medikamente gegen Epilepsie gab und dass sich die Erkrankung bei Kindern im Laufe der Zeit sogar vollständig geben könne. Anscheinend hatte sie sich schon vorher genauer darüber informiert, weil Hildegard bereits einmal einen Anfall gehabt hatte, wenn auch nicht so einen schlimmen.

Marie setzte sich an ihre Hausaufgaben, sie musste noch ein Stück aus *De bello Gallico* übersetzen. Dabei stellte sie fest, dass sie ein neues Lateinheft brauchte. Zum Glück hatte Mama immer jede Menge Hefte vorrätig – das war ein Vorteil, wenn man eine Lehrerin als Mutter hatte. Marie ging zu ihrem Schreibtisch und wollte eins aus der Schublade nehmen. Dabei wurde ihr Blick von einem Briefumschlag angezogen; der darauf befindliche Firmenaufdruck enthielt einen Namen, den sie kannte: Anselm Feuerbach.

Der Umschlag war offen, und es stand auch kein Empfänger drauf, bloß dieser Firmenaufdruck, irgendein Autohaus in Köln. Mit der Post war er also nicht gekommen, und falls ein Brief drinsteckte, war er an niemanden gerichtet – es wäre also keine Verletzung des Briefgeheimnisses, wenn sie hineinschaute.

Nach kurzem Zaudern zog sie das in dem Umschlag befindliche Blatt Papier heraus. Als Erstes stach ihr der Name ihres Vaters ins Auge. Dann las sie den Rest, langsam und sorgfältig, als wäre es jemand anderes, der hier stand. Jemand ganz Fremdes, der nur ein Wort nach dem anderen von diesem Stück Papier ablas, wie ein Automat.

Wie von ferne hörte sie einen klagenden Aufschrei, und erst, als das Blatt ihr aus der Hand glitt und im Zickzack zu Boden segelte, begriff sie, dass sie selbst geschrien hatte.

Sie wusste nicht, wohin, nur dass sie nicht hierbleiben konnte. Blindlings lief sie aus dem Haus, ohne auf ihre Umgebung zu achten. Draußen rannte sie fast Herrn Borstel um.

»Immer langsam mit den jungen Pferden«, sagte er, doch sie beachtete ihn nicht, sondern hastete einfach weiter.

Irgendwann rief jemand ihren Namen, und als sie innehielt, sah sie, dass es Omchen Else war. Sie war ebenfalls auf dem Fest gewesen und offensichtlich auf dem Heimweg.

»Gut, dass du vorbeikommst«, sagte sie. »Da kannst du mich mal unterhaken. Die morschen Knochen wollen nicht mehr so wie ich. Ich kann keinen Schritt mehr gehen. Na los, worauf wartest du?«

Marie gehorchte überrumpelt und reichte Omchen Else ihren Arm. Die alte Frau seufzte erleichtert und stützte sich schwer auf Marie. »Gutes Kind! Wenigstens ein Mensch, der mir hilft! Diejenigen, die mir eigentlich beistehen sollten, machen sich ja lieber dünne.«

»Wo sind Opa Reinhold und Tante Christa denn?« Marie fragte aus reiner Höflichkeit, ihre Stimme klang mechanisch.

»Im Kino!« Omchen Else gab ein entrüstet klingendes Schnauben von sich. »Stell sich das einer vor! Neuerdings wollen sie ihr Leben umkrempeln. Mehr Spaß haben. Sachen unternehmen. Wollen sogar in Urlaub. Nach Italien, mit dem Flugzeug.« Mit Grabesstimme fügte sie hinzu: »Ohne mich!«

Sie hatten Opa Reinholds Haus erreicht. Vorsichtig führte Marie Omchen Else die Eingangstreppe hoch und geleitete sie in die Küche, wo die alte Frau sich ächzend auf einen Stuhl fallen ließ. »Hol mir mal das Nerventonikum«, verlangte sie im Befehlston.

Marie nahm es aus dem Schrank und reichte es ihr, zusammen mit einem Löffel. Doch Omchen Else trank es lieber aus der Flasche. Gluckernd verschwand ein beträchtlicher Teil des Inhalts in ihrem Mund.

»Ah, das habe ich dringend gebraucht!«, sagte sie, bevor sie sich schmatzend den Mund abrieb. Dann schaute sie Marie mit stechendem Blick an. »Und jetzt erzählst du mir, was mit dir los ist!«

Marie starrte Omchen Else hilflos an, und im nächsten Moment brach alles aus ihr heraus. Anschließend weinte sie haltlos. Schluchzend barg sie ihr Gesicht in den Händen. Sie wusste nicht, wie sie es ertragen sollte. Es war, als wäre Papa ein zweites Mal gestorben.

»Mein armes, liebes Mädchen«, sagte Omchen Else, und zum ersten Mal glaubte Marie aus den Worten der alten Frau aufrichtiges Mitgefühl herauszuhören. Anders als befürchtet fluchte sie nicht auf die Bolschewiken und Kommunisten, sondern sprach über das, was Marie fühlte.

»Wie furchtbar das für dich ist, Kind. Es ist eine Last, die du tragen musst, dein Leben lang. Aber es gibt jemanden, den du bitten kannst, dir dabei zu helfen.« Sie nahm Maries Hand und legte ihren Rosenkranz hinein. »Ich hab dir beigebracht, wie es geht, weißt du noch?«

Marie blickte stumm auf die hölzernen Perlen in ihrer Handfläche. Was konnte dieses Ding schon ändern?

»Unterschätze nicht die Macht eines Gebets«, sagte Omchen Else mit ihrer kratzigen Stimme, die plötzlich ganz leise und eindringlich war. »Und vergiss niemals, dass du *ihren* Namen trägst. Wenn du ihrer Gnade teilhaftig werden willst, dann geh zu ihr und bitte sie darum.« Omchen Else wies aus dem Fenster, doch da war nichts. Erst im zweiten Anlauf begriff Marie, was gemeint war: Die Kapelle oben auf dem Hausberg. Sie war der Muttergottes geweiht. Der heiligen Jungfrau Maria.

Marie fühlte sich wie ausgehöhlt, als hätte ihr jemand das Herz herausgerissen. Erschöpft stand sie auf und ging zur Tür. Sie wollte nur noch weg.

*

Es dämmerte schon, als Tobias das Krankenhaus verließ und nach Kirchdorf zurückfuhr. Er war dem Ambulanzfahrzeug mit seinem eigenen Wagen gefolgt, weil er bei der Aufnahmeuntersuchung dabei sein wollte. Er musste sich Gewissheit über Hildegards Zustand verschaffen und sicherstellen, dass die nötigen Maßnahmen eingeleitet wurden. Sonntags gab es meist nur eine Notbesetzung auf der Station, und er wollte nicht, dass sich irgendein unerfahrener, überarbeiteter Assistenzarzt darum kümmerte.

Zu seiner Erleichterung war jedoch der Chefarzt da; er war noch zur Spätvisite bei seinen Privatpatienten gewesen und bereits auf dem Sprung, als Hildegard eingeliefert wurde. Bereitwillig hatte er Tobias zugesichert, das Kind unter seine Fittiche zu nehmen und alle Untersuchungen persönlich zu überwachen. Tobias hätte folglich halbwegs beruhigt nach Hause fahren können. Dennoch lag ihm die ganze Sache wie ein Stein im Magen. Immer wieder ließ er in Gedanken Revue passieren, was sich vor dem Grand Mal ereignet hatte. Wort für Wort rief er sich ins Gedächtnis zurück, was Hildegard ihm bei den früheren Untersuchungen alles erzählt hatte. Was ihre Mutter gesagt hatte. Der Zusammenbruch auf der Wiese nach dem Sportunterricht. Der Tritt eines Gauls mit Namen Hansi. Die Ergebnisse des ersten EEGs, die übrigen Befunde.

Doch so oft er es auch drehte und wendete – er kam immer wieder zu dem Ergebnis, dass er nichts falsch gemacht hatte.

Er gab Gas, mittlerweile wollte er nur noch nach Hause. Die Füße hochlegen, mit Michael und Beatrice irgendeine Fernsehschmonzette ansehen, an nichts mehr denken.

An der nächsten Kreuzung sah er das von links kommende Auto erst, als es schon zu spät war. Es fuhr ohne Licht, der Fahrer hatte trotz der einsetzenden Dunkelheit wohl nicht dran gedacht, die Scheinwerfer einzuschalten, und von Vorfahrtsregeln hielt er offenbar auch nicht viel. Tobias trat voll in die Eisen, das Kreischen der Bremsen zerriss ihm fast die Trommelfelle. Zwei Herzschläge lang glaubte er, den Wagen noch rechtzeitig zum Halten bringen zu können, aber das war ein Irrtum. Zugleich zog wie vor einem Stroboskop sein Leben an ihm vorbei. Eindrücke, Erinnerungen, Wünsche, alles zu Millisekunden zusammengedampft. Zurück blieb ein Gefühl des Bedauerns, weil er Helene nicht noch einmal gefragt hatte. Die Wucht des Aufpralls beendete den Gedanken, es war wie ein Donnerschlag, der alles zerriss, gefolgt von vollkommener Stille.

*

Marie war verschwunden, und der Grund dafür war nicht schwer zu erraten: Helene hatte den Vollzugsbericht von Jürgens Hinrichtung auf dem Fußboden vor ihrem Schreibtisch liegen sehen. Mittlerweile hatte sich ihre Sorge in Panik verwandelt.

Als Erstes hatte sie bei ihrem Vater angerufen, aber da hob niemand ab, und ihr fiel wieder ein, dass er erwähnt hatte, mit Christa ins Kino zu wollen. Die beiden waren folglich noch nicht aus Bad Hersfeld zurück. Als Nächstes wählte sie Tobias' Privatnummer, seine Tante hob ab. Nein, Marie war nicht bei ihnen, Sekunde mal, sie wolle rasch Michael fragen. Nein, der wisse auch nichts. Besorgt erkundigte Beatrice sich, was denn los sei. Helene wimmelte sie höflich ab und versuchte es bei Maries bester Freundin, doch auch die konnte nicht weiterhelfen. In ihrer Verzweiflung klapperte Helene anschließend die Lehrerwohnungen im Obergeschoss ab. Herr Queck war nicht da. Fräulein Meisner war schon im Nachthemd, auch sie hatte Marie nicht gesehen. Dafür jedoch Herr Borstel.

»Sie rannte davon, als wäre der Teufel hinter ihr her«, schilderte er ihren jähen Aufbruch.

So hatte Helene immerhin den Zeitpunkt von Maries Verschwinden eingrenzen können – sie war seit fast vier Stunden weg. Inzwischen war es neun Uhr abends und stockdunkel draußen.

»Was war denn los mit Ihrer Tochter?«, fragte Herr Borstel. Er schien ehrlich besorgt.

»Sie hat in meinem Schreibtisch ein Schriftstück gefunden, das Einzelheiten über den Tod ihres Vaters enthält.« Gerade noch rechtzeitig entsann Helene sich ihrer Unterhaltung mit Anselm. Sie musste bei der Version bleiben, die in ihren Personalpapieren beim Schulamt stand. »Er kam bei einem schrecklichen Unfall ums Leben.«

Herr Borstel schluckte, aus seinem Gesicht war jede Farbe gewichen. »Mein Gott, das ist ja furchtbar!«

Ohne zu zögern, erklärte er sich bereit, Helene bei der Suche nach Marie zu helfen, ebenso Herr Queck, der kurz darauf nach Hause kam. Sie teilten sich auf und durchstreiften die Gassen, hielten überall Ausschau und erkundigten sich bei den Anwohnern, ob sie Marie gesehen hatten. Immer mehr Menschen schlossen sich der Suche an, am Ende war das halbe Dorf auf den Beinen, darunter viele der Landfrauen und sogar der Pfarrer.

Er war auch derjenige, der Marie als Erster sah, am Ortsrand, wo der Bach vorbeifloss. Sie kam zögernd über die Brücke und blieb mit beklommener Miene stehen, als sie die vielen Menschen bemerkte.

»Gelobt sei Jesus Christus!«, rief der Pfarrer laut aus, und dank langjähriger Übung war er noch von Weitem zu hören. Sofort scharte er einige Gläubige um sich, die mit ihm beten sollten. Doch vorher wollte er von Marie wissen, wo sie gesteckt hatte.

Sie druckste eingeschüchtert herum, dann stieß sie hervor: »In der Kapelle. Marienpsalter beten.« Sie zeigte ihm den Rosenkranz, den sie in der Hand hielt. Der Pfarrer war überwältigt, für ihn war die Sache damit zur vollen Zufriedenheit erledigt.

Marie räumte eilig das Feld, ehe doch noch weitere Fragen kamen.

Auf halbem Weg zum Lehrerhaus lief sie ihrer Mutter in die Arme.

Helene blieb wie angewurzelt stehen. »Um Gottes willen, Kind!« Mit einem Aufschluchzen eilte sie ihrer Tochter entgegen und schloss sie in die Arme. Auch Marie brach in Tränen aus und drückte ihre Mutter so fest an sich, wie sie nur konnte, und dabei stammelte sie immer wieder, wie leid es ihr tue.

Helene fing sich schnell wieder, denn sie war sich der vielen neugierigen Blicke bewusst, die sie von allen Seiten trafen.

»Dir muss gar nichts leidtun. Komm, gehen wir nach Hause.« Mit einem bemühten Lächeln bedankte sie sich reihum, dann zog sie Marie an der Hand mit sich, bevor die allgemeine Hilfsbereitschaft vollends in Sensationslust umschlug.

Zu Hause saßen sie lange beisammen und redeten über alles. Zum ersten Mal sprach Helene über die Zeit im Gefängnis. Über die Hoffnungslosigkeit, die Angst, die Verzweiflung. Die vielen Tage, an denen sie geglaubt hatte, dass es keine Zukunft mehr für sie gab. Und Marie erzählte, wie sie die Monate im Heim erlebt hatte. Von den grausamen Strafen, der emotionalen Kälte, den Gemeinheiten.

Immer wieder mussten sie beide weinen. Sie hielten einander bei den Händen, als könnten sie damit die Schrecken der Vergangenheit bannen. Doch was ihnen in Wahrheit half, diesen Albtraum in die Schranken zu weisen, waren ihre Worte. Dass sie voreinander bekannten, was ihnen angetan worden war. Diese Worte waren wie eine Treppe, die aus einem Keller voller Gespenster ins helle Tageslicht führte, und sie konnten sie Schritt für Schritt gemeinsam emporsteigen.

»Weißt du, ich habe wirklich gebetet, da oben in der Kapelle«, gestand Marie schließlich leise. »Ich hätte nicht gedacht, dass es hilft, aber das hat es. Am Ende habe ich gewusst, dass alles wieder gut wird. Dass man Dinge, die vorbei sind, hinter sich lassen und weitermachen kann. Papa hätte gewollt, dass wir das tun. Dass wir nach vorn schauen, nicht zurück.« Sie hielt inne und schwieg eine Weile, ehe sie hinzufügte: »Und dass du wieder glücklich bist, Mama.«

Helene nahm ihre Tochter in den Arm, von vagem Erstaunen erfüllt.

Wie erwachsen sie auf einmal ist, dachte sie.

Sie gingen zusammen in die Küche, um eine Kleinigkeit zu essen, und Helene schenkte sich ein Glas Wein ein. Sie hatte das Gefühl, nach diesem Tag dringend welchen zu brauchen.

Als es an der Wohnungstür klingelte, nahm sie an, es sei einer der Kollegen, der sich erkundigen wollte, ob mit Marie alles in Ordnung war.

Doch vor der Tür stand Michael. Sein Gesicht war blass, er war in Tränen aufgelöst.

»Papa hatte einen Autounfall«, stieß er schluchzend hervor. »Tante Beatrice hat gerade mit der Polizei telefoniert. Die wissen noch nicht, ob er durchkommt.«

Helene taumelte wie unter einem Schlag, sie musste sich am Türstock festklammern. Doch im nächsten Moment kam wieder Leben in sie. Wie von Sinnen stürzte sie zur Tür hinaus. Sie musste wissen, was die Polizei zu Beatrice gesagt hatte! Er durfte nicht sterben! Sie liebte ihn doch!

Mit großen Schritten lief sie hinüber zur Arztvilla, durch ein Spalier von Menschen, die immer noch den Anger bevölkerten, um die aufwühlenden Ereignisse des Tages zu besprechen. Auch der *Goldene Anker* war an diesem späten Sonntagabend noch gut besucht, gerade kam ein Pulk von Leuten heraus, die verwundert stehen blieben, als Helene an ihnen vorbeistürmte.

Vor der Arztvilla stand ein Taxi, aus dem soeben ein Mann ausstieg. Auf den ersten Blick sah Helene nur einen verbundenen Kopf und einen Gipsarm, dann hatte sie Gewissheit.

»Tobias!« Sein Name kam ihr als gellender Aufschrei über

die Lippen, direkt aus den tiefen Abgründen der Angst, die sie um ihn ausgestanden hatte.

Er drehte sich zu ihr um, während sie ohne innezuhalten auf ihn zurannte, gleichzeitig lachend und weinend. Als sie ihn erreicht hatte, schlang sie beide Arme um ihn. Es war ihr vollkommen gleichgültig, dass alle Welt es sehen konnte.

Er sagte irgendwas, bevor sie sich küssten, doch sie verstand es nicht, denn in ihren Ohren rauschte das Blut im Takt ihres Herzschlags.

Einer der herumstehenden Dorfbewohner fing an zu klatschen, dann der nächste, und gleich darauf applaudierten sie im Dutzend.

Helene und Tobias beendeten den Kuss und lösten sich voneinander, sie spürte, wie ihre Wangen vor Verlegenheit brannten. Über diesen Tag würde man in Kirchdorf sicher noch lange reden.

»Also hast du doch noch mal drüber nachgedacht«, konstatierte Tobias. In seinen Augen funkelte ein Lachen.

»Die ganze Zeit.« Sie atmete zitternd aus und hielt seine Hand.

Er sah sie unverwandt an. »Und Marie?«

»Sie auch. Vor allem heute.«

Er nickte versonnen. »Verstehe. Ich hatte gehofft, dass sie das tut.«

Aus seiner Antwort konnte sie nur einen Schluss ziehen. »Du hast gewusst, dass ich dich ihretwegen nicht heiraten wollte, oder?«

»Am Ende schon.«

Besorgt betrachtete sie seinen Kopfverband und den eingegipsten Arm. »Wie ist das passiert?«

»Komm mit rein, dann erzähle ich es dir in Ruhe und ohne Publikum. Es sieht aber schlimmer aus, als es ist. Eine Platzwunde an der Stirn, ein glatter Bruch der Speiche. In zwei, drei Wochen bin ich wieder wie neu.«

»Seitens der Polizei hieß es, dass du vielleicht stirbst.« Ihre Stimme schwankte, das Entsetzen holte sie wieder ein.

»Ich nicht, aber um den anderen steht es schlecht. Da hat wohl jemand was verwechselt.« Tobias wirkte bedrückt.

Sie entsann sich, aus welchem Grund er eigentlich weg gewesen war. »Wie es geht es Hildegard?«

»Sie hat sich gut erholt, und sobald sie medikamentös eingestellt ist, kann sie wieder heim. Wir werden hier im Dorf einige Aufklärungsarbeit leisten müssen, um das abergläubische Gerede über ihre Krankheit zu verhindern.«

Das Taxi fuhr weg. Tobias legte den unverletzten Arm um Helene, und gemeinsam gingen sie zum Eingang seines Hauses.

»Sind wir jetzt eigentlich offiziell verlobt?«, fragte er vor der Tür.

»Hm, dafür bräuchte man eigentlich Ringe, oder?«

Er grinste unvermittelt. »Dann ist es ja wirklich praktisch, dass ich schon lange welche habe.«

*

Marie und Michael waren Helene ein Stück weit über den Anger gefolgt. Beide waren überglücklich, als sie Tobias bei dem Taxi sahen, ganz offensichtlich quicklebendig. Dann aber waren sie verdattert stehen geblieben.

»Sie küssen sich«, kam es fassungslos von Michael.

»Sieht ganz so aus.« Marie wunderte sich weniger darüber. Es war eines der Dinge gewesen, die sie mit der heiligen Muttergottes oben in der Marienkapelle besprochen hatte.

Nach einer Weile gingen Mama und Tobias Arm in Arm in die Arztvilla, und die Leute, die immer noch auf dem Dorfplatz herumstanden, verstreuten sich wieder. Im Vorbeigehen bedachte noch manch einer Marie mit neugierigen Blicken, aber sie ließ es mehr oder weniger an sich abprallen. Wenn man in einem Dorf lebte, musste man sich wohl daran gewöhnen.

»Gehen wir jetzt auch rein?«, fragte Michael. »Ich würde gern wissen, was passiert ist und wie es meinem Vater geht.«

»Sie brauchen vielleicht noch eine Viertelstunde oder so«, erklärte Marie.

»Wofür?«

»Na, weil sie in die Praxis gegangen sind, nicht nach oben in eure Wohnung. Schau mal, im Sprechzimmer ist Licht an. Was denkst du denn, wieso eure Tante nicht gleich runtergerannt kam? Die hat's garantiert von oben aus auch gesehen. Also dass sie sich geküsst haben und jetzt noch ein bisschen Zeit für sich brauchen.«

»Oh. Du meinst …«

»Ja.«

Michael dachte nach, und Marie fragte sich, ob er wirklich verstanden hatte, was sie meinte. Doch er hatte etwas anderes im Sinn. »Du kannst mein Zimmer haben, wenn du willst. Ich würde dann ein Stockwerk höher ziehen, unterm Dach sind ja auch noch Räume.«

Sie war sprachlos. Er hatte es geschafft, sie zu überraschen, indem er weitergedacht hatte als sie. Und dass er ihr sein Zimmer geben wollte, ging ihr auf seltsame Weise nahe. Auf einmal wusste sie, dass er ein ganz passabler Bruder sein würde.

EPILOG

Im darauffolgenden Frühjahr wurde Großtante Augustes neunundachtzigster Geburtstag im Kreis der Familie in Frankfurt begangen. Sie hatte zum Mittagessen in den Henninger Turm eingeladen, ein schlankes, futuristisch anmutendes Bauwerk mit einem Restaurant in hundert Metern Höhe. Das Besondere daran war, dass das Restaurant sich mithilfe von Elektromotoren stündlich um die eigene Achse drehte, sodass man während des Essens nach und nach eine vollständige Rundumsicht über ganz Frankfurt gewann, bei schönem Wetter bis weit hinaus in die Umgebung der Stadt. Internationale Bekanntheit hatte der Turm vor allem wegen eines jährlich stattfindenden Radrennens erlangt, dessen Name Programm war – *Rund um den Henninger Turm*, eine Veranstaltung, die Radsportler aus aller Welt anzog.

Auguste genoss den ungewöhnlichen Panoramablick mit sichtlichem Vergnügen, ebenso wie das Beisammensein mit ihren Gästen. Sie strahlte in die Runde und erklärte mehrmals, dass sie ihren neunzigsten Geburtstag auch hier feiern wolle. Ihr entging kein Wort der Unterhaltung, und bei Spargel mit Kalbsmedaillons und Frankfurter grüner Sauce ließ sie sich haarklein alle Neuigkeiten aus Kirchdorf berichten.

Sie erfuhr, dass Tobias' junge Sprechstundenhilfe Agnes mit großem Eifer die Abendschule besuchte und dass er, um sie zu entlasten, eine zweite Kraft eingestellt hatte – was natürlich auch ihm selbst und der Familie zugutekam. Den jungen Soldaten, mit dem Agnes befreundet gewesen war, hatte man vor Gericht freigesprochen; allerdings hatte sie ihm danach den Laufpass gegeben – es war wohl nicht die große Liebe gewesen, und sie wollte sich nun offenbar erst einmal nur um ihre schulischen und beruflichen Ziele kümmern. Sie hielt nach wie vor an ihrem Vorhaben fest, irgendwann Medizin zu studieren, ihr Traum war es, Ärztin zu werden, und wer könnte das besser verstehen als Tobias, der sie gerne in diesem Wunsch unterstützte.

Interessiert vernahm Auguste außerdem, dass der Rohbau des neuen Schulhauses fertig war und in der kommenden Woche Richtfest gefeiert werden sollte. Helene wusste auch noch zu berichten, dass einer der Lehrer, Herr Queck, Hals über Kopf eine junge Kollegin aus der einstigen Zwergschule des Nachbardorfs geheiratet hatte und dass beide nur ein paar Wochen später – nicht ganz unerwartet – Eltern geworden waren. Völlig überraschend war es hingegen für alle gewesen, dass sich eine andere Kollegin, Fräulein Meisner, mit dem früheren Rektor einer der aufgelösten Zwergschulen verlobt hatte und seitdem keinen einzigen Tag mehr krank gewesen war.

Mit besonderer Freude erzählte Helene ihrer Großtante, dass die ehemalige Hebamme von Kirchdorf den früheren Bürgermeister und jetzigen Landtagsabgeordneten Harald Brecht geehelicht hatte und dass die beiden ein Waisenkind adoptiert hatten – Letzteres wusste Auguste allerdings schon, sie hatte darüber einen Artikel in der *FAZ* gelesen, sogar mit einem Foto des neuen Landtagsabgeordneten, auf dem er überaus glücklich ausgesehen hatte.

Helene und Tobias plauderten über ihren Berufsalltag und streuten dabei nette Anekdoten ein, ebenso wie Reinhold und Christa, die Händchen haltend am Tisch saßen und zu Augustes Freude ausnehmend gut aufgelegt waren. Auch Beatrice war bester Stimmung, obwohl die ungewohnte Höhe ihr leichtes Ohrensausen bescherte, weshalb sie die Plätze auf der Fensterseite gern den anderen überlassen hatte.

Nur Omchen Else zeigte sich gewohnt griesgrämig. Sie fand die als Vorspeise servierte Suppe zu heiß und den Spargel holzig, aber sogar sie musste zwischendurch kichern, etwa als Helene zum Besten gab, wie einer ihrer Schüler dem Pfarrer einen Streich gespielt hatte – während des Religionsunterrichts hatte er dem Geistlichen heimlich ein Blatt Papier auf die Soutane geklebt, direkt oberhalb des Allerwertesten, mit der Aufschrift *Heiliges Kanonenrohr*. Damit auch jeder es richtig einordnete, hatte der Übeltäter einen abwärts zeigenden Pfeil dazugemalt.

Omchen Else hatte natürlich schon vorher davon gehört, aber sie meinte, darüber könnte sie sich immer wieder schlapplachen.

Marie und Michael hielten sich weitgehend aus der Unterhaltung heraus, was daran lag, dass sie alle Geschichten schon kannten und sie größtenteils langweilig fanden. Sie schauten aus dem Fenster und spielten zwischen Hauptgang und Dessert Mau-Mau.

Nach dem Essen wurde Kaffee bestellt, und bis er kam, wollten Helene und Tobias sich mit den Kindern ein wenig auf der Aussichtsplattform die Beine vertreten. Diese bildete das Dach des Restaurants und war über Aufzüge zu erreichen. Von hier oben aus war die Aussicht noch spektakulärer als eine Etage tiefer. Der Main lag ihnen als silbrig glänzendes Band zu Füßen, und die grünen Hügel des Taunus schienen zum Greifen nah.

Der Wind pfiff über die Brüstung herein, und Helene ermahnte Marie und Michael, nicht zu nah ans Geländer zu treten. Die beiden lachten nur und gingen auf die gegenüberliegende Seite der Plattform, um die Aussicht von dort aus zu betrachten.

Helene seufzte. »Ich sollte mir endlich abgewöhnen, sie ständig zu bemuttern.«

Tobias schlang einen Arm um sie. »Gewöhn's dir nicht ab. Es ist eine wichtige Eigenschaft. Und du brauchst sie ja noch.«

Damit hatte er wohl recht. Diese eine Neuigkeit hatten sie Auguste vorhin nicht erzählt, denn außer ihnen beiden wusste es noch keiner. Es war sozusagen ganz frisch; das Ergebnis des Schwangerschaftstests – Tobias hatte ihn selbst durchgeführt – war erst am Vortag aus dem Labor gekommen. Doch die Anzeichen waren schon vorher unverkennbar gewesen, Helene wurde schließlich nicht zum ersten Mal Mutter.

Sie hatten es nicht etwa forciert, sondern es lediglich darauf ankommen lassen. Wobei der Unterschied aber sicher kein großer war. Rückblickend hätte Helene gar nicht sagen können, wann sich ihre Einstellung dazu gewandelt hatte. Ihr innerer Widerstand war einfach nach und nach geschmolzen. Und irgendwann war sie auf einmal dagewesen, diese schwer zu erfassende, unbestimmte Sehnsucht.

An Tobias hatte es sicher nicht gelegen, er hatte weder vor noch nach ihrer Hochzeit je wieder davon gesprochen. Für ihn hätte sich das Thema genauso gut erledigt haben können, es hatte in keiner Weise mehr zwischen ihnen gestanden.

Vielleicht, so resümierte Helene, hatte ihr Sinneswandel an dem Tag eingesetzt, als sie zum ersten Mal Isabellas Baby im Arm gehalten hatte. Dieses zauberhafte kleine Mädchen, das seine Eltern vor Glück leuchten und an die Liebe glauben ließ. Da war auf einmal dieses Gefühl in ihr aufgekeimt, ebenjene Sehnsucht, die uralt und immer wieder neu war, genau wie das Leben selbst.

Natürlich würde es nicht leicht werden. Sie hatte einen anspruchsvollen Beruf und wollte ihn nicht aufgeben. Die organisatorischen Schwierigkeiten würden nicht auf sich warten lassen, und an der einen oder anderen Stelle würden Tobias und sie bestimmt auch improvisieren müssen. Aber das Wichtigste dabei war, dass sie beide an einem Strang zogen, und das taten sie. Im Übrigen vertraute sie auf das altbekannte Sprichwort, wonach nur derjenige gewinnen konnte, der auch was wagte. Sie würde es auf sich zukommen lassen und es angehen, Schritt für Schritt. Gott hatte die Welt schließlich auch nicht an einem einzigen Tag erschaffen.

Bei dem Gedanken musste sie schmunzeln.

Tobias drückte sie fester an sich. »Woran denkst du?«

»An einen kleinen Jungen aus der Schule, der mir mal die Schöpfungsgeschichte erklärt hat.«

»Klingt so, als wäre er ein ziemlich aufgewecktes Kerlchen.«

»Das ist er auch. Nach den Ferien geht er aufs Gymnasium.«

Der Wind fuhr ihr ins Gesicht, und unwillkürlich blickte sie in die Ferne. Aus der erhöhten Perspektive fiel ihr auf, wie sehr das Gesicht der Stadt sich in den letzten Jahren verändert hatte. Immer mehr Hochhäuser wuchsen empor, eins nach dem anderen, es sah aus wie ein Versprechen für Wohlstand und Wachstum, so als wollten sie sagen: Die Zukunft gehört uns, und sie ist sicher.

Helenes Gedanken wanderten zurück nach Berlin, zerrissene Stadt in einem zerrissenen Land, nur geeint durch die gemeinsame Kriegsangst und die Hoffnung auf eine bessere Zeit.

Niemand wusste, wohin der Weg eines Tages noch führte. Es war, als ruhte die Welt in zwei Hälften geschnitten auf einer Waagschale, die sich nach beiden Seiten neigen konnte.

Es würde gut gehen, solange jeder Einzelne für sich entschied, in die Richtung voranzuschreiten, die von Menschlichkeit vorgezeichnet war. Denn dort lag die Zukunft, die man für sich und seine Kinder wollte und in der das Leben die Träume der Vergangenheit erfüllte.

NACHWORT

Eigentlich hatte ich hier wie üblich die Beweggründe erläutern wollen, die mich zum Schreiben dieses Romans motiviert haben, aber angesichts der aktuellen Ereignisse erscheint mir das von untergeordnetem Interesse, ja fast banal. Während ich diese Zeilen schreibe, hält die Welt den Atem an, weil es in Europa einen neuen Krieg gibt. Es fällt schwer, in dieser Situation zur Tagesordnung überzugehen, deshalb möchte ich mich hier auf kurze Danksagungen beschränken, namentlich an

- Anna für das wie immer tolle Lektorat
- Stefanie für die Vorbereitung und Finalisierung des gesamten Projekts
- Gabi für Rhöner Platt und Informationen aus dem Landleben
- Christoph für die medizinische »Begutachtung«
- Kerstin, Katharina und Sabine für unsere wöchentlichen »Montags-Calls«
- Kerstin für die unermüdliche Aufmunterung in der Endphase des Manuskripts.

Und last but not least danke ich wie immer meiner Familie. Ihr seid mein Leben.

Für alle, die Band 1 nicht gelesen haben, hier noch der Hinweis, dass die im Roman vorkommenden Ortschaften Kirchdorf und Weisberg fiktiv sind. Dasselbe gilt für die handelnden Figuren; etwaige Ähnlichkeiten oder Übereinstimmungen mit realen Personen wären reiner Zufall.

Eine Frau und ihr Traum vom Glück in einer zerrissenen Zeit

Eva Völler
EIN TRAUM VOM GLÜCK
Die Ruhrpott-Saga
Roman

464 Seiten
ISBN 978-3-404-18476-7

Essen 1951: Nach der Flucht aus der Kriegshölle Berlin hat die junge Katharina Unterschlupf bei der Familie ihres verschollenen Mannes gefunden. Aber das Zusammenleben mit der barschen, zupackenden Schwiegermutter auf engem Raum fällt der lebenshungrigen Frau schwer. Sie will ein besseres Leben für sich und ihre beiden Töchter. Mit trotziger Entschlossenheit versucht sie, ihrem ärmlichen Umfeld zu entfliehen. Doch dann begegnet sie dem traumatisierten Kriegsheimkehrer Johannes ...

Auftakt der großen Saga aus dem Ruhrpott, dem Ort, wo es immer ein neues Morgen gibt

Lübbe